OS DAVENPORT

KRYSTAL MARQUIS

OS DAVENPORT

KRYSTAL MARQUIS

Tradução
Karine Ribeiro

Copyright © 2023 by Krystal Marquis
Copyright da tradução © 2023 by Editora Globo S.A.

Publicado mediante acordo com Rights People, London.

Produzido por Alloy Entertainment, LLC.

Todos os direitos reservados. Nenhuma parte desta edição pode ser utilizada ou reproduzida — em qualquer meio ou forma, seja mecânico ou eletrônico, fotocópia, gravação etc. — nem apropriada ou estocada em sistema de banco de dados sem a expressa autorização da editora.

Título original: *The Davenports*

Editora responsável **Paula Drummond**
Editora assistente **Agatha Machado**
Assistentes editoriais **Giselle Brito e Mariana Gonçalves**
Preparação de texto **Luiza Miranda**
Diagramação e adaptação de capa **Renata Zucchini**
Projeto gráfico original **Laboratório Secreto**
Revisão **Marina Góes**
Ilustração de capa © 2023 by **Deanna Halsall**
Design de capa original **Theresa Evangelista**

Texto fixado conforme as regras do Acordo Ortográfico da Língua Portuguesa (Decreto Legislativo nº 54, de 1995)

CIP-BRASIL. CATALOGAÇÃO NA PUBLICAÇÃO
SINDICATO NACIONAL DOS EDITORES DE LIVROS, RJ

M321d

    Marquis, Krystal
      Os Davenport / Krystal Marquis ; tradução Karine Ribeiro. - 1. ed. - Rio de Janeiro : Globo Alt, 2023.

    Tradução de: The Davenports
    ISBN 978-65-88131-96-1

    1. Romance americano. I. Ribeiro, Karine. II. Título.

23-83287   CDD: 813
                                CDU: 82-31(73)

Meri Gleice Rodrigues de Souza - Bibliotecária - CRB-7/6439

1ª edição, 2023

Direitos de edição em língua portuguesa para o Brasil adquiridos por Editora Globo S.A.
R. Marquês de Pombal, 25
20.230-240 – Rio de Janeiro – RJ – Brasil
www.globolivros.com.br

*Aos meus pais, por aceitarem que
cursar medicina não seria uma opção.
Seu amor, apoio e sacrifício
me deram coragem para correr
atrás do meu sonho.*

CHICAGO, 1910

CHICAGO 1910

Capítulo 1

OLIVIA

Olivia Elise Davenport puxou um pedaço de seda amarela vibrante da vitrine e o segurou perto de sua pele negra. Ela foi atraída pelo tecido de cor forte quase escondido atrás de outros de tom pastel, um raio de sol espiando por entre as nuvens, e se perguntou se era intenso demais para o início da temporada. Com a outra mão ela segurava uma amostra de renda com contas e tentou imaginar o tilintar suave que provocaria próximo aos seus tornozelos quando ela dançasse.

Haverá muita dança, pensou.

A ansiedade fazia seu coração bater acelerado. O momento para se usar vestidos de baile e tomar champanhe chegara logo após as festas de Páscoa. Agora que Olivia fora apresentada à sociedade, era hora de encontrar um marido. Era sua segunda temporada, e Olivia estava pronta. Pronta para cumprir com seu dever e dar orgulho aos pais, como sempre fizera.

O único problema? Não era fácil encontrar pretendentes elegíveis — nascidos na família certa, instruídos e prontos para herdar uma grande fortuna — que também fossem negros.

Olivia inspirou fundo. A seda amarela caiu de seu braço. Ela sabia o que a mãe diria: muito chamativo. Além disso, ela fora até ali apenas para buscar algumas peças cujos ajustes haviam ficado prontos.

— Posso ajudá-la?

Olivia se assustou com a voz que soou por cima de seu ombro. Uma atendente da loja estava ao lado dela, com as mãos juntas e os dedos entrelaçados. Apesar do sorriso em seu rosto, seus frios olhos azuis delatavam um sentido diferente.

— Eu estava apenas admirando a seção de tecidos. — Olivia se virou em direção à vitrine de chapéus de abas largas, ignorando o olhar da atendente cravado em suas costas. — E esperando por minha amiga — adicionou ela.

Onde será que está Ruby?

Fora sua melhor amiga quem insistira que os empregados fossem à frente com seus pacotes e que elas dessem uma olhada na Marshall Field's desacompanhadas. Agora, ela perdera a amiga de vista.

A atendente pigarreou.

— Você pode pegar o pedido da sua senhora no balcão. Eu posso direcioná-la, caso você tenha se perdido.

— Sei onde é o balcão, obrigada — disse Olivia com um sorriso retesado, ignorando o desprezo.

Ao redor dela, rostos pálidos observavam a conversa com curiosidade crescente. Alguém atrás dela deu uma risadinha.

Olivia se lembrou das palavras de sua mãe: sempre ficar por cima. Porque a família dela *era* rara. Abastada. Linda. *Negra*. Ruby usava sua fortuna como uma armadura, geralmente na forma de joias e casacos de pele. Olivia preferia o ar discreto que observava em sua mãe.

Naquele momento, suas boas maneiras não importavam. A beleza dela não era um escudo. Todas as jovens diante dela podiam ver a cor de sua pele. Olivia endireitou a postura. Apontou para o maior broche adornado com joias na vitrine à sua frente.

— Gostaria que embrulhasse isto, por favor. E também quero aquele chapéu. Para a minha irmã. Ela sempre fica emburrada quando chego em casa sem algo para ela — disse Olivia, confabulando com as outras clientes, embora soubesse muito bem que Helen preferiria um alicate a um chapéu. Olivia caminhou devagar pela sala. — Estas luvas. — Pensativa, ela tamborilou o dedo no queixo. — Quatro metros daquela seda amarela...

— Com licença...

— Senhorita — interrompeu Olivia.

As bochechas da atendente coraram.

Ótimo, Olivia pensou, *ela percebeu o erro.*

— Senhorita — bufou a atendente, visivelmente irritada. — Suas escolhas são bem caras.

— Bem, sim — disse Olivia, a leveza desaparecendo de seu tom. — Eu tenho um gosto refinado. Você pode cobrar na conta da minha família. — Os olhos dela voltaram para a atendente. — O nome é Davenport.

Não havia muitas clientes negras dando ordens a atendentes brancas em lojas de departamento. Mas Davenport, um nome cultivado pelo trabalho árduo de seu pai e pela determinação de sua mãe, era bem conhecido. Era poderoso o suficiente para garantir a entrada do pai nos clubes de elite de Chicago, da mãe nos mais exclusivos conselhos de instituições de caridade, e o irmão mais velho na universidade. Chicago provavelmente foi um farol no Norte, onde muitas pessoas negras prosperaram sob as leis promulgadas durante e depois das emendas da Guerra Civil, mas dolorosos episódios em virtude da cor de sua pele ainda a pegavam desprevenida.

Uma segunda atendente, uma mulher mais velha e com mais decoro, surgiu da multidão.

— Eu posso ajudá-la, srta. Davenport. Eliza, você está dispensada — disse ela para a vendedora. Olivia a reconheceu como uma das atendentes regulares de sua mãe. — Como você está, querida?

A raiva de Olivia começou a se dissipar quando ela observou a mulher mais velha rodopiar enquanto embrulhava seus pedidos. Ela sabia que estava sendo petulante. No geral, levava uma vida privilegiada. Pensou em cancelar a compra, solicitar que tudo fosse colocado de volta, mas ainda podia sentir o olhar da outra mulher observando de longe. E orgulho era uma das muitas coisas que os Davenport tinham em abundância.

Enfim, Ruby apareceu. Olivia ficou aliviada por ver a amiga, e por não ser mais a única pessoa negra na loja.

O rosto de Ruby estava corado e seus olhos brilhavam em contraste.

— Ouvi dizer que havia uma comoção aqui — disse ela com um sorriso no rosto. — O que aconteceu?

Harold, o cocheiro, tirou a carruagem da calçada diante da Marshall Field's e se encaminhou para seguir pela State Street. Era fim de tarde do início da primavera, e Chicago estava cheia de vida. Restaurantes com colunas suntuosas compartilhavam paredes com fábricas de tijolo e vidro que lançavam no céu nuvens feitas pelo homem. Os sinos dos bondes competiam com as buzinas dos carros motorizados. Homens em seus ternos de tweed se apressavam ao passar por vendedores de jornal gritando das esquinas. Pessoas de todos os tipos enchiam as ruas enquanto Olivia observava pela janela de uma das muitas carruagens cobertas e luxuosas da família, escondida em seu coche forrado de seda.

— Ah, Olivia. — Ruby segurou a mão dela. — Aquela garota sabia muito bem que seu vestido custa mais do que ela ganha em um mês. A boa e velha inveja, só isso.

Olivia esboçou um sorriso e pousou as mãos no colo. A amiga estava certa, mas era mais do que isso. A garota olhara para Olivia como se ela fosse uma ladra. Uma dissimulada. Inferior.

Olivia jamais se acostumaria àquele olhar.

Ao lado dela, Ruby examinou o acabamento de pele de raposa em um par de luvas que Olivia comprara.

— Fique com elas — disse Olivia, vendo o olhar da melhor amiga. Uma coisa a menos para fazê-la se lembrar.

Ruby pegou as luvas e apoiou o rosto nas mãos, toda vaidosa. Então mexeu as sobrancelhas e mostrou a língua até que Olivia deu um sorriso genuíno e as duas caíram na gargalhada.

Harold parou a carruagem no cruzamento. Seguir em frente as levaria ao North Side, onde os mais ricos e poderosos de Chicago moravam. O lugar que os Davenport chamavam de lar.

— Ah! A propósito — disse Ruby —, eu imaginei a cena ou Helen saiu da sua garagem coberta dos pés à cabeça em graxa naquele dia? — Ela abafou uma risada.

Olivia revirou os olhos. A irmã mais nova estava determinada a nunca se casar.

— Ela devia tomar mais cuidado. Se papai a vir, ele vai ter um ataque.

Quando crianças, Olivia e Helen eram bem próximas. Com a empregada Amy-Rose, e mais tarde com Ruby, as irmãs transformaram a propriedade da família no próprio reino. Passavam horas nos jardins, fugindo da governanta. Quando chegou a hora de Olivia ser apresentada à sociedade na primavera passada, ela decidiu deixar de lado as travessuras infantis, esperando que Helen seguisse seu exemplo. Em vez disso, a irmã parecia correr na direção oposta.

Enquanto Harold guiava a carruagem pelos portões da Mansão Freeport, Olivia não podia imaginar boas-vindas mais incríveis depois de um longo dia. A Mansão Davenport ficava no limite de um dos bairros mais nobres de Chicago, e sua propriedade apequenava aquelas ao redor. Quando Olivia era mais jovem, ela pensava que isso ocorria por conta do dinheiro da família. Mais tarde, percebeu que era porque ninguém queria ser vizinho de uma família negra. O terreno incluía vários acres para jardins, estábulos e campos para os cavalos pastarem. A mais nova adição era uma oficina para o conserto das carruagens Davenport e para os automóveis que John colecionava.

A Companhia de Carruagens Davenport fora uma aposta que o pai dela fizera anos antes. Quando era bem mais jovem, ele escapara da escravidão e embarcara em uma jornada perigosa rumo ao Norte, onde pessoas negras tinham a chance de viver algo semelhante à liberdade. Ele sonhara em criar uma carruagem tão luxuosa que seria mais que apenas um meio de transporte. E assim o fez. Pouco depois de ser humilhado na oficina onde trabalhava, William Davenport pegou suas economias, reuniu alguns funcionários insatisfeitos e montou o próprio negócio. Deu certo, e logo suas carruagens se tornaram as mais procuradas do mundo.

Mas agora, com os automóveis competindo por espaço nas ruas da cidade, John começara a pressionar o pai para se adaptar aos novos tempos.

— Olha. — Ruby apontou para o faetonte perto da garagem. — É um dos seus?

O faetonte era uma carruagem de design espartano. Pintada em preto fosco, com finas rodas compridas e sem condutor, era o oposto dos modelos dos Davenport, que tinham assentos de veludo, pneus grossos e fortes para uma viagem confortável e um acabamento tão envernizado que era possível ver o reflexo acima do brasão da família, folheado a ouro e estampado na parte traseira.

Olivia se endireitou e ajeitou as saias.

— Provavelmente um dos projetos de John. Embora eu não veja o motivo de trazê-lo para cá. Desde que voltou para casa com seu automóvel, ele e Helen só falam disso.

— John estará no jantar esta noite? — perguntou Ruby, fingindo desinteresse.

Olivia revirou os olhos. A melhor amiga dela era péssima em disfarçar o que sentia por seu irmão.

— Ele precisa comer em algum momento — provocou ela.

Olivia desceu os degraus da carruagem e olhou para Freeport, o único lugar que ela já chamara de lar. A construção vitoriana de três andares era pintada de azul-claro com telhado de duas águas, íngreme e triangular, e um par de torres. O corrimão de madeira no alpendre amplo tinha sido esculpido com um padrão de hera tão real que as folhas pareciam tremular com a brisa. Grandes portas de carvalho se abriam diante delas, revelando a imensa escadaria que serpenteava pela lateral da entrada. O sol da tarde entrava pela cúpula de vidro no teto.

Edward, o mordomo, esperava pacientemente pelos chapéus e luvas delas.

— Está atrasada para o chá, senhorita — sussurrou ele.

— Chá? — perguntou Olivia.

A mãe dela não dissera nada sobre chá. Olivia puxou a fita abaixo de seu queixo e deu a Ruby um olhar confuso.

As garotas logo seguiram pelo corredor com piso polido de madeira nobre e passaram pelos espelhos de moldura dourada da sala de estar. Com a testa franzida, Olivia prendeu a respiração enquanto abria a porta.

— Perdão pelo...

Seu pedido de desculpas foi interrompido quando Olivia viu o homem lindo e desconhecido sentado diante de seus pais. O terno de tweed cor de caramelo envolvia sua pele negra sedosa.

— Ah, e aí está ela.

Emmeline Davenport se levantou do sofá, a saia de seu vestido deslizando graciosamente pelo corpo. Sua postura era impecável, quer por seu espartilho ou por pura determinação, Olivia não soube dizer. A sra. Davenport lançou um rápido olhar à filha com os expressivos olhos amendoados que ambas compartilhavam e gentilmente afastou o convidado do sr. Davenport e do chá.

— Esta é a nossa filha Olivia. Querida, este é o sr. Lawrence.

O cavalheiro diante de Olivia não era como nenhum dos jovens solteiros que ela conhecera. Era muito mais alto que ela, o que a forçava a reconhecer a largura de seus ombros.

O cabelo estava escovado e partido para o lado. Não havia um único fio fora do lugar. Nem mesmo em seu bigode de fios grossos, que emoldurava os lábios carnudos que se abriram ao vê-la, revelando um sorriso confiante de dentes brancos e alinhados. Suas bochechas terminavam em um queixo anguloso, e tinha covinhas.

Era um homem muito bonito.

— É um prazer conhecê-lo. — Olivia ofereceu a mão.

— O prazer é meu — disse ele, aceitando a mão e inclinando a cabeça. A voz dele, com sotaque, era tão profunda que enviou um arrepio pelo braço dela.

Olivia observou um sorriso se formar no rosto do pai. Os grandes olhos castanhos do sr. Davenport se suavizaram. Ele tirou os óculos do seu nariz proeminente e os colocou no bolso do paletó. Deixou a bengala apoiada na cadeira e se juntou à mãe dela perto da janela no outro lado do cômodo. Os dois representavam um ideal de Olivia: o do casal que combinava perfeitamente.

Um leve alvoroço ao lado dela trouxe sua atenção de volta ao convidado.

— Ruby Tremaine. Acredito que não fomos apresentados — disse Ruby, com a mão estendida surgindo entre eles. O olhar de Olivia encontrou o do cavalheiro, compartilhando entre eles uma pitadinha de graça pela ousadia da amiga.

— Jacob Lawrence. É um prazer conhecê-la também — disse ele.

— O sr. Lawrence se mudou para cá recentemente, de Londres — explicou a sra. Davenport com um sorriso antes de voltar a atenção ao pai de Olivia.

— Ah? E o que o traz a Chicago? — perguntou Olivia.

O olhar dele encontrou o dela.

— Estou buscando novas oportunidades.

De fato, pensou Olivia.

— Que tipo de oportunidades? — Ela mal conseguia manter o tom de flerte longe da voz.

O sr. Lawrence sorriu.

— Quero expandir minha transportadora além das Ilhas Britânicas. Conheci seu pai em uma banca de jornais há alguns dias e ele graciosamente se ofereceu para me apresentar a algumas pessoas. Vim agradecer.

Olivia sentiu os olhares dos pais do outro lado da sala e se aproximou mais do sr. Lawrence.

— Peço desculpas por meu atraso. Se soubesse que o senhor viria, eu não o teria feito esperar.

Sem tirar os olhos de Olivia, o sr. Lawrence disse:

— Não há motivo para se desculpar. Minha visita não foi planejada. Lamento não podermos passar mais tempo juntos.

O coração de Olivia disparou.

Ruby quase precisou abrir caminho entre eles.

— Insisto que o senhor compareça à festa de meu pai nesta sexta-feira.

— É uma campanha de arrecadação de fundos para a candidatura do sr. Tremaine a prefeito — explicou a mãe de Olivia, se aproximando. Ela se virou para o sr. Lawrence. — O salão de baile dos Tremaine não é tão grande quanto o nosso, mas certamente será um encontro aconchegante e íntimo.

Olivia lançou um olhar de desculpas para a melhor amiga e disse:

— Sempre achei o jardim dos Tremaine adorável nesta época do ano. Estará aberto, Ruby?

— Certamente — bufou Ruby. — Não economizamos.

O sr. Davenport parou ao lado do sr. Lawrence.

— Será a oportunidade perfeita para conhecer os figurões de Chicago.

— É muita gentileza de sua parte. Não consigo pensar em uma forma melhor de passar a noite de sexta-feira. — O sr. Lawrence se voltou para Olivia. — Verei a senhorita lá?

Olivia sentiu um frio na barriga. A temporada acabara de começar e ali estava o pretendente mais adequado que ela já vira, literalmente em sua sala de estar. Talvez encontrar um marido fosse mais fácil do que ela pensara.

— Com certeza — disse ela, com os lábios se transformando lentamente em um sorriso. — Posso até guardar uma dança para o senhor.

Capítulo 2

HELEN

Está muito diferente do diagrama, Helen pensou enquanto inspecionava a parte de baixo da carruagem de um Ford Model T danificado que John trouxera para a garagem mais cedo naquela manhã. Uma entrega como essa fazia Helen lembrar das manhãs de Natal: a expectativa e o suspense, cada veículo um mistério. Embora reparos automobilísticos não estivessem especificamente no portfólio Davenport, John discretamente juntara os melhores mecânicos de Chicago para ajudá-lo no serviço e para modificar as novas carruagens sem cavalo que se espalhavam pelo país.

Esse grupo de mecânicos incluía Helen. Ela examinou as entranhas disformes da última descoberta de John, convencida de que o irmão lhe dera o esquema errado para estudar. Os rascunhos pareciam bastante simples, mas olhar para o funcionamento interno do automóvel agora era como encarar uma teia emaranhada. Não ajudava que John e os outros mecânicos fizessem sugestões complicadas demais para ela.

Era questão de tempo até que os gêmeos, Isaac e Henry, começassem a brigar. Helen esfregou a têmpora, adiando uma dor de cabeça que se aproximava.

— Me dê a chave inglesa — disse John. A mão dele esbarrou no rosto dela enquanto ele tateava, sem ver, na direção da irmã.

Helen empurrou a mão dele e se sentou no chão, terra e óleo alterando o padrão do tecido já manchado de um velho macacão de John.

— Não sei por que você não me deixa fazer. Minhas mãos são menores que as suas.

— Está bem, então você conserta. — A frustração de John mal disfarçava o seu tom desafiador.

Os homens ao redor pararam de falar. Até Malcolm, que tinha uma expressão de zombaria permanentemente gravada em seu rosto, se aproximou. Helen sabia que eles observariam cada movimento seu. A primeira vez em que John deu a ela um reparo para fazer, a garagem inteira reclamou. Malcolm, falando mais alto que os demais. Desde então, a maioria dos mecânicos a observava com uma mistura de diversão e fascínio. Malcolm, no entanto, preferia resmungar em um canto sobre mulheres precisarem saber qual era o seu lugar. Sobre crianças ricas usando seu local de trabalho como parquinho.

Todos os homens juraram segredo.

Helen Marie Davenport procurou entre as ferramentas espalhadas e passou as costas da mão no queixo. Ajoelhada em uma poça de óleo, ela se sentia mais ela mesma ali do que em qualquer outro lugar. Ali, ninguém esperava que ela soubesse a coisa certa a dizer ou as últimas fofocas e tendências. Ali, ela podia deixar sua curiosidade correr solta.

John não se importava com as constantes perguntas da irmã. Ele a deixava falar o que quisesse. Helen adorava o irmão mais velho. Eles eram fisicamente parecidos, com sorrisos contagiantes, ambos tinham puxado o nariz marcante e o temperamento tranquilo do pai. E ambos eram sonhadores.

— Você esqueceu o que é uma chave inglesa? — provocou John.

Os homens riram da piada. Isaac pegou o diagrama que ela deixara no chão. Arquiteto de formação, ele seguira o irmão até a Davenport Carruagens depois de ver um anúncio no jornal.

— Posso checar o diagrama para você, se quiser, Helen.

Também havia isso. Ali, ela não era a *senhorita* Davenport nem *senhorita* Helen. Com exceção de Malcolm, que nunca falava com ela diretamente, os homens a chamavam pelo primeiro nome. Ela merecera seu lugar entre eles, e, por isso, eles a tratavam como igual.

Dentro da garagem, Helen era uma verdadeira aprendiz.

A garagem não era tão sofisticada quanto a fábrica onde as carruagens eram feitas, mas era suficiente para as necessidades deles. A parte externa era pintada com o mesmo tom de azul-claro que a mansão. Duas portas largas os permitiam trabalhar em mais que um automóvel por vez, principalmente porque o Ford de John ficava estacionado na cocheira. As paredes acima da mesa de trabalho eram preenchidas tanto com ferramentas novas como de segunda mão, a mesa era de madeira e ocupava a parede dos fundos e se estendia em direção ao pequeno escritório, onde Helen e o irmão por vezes conversavam sobre o futuro da empresa.

Mas, antes que Helen pudesse entregar o diagrama, algo atraiu sua atenção e de repente os segredos do motor se revelaram para ela. Helen reuniu as ferramentas de que precisava e tudo mais na garagem desapareceu de sua consciência. Cautelosa e ofegante, ela se inclinou em direção ao motor aberto. Era o que devia fazer.

Os funcionários a observaram por um tempo, mas logo retornaram ao trabalho, e a sombra de John caiu sobre Helen. John, primogênito e único filho homem, havia sido criado para assumir os negócios da família. Seu sorriso fácil e seus bons modos conquistavam todas as damas.

E havia Olivia. Olivia, que sempre sabia a coisa certa a dizer e não tinha a manga da camisa suja de tinta nem manchas de graxa no queixo. Ela conseguiria um bom casamento, deixaria os pais orgulhosos e continuaria fazendo compras e se entretendo pelo resto da vida, assim como fizera no último ano.

Helen fechou os olhos e respirou fundo para se concentrar. Ela sentia falta da irmã — da antiga Olivia. Mas o fato é que ela pretendia usar a mente para realizar outras coisas além de planejar jantares e escolher louças.

John cutucou a orelha dela.

— Aonde você foi?

Helen balançou a cabeça.

— Acho que você devia conversar com o papai sobre transformar o negócio em uma fábrica de automóveis. Só consertar automóveis da Ford e da General Motors não é o futuro da nossa empresa. Studebaker e Patterson já estão...

— Helen... — suspirou John. — Já falamos sobre isso. Ele sequer nos permite divulgar que fazemos *consertos* de automóveis. Papai jamais concordaria com uma fábrica.

Ela olhou para o irmão.

— Ele concordaria se você apresentasse da maneira certa. Ele até pode estar irredutível, mas papai gosta de fatos. É um risco, concordo. Mas um risco que precisamos correr.

— Eu não saberia argumentar como você. — John passou a engrenagem redonda que segurava de uma mão a outra. — Você fez os cálculos, planejou, montou os orçamentos.

— E você previu a tendência do mercado, garantiu um lugar no centro da cidade para abrir uma fábrica maior e — ela o cutucou no peito — reconheceu o que eu tenho a oferecer.

— Você está certa. Somos um time. — Ele massageou abaixo do ombro esquerdo e franziu a testa. — Por isso mesmo não seria certo apresentar seu trabalho para o papai como se fosse meu.

Helen grunhiu. O rosto dela estava quente e formigando diante da hesitação de John.

— Você sabe muito bem que papai riria de mim.

Depois de fazer alguns pequenos ajustes na parte inferior do Modelo T, ela pegou a engrenagem do irmão e a colocou no lugar. O estômago dela revirou ao pensar em dizer em voz alta seu desejo secreto — trabalhar, oficialmente, para a Davenport Carruagens — para o pai. John manteria o segredo até que ela estivesse pronta, até que ela tivesse a experiência para *provar* ao pai que tinha tanto a contribuir para o nome da família quanto os irmãos.

— Só acho que você não está dando uma chance a ele — disse John. — Ele pode surpreender você.

Helen mordiscou o lábio. E se John estivesse certo? Ela se imaginou entrando no escritório dele com anotações e valores. Havia ensaiado mentalmente o discurso tantas vezes que podia recitá-lo dormindo. Em seus melhores e mais loucos sonhos, o pai ficava impressionado — *orgulhoso*.

O canto da boca de John se contraiu.

— Vocês fazem a mesma expressão quando têm uma ideia. São mais parecidos do que imaginam.

A esperança cresceu no peito de Helen. Bem quando ela pensou que poderia sair flutuando, a porta lateral da garagem se abriu.

Amy-Rose estava na entrada. Suas mangas estavam cobertas de farinha e alguns cachos soltos haviam grudado na lateral do pescoço. Seus expressivos olhos castanhos estavam emoldurados por uma pele negra clara e com sardas. Agora, aqueles olhos se fixavam em Helen.

— Aí está você! Eu juro... — Amy-Rose tropeçou na soleira. — Sua *mãe* perguntou por você — disse ela, nitidamente sem fôlego. — Eu disse que você estava no banho.

Helen não achava que o rosto da amiga pudesse ficar mais corado até que Amy-Rose notou John sentado no chão ao lado dela.

John ficou de pé primeiro.

— Obrigado, Amy-Rose. — Ele estendeu os braços para baixo e ajudou a irmã a se levantar. — Entre antes que nossos pais encontrem você assim.

De vez em quando, Helen desejava que eles a encontrassem, sim, daquela forma, só para não ter que manter aquela parte de sua vida escondida deles.

Mas, por enquanto, ela limpou a palma das mãos nas coxas e deu um abraço rápido no irmão, sem saber quem cheirava pior. Então seguiu Amy-Rose, olhando para as janelas da mansão enquanto voltava para dentro correndo.

Capítulo 3

AMY-ROSE

Amy-Rose pegou a toalha encharcada de Helen do chão do quarto e a pendurou no banheiro ao lado. Depois de encontrar Helen na garagem com John, ela rapidamente conduziu a jovem Davenport para o banho e a ajudou a se vestir para o jantar. Agora, Helen estava lá embaixo com o restante da família enquanto Amy-Rose arrumava o quarto. Depois, ela precisaria estar na cozinha.

Um pouco mais à frente, ficava o quarto de Olivia. Os quartos das garotas poderiam ser imagens espelhadas um do outro — imensas camas de dossel, tapetes persas enormes, papel de parede com cor vibrante —, mas as semelhanças só iam até aí. Olivia mantinha seu quarto imaculado: cada objeto em seu lugar. Ela nunca deixava roupas no chão. Seus livros ficavam alinhados nas estantes. Algumas poucas fotos de família enfeitavam a cornija da lareira.

Amy-Rose passara horas lá quando criança, sendo anfitriã de elaborados chás com as Davenport e suas bonecas, sussurrando preces e desejos tarde da noite enquanto suas mães dormiam profundamente.

Quando a mãe dela ainda estava viva.

Amy-Rose se lembrou do dia em que ela e a mãe, Clara Shepherd, chegaram na longa entrada de cascalhos da Mansão Freeport, a maior casa que ela já vira. Tudo era grande ali, empolgante e bonito. Principalmente a família que chamava esta casa de lar. Os Davenport eram a única família de Chicago que aceitaria uma empregada com criança; ninguém mais iria querer uma boca extra para alimentar. Neste lugar novo e estranho, tão longe de casa, Amy-Rose fez amigos.

Sua mãe falecera três anos antes. Certos dias, ela podia fingir que a mãe estava em outro quarto, espanando um lustre ou arrumando uma cama, cantando canções de ninar francesas. Amy-Rose então correria para o quarto compartilhado delas e a dor de lembrar da sua morte a colocaria de joelhos. Quando a dor finalmente passasse, lembranças felizes preencheriam sua mente. As melhores eram as histórias que sua mãe costumava contar sobre Santa Lúcia — os pássaros coloridos que visitavam o lar dela, as mangas de cor intensa que cresciam no quintal e o cheiro doce de buganvília misturado à maresia. Amy-Rose sentia falta das paisagens das montanhas, Gros Piton e Petit Piton, que alcançavam o céu. Ela tinha apenas cinco anos quando deixaram a ilha, então não se lembrava de muitos detalhes. Ela sentia que as memórias de sua mãe eram as suas.

Elas raramente falavam sobre a tempestade que levou consigo o resto da família e seu lar. Agora, a Mansão Freeport era seu novo lar.

Um corredor acarpetado levava à pequena sala de estar onde as garotas passavam grande parte do tempo. Vazia, exceto pelo cachorrinho descansando sobre uma grande almofada de seda no canto, o cômodo era uma mistura do estilo ordenado e clássico de Olivia e dos interesses mais recentes de Helen: livros sobre Roma e manuais de motores automobilísticos. Até Ruby deixara sua marca ali, nas amostras de perfume da Marshall Field adornando a pequena bandeja de chá.

Com um suspiro, Amy-Rose desceu um lance de escadas até a impressionante cozinha dos Davenport.

— Que bom, aí está você — ecoou uma voz de dentro da despensa. — Pegue isto. E isto. — Jessie, a cozinheira principal, colocou uma caixa de ovos nos braços de Amy-Rose sem olhar para ver se ela estava preparada para segurá-la.

Jessie colocou um saco de farinha na tábua de corte com tanta força que o aparelho de chá favorito da sra. Davenport chacoalhou na bandeja. A cozinheira pousou os punhos fechados em seus quadris largos e se virou lentamente para Amy-Rose.

— Não demore tanto assim para colocar aquela garota em um espartilho. — Ela tornou a se virar, as mãos largas enfiando louças na pia.

Era óbvio que Jessie nunca tentara vestir Helen Davenport.

— Helen precisava de cuidados — disse Amy-Rose. — O cabelo dela não segura os cachos por tanto tempo quanto o de Olivia.

Henrietta e Ethel entraram por outro corredor e imediatamente começaram a arrumar a cozinha. Jessie nem olhou para elas, mesmo quando Ethel colocou a mão no ombro dela. Em vez disso, ela encarou Amy-Rose como se soubesse que os pensamentos da jovem empregada estavam longe da tarefa.

— Acho que você está ajudando essa garota a se safar de problemas que não são da sua conta. — Jessie suspirou longa e profundamente, suavizando seu tom ríspido. — Sei que você cuida das meninas como se fossem suas irmãs, mas elas *não são* suas irmãs. Você precisa parar de sonhar com o passado e em como as coisas costumavam ser e começar a pensar como elas são. Elas se casarão em breve. — Jessie apontou para as panelas empilhadas na pia e para as empregadas polindo a prataria fina. — Então os Davenport não precisarão mais de você.

Amy-Rose se aproximou para lavar as mãos e pegou um avental do gancho, ignorando a verdade nas palavras de Jessie. Em vez disso, ela se deixou ser transportada para a fachada da loja do sr. Spencer e o dia em que viraria a placa de Fechado para Aberto na porta. O dia em que a vitrine da loja teria o nome *dela* acima da entrada, e clientes esperando pelas mercadorias e estilistas experientes. O avental pendurado em seu pescoço não protegeria suas roupas das cascas nem do amido que sai das batatas, mas, sim, de creme e xampu para cabelo.

— E quem disse que vou estar aqui quando isso acontecer? — bufou ela. — Em algumas semanas, pretendo ter guardado dinheiro suficiente no Banco Binga para alugar a loja do sr. Spencer.

Amy-Rose olhou para a mulher mais velha que, por anos, havia sido como uma madrinha autoritária. Contar a Jessie seus planos os tornaram muito mais reais — mais que um devaneio que ela compartilhava com seu amigo Tommy. Nos estábulos com ele, era apenas um desejo. Tommy era a única pessoa que realmente sabia da vontade dela de partir e abrir o próprio negócio. Ele fora com ela até o banco para tentar um empréstimo depois de economizar o suficiente para um pagamento inicial. A crença de Tommy nela era quase tão forte quanto a que Amy-Rose tinha em si mesma.

— Há mais ou menos dois meses — prosseguiu ela quando Jessie não respondeu —, perguntei ao sr. Spencer se ele estava interessado em vender uma da minha máscaras de tratamento capilar em sua barbearia. — Amy-Rose sentiu um calor se espalhar por seu corpo. — Foi um sucesso. Ele disse que praticamente saíram voando das prateleiras. Desde então, ele se reencontrou com a filha na Geórgia. Ele é avô e...

Jessie tirou o excesso de farinha do topo da xícara em sua mão.

— Garota, fale logo da loja. — Ela se virou então, e observou Amy-Rose com um olhar lacrimejante, uma das mãos pousada no quadril. — Bem, prossiga — disse depois de pigarrear.

Amy-Rose corou.

— O sr. Spencer concordou em alugar a barbearia para mim para que ele pudesse se mudar para o Sul.

As palavras saíram tão rápidas que exauriram todo o ar dos pulmões dela. Ela observou as outras mulheres interromperem seus afazeres. O coração de Amy-Rose acelerou enquanto absorvia os olhos arregalados e seus corpos se virando devagar para Jessie. A cozinheira dos Davenport e autodeclarada líder da casa pôs as mãos no rosto enquanto dava a volta na mesa de açougueiro para abraçar Amy-Rose.

— Ah, sua mãe ficaria tão orgulhosa! — disse Henrietta próxima ao armário da prataria.

— Hetty está certa. Sua mãe ficaria orgulhosa. — Jessie deu batidinhas nas bochechas de Amy-Rose. — Agora, até lá, separe as gemas das claras. — A ordem não tinha a habitual dureza, e Amy-Rose obedientemente pegou uma faca.

Hetty se aproximou da garota e disse no que pensou ser um sussurro:

— E quanto ao sr. John?

— Ele herdará a empresa do pai um dia. — Amy-Rose afugentou a imagem de John na garagem, as calças surradas e as mangas da camisa puxada até os cotovelos. A forma como os músculos no antebraço dele se moviam sob a pele. — E eu terei a minha.

Jessie se virou, o rosto contorcido para um sermão, quando algo do lado de fora da janela chamou sua atenção.

— O que aquele garoto quer agora?

Amy-Rose seguiu o olhar da cozinheira e viu Tommy, o filho de Harold, acenando do jardim. Ele tinha a pele negra bronzeada de sol e olhos grandes e ávidos, de um castanho tão profundo e sereno que podiam acalmar qualquer um. Depois que a mãe de Amy-Rose faleceu, ela passava o tempo observando Tommy escovar o pelo dos cavalos enquanto os alimentava com maçãs e outras guloseimas. Longas cavalgadas pelo terreno construíram uma amizade íntima entre os dois. Quando Amy-Rose compartilhou seu sonho de um dia abrir um salão para cuidar do cabelo de mulheres negras, Tommy a parabenizou como se ela já tivesse conseguido. A esperança dele impulsionara a dela.

— Espere aí — reclamou Jessie, mas Amy-Rose já estava indo lá para fora.

Tommy caminhava ao longo da cerca, torcendo o chapéu nas mãos. Havia um fervor incomum em seus olhos e a energia dele a encheu tanto com animação quanto medo. Como Amy-Rose, Tommy crescera junto aos irmãos Davenport, mas sempre respeitara o limite que separava os funcionários da família. Ele nunca fizera amizade com John, apesar de terem a mesma idade e embora o único filho dos Davenport passasse tanto tempo na garagem e nos estábulos quanto o único filho do cocheiro principal. Tommy parecia a única pessoa imune ao charme irresistível de John.

OS DAVENPORT **31**

— Estou indo embora — anunciou Tommy.

Amy-Rose parou de repente.

— Falei com o condutor da Ferrovia Santa Fe — continuou ele, apressado —, e ele concordou em me cobrar menos por uma passagem transcontinental sentido Oeste.

— Oeste? — repetiu Amy-Rose.

Sua mente ainda lutava para acompanhar as palavras de Tommy. Não devia ser surpresa. Ele estava tentando escapar de Freeport desde que tinha idade suficiente para trabalhar, para "ganhar seu sustento", como o pai dele dizia. Tommy jurou que sairia dali e faria fortuna.

— Estive conversando com um membro da divisão de Chicago da Liga Nacional de Empresas Negras. Ele disse que há cidades crescendo muito por todo o país. Cheias de novas oportunidades.

— Onde você poderia ter mais opções que aqui?

— Preciso começar em algum lugar novo, onde eu não seja *um dos garotos dos Davenport*. Não vou trocar a rédea por um conjunto de engraxar sapatos quando eles passarem a trabalhar com carruagens sem cavalo. — Tommy retorceu o chapéu ainda mais. Estava quase irreconhecível. — Amy-Rose, o homem me ofereceu um trabalho em sua empresa de seguros.

Ela estava confusa.

— Você quer vender seguros?

Ele riu.

— Eles fazem mais do que isso. Garantem empréstimos e imóveis para empreendedores negros. Foi isso que construiu o South Side. — Tommy diminuiu a distância entre eles e pegou as mãos de Amy-Rose. — Meu objetivo é estar no California Express em seis semanas. — Ele apertou os ombros dela. — Eu queria que você fosse a segunda pessoa a saber, depois do meu pai, é lógico. — Ele a soltou e balançou a cabeça, como se estivesse surpreso com as próprias notícias. — Eu também queria te agradecer.

— Me agradecer?

— É, porque você me inspirou. Eu ouvi seus planos para o salão, vi você falar com cada dono de loja no centro até que eles te expulsassem. — Os dois sorriram ao lembrar do dono da loja de tecidos, Clyde, fazendo exatamente isso. — Você agiu como uma verdadeira força da natureza quando levou suas economias ao banco. — Tommy riu. — Não acho que você realmente precisasse de mim. — Seus olhos brilhavam de forma tão genuína que fizeram o coração dela bater mais forte. — Você está no caminho certo para tornar realidade tudo o que deseja. E quero isso. Para você e para mim.

Amy-Rose passou os braços ao redor do pescoço dele. Tommy cheirava a feno e cavalos, suor e determinação. Ele era um bálsamo para a alma cansada de Amy-Rose quando ela precisava de um amigo. Um homem bom, trabalhador e digno. Como ela poderia não querer o melhor para ele?

— Não se preocupe — disse ele. — Voltarei para visitar meu pai. E para a grande inauguração da sua loja.

Apesar do nó na garganta, ela sorriu e se afastou. Tentou imaginar Freeport, Chicago, sem ele. O mundo já parecia menos iluminado. Como se Tommy soubesse o que ela estava pensando, ele roçou um dedo na bochecha dela, pegando uma lágrima antes que caísse.

Ele disse:

— Todo mundo tem que partir cedo ou tarde.

Capítulo 4

RUBY

Ruby Tremaine amava sua melhor amiga, de verdade. Mas nada ressaltava mais a distância entre seus mundos do que deitar na cama de dossel de seda de quatro colunas de Olivia depois de um longo dia comprando coisas com as quais Olivia pouco se importava.

A vida de Ruby se resumia a pensar em gastos e dar sorrisos educados, enquanto Margaret, a empregada que agora servia tanto a ela quanto à mãe, cortava seus vestidos velhos e tentava fazê-los parecer diferentes e ousados o bastante para se passar como novos. Por sorte, a última moda de saias estreitas e mais curtas significava que havia tecido suficiente para se trabalhar.

Ruby tentara ignorar os sinais dos cortes de gastos do pai, principalmente quando os influentes legisladores da cidade continuaram a aparecer para jantar a cada semana, ou quando a família aproveitava a vista de seu camarote particular na pista de corrida. Mas então, na primavera passada, Henry

Tremaine se sentou com a esposa e a filha no escritório e disse a elas que concorreria ao cargo de prefeito.

— Todos teremos que fazer a nossa parte — disse ele.

Nossa parte.

"Nossa parte" parecia cada vez mais como decisões deles e consequências dela. Ruby ainda tentava focar nos resultados positivos de *quando* o pai dela fosse bem-sucedido em sua campanha eleitoral. Ela estava em circunstâncias muito melhores que seus primos na Geórgia que, com a ajuda do sr. Tremaine, recentemente conseguiram tomar posse da terra onde o pai dela era arrendatário. O algodão que eles colhiam servia de matéria-prima para os tecidos produzidos no moinho e pensão Tremaine. No entanto, colheitas malsucedidas no Sul junto ao estresse financeiro da campanha estavam cobrando seu preço.

A princípio, foi divertido. Novos políticos bonitos com quem flertar, mesmo que ela tivesse que aguentar infinitos debates sobre salários e fábricas lotadas.

Mas, menos de um ano depois, Ruby não tinha certeza se o pai estava mais perto de se tornar o primeiro prefeito negro de Chicago, por mais que odiasse ter aquela pontada de dúvida. Ela *sabia* que as férias de verão em Paris estavam ficando cada vez mais distantes.

De fato, Ruby tivera a intenção de confidenciar tudo isso à melhor amiga várias vezes antes daquele dia, mas as palavras sempre ficavam presas em algum lugar no peito dela. Cada compra que Olivia fazia abria um buraco no orgulho de Ruby e a forçava a segurar a amargura que crescia dentro de si. Ela havia desaparecido entre os vendedores da loja de departamento e admirado os produtos, dizendo a si mesma que a falta de pressão para comprar era um alívio.

Pelo menos, permitia que ela ficasse amuada em segredo, o que raramente acontecia perto da amiga.

Olivia surgiu da sala de estar que compartilhava com Helen.

— O que você ouviu sobre esse tal Jacob Lawrence? — perguntou ela, os olhos brilhando enquanto olhava pela janela do quarto.

Ruby deu de ombros.

— O que você ouviu?

Olivia balançou a cabeça.

— Ele é intrigante, não é? Eu gostaria de saber mais sobre ele, mas temo que mostrar interesse demais fará minha mãe nos observar ainda mais de perto. — Ela sorriu. — Você acha que existe um catálogo secreto no qual pais encontram o marido ideal?

— Se existe, eu gostaria de ser assinante. — Ruby sorriu, o peito apertando ao pensar em John.

As delicadas sobrancelhas de Olivia franziram. Possivelmente sentindo a ansiedade de Ruby, disse:

— Seremos irmãs de verdade em breve. Quando John superar o estresse de impressionar meu pai, tenho certeza de que ele te fará um pedido de casamento grandioso.

Instintivamente, Ruby estendeu a mão para pressionar o pingente em seu pescoço, se lembrando tarde demais que não estava ali. Em vez disso, ela apertou a almofada em seu colo, se agarrando ao encorajamento da amiga com a mesma força.

— Espero que sim.

Estar perto de John fazia a garganta de Ruby secar e o estômago se revirar; ela o amava desde que se entendia por gente. Mesmo assim, apesar do flerte, dos beijos roubados e do apoio explícito das famílias, John não fizera o pedido.

Isso a preocupava.

Como Olivia, Ruby alcançara a maioridade. Era hora de se casar. E, com a situação da família dela se complicando, a pressão estava em encontrar um bom partido, um que garantiria a fortuna e posição de Ruby na sociedade. John faria isso, mas, o que era ainda mais importante, ela nunca quisera ninguém além dele.

Ruby olhou para baixo e percebeu que havia desfeito a franja trançada da almofada. Ela a deixou de lado e sua mão institivamente retornou para o pescoço, onde a joia homônima um dia estivera na altura de sua clavícula. Ela, de repente, sentiu a urgência de ver John. De lembrar a ele que um pertencia ao outro.

— Vamos descer — sugeriu ela. — Estávamos tão atrasadas esta tarde que talvez possamos compensar chegando mais cedo para o jantar, não acha?

Ruby foi na frente. Freeport era tão familiar para ela quanto a própria casa, não muito longe dali. Elas desceram a longa escadaria e seguiram as vozes para o salão da sala de estar, onde o restante da família de fato já estava reunido. O espaço, decorado em vermelho-escuro e dourado, era onde os Davenport costumavam se entreter. Mas a pessoa que Ruby mais queria ver estava separada das demais. John estava diante da lareira, segurando uma taça com um líquido âmbar.

É a minha chance, pensou Ruby. Ela se aproximou do fogo, a pele já arrepiando ao vê-lo. Esboçou um sorriso suave e tocou o ombro dele.

— Boa noite — disse ela, escondendo o nervosismo sob um tom casual.

John se encolheu de surpresa e se virou para ela.

Ruby pousou a mão no pulso dele.

— Eu não quis te assustar.

— Eu estava distraído. — John sorriu, colocando toda a força de seu olhar nela.

Por um instante, ela foi transportada para uma lembrança: sob os carvalhos brancos que ladeavam a propriedade Davenport. Helen havia desafiado Ruby e Olivia para uma corrida. O cavalo de Ruby a havia jogado para fora da sela e corrido floresta adentro. Helen e Olivia estavam muito à frente para ver o que acontecera, mas o irmão delas viera correndo.

Enquanto John inspecionava o tornozelo dela, Ruby só conseguia pensar em como ele era bonito. Em como queria beijá-lo. Antes que enlouquecesse, se inclinou à frente.

Ele ficara tenso, uma das mãos ainda no tornozelo dela. Depois, relaxou e correspondeu à pressão gentil dos lábios de Ruby. O coração dela disparou violentamente dentro do peito. Ruby se apoiara nos joelhos e acabara com a distância entre eles. Ela tremera quando as mãos dele roçaram em seus ombros, deslizaram pelas costas e pararam em sua nuca, intensificando o beijo.

Quando ele enfim se afastara para respirar, Ruby estava quase em seu colo. O coração dele batera forte sob a palma da mão dela, e John lhe dera um sorriso. Sem dizer uma palavra, ele a ajudara a ficar de pé e a conduzira de volta à casa. Fora o primeiro beijo deles, e certamente não o último.

Agora, John encarava os lábios dela como se estivesse preso na mesma memória.

O rosto de Ruby enrubesceu, e ela deu mais um passo.

— Você ainda cavalga? — perguntou John, praticamente lendo a mente dela.

— Não tanto quanto eu gostaria — respondeu ela, sorrindo. Não mencionou que sua família vendera todos os cavalos, exceto dois.

John deu um golinho da taça.

— Se o tempo permitir, devemos organizar um passeio a cavalo à tarde na semana que vem.

Ruby manteve um sorriso recatado.

— Tenho certeza de que poderemos encontrar a sombra de um carvalho quando o sol estiver alto.

John arregalou os olhos, mas, quando Ruby enfim tinha a total atenção dele, Amy-Rose apareceu de repente, segurando uma garrafa cheia do líquido âmbar que John bebia.

— Obrigado, Amy-Rose. — John estendeu a taça, os efeitos da memória compartilhada desaparecendo rapidamente. — E obrigado pelo que fez esta tarde. Sei que Helen pode dar trabalho.

— Não foi nada — disse Amy-Rose, baixando o olhar. Ela estava, como sempre, irritantemente bonita para uma empregada. Ruby nunca havia visto uma garota cujas feições, sem joias, blush ou batom, parecessem tão impecáveis de perto.

Ruby se aproximou de John. Entre ele, o fogo, e o jeito com que ele olhava para a Amy-Rose, ela sentiu o suor descer por suas costas.

— Venha. Vamos a um lugar mais reservado — disse ela para John, ansiosa para retomar a conversa. Ruby olhou feio para Amy-Rose, que assentiu e se afastou.

Ruby precisava lembrar a John de onde um dia estiveram e o que ainda poderiam ser. E isso não aconteceria se ele encarasse a empregada daquela maneira.

Do lado de fora, a casa com fachada de tijolos de Ruby parecia vazia, abandonada. A Mansão Tremaine ficava perto da agitação do centro de Chicago. Ruby desceu da carruagem em frente à grande entrada. Não conseguia evitar pensar que parecia uma mansão mal-assombrada, se comparada a Freeport. Parecia faltar o calor da casa dos Davenport, e a família que lhe dava vida.

No saguão vazio, Ruby se sentia como um fantasma, um espectro que entrava e saía em silêncio. Ela se sentia grata pela escuridão. Isso escondia as mudanças que abriram uma tristeza oca nela — quadros que faltavam, suvenires vendidos, frivolidades que eram, para ela, itens inestimáveis. A lista era infinita.

— Ruby, querida, é você?

Ela quase havia alcançado o patamar da escadaria quando a mãe a chamou da sala mal iluminada adiante no corredor. Ruby abaixou os ombros.

— Sim — respondeu baixinho.

O estômago dela revirou enquanto ela arrastava os pés pelo corredor, onde um tapete Aubusson comprido e felpudo um dia esquentara o ambiente.

O sr. e a sra. Tremaine estavam sentados ao lado de uma fogueira que se apagava lentamente, bebendo xerez. Ruby parou de repente diante deles como se fosse ser reprimida por alguma travessura.

— Como foi a noite? — perguntou a mãe.

Ruby encarou as brasas ardendo.

— Adorável.

Ela tentou não torcer as mãos; a mãe odiava quando ela torcia as mãos.

— Os Davenport estão bem? — pressionou ela.

Ruby olhou para a mãe e viu a própria aparência dali a vinte anos. Mesmo à luz fraca, conseguia distinguir o nariz proeminente e os lábios carnudos dela. Embora sua figura fosse mais robusta, a sra. Tremaine poderia facilmente ser confundida como irmã de Ruby.

— Sim.

O sr. Tremaine pousou a taça de cristal na mesa com um estrondo.

— Ora, chega de amenidades. Você falou com John?

O pai se virou em sua cadeira e franziu a testa pra ela. Ele era um homem alto com uma barriga arredondada. Dez anos mais velho que a esposa, seu cabelo mostrava alguns fios brancos nas têmporas, mas o brilho forte e penetrante em seus olhos não diminuíra nem um pouco.

— Tivemos um momento a sós depois do jantar — começou ela. — Eu e ele permanecemos na sala de jantar enquanto todos se retiraram para a sala ao lado para tomar café e conhaque. Rimos das nossas aventuras quando crianças...

— Ruby — disse a mãe dela —, você está enrolando.

A sra. Tremaine não ergueu o tom de voz, mas havia algo de calmo e controlado que fez os pelos dos braços de Ruby se arrepiarem.

— Ele me convidou para cavalgar. — Ela se aproximou mais deles.

— Quando? — A voz do sr. Tremaine soou alta no silêncio, e fez tanto a esposa quanto a filha se encolherem.

Ruby olhou entre os pais, percebendo que havia feito tudo errado. Ela devia ter dito que ainda estava preparando John para fazer o pedido que eles tanto queriam.

— Nós... ainda não decidimos a data exata.

A mãe dela contraiu os lábios em uma linha fina.

O sr. Tremaine deu um tapa no joelho e se levantou de uma vez.

— Eu tinha a intenção de anunciar seu noivado com John Davenport na festa desta sexta-feira.

Ruby arfou. Como ele podia planejar anunciar alguma coisa antes da proposta?

— Querida. — A mãe se levantou e pegou a mão de Ruby, o rosto suavizando um pouco. — John é um bom homem, de uma família maravilhosa. O casamento com ele poderia salvar *esta* família. Juntos, os Tremaine e os Davenport podem ser o exemplo do que é possível nesta cidade. Espero mesmo que você esteja se esforçando. — O tom dela era encorajador, mas mesmo assim seus dedos estavam apertados nas mãos de Ruby.

— Eu estou, mãe — respondeu Ruby, mantendo a voz controlada e saindo do alcance da mãe.

Como ela podia fazer aquela pergunta à filha? Ruby estivera tentando com cada sorriso modesto e risada oportuna, com cada arquear de sobrancelha ou encontro acidental na propriedade. Como ela podia explicar aos pais que não importava o quanto tentasse, talvez não acontecesse da forma como eles planejaram? Ninguém perguntou se ela queria ser o rosto do progresso negro. Eles estavam apostando tudo que tinham — o futuro dela e o próprio — para convencer uma cidade inteira que o sucesso da família Tremaine podia ser facilmente replicado.

Com o estômago embrulhado, Ruby deixou a sala, se perguntando quem desejava mais aquele noivado.

Capítulo 5

OLIVIA

— **Leve isto para dentro agora mesmo.**

— Pode deixar, mamãe. — Os braços de Olivia doíam pelo peso do cesto que ela carregava. A mãe dela havia preparado os bolinhos para o sopão no South Side.

A sra. Davenport acrescentou mais dois bolinhos à cesta.

— É importante ajudar os menos afortunados, Olivia. Seu pai e eu não estaríamos onde estamos hoje se não tivéssemos recebido ajuda ao longo do caminho.

Olivia endireitou a postura.

— Eu sei.

Era uma linda tarde, perfeita para caminhar à margem do lago ou passear em uma carruagem aberta. Mas a mãe lhe pediu que fosse ao centro. Tecnicamente era a vez de Helen, mas ela desaparecera pouco antes do café da manhã. Olivia estava bastante aborrecida, embora ela mesma se repreendesse pelo sentimento. É óbvio que a mãe podia contar com ela.

— Vou garantir que seja entregue aos voluntários.

Emmeline Davenport fez um carinho na bochecha de Olivia. Era o incentivo de que ela precisava. A cesta escorregou para o seu quadril enquanto ela deixava a cozinha, indo em direção aos estábulos. Do lado de fora, Tommy preparava os animais.

— Senhorita — disse ele, pegando a cesta e oferecendo a mão para que ela subisse na carruagem. Ela se sentou no couro suave com a cesta ao lado do corpo. A Mansão Freeport desapareceu entre as árvores.

Na cidade, restaurantes e lojas passaram em um borrão. Logo estavam na versão reduzida da State Street, a South Street, com suas boutiques, mercados e lojas de empreendedores negros, incluindo salões, escritórios de advocacia e um hospital. Antes que Amy-Rose começasse a arrumar os cabelos delas, Emmeline e as filhas passavam um dia fazendo compras e visitando o salão. Olivia nunca vira tantas pessoas que se pareciam com ela em um só lugar. Algumas haviam sido escravizadas, como o pai dela. Outras, nascido livres no Leste, como a mãe dela. Todas esperavam construir uma nova vida em uma cidade que ofereceria oportunidades para tal. Ali, a música parecia ser o som dominante e o jazz inundava o ar como cheiro de pão recém-assado. Homens trocavam informações do lado de fora da barbearia enquanto tinham seus sapatos engraxados, e as mães seguravam os filhos perto. Tudo isso empolgava Olivia e, se ela fosse sincera, também a deixava nervosa.

Olivia desceu da carruagem com a cesta em mãos.

— Vou entregá-la e já volto — disse ela para Tommy por sobre o ombro.

Visitar o centro comunitário sempre a deixava mais humilde. Ela sabia que sua vida era muito diferente da daquelas pessoas que faziam fila para ganhar enlatados ou uma refeição quente.

— Srta. Olivia, que bom revê-la — disse Mary Booker, que organizava a chegada de roupas e alimentos e supervisionava a cozinha.

— Olá, sra. Mary. — Olivia colocou a cesta na mesa atrás do bufê.

Mary se inclinou sobre o ombro dela, com as mãos afundadas no avental.

— Aposto que está tão gostoso quanto o cheiro. Agradeça sua mãe por nós.

— Com certeza. — Feliz por se livrar de sua pequena carga, Olivia observou a sala. As paredes não tinham ornamentos, e cadeiras vazias estavam sob muitas das mesas. Ela se lembrou de como o ambiente estivera vibrante para a celebração de Páscoa, há três semanas. A sala estava bem menos cheia que o habitual. — Estou atrasada ou cheguei cedo? — perguntou ela.

— Nem um, nem outro. Parece que todos estão ocupados por aí. — Enquanto Mary falava, um jovem rapaz trouxe sua bandeja à mesa e se afastou bem rapidamente.

Olivia se despediu e disse a Mary que a irmã dela pegaria a cesta na semana seguinte.

Na saída, ela viu um grupo de homens e mulheres negros que pareciam ter sua idade. Eles sussurravam em um canto, dando risos nervosos. A curiosidade a dominou. É lógico que Olivia tinha amigos — tinha Ruby, sua irmã, Amy-Rose e algumas outras poucas garotas com quem podia conversar —, mas havia algo de diferente em ver aquele grupo de amigos sussurrar e rir que mexeu com ela.

Antes que se desse conta do que estava fazendo, Olivia os seguiu do lado de fora e dobrou a esquina da Biblioteca Newberry. O grupo parou diante de uma casa simples em uma rua de ladrilhos. O edifício em tijolo liso estava limpo.

As cortinas estavam puxadas. Ela os observou desaparece-rem lá dentro, e mais três pessoas também — um homem da idade do pai dela e uma mulher mais velha dando o braço a um jovem rapaz, que sussurrava no ouvido dela. De alguma forma, Olivia sabia que fosse lá o que estava acontecendo lá dentro era o motivo para o centro estar vazio — e que era importante o suficiente para atrair jovens e idosos para o interior escuro do prédio.

Os degraus da varanda se inclinaram à direita quando um homem alto em um terno pequeno demais surgiu e a cumprimentou.

— A reunião é lá embaixo. Cuidado com a cabeça.

Ela se abaixou sob a viga baixa na entrada. As vozes sus-surradas lá embaixo a faziam pensar em um beija-flor, cheio de energia e rápido demais para se deixar capturar. O porão estava mais escuro que o andar principal, a luz entrando por janelas estreitas altas demais no teto. Rostos, todos em diferentes tons de pele negra, revezavam em espiar a outra entrada perto de um palco improvisado. Olivia parava quando via um ocasional rosto branco entre eles. Nenhum frequentava os círculos so-ciais onde o sr. e a sra. Davenport mantinham os filhos separa-dos do restante do mundo.

— Você parece um pouco perdida — disse uma voz atrás dela.

A mão de Olivia apertou a bolsa com mais força, as luvas agarradas ao peito.

— Não estou perdida.

Ela espiou o estranho sob a aba do chapéu, ainda preso em sua cabeça. O jovem ergueu o queixo para olhar além da multidão.

— Ah — disse ele. — Você vai se encontrar com alguém.

Ele prendeu os polegares nas lapelas do casaco. O terno de risca cinza era perfeitamente ajustado, mas mostrava alguns sinais de uso. Eles eram da mesma altura, com ela em suas botas de salto, tornando difícil desviar o olhar. O maxilar forte dele se inclinou para ela, e Olivia foi atingida pela claridade da cor de mel dos olhos, pelas maçãs altas do rosto e pelos dentes brancos e brilhantes de um sorriso capaz de desarmar qualquer um.

— Não — começou ela, e então parou. Ele era um estranho. Ela não precisava dizer nada a ele.

— Então você *está* perdida. — Ele assentiu enquanto examinava as roupas perfeitamente escolhidas dela. — Vestido fino. Botas lustrosas. Mãos que parecem não ter visto um dia de trabalho na vida.

Ele riu da boca aberta de Olivia e do choque estampado por todo o rosto dela. A risada dele era tranquila e tão cheia de alegria que se espraiava. Ela quase se esqueceu que ele ria dela.

— Só porque minhas roupas são boas...

— Boas? Senhorita, abra os olhos.

Olivia seguiu o olhar dele. As pessoas usando sapatos de segunda mão e roupas mal ajustadas conheciam dificuldades que ela não conseguia imaginar. Olivia presumiu que alguns, como ela, estavam a uma geração depois da escravidão. O sr. Davenport nunca falava de sua família, da vida que deixara para trás, ou do que teve que sacrificar para chegar ao Norte. Era como se a vida dele tivesse começado em Chicago, quando conheceu Emmeline Smith enquanto trabalhava em uma oficina de carruagens.

Olivia tocou nos grandes botões de ouro em sua blusa. A percepção de que um deles poderia provavelmente alimentar alguém por uma semana fez seu rosto arder. A multidão se aproximou. Ela se sentiu encurralada entre o homem ao lado dela e uma mulher mais velha à direita, que deixou em Olivia uma nuvem de pó e manteiga de karité quando os ombros delas se tocaram.

— Sra. Woodard. — Olivia a reconheceu como amiga próxima do reverendo Andrews. Os dois eram grandes apoiadores do centro comunitário.

A mulher de meia-idade deu a Olivia um firme aperto de mãos antes de cruzar os braços. Seu casaco transpassado era do mesmo tom de creme que a saia. Um prendedor de cabelo de pérola mantinha seus cachos volumosos longe do rosto.

— Veio participar da reunião de mulheres?

Olivia olhou ao redor. Havia de fato tantas mulheres quanto homens na sala cheia. Quando a atenção dela se voltou para a sra. Woodard, o olhar penetrante da mulher mais velha fez a garganta de Olivia secar. *Se eu a reconheço, então...*

— Estamos pressionando pelo voto, sabe — disse uma jovem do outro lado da sra. Woodard. Ela usava um vestido que parecia um uniforme, azul-escuro, com meias e sapatos brancos. Ela ergueu o queixo. — Merecemos a chance de dar nossa opinião — continuou ela, com os olhos nos homens diante delas. — Tanto quanto eles.

Logo, Olivia se viu rodeada de mulheres discutindo trabalho e política. Demonstravam uma confiança e retidão que ela gostou de imediato. Elas eram como Helen, seguras e determinadas. Olivia estava dolorosamente ciente do jovem de opiniões assertivas ao seu lado, observando cada movimento seu de esguelha.

— E quais são seus motivos para visitar a velha Casa Samson? — perguntou ele. Sua voz grave era um contraste assustador ao tom mais agudo das mulheres.

— Não sei por que estou aqui — confessou ela. — Segui um grupo que veio do centro comunitário. — Ela gesticulou para os adolescentes reunidos na frente da sala.

Ele assentiu.

— Eles vieram para ver um tal sr. DeWight.

Olivia aguardou mais informações.

— E ele é...? — A frustração dela estava aumentando. Primeiro, ele deu a entender que ela não pertencia àquele lugar. Agora, estava sendo deliberadamente rude.

— Um advogado do Alabama.

A multidão ao redor deles continuou a aumentar e a temperatura da sala também subia. Tudo aquilo apenas por um advogado?

O jovem desconhecido prosseguiu.

— Os artigos dele no jornal *The Defender* fizeram as pessoas falarem sobre seus direitos e as leis de Jim Crow.

— Leis de Jim Crow?

Olivia desviou o olhar, tentando se lembrar dos fragmentos que ouvira sobre as restrições aplicadas sobre pessoas negras nos estados sulistas. Ela mordiscou o lábio, envergonhada por se lembrar de tão pouco.

Um sorrisinho malicioso começava a aparecer na boca do rapaz. Olivia teve a sensação de que ele sabia como usar aquelas maçãs do rosto salientes.

— É pior do que eu pensava — disse ele. O desejo de contrariá-lo ferveu o sangue dela, mas o jovem continuou antes que Olivia pudesse responder. — Mas é bom você estar aqui — disse ele, o queixo apontando para além dela.

O reverendo Andrews apareceu, passando por eles para subir ao placo e ficar em cima de um caixote virado. Lá, encarou a multidão e imediatamente um silêncio caiu sobre a sala, como aquele que toma conta de uma congregação antes que os acordes do primeiro hino ressoem do órgão. Mas aquele não era um culto com o qual Olivia estava acostumada.

O reverendo pigarreou.

— Obrigado por virem aqui hoje. Sei que são tempos difíceis, tempos perigosos. Pode parecer que uma força maior que cada um de nós quer nos fazer recuar após cada passo largo em direção à equidade. — As mulheres assentiram com seus leques e os homens retesaram o maxilar. Alguns murmuraram orações por entre lábios quase cerrados. — Mas não devemos perder a fé. — As pessoas ao redor de Olivia responderam às palavras dele com um coro de *Amém*. — Sem mais delongas, sr. Washington DeWight.

— Com licença — disse o jovem misterioso, aquele que a havia interrogado. Ela o observou avançar com gentileza pela multidão a caminho do palco.

Olivia precisou de um momento para compreender.

Ele *é o sr. DeWight?*

O rapaz pulou o caixote e foi até onde o reverendo estava. Encontrou Olivia na multidão e piscou para ela, fazendo o coração da garota disparar. Ela desejou poder desaparecer, correr de volta lá para o andar de cima. Mas não queria que ele soubesse o quanto havia mexido com ela. Olivia forçou os pés a permanecerem plantados no chão e a não desviar o olhar do dele, que parecia preso ao dela.

O advogado Washington DeWight, do Alabama, falou com confiança enquanto descrevia a taxa crescente de desemprego, o acesso restrito a empregos e educação, a fome e a violência que forçavam o êxodo de pessoas negras ao Norte e ao Oeste. Pintava uma imagem tão diferente do mundo que ela conhecia, apesar do comportamento ofensivo de um possível atendente de loja, que ela não pôde evitar questionar sua veracidade. Mas Olivia olhou para os homens e as mulheres ao seu redor e viu as lágrimas que desciam por muitos de seus rostos cheio de orgulho. O estômago dela revirou e a respiração ficou entrecortada.

— As Leis de Jim Crow do Sul estão chegando ao Norte.

As palavras do sr. DeWight ressoavam, cheias de emoção. A multidão cochichou e tagarelou ao escutar a notícia. O reverendo tentou acalmá-los. Um garotinho enfiou um panfleto azul surrado nas mãos de Olivia. Ela leu as leis recém-aprovadas no Alabama. Cada frase começava com *É ilegal* em letras pretas e em negrito. Cada uma derrubava um direito que ela tomara como garantido durante toda a vida: pessoas negras proibidas de entrar em estabelecimentos comerciais, de serem donas de lojas, de compartilhar espaços públicos com pessoas brancas. A lista continuava em outra página.

— O sentimento de que a cor escura de nossa pele é algo a ser temido continua a ditar as regras, corrompendo espaços públicos, nos arrancando nossos direitos recém-conquistados! — continuou DeWight. As palavras dele incendiaram mais e mais conversas paralelas na plateia. A mulher ao lado de Olivia assentiu enquanto suas companheiras sussurravam entre si. Ele então gritou: — Peço que todos estejamos vigilantes. Os tempos tenebrosos de um passado recente ainda pairam sobre nós.

As palavras dele pareciam gelo descendo pelas costas de Olivia. Ela enfiou o panfleto na bolsa enquanto sua mente tinha dificuldade em imaginar as formas como essas *leis* poderiam impactar a família dela, destruir tudo o que os pais trabalharam tanto para construir, tudo que o irmão deveria levar adiante.

Rara, era dessa maneira que a mãe se referia à própria família. O pai tinha sido escravizado, assim como os pais dele e por todas as gerações anteriores. Ele não falava sobre sua experiência. A mãe deles pedia para terem paciência, dizendo que um dia ele compartilharia, no tempo dele. As crianças Davenport só conheciam a história ensinada a eles pela governanta, deixando-os imaginar o pior. Olivia se lembrava do momento em que se dera conta de que todas as pessoas negras que conhecia haviam sido tocadas pelo horror da escravidão. Às vezes, Olivia sentia isso como uma ferida profundamente escondida sob sua pele macia — uma que ela não se lembrava de ter sofrido, mas que doía mesmo assim.

Mais ou menos uma vez por mês, o pai dela se trancava no escritório com o sr. Tremaine e seus contatos do Sul, homens que atuavam na área que se concentrava em encontrar familiares perdidos. O tio dela, irmão de seu pai, que o ajudara a escapar, ainda precisava ser encontrado.

John fora o primeiro a perceber que a mãe deles enchia esses dias com atividades que os mantinham fora de casa. A mãe nascera livre, mas carregava sua própria bagagem e também não compartilhava esse peso com mais ninguém. Em vez disso, blindava os filhos com as melhores coisas que o dinheiro podia comprar. A prudência da mãe os permitira livre passagem pela cidade, assentos nas mesas onde atraíam atenção indesejada, mas também serviam de exemplo de sucesso dentro da comunidade negra. O muito que eles possuíam os permitia ajudar outras pessoas. Parecia impossível que o mundo no qual seus pais tinham construído a Davenport Carruagens pudesse vir abaixo.

As bochechas de Olivia ardiam. Sentia um aperto no peito. Era verdade que tudo o que ela conhecia — o mundo inteiro dela — estava sendo ameaçado por malfeitores que ela não podia ver, sobre os quais seus pais não a haviam informado? Eles sequer sabiam? *Eles tinham que saber.* Olivia se lembrou de como os pais a mantinham por perto quando saíam pela cidade. Mesmo quando viajavam ao centro comunitário, um funcionário os acompanhava. Ah, não — há quanto tempo ela estava ali?

Olivia abriu espaço em direção à entrada enquanto as vozes ao seu redor aumentavam.

— Você está indo embora muito cedo, não acha? — perguntou Washington DeWight, que deixara o palco e agora a alcançava.

— E-eu perdi a noção do tempo. Estou atrasada para outro compromisso — gaguejou ela. O olhar disparou pela sala.

— O que você achou do meu discurso? — disse o sr. DeWight enquanto ela subia a escada.

— Eu... Eu... — Ela não sabia o que dizer.

Ao mesmo tempo em que acreditava nele por completo, enfaticamente não acreditava.

— Srta. Olivia! — Tommy pulou do assento do condutor assim que ela emergiu sob a luz do sol. Uma camada de suor cobria sua testa, e o chapéu era um tecido amassado entre seus dedos. Ele olhou para o sr. DeWight e franziu a testa. — Desculpe assustá-la, senhorita, mas a estive procurando por toda a parte. Precisamos ir.

— Sim, lógico — respondeu ela, distraída e ainda atordoada.

Washington DeWight tocou o ombro dela suavemente e parte da névoa na mente de Olivia se dissipou.

— Você estará no próximo encontro? Alugamos este espaço para os próximos meses.

— Sr. DeWight...

— Por favor, me chame de Washington.

Olivia sentiu um frio na barriga diante da facilidade com que ele deixava de lado a formalidade, como se fossem velhos amigos. Ela observou Tommy abrir a porta da carruagem para ela.

— Sr. DeWight — disse ela, sentindo o coração disparar brevemente. — Eu não creio que isso seria uma boa ideia.

Ele tornou a rir, mas desta vez não parecia tão gentil.

— Entendo. — O sr. DeWight pegou a mão dela e a ajudou a entrar na carruagem. Ele se inclinou à frente. — Não se preocupe com essas bobagens. — Os olhos dele passaram pelo interior luxuoso da carruagem e voltaram aos dela. — Tenho certeza de que sua mente está cheia de pérolas, festas e todas as coisas boas da vida. Preocupe-se apenas em aproveitar.

Com isso, ele bateu a porta e a carruagem partiu. Olivia o observou de pé ali na calçada enquanto os cavalos viravam na rua, o insulto dele queimando seu rosto.

Capítulo 6

HELEN

Helen, ainda de camisola, encarou seu reflexo na penteadeira. Naquela noite haveria o grande baile dos Tremaine, e Amy-Rose dera seu melhor para domar os cachos de Helen e prendê-los no alto da cabeça. Ela nunca entendeu a necessidade de alisar o cabelo antes de cacheá-lo quando ele já secava em cachinhos naturalmente. Ela não podia opinar na forma do próprio cabelo? E quem é que decidia a aparência dele?

Ela só conseguia pensar nas horas em que passara sentada no quarto quando poderia estar na biblioteca ou na garagem. Em algum lugar sob o emaranhado de grampos de cabelo, o couro cabeludo dela coçava, mas ela sabia que, se encostasse mesmo o dedo mindinho ali, a mãe saberia.

Ela olhou para o vestido pendurado na espreguiçadeira atrás de si e suspirou. Tinha cintura alta e uma saia que parecia uma coluna. Os cristais ao redor do colarinho brilhavam. Helen não tinha qualquer interesse em ir à festa. Ela detestava a conversa fiada de como ela havia crescido e as perguntas sobre como estavam indo suas aulas de piano.

Helen estava perdida em pensamentos quando ouviu uma batida na porta.

— Entre.

William Davenport se aproximou da soleira. Helen olhou para a camisa branca e engomada do pai, que se destacava comparada ao preto meia-noite de suas calças e botões. Ela seguiu o olhar dele enquanto este vagava por seu quarto, que ela se recusava a deixar alguém limpar, exceto ela mesma. Estava cheio não apenas com livros e rascunhos, mas também de sapatos espalhados, xícaras de chá esquecidas e pratos vazios. Amy-Rose e Olivia viviam reclamando da bagunça. Helen dizia que as melhores mentes viviam assim. Ela lera em um de seus livros que a desordem incentivava a criatividade. Agora, ela se virou devagar em sua cadeira, se perguntando se o pai pensava que ela era desleixada.

Um dia, Helen tinha sido o orgulho do pai. Ele a sentava em seu joelho enquanto ela puxava suas orelhas, acariciava seu rosto e fazia perguntas. Sobre qualquer coisa — incluindo os cavalos e as carruagens dele. Helen se lembrava de uma tarde quando o pai estava despreocupado e brincalhão. Ele deixou cada um de seus filhos conduzir uma charrete pela entrada da garagem. Olivia manteve um ritmo lento e firme. John, que já havia feito isso várias vezes antes, seguiu com uma confiança que deixou Helen nervosa. Quando foi a vez dela, ela agarrou as rédeas e fez os cavalos dispararem pelo caminho. O vento chicoteava suas bochechas vermelhas e em dado momento arrancou o chapéu de sua cabeça. O sr. Davenport jogou a cabeça para trás e riu.

— Essa é a minha garota! — gritou ele.

— Helen — dizia o pai dela agora, retirando os óculos —, você não devia estar se arrumando para a festa?

— Por que as pessoas estão sempre tentando me arrumar? — murmurou ela, baixinho.

O sr. Davenport se inclinou sobre a mesa dela e bateu a bengala no chão, mexendo em alguns dos atlas que ela deixara abertos.

— Tive uma conversa interessante com John hoje — disse ele.

— É? — perguntou Helen, curiosa. Ela se voltou para o espelho, observando o reflexo dele se mover pelo quarto e pegar outro livro na mesinha. Helen reparou na semelhança entre eles, o nariz teimoso e grandes olhos castanhos que herdara do pai.

— Sim. Ele me contou que comprou um Modelo T que não funciona. Há apostas em quem vai descobrir o motivo. Uma pessoa está muito perto disso.

Um sorrisinho se formou no canto da boca dela. Helen passara os últimos dias na garagem, trabalhando no motor. John a expulsou antes do almoço.

O sr. Davenport estava perto dela agora. Sem dizer nada, ele depositou um manual de carro na penteadeira diante dela.

— Os mecânicos dizem que a cada manhã uma parte nova é removida. E higienizada. Habilidades de resolução de problemas excepcionais. Eu queria parabenizar o mecânico. Pode ser que ele consiga consertar. Mas nenhum deles tinha a menor ideia de quem é o responsável — disse ele, fazendo o coração dela disparar.

Helen encarou o manual, buscando por palavras. O pai estava chateado? Mas como, se ele parecia impressionado... Ela inspirou fundo e encontrou o olhar dele no espelho.

Ela hesitou.

— É curioso apostar em uma pessoa que sequer sei o nome. — A voz do pai dela abaixou para um sussurro. — Me deixe ver suas mãos.

Helen sentiu algo como um soco no estômago. Com relutância, fez o que ele pediu. O pai gentilmente abriu um dos punhos fechados dela. Mesmo depois de esfregar com uma escova de dentes, o piche revelador aparecia nos cantos das unhas. Seu pai respirou alto e no ato havia mais decepção do que ela poderia aguentar.

— Estão sujas — disse ela, a mentira como uma traição perfurando em seu orgulho. — Eu estava no pomar com Jessie.

— Não vou tolerar uma filha mentirosa, Helen — disse o pai, rispidamente. — Você não deve entrar naquela garagem e se misturar àqueles rufiões.

Ela abaixou o olhar.

— Eles são meus amigos.

O sr. Davenport grunhiu.

— Eles não são seus amigos. São meus funcionários. Malcolm disse estar preocupado com...

— Malcolm! — exclamou Helen.

A indignação revirou seu estômago. O mecânico intragável que tinha ideias ultrapassadas. Ela devia saber que esse dia chegaria.

— A garagem não é lugar para uma dama. É um local de trabalho para aqueles que precisam dele, e não seu parquinho. Você é uma bela jovem e deveria se orgulhar disso. É hora de você crescer, Helen.

Helen afundou na cadeira. A imagem da aprovação dele, o sorriso amplo que ele direcionara a ela por sua conquista, tudo se desfazendo.

— Não sou uma dama. E posso ser valiosa na empresa se você me der uma chance. Eu poderia...

O silêncio do sr. Davenport era o som mais alto que Helen já ouvira, mais alto que a própria respiração acelerada. O olhar duro dele a interrompeu, mas a fadiga os devolveu ao castanho profundo e cálido. O pai a tomou pelo queixo e a olhou nos olhos. Ela podia jurar que estavam manchados com uma tristeza que se equiparava à dela.

— John será o responsável pelos negócios.

As palavras do pai partiram o coração dela e arrancaram dele a esperança.

— Agora apresse-se e vista-se — disse ele. — Partiremos em breve.

Enquanto deixava o quarto, a figura do sr. Davenport ficou borrada na visão de Helen. Ela pressionou a palma da mão nos lábios e inspirou profundamente, trêmula, ouvindo a porta fechar com força atrás do pai.

Capítulo 7

AMY-ROSE

A casa estava silenciosa depois que os Davenport enfim saíram para a festa na residência dos Tremaine. Amy-Rose e o restante dos funcionários não os teriam de volta até quase o amanhecer, bem a tempo do longo dia de trabalho recomeçar. No entanto, ela era uma das sortudas.

A lista de tarefas dela era relacionada principalmente a Olivia e Helen. Olivia, que era muito organizada, quase não deixava nada para ela fazer, e Helen não deixava Amy-Rose arrumar seu quarto, ou atrapalharia seu santuário criativo. Então as manhãs de Amy-Rose eram preenchidas com passar os vestidos das irmãs e arrumar seus cabelos. Depois disso, ela estava livre para fazer o que quisesse.

Amy-Rose suspirou. Como seria ficar fora a noite inteira, dançando e bebendo champanhe, sem nenhuma preocupação na vida? Ela colocou o pó e o blush de Olivia no kit de maquiagem e apagou as luzes.

Caminhou até a ala oposta da casa, onde Henrietta — Hetty — preparava o quarto do sr. e da sra. Davenport. Aquele lado da Mansão Freeport podia ter menos quartos, mas eram grandes. A sra. Davenport se cercava de tapetes felpudos e sofás de tamanho exagerado que eram tão firmes e resistentes quanto ela. O armário dela era maior que o apartamento que Amy-Rose compartilhara com a mãe antes de irem morar ali. Amy-Rose se apoiou no batente da porta enquanto Henrietta alisava o edredom com movimentos rápidos.

— Estou acabando aqui — disse ela. — Por que você não vai à cozinha e vê se tudo está pronto para quando Jessie voltar?

Amy-Rose assentiu. A cozinheira dos Davenport fora à casa dos Tremaine cedinho para ajudar nos preparativos. A sra. Tremaine requerera os serviços dela, esperando servir as sobremesas famosas de Jessie para seus convidados.

Uma vez na cozinha, Amy-Rose viu que Jessie já tinha limpado e polido tudo. Ela fez uma oração silenciosa de agradecimento e se sentou à longa mesa da cozinha para trabalhar nos preparativos e cremes para o salão. Todas as noites, após terminar suas tarefas, ela passava horas listando e experimentando e desenhando e apagando e redesenhando até ficar satisfeita, apenas para recomeçar em uma folha limpa de papel. Ela passou os dedos na ponta de cada uma das páginas, um gesto que a mãe costumava fazer em sua bochecha antes de colocá-la para dormir.

Amy-Rose leu as receitas, reunindo itens para tentar uma nova. Um pote de mel. Bananas a serem amassadas e misturadas com o xarope da redução de açúcar. Óleos extraídos de plantas e ervas do jardim que ela mantinha nos armários mais altos. Todos os preparativos para um tratamento de pré-

-lavagem perfeito. Amy-Rose não sabia o que era necessário para conduzir um negócio, mas sabia o que o cabelo precisava para ser brilhante e saudável. Trabalhar naquelas misturas a acalmava, deixava a mente livre para ponderar sobre as possibilidades do futuro.

Ela suspirou e passou o lápis pelas páginas de seu diário, rabiscando ideias de design para o salão ao lado da receita de banana e mel. O salão seria iluminado e acolhedor. Amy-Rose queria um aparelho de chá e servir petiscos. Tudo seria em lavanda, a cor favorita da mãe dela. Ela imaginou espelhos grandes de moldura dourada nas laterais do balcão, que multiplicariam um delicado papel de parede estampado. Pias adequadas para lavar e enxaguar, uma etiqueta elegante adornando os potes dos produtos, e na parede acima da porta... ah, se ela ao menos conseguisse escolher um nome...

Passos apressados ressoaram abruptamente na cozinha. Era John Davenport, com a gravata desfeita e o paletó no braço. As calças elegantemente ajustadas abraçavam suas pernas longas e magras. Amy-Rose pensara que todos os Davenport já haviam ido para a festa. *O que ele estava fazendo ali?*

John ergueu o olhar rapidamente e sorriu. O humor leve e brincalhão dele suavizou suas feições, que eram muito parecidas com as da própria mãe.

— Você acha que o pente quente funciona contra invasores? — Ele ergueu os dedos na direção dela. — Não está quente, está?

— O quê? — Amy-Rose olhou para baixo e se deu conta de que estava segurando um pente quente contra o peito. Nem tinha percebido que o pegara. — Sinto muito. Pensei que todos haviam saído.

O rubor coloriu as bochechas dela.

— Fiquei preso na garagem. E depois, na pressa de me vestir, arranquei um dos botões — explicou ele, gesticulando para a camisa. — Você costura bem?

— O suficiente — disse ela, o olhar preso no chão entre eles.

— Tentei fazer sozinho, mas só consegui espetar meu dedo.

— Não tenho certeza se pregar um botão conta como costurar — brincou ela. Amy-Rose se arrependeu das palavras no instante em que deixaram sua boca. O tom dela assumiu uma familiaridade que se perdeu na transição de companheira de brincadeiras para criada. Uma pontada em seu peito a lembrou do conselho de Jessie. O passado devia ficar no passado. Agora, Amy-Rose sentia a boca seca por seu atrevimento, mas John apenas riu. Ela observou o pomo de Adão dele subir e descer e uma covinha aparecer em sua bochecha recém-barbeada. Logo, a risada trêmula dela se juntou a dele.

Com destreza, John desabotoou a camisa.

— Você vai precisar disto — disse ele, entregando-a para ela.

Amy-Rose tentou manter a atenção na camisa dele e não nos músculos definidos dos braços do rapaz, expostos por sua camiseta sem mangas. Ou na forma como as calças dele delineavam sua cintura. Os dedos dela reviraram o kit de costura em busca da agulha certa e linha de seda forte o suficiente para manter a camisa dele no lugar sobre seu peito largo.

— O que você teria feito se não encontrasse ninguém para costurar para você?

— Andaria nu por aí, acho.

Amy-Rose quase espetou o dedo na agulha ao escutar a resposta dele. Ela corou e fingiu não ter escutado.

John se aproximou para observá-la trabalhar. O quadril dele roçou contra a lateral da bancada, tão perto que ela sentiu o cheiro do sabão na pele dele e o calor de seu corpo. A pele dela formigava com a proximidade dele. Mais alguns pontos e pronto, o botão estava preso.

— Obrigado, Amy-Rose. — John levou a camisa para perto do rosto. — Melhor que "o suficiente". Nem minha mãe saberia que foi consertada. — Ele enfiou os braços pelas mangas, o tecido repuxando contra seus ombros largos.

Amy-Rose sorriu enquanto guardava o kit de costura.

— O que é isso? — perguntou John, gesticulando para as folhas na mesa.

A pergunta a pegou de surpresa. John segurou o rascunho e, de testa franzida, observou o esboço do sonho dela no papel.

Amy-Rose podia dividir aquilo com ele? Nem Jessie havia visto seus planos.

Os dedos de John roçaram nos dela. Ela olhou nos olhos dele e algo que viu ali a encheu de coragem.

— Quero abrir meu próprio salão. Quero me especializar em cabelos de mulheres negras e cuidar deles. Muito do que fazemos é ditado por revistas cheias de pessoas que não se parecem conosco.

Amy-Rose se virou para o caderno e passou as páginas cheias de ingredientes para tratamentos de alisamento e de cachos em uma mistura de francês e inglês. Os ombros dela relaxaram e a voz ficou mais alta. Ela havia pesquisado, acompanhado o trabalho de outros pioneiros em tratamentos e penteados. Questionado mulheres nas farmácias no South Side sobre o que melhor funcionava para elas. E havia todo o conhecimento da mãe dela. Amy-Rose anotara tudo o que a mãe lhe ensinara.

— Existe mais que apenas um tipo de beleza.

Quando voltou a atenção para John, ele a encarava. Quantas vezes ela imaginara um momento assim? O maxilar forte de John estava a centímetros do rosto dela. A pele dele era de um tom de marrom rico e aveludado, que contrastava com o branco da camisa social.

Os olhos de John encaravam todo o rosto dela.

— Acho que é uma ideia incrível — disse ele.

Os dedos dele tornaram a roçar nos de Amy-Rose, enviando uma descarga elétrica, que viajou até os dedos dos pés dela. A pele da garota vibrava com a energia e os pelinhos de seus braços se arrepiaram.

— *Aí* está você! — Ethel parou quando viu a camisa desabotoada do jovem sr. Davenport e o rosto corado de Amy--Rose. Os dois se separaram como ímãs de mesmo polo. — Com licença, sr. John — disse ela, olhando os dois. — Eu estava procurando por Amy-Rose.

— Boa noite — respondeu John em tom formal. — Eu estava de saída. — Ele se voltou para a garota. — Obrigado mais uma vez, Amy-Rose. Eu não sei o que faria sem você.

Ele sustentou o olhar dela, e o coração de Amy-Rose disparou.

Capítulo 8

RUBY

A banda chegara pouco depois dos ajudantes temporários. Diaristas e a cozinheira dos Davenport entraram pela porta lateral bem cedinho para preparar a casa dos Tremaine para as festividades. Todos juraram sigilo em relação aos poucos recursos da família. Sem os tecidos da fábrica, a principal fonte de renda dos Tremaine estava abalada. Aumentar o aluguel dos inquilinos da pensão Tremaine estava fora de questão, embora o valor arrecadado mal cobrisse os custos do prédio.

Mas a campanha para prefeito não podia esperar. Nem o pai de Ruby.

Ruby se vestiu sem a ajuda de Margaret, tentando afastar os pensamentos de sua mente. O vestido abraçava suas curvas e era um pouco mais escandaloso do que sua mãe teria escolhido. Mas as aparências eram tudo, e ser vista usando a última tendência da moda era o estilo Tremaine, mesmo que significasse sacrificar uma peça da temporada passada.

Ruby também havia prendido o cabelo para trás para mostrar seu longo pescoço e ombros graciosos.

Ela parecia uma joia. Mesmo assim, faltava algo.

Ruby encarou seu pescoço nu e franziu a testa. Olhou para a porta atrás de si, um tanto temerosa de que a mãe aparecesse.

Só uma olhadinha, disse a si mesma. A música veio da caixa de mogno na penteadeira quando ela ergueu a tampa. A música metálica a lembrava de uma canção de ninar. Ela deixou de lado os brincos e o frágil pingente de ouro em formato de cruz em uma corrente. Com cuidado, ergueu o fundo da caixa. A luz refletiu na ponta afiada do rubi em forma de lágrima escondido abaixo, tão adorável.

Vê-lo ainda lhe tirava o fôlego. A pedra homônima fora um presente de aniversário de dezesseis anos de seus pais, antes que os sonhos deles fossem maiores que a felicidade dela. Com mais uma rápida olhada para a porta fechada, ela ergueu o colar pelas pontas.

A pedra vermelho-escura se acomodou no meio do pescoço dela e combinou com o rico tecido do seu vestido. *Ficaria perfeito*, ela pensou com uma tristeza que gostaria de poder engolir. Os motivos do pai para concorrer à prefeitura eram nobres. Mas ela não podia evitar a amargura que se acumulava ao ter que esconder seu item mais precioso. Era quase tão amargo quanto os pais terem pedido que ela o vendesse. Como eles ousavam? O presente tinha sido *deles* — era mais que uma bugiganga. Era marcante, bonito, coberto em ouro. Um perfeito reflexo da autoconfiança dela, em um tempo em que Ruby não se sentia inferior à melhor amiga. Não precisava sequer usar o presente; bastava segurá-lo e ela já se sentia ousada e forte.

Ruby não tinha qualquer arrependimento pelo colar da mãe que havia penhorado no lugar. Bem-feito por ter pedido uma coisa dessas à filha. E o fato de a mãe jamais ter sentido falta dele apenas confirmava que Ruby tomara a decisão certa.

A música parou e, no silêncio súbito, Ruby ouviu passos pararem do lado de fora da porta. Ela observou a maçaneta girar enquanto lutava com o fecho em sua nuca. Não havia tempo para escondê-lo, mas ainda assim ninguém podia saber que Ruby ainda o tinha. A pedra e sua corrente delicada desapareceram dentro da gola do vestido.

— Está pronta? — perguntou a sra. Tremaine da porta.

— Sim — Ruby respondeu rapidamente. Ela passou o peso de um pé a outro, esperando bloquear a visão da caixa de joias vazia na penteadeira. A pele dela ficou quente enquanto Ruby absorvia o olhar da mãe.

A sra. Tremaine suspirou. Ela se aproximou da filha.

— Sei que as coisas estão mais difíceis do que de costume agora que seu pai entrou nessa corrida eleitoral, mas não será assim para sempre. Não perdemos a colheita inteira. E seu tio está trabalhando em contratos com outras fazendas. Só precisamos de tempo.

Ruby assentiu rigidamente enquanto a mãe ajustava o tecido drapeado sobre seus ombros. A corrente do colar escorregou mais, fazendo cócegas na pele dela. Ruby esperou que o corpete do vestido estivesse apertado o suficiente para a pedra não bater no chão aos seus pés.

— Seu pai pode até não demonstrar sempre, mas ele está orgulhoso de você — disse a mãe dela.

Ruby ficou tensa. Ela queria segurar a raiva só mais um pouquinho.

— Apenas siga o plano, e tudo vai dar certo.

O plano. A raiva tornou a inflar o peito de Ruby. O plano sobre o qual ela não podia opinar. Ruby jurou que continuaria protegendo o que era importante para si, a começar pelo pedacinho de sua identidade preso entre as camadas de suas vestes. Ela ansiava pelo dia em que seria a senhora da própria casa, adorada por um marido carinhoso e cercada de filhos. E não tratada como um meio de os pais conseguirem seus objetivos.

— Ruby, o que você fez com sua caixa de joias? — A sra. Tremaine pegou o que pareciam peças quebradas.

— Ainda é uma caixa de joias mesmo sem joia alguma dentro? — perguntou ela.

A mãe a olhou com firmeza, mas com uma expressão compassiva. Então pareceu tomar uma decisão, o rosto endurecendo. Baixinho, ela disse:

— É melhor você corrigir seu temperamento antes de descer.

Seu temperamento. Ruby soltou o ar, seu temperamento saindo dos pulmões com força suficiente para mexer no corpete do vestido. Nesse momento, seu estimado colar caiu no chão. Deslizou pelo chão de madeira de lei e parou na ponta arredondada do sapato de seda da mãe.

— Ruby — disse a sra. Tremaine, a voz desaparecendo enquanto ela se abaixava para pegar a joia. — Pensei que isto estava incluído nos itens que você levou para o avaliador. Você devia ter mostrado todos os seus pequenos itens de valor quando ele estava aqui.

Ruby viu a luz reluzir na corrente delicada. A pedra brilhante desapareceu na palma da mãe dela, assim como qualquer desculpa que Ruby pudesse dar.

— Ruby?

— Eu ofereci outras coisas — respondeu ela. Seu coração começou a retumbar em suas orelhas. — Esse colar é meu. Não sei por que não posso mantê-lo. Vocês venderam praticamente todo o resto.

A sra. Tremaine permaneceu firme.

— Você sabe quantas pessoas isto poderia ajudar?

Outras pessoas, pensou Ruby. Ela, nunca. Não a filha deles, que tinha que sorrir e fingir que nada estava fora do lugar. Além disso, tecnicamente o dinheiro seria usado para a campanha.

— Sim, mas e eu?

A voz de Ruby havia aumentado para um volume mais alto que o aceitável. O peito dela tremia com cada respirar. Tudo o que ela queria era pegar a corrente de volta, sentir o peso confortável em seu pescoço. Ela sabia que qualquer movimento para fazer isso garantiria sua perda. Mesmo agora, ela pressionava os limites da paciência cada vez mais escassa dos pais.

— E quanto a mim? — insistiu ela, calmamente, como se o coração estivesse prestes a partir.

Ela observou em silêncio enquanto a mãe pesava a decisão. Ruby soube instantemente que estava feito. A sra. Tremaine endireitou a postura, fechou a palma da mão com o colar dentro e escondeu as mãos nas dobras da saia.

— Um dia você vai entender. Agora, por favor, termine de se vestir.

Um pequeno som escapou dos lábios de Ruby. Os pés permaneceram onde estavam. A porta se fechou com um estrondo que ecoou pelo cômodo, e um vazio cresceu dentro dela.

Só havia uma forma de recuperar o que lhe pertencia.

Ruby ficou no saguão ao lado da mãe, com um sorriso engessado no rosto. O maxilar dela doía pelas palavras que mantinha presas e pelas palavras cordiais que se forçava a dizer. Bom comportamento — era sua única esperança. Ela observou os convidados da festa enquanto eles deslizavam pelo saguão sob o teto abobadado. As mulheres usavam penteados altos e vestidos longos, acompanhadas de cavalheiros em smokings finamente costurados. Uma banda tocava, garçons ofereciam champanhe e aperitivos em bandejas de prata e uma centena de luminárias decorava o pátio externo.

Era um evento glamouroso, mas Ruby só tinha um pensamento: será que dava para notar o papel de parede enegrecido no local onde o trabalho de um antigo artista um dia estivera pendurado? A mãe dissera a todos que havia sido emprestado para um museu distante.

— Não é maravilhoso como o sr. Tremaine apoia a arte? — diziam eles. Mas Ruby se perguntava se eles sussurravam pelas costas da família: "E como é que pessoas tão poderosas conseguiram falir desse jeito?"

Se candidatar à prefeitura era uma coisa, mas ficar sem um centavo durante o processo era outra. Ela lutou contra a necessidade de tocar o colar que sabia não estar em seu pescoço.

— Você poderia pelo menos fingir que está se divertindo? — perguntou a mãe por trás de um sorriso.

— Eu me divertiria mais se tivesse meu colar — murmurou Ruby.

— Pois fique bastante certa de que será vendido no final da semana que vem — disse a mãe, lançando a ela um olhar duro.

Ruby sabia que seria bem mais fácil caso se distraísse com a música e a multidão. Com uma taça de champanhe para acalmar os nervos e banir os sentimentos amargos dentro de si.

Ela escapou do posto de boas-vindas na primeira chance e primorosamente respondeu perguntas sobre seus planos para o verão enquanto caçava um coquetel com espumante.

Olivia parece estar se divertindo, pensou. A melhor amiga dela e o sr. Lawrence eram o assunto do baile. Ruby estava feliz por ela, de verdade. Mas, mais cedo naquele dia, Ruby recebera outro sermão dos pais sobre a necessidade de aproveitar a noite ao máximo com John. Então ali estava ela, mas John não parecia estar em parte alguma. Em vez disso, Ruby estava presa na companhia de Louis Greenfield, um amigo de infância que não fazia nada além de falar de cavalos de corrida.

Quando John enfim passou pela porta, um silêncio desceu sobre o salão como se cada uma das damas, com exceção das irmãs dele, prendesse o fôlego. O smoking abraçava os ombros dele e escondia os músculos que se moviam por baixo. John era o solteiro mais cobiçado do salão, e, mesmo assim, parecia tão despreocupado que era difícil dizer se ele não sabia ou se não se importava com tamanha bobagem. De qualquer forma, isso o tornava ainda mais atraente.

Ruby pousou a taça vazia de champanhe na mesa e abriu caminho pela multidão. As contas do vestido dela tilintavam em seus calcanhares. Ela chegou perto de John alguns passos antes que a filha de um dos novos amigos do pai, da câmara municipal, com seus grandes olhos de corça.

John se virou quando Ruby tocou seu antebraço. A covinha na bochecha dele fez o coração dela disparar. O cheiro de sabonete e loção pós-barba ainda exalavam de sua pele. Ela ficou feliz pelo xale que cobria seus cotovelos, pois lhe dava algo com que manter as mãos ocupadas.

— Que bom que você pôde se juntar a nós — disse Ruby, sentindo uma enorme vergonha por dentro. Ela queria que soasse provocador, mas soou como uma reprimenda.

Por sorte, John não pareceu perceber. Ele sorriu.

— Desculpe, Ruby. Perdi a noção do tempo. Tenho trabalhado em um projeto novo — explicou-se.

— Admiro sua dedicação. Espero um dia encontrar algo que eu ame tanto quanto você ama automóveis. — Ruby ajustou o broche na lapela dele, se aproximando para aproveitar a forma como o vestido reconstruído abraçava seu corpo.

— Você gostaria de dançar? — perguntou ao mesmo tempo que John disse:

— Você viu Helen?

— Não — respondeu Ruby, decepcionada pela pergunta dele. Ela tentou pensar em algo, qualquer coisa, para mantê-lo por perto. — Posso ajudar a procurá-la? Talvez ela esteja no jardim.

Ruby pensou no labirinto e na privacidade que teriam.

— Agradeço, Ruby — disse ele, ainda olhando o salão. — Mas você tem convidados. Eu odiaria tirá-la de perto deles. — John beijou a mão dela. — A propósito, você está adorável esta noite.

Um pequeno som escapou da boca de Ruby enquanto ela buscava as palavras que o persuadiriam a ficar. Mas, antes que se desse conta, estava sozinha no canto do salão de dança, observando as costas de John enquanto ele atravessava para o lado oposto. Ela sentiu o olhar perfurante da mãe vindo dos sofás das damas perto da lareira.

Ruby manteve a expressão calma enquanto buscava por uma taça de champanhe, e ela a virou quando a mãe por fim desviou o olhar. O champanhe estava ácido e efervescente, o completo oposto de como Ruby se sentia. Ela se perguntou se havia uma forma elegante de fisgar o morango preso no fundo da taça. Não que alguém estivesse prestando atenção nela. Olivia e o sr. Lawrence giravam pelo "modesto salão de baile", como dissera a sra. Davenport, atraindo os olhares e suspiros dos convidados. Até Helen havia chamado mais atenção quando chegou, usando um vestido rosa-claro que balançava graciosamente enquanto ela procurava de mesa em mesa alguém que lhe desse um cigarro escondido.

Ruby pegou outra taça de uma bandeja que passou por ali rapidamente. Ela perdeu um pouco do equilíbrio, mas por sorte a mesa estava ali para ampará-la.

— A bebida dá um pouco de coragem, não é?

Ruby ergueu o olhar da taça, assustada com a voz sobre seu ombro. Harrison Barton apontava para a taça na mão dela. Ele se mudara de Louisiana para Chicago no verão anterior. A fortuna dele lhe garantira um convite, mas não havia dinheiro suficiente na cidade para fazer as pessoas esquecerem que um dia o pai branco dele fora dono de sua mãe. Ele tinha a mesma pele clara que a antiga-companheira-de-brincadeiras-e-agora-empregada de Olivia, Amy-Rose. E, quando Ruby ergueu o olhar, lembrou-se dos olhos dele — um castanho aguado e pálido circundado por verde. Muitos ali gostariam que ele carregasse a culpa da união interracial de seus pais. Características como a dele costumavam ser resultado de violência, um lembrete de uma dor da qual não se fala. A própria existência dele desafiava o conforto de pessoas negras e brancas da mesma forma.

Mas isso não inquietava Ruby.

— E para que eu precisaria de coragem, sr. Barton? — perguntou ela.

Ruby o deixou pegar a taça de sua mão e substituí-la por uma tortinha de framboesa. A crosta amanteigada derreteu na boca dela, seguida pela explosão da fruta doce e do recheio de creme.

— Eu falei coragem? — corrigiu-se o sr. Barton, a cor subindo de seu colarinho. Ruby sentiu a pele arrepiar e não conseguiu tirar o sorriso do rosto. Ela gostava da forma musical com que ele pronunciava cada sílaba. — Talvez você só precise de um pouco de diversão. — Ele soava menos seguro de si, mas manteve seu sorriso caloroso.

— Diversão é meu passatempo predileto. Afinal, se não estivermos nos divertindo, qual o sentido?

O sr. Barton mudou de posição, revelando John conversando com seu pai do outro lado do salão. Para a surpresa dela, os olhos de John estavam nela e em Harrison Barton, e sua testa estava franzida. Ele estava... com ciúmes? Ruby pousou a mão levemente no antebraço de Harrison. Ela viu John paralisar. *Típico*, pensou. Homens nunca superavam o instinto de possessão da infância. Bem, se aquilo fosse necessário para chamar a atenção de John, que assim fosse.

— Você me concederia uma dança? — perguntou Harrison.

Ruby desviou o olhar de John e o colocou no homem na frente dela.

— Eu teria te perguntado, mas você foi mais rápido!

Harrison apoiou a mão na lombar de Ruby e a guiou para o centro do salão. Ela sentiu o olhar de John enquanto seu belo parceiro de dança deslizava pelo salão e ela sorria genuinamente pela primeira vez aquela noite. O plano começava a tomar forma... Ruby voltou toda a potência de seus encantos para o sr. Barton. Ela se aproximou até a distância máxima aceitável, e, depois de fazer uma nota mental sobre a última localização de John, se forçou a não olhar na direção dele e, em vez disso, concentrar toda sua atenção no homem diante de si.

Harrison Barton se provou um dançarino esplêndido, e um conversador ainda melhor. Ele descreveu sua família e a cidadezinha onde crescera com tal apreço que fez o coração de Ruby doer. Ela estava tão envolvida na história dele, de quando o irmão quebrou o braço subindo em uma árvore, que não percebeu a música mudar ou a mãe se aproximar dela.

— Ruby — disse ela entredentes. — Você deve estar disponível para dançar com *todos* os convidados.

Ruby, com o champanhe borbulhando nas veias e a raiva cozinhando sob a pele, se virou para a mãe.

— Peço desculpas, sra. Tremaine — disse Harrison antes que Ruby pudesse expressar sua frustração em voz alta. — Sua filha é uma dançarina excelente. Eu aprecio a companhia dela e nunca foi minha intenção monopolizá-la. — As palavras de Harry podiam ser direcionadas a mãe dela, mas os olhos castanhos dele nunca deixaram os de Ruby. E, se ele viu a sobrancelha da sra. Tremaine se mexer, não deu qualquer sinal. — Obrigado pela dança, srta. Tremaine.

Ruby observou Agatha Leary se aproximar dele, e os dois desapareceram na multidão. Sim, um solteiro popular animava todas.

Ruby foi em direção ao bar, saindo de perto da mãe antes que dissesse algo de que se arrependeria depois. Ela virou à esquerda bruscamente quando avistou a multidão. Em vez disso, encontrou conforto no corredor. O ar estava perceptivelmente mais frio, mas refrescante. Ruby se inclinou contra a parede e fechou os olhos. *Só mais algumas horas*, pensou. Sussurros abriram caminho através da música até onde ela se escondia. Ruby não pôde resistir. Ela se aproximou da sala de estar, adaptada para servir como uma sala para damas naquela noite, na ponta dos pés.

— Pelo bem deles, espero que ele ganhe.

Ruby levou um susto e ficou parada, escondida pela parede do corredor.

Uma segunda voz ecoou:

— Ele vai precisar do voto dos brancos se quiser ganhar. Mais do que o dos poucos aqui esta noite.

— Mm-hmm — disse a primeira. — Se não, os Tremaine estarão acabados.

O peito de Ruby doía contra o vestido a cada respiração.

— Me concede a próxima dança? — murmurou uma voz no ouvido dela.

Ruby se assustou. Então o cheiro de bergamota e bálsamo a envolveu, suavizando a tensão que ela sentia. Ah, sim, o real motivo de ela ter dançado com o sr. Barton. Ela quase havia se esquecido.

Ruby sorriu e se virou devagar em direção a John Davenport, sorrindo com a satisfação de saber que seu plano havia funcionado.

— Pensei que você não fosse pedir.

Capítulo 9

OLIVIA

Olivia estava sem fôlego. Ela agarrou os ombros do sr. Lawrence enquanto ele a girava pelo salão de dança. Com a mão dele pressionada nas costas dela, eles lutaram para vencer os outros casais tentando acompanhar o tempo crescente da banda. Os pares eliminados se juntaram aos espectadores, batendo palmas no ritmo do compasso. Todos os olhares estavam nela, e, ao menos uma vez, Olivia não se viu questionando cada movimento que fazia. Ela não estava se esforçando para ser perfeita.

Ela estava se divertindo.

Seu rosto estava quente com gotas de suor em suas têmporas. E, embora suas panturrilhas queimassem e os dedos dos pés doessem, ela não queria parar.

— Quando pedi uma dança — gritou o sr. Lawrence por sobre a música —, imaginei algo um pouco mais lento.

— Podemos desacelerar se estiver rápido demais para o senhor — disse ela, arqueando uma sobrancelha desafiadora.

— E sair perdendo? — Ele balançou a cabeça e olhou nos olhos dela. — Quando me proponho a algo, minha intenção é sempre vencer.

As palavras dele a fizeram corar ainda mais.

Rostos se tornaram borrões ao redor deles. Os passos deles ficaram mais desajeitados enquanto o ritmo aumentava e outro casal desistia. Olivia errou um passo, o pé se enroscando ao do sr. Lawrence. Eles cambalearam para fora da pista de dança, os braços dele ao redor da cintura dela e seu rosto a meros centímetros do dela. Eles começaram a rir.

— Desculpe — disse ela rapidamente.

O sr. Lawrence olhou para o último casal celebrando na pista.

— Fomos bem, e haverá outra oportunidade. — Ele sorriu. — Vou buscar bebidas para nós.

Ela assentiu e o observou cruzar o salão.

— Olivia. — A sra. Davenport se aproximou rápido da filha e apertou as mãos dela. — Vocês fazem um casal tão adorável — sussurrou.

Olivia sorriu enquanto a mãe apertava o queixo dela amorosamente e se afastava.

Jacob Lawrence mal havia saído do lado de Olivia desde que chegara na festa. Ele foi gracioso quando ela o apresentou a diversas pessoas, e a fizera rir várias vezes. Ele era espirituoso e encantador. Bonito. Tudo o que ela procurava. E Olivia tinha certeza de que ele se sentia da mesma forma a respeito dela. Depois de um ano se perguntando como encontraria um pretendente, poderia ser mesmo fácil assim?

Ela o observou no bar, com duas taças de champanhe nas mãos, conversando com o sr. Tremaine. Jacob olhou na direção dela e sorriu.

— É lógico que eu a veria aqui novamente. — Uma voz familiar retirou Olivia de seu devaneio. Ela se virou.

Washington DeWight estava atrás dela, com um sorrisinho no rosto, usando um terno simples e escuro e munido de toda a confiança que exibira no palco. As mãos dele estavam nos bolsos, ombros para trás enquanto ele olhava preguiçosamente para o salão.

— Você parece mais confortável aqui, não é?

Ela sentiu o estômago revirar e a boca ficar seca.

— O que você está fazendo aqui? — perguntou ela. A voz soou mais áspera que o pretendido.

O sr. DeWight riu.

— Bem, é ótimo ver você também. Vim à convite dos Tremaine.

— Ah?

Ele pressionou os lábios.

— Qualquer candidato à prefeitura sabe como é importante conseguir o apoio da classe trabalhadora. — Ele assentiu. — Eu estava certo sobre você.

— Como assim? — perguntou ela, estreitando os olhos, desconfiando do tom dele.

O sr. DeWight gesticulou para o salão.

— Garota rica, passeando pela parte pobre da cidade.

— Eu não estava *passeando*. Eu estava levando doações ao centro comunitário. Eu...

— Minhas desculpas, uma garota rica filantropa...

— Você não sabe nada sobre mim — disse ela. Olivia se viu mais próxima dele, de punhos fechados ao lado do corpo.

— Você e o seu amigo, aquele cavalheiro, têm sido o assunto do baile — disse ele, trocando de assunto tão rapidamente que Olivia se viu piscando atordoada.

De esguelha, Olivia viu a sra. Johnson, uma amiga da mãe dela e fofoqueira insuportável, os observando, franzindo a testa levemente. Alguns outros estavam olhando na direção deles também, sussurrando. Olivia deu a ela o maior dos sorrisos e não abaixou a cabeça.

O sorriso do sr. DeWight também aumentou enquanto constatava a frustração visível dela.

— A curiosidade pode tê-la levado à reunião, mas acho que a compaixão a manteve lá. Você vive em um mundo bonito. — Ele olhou para o salão antes de trazer o olhar de volta para Olivia. — Mas agora sabe o que está em risco.

Ele sustentou o olhar dela.

A respiração de Olivia desacelerou. As palavras dele haviam deixado uma impressão nela, por mais que tentasse expulsá-las de seus pensamentos. Ela quase pedira a Hetty para lhe trazer uma cópia do *The Defender* na manhã seguinte, mas... com que finalidade? O pai dela havia passado a vida trabalhando para protegê-la dos horrores do Sul. Ele queria que Olivia vivesse exatamente a vida que ela teve tanta sorte em ter.

A banda começou uma nova canção enquanto os convidados dos Tremaine se espalhavam em direção à pista de dança. Iguarias e taças de champanhe vazias tomavam cada superfície. Quase como um mar de seda, tule e cetim, os convidados se moviam junto ao ritmo. Olivia olhou para o próprio vestido e pensou nas roupas asseadas e puídas que algumas das mulheres que ela viu no porão cheio usavam. Nenhuma das jovens no círculo dela iam a comícios. Elas ofereciam bailes de caridade e promoviam eventos para arrecadação de fundos, elas doavam dinheiro e mercadorias para causas respeitáveis.

O sr. Lawrence apareceu de repente ao lado de Olivia.

— Você está bem? — perguntou, entregando uma taça e observando o rosto dela atentamente.

— Sim! — disse ela, balançando a cabeça para se libertar daqueles pensamentos. — Sr. Lawrence, este é Washington... sr. Washington DeWight.

Ela praticamente engoliu o champanhe enquanto os dois homens apertavam as mãos com rispidez.

Um músculo no maxilar do sr. Lawrence tremeu.

— De onde vocês se conhecem?

Olivia olhou para o sr. DeWight em busca de ajuda. A reação do sr. Lawrence ao ouvi-la dizer o primeiro nome do outro homem não passou despercebida. Agora, ela estava corada e buscando por palavras. O sr. DeWight não disse nada, as mãos escondidas nos bolsos outra vez, uma expressão quase divertida no rosto. Ele estava deliberadamente em silêncio enquanto Olivia se contorcia no salão quente e barulhento demais, sob o escrutínio de um cavalheiro inglês.

— Nós... — começou ela, e então parou. O que deveria dizer?

Finalmente, o sr. DeWight falou.

— A srta. Davenport e eu estávamos apenas rindo. — Ele riu como se eles compartilhassem uma piada interna. — Eu a confundi com uma velha conhecida. Mas, agora, parando para pensar... — ele a encarou — devo ter visto fotos da senhorita nos folhetins da sociedade. — O ar voltou aos pulmões dela com tamanha velocidade que Olivia ficou tonta. — Se me derem licença.

Washington DeWight deu a Olivia um sorriso breve e tocou na aba de um chapéu invisível para o sr. Lawrence.

Olivia o observou se afastar, sentindo o coração batendo forte e arrepios por toda a pele. Ela se virou para o sr. Lawrence e deu o maior sorriso da noite.

— Agora, onde estávamos? — disse ela, a mão se encaixando perfeitamente na curva do braço dele.

Enquanto o sr. Lawrence a conduzia para a pista de dança, Olivia ficou aliviada em ver que o advogado do Sul desaparecera na multidão.

Capítulo 10

HELEN

Helen sabia que aquela seria uma longa noite. Assim que a família subiu as escadas para a casa dos Tremaine, ela saíra correndo. Não viu necessidade de esperar na fila para ser apresentada a pessoas que já conhecia. Eram sempre os mesmos personagens nesses eventos, com as mesmas ideias antiquadas de como as jovens damas deviam se comportar. Depois daquela conversa com o pai, ela não precisava mais *disso* naquele momento, muito obrigada.

Na primeira chance que teve, Helen entrou no salão de dança, esgueirando-se entre os convidados. Ela roubou uma bandeja de canapés de caranguejo e duas taças de champanhe e encontrou uma cadeira no canto. Dali, ficou observando a festa, as jovens da idade dela sussurrando e rindo umas com as outras. Pareciam totalmente despreocupadas com o fato de que estavam ali basicamente para a diversão de seus pais, com a responsabilidade de cedo ou tarde encontrar um marido. Em breve, seriam apresentadas, e a pressão de selecionar um bom partido — ou melhor, de *ser* selecionada por um — tomaria todo o seu tempo. A própria Helen faria dezoito anos no final do verão, e, se Olivia tivesse noivado no ano anterior, Helen estaria agora presa dançando com uma nova leva de solteiros. Ela não podia suportar a ideia. Revirou os olhos e se virou para a grande janela que dava para os jardins. Talvez um pouco de ar fresco lhe fizesse bem.

O jardim dos Tremaine era um labirinto lendário de arbustos cuidadosamente mantidos, agora decorados com pequenas luzes que piscavam como vagalumes. Lá fora, Helen encurralou o filho de um dos sócios do pai dela, Josiah Andrews, e o convenceu a dar-lhe um cigarro e fósforo.

Quando Josiah se afastou, Helen tragou o cigarro e soprou a fumaça em uma nuvem rodopiante acima da cabeça. Ela tentou tirar as palavras do pai de sua mente. Ele não conseguia ver que ela tinha muito a oferecer? Que ela era mais que um rostinho bonito? Ela jogou as cinzas ao vento e pigarreou. Não ia chorar outra vez.

— Ora, olá.

Helen ficou tensa, praguejando consigo por se deixar distrair tanto pelos pensamentos que não havia ouvido alguém se aproximar. Podia ser o pai dela, ou pior, a mãe. Emmeline Davenport dizia que fumar era um passatempo de mulheres de classes baixas.

Ela se virou para o intruso.

Jacob Lawrence. O jovem com quem Olivia passara grande parte da noite. Eles haviam se encontrado brevemente antes do jantar. Helen percebeu logo de cara que ele era alto, magro, e que andava por aí como se pensasse que podia ter qualquer coisa, bastava pedir. De fato, parecia bem provável que em breve ele teria a irmã dela.

Jacob parou ao lado de Helen, mas não perto demais. Pegou um cigarro de uma cigarreira entalhada dourada e esperou.

— Que tal fazermos um acordo? — perguntou ele enquanto ela não se mexia. A voz dele era macia e com sotaque. — Não direi nada sobre você estar aqui e você compartilha o fogo.

Helen o encarou, sem saber se podia confiar nele. O sorriso dele era grande demais e seus olhos muito intensos. Ele não quebrou o contato visual enquanto Helen estendia a caixa de fósforos para ele.

— Também vou querer outro cigarro — disse ela, pisando no anterior.

O sr. Lawrence riu e Helen sentiu um arrepio na espinha.

— Linda noite, não acha? — perguntou ele, protegendo a chama para ela.

— Sim — disse ela, desejando que ele fosse embora e a deixasse sozinha com seus pensamentos.

— É mesmo um labirinto? — O sr. Lawrence pisou na grama molhada.

Helen assentiu.

— Tem uma fonte no centro. — Ela indicou com o queixo e cruzou os braços.

Ele a olhou.

— Você não parece impressionada comigo.

— Eu deveria estar?

Ele riu novamente, deixando-a ainda mais nervosa. Helen sentiu que a risada dele era como um motor acionado sob seu comando: poderoso, ávido e um pouco perigoso.

— A maioria das pessoas me acha impressionante.

Helen não conseguiu evitar e uma risada escapou por seus lábios, ecoando na noite. Nas sombras, ela podia ver o sorriso dele crescer e sua confiança, já tão grande, aumentar.

— Sou rico. Bem-educado. Viajado — disse ele, listando as características com ajuda dos dedos da mão vazia.

— Ah, não se esqueça de bonito também.

— Achei que isso estava óbvio.

O sr. Lawrence pigarreou e subiu os degraus, parando ao lado dela. O calor de seu corpo fez arrepios se espalharem na pele de Helen, que inspirou fundo. O cheiro da colônia dele — cedro — e a fumaça do cigarro causavam uma reação estranha em seu âmago.

— E você? — quis saber ele.

Helen ficou confusa.

— *O que tem* eu?

O sr. Lawrence riu.

— Me conte de você.

O pedido a pegou de surpresa. Helen percebeu que nunca tinha conhecido ninguém que já não soubesse quem ela era, quem era a família dela. Helen era a mais nova dos irmãos Davenport. A irmã que não sabia bordar, cantar nem servir chá adequadamente. O que mais havia a dizer a seu respeito?

— Também sou bem-educada — começou ela.

O sr. Lawrence assentiu como se esperasse isso, e Helen fez um biquinho. Ela endireitou a postura e disse:

— Principalmente em revistas e manuais de mecânica. Poesia é muito chato.

Ela olhou para ele, com um olhar desafiador.

— Fantástico. Sou péssimo com máquinas — respondeu ele. — Você é boa com a parte elétrica? Tem um interruptor no meu quarto de hotel que me dá choque toda vez que acendo a lâmpada.

— Tenho certeza de que eu poderia resolver.

O rosto de Helen ficou quente com a ideia de entrar no quarto dele.

O sr. Lawrence ergueu um pouquinho a sobrancelha, mas logo voltou ao normal, suas feições formando um sorriso.

— Vou me lembrar disso.

De repente, Helen ficou tensa. O que ela estava fazendo? Ele podia não estar noivo da irmã dela, mas era apenas questão de tempo. Helen se lembrou da forma como Olivia sorrira enquanto o sr. Lawrence a conduzia pela pista de dança. Mesmo de sua cadeira no canto, mesmo com a música tocando, Helen ouviu o suspiro aliviado da mãe. Aquilo era o que Emmeline Davenport sempre quisera.

E, ainda assim, o que era aquela sensação no peito de Helen?

— Preciso entrar — disse o sr. Lawrence. Com isso, ele pegou a mão dela e a beijou, segurando-a contra os lábios por um momento longo demais, pensou Helen. Ela ficou paralisada. A mente dela ficou quieta, e tudo em que ela podia pensar era no lindo jovem à sua frente. — Boa noite, srta. Davenport.

— Boa noite, sr. Lawrence — disse Helen, puxando a mão. — E até que possa chamar um eletricista, considere acender uma vela.

Ele riu, a mão pairando sobre a maçaneta da porta do pátio.

— Me ligue primeiro. Esquentarei a água para o chá.

Capítulo 11

AMY-ROSE

Amy-Rose penteou o cabelo de Helen com os dedos, removendo os grampos que encontrava. Ela tentou manter o foco na tarefa, mas um grampo a espetara, bem de levinho, lembrando-a da agulha de costura que ela usara para pregar o botão na camisa de John. E o gosto amargo do café preto de Helen, do jeito que John costumava tomá-lo, atormentava seus sentidos. Tudo a fazia lembrar dele, mesmo as menores coisas. Eles tiveram um momento, não tiveram? Amy-Rose sentia um frio na barriga ao lembrar das mãos calejadas dele em seu pulso. O calor da palma da mão dele contra sua pele... Ela estava exagerando. Eles só estavam se divertindo um pouquinho.

—Amy-Rose, você está bem? — Helen a encarou, a mão segurando o pulso da garota.

Amy-Rose podia sentir seu pulso preso contra a pressão suave aplicada por Helen, cujas mãos eram tão ásperas quanto as do irmão. A mente dela foi outra vez preenchida com pensamentos sobre John. Ela pigarreou e deu de ombros.

— Sim, com certeza — respondeu.

Helen estreitou os olhos. Amy-Rose sustentou o olhar dela e tentou se lembrar do que Helen estava falando. Era de carros? Helen costumava falar de carros. Ou de alguma nova invenção sobre a qual lera nos jornais do pai.

— Então, o que você acha que eu devo fazer?

— Fazer? — Amy-Rose virou Helen no assento. Lutou para combinar as palavras que Helen dissera enquanto sua mente estivera distraída, imaginando-se nos braços de John.

Helen revirou os olhos.

— Meu aniversário é no fim do verão. Farei dezoito anos e minha mãe não terá motivos para não procurar um marido para mim. A única coisa que me salvou até agora é o fato de Olivia ser criteriosa.

Helen suspirou, e por um momento se pareceu com a jovem garota esquelética que fora um ano antes. Mas, nos últimos meses, o corpo dela se transformara, seu rosto mudara, e a inteligência em seus olhos indicava uma força interior que Amy-Rose esperava que não espantasse os pretendentes.

As palavras de Helen a respeito da irmã mais velha eram duras, e Amy-Rose pensou em lembrá-la da pressão que Olivia devia estar sofrendo para decidir seu futuro aos dezenove anos, agradar aos pais e corresponder às expectativas da sociedade.

— Ela está sendo criteriosa? Ou ela sabe o que quer e está disposta a esperar?

Amy-Rose não tivera intenção de dizer aquelas coisas em voz alta. Os dedos dela trabalharam mais rápido na cabeça de Helen. Ela temeu dizer mais alguma coisa. O encontro ao acaso da noite anterior com John perturbou sua compostura, e agora Amy-Rose estava confusa. Tinha perdido o sono e acordara com dor de cabeça. Nem sequer esboçar ideias para o salão acalmara seus nervos.

— Acho que você está certa. — Helen pegou outro papel. — Livy sabe o que quer, e não vai descansar até conseguir. — Os olhos dela encontraram os de Amy-Rose no espelho. — Obviamente, nós também não devíamos.

O vento balançava os vestidos no varal com um estalo. Amy-Rose segurou a bainha de uma das mangas de Olivia contra a pele. Ainda encharcada. Por um momento, ela ponderou sobre as chances de a ventania arrancar as roupas do varal contra o trabalho de pendurar as vestes no quartinho onde costurava. A chegada de nuvens carregadas decidiu por ela. Amy-Rose começou a remover as camisas e vestidos do varal, dobrando-os com cuidado para evitar que amassassem. Quanto menos tivesse que passar, melhor.

Com apenas o som do vento passando pelas árvores, a mente de Amy-Rose vagou outra vez para seu encontro com John na cozinha. A pele dela arrepiava com a lembrança da proximidade do corpo dele, a lembrança do aroma de sua colônia fazia sua cabeça girar. Bálsamo e bergamota, e uma pitada de outra coisa que era única dele. John passara muitos meses na universidade. A princípio, a casa parecera muito vazia sem ele. Helen estava completamente perdida, mas Amy-Rose apreciou a distância. Amenizava a dor de como ela se sentia invisível perto dele.

Eles não eram mais crianças que brincavam nos jardins ou contavam histórias ao redor da fogueira. Mesmo assim, Amy-Rose nunca se esqueceu do dia que John lhe disse que ela era a garota mais bonita que ele conhecia, depois que John a provocou tanto que a fez chorar e enrugar o nariz cheio de sardas.

John havia pegado a barra de sabão da mão dela e a afastara da bacia. O calor da mão dele e o sorriso a fizeram esquecer a dor de suas mãos ressecadas e a vergonha que fazia seu rosto arder. Ele dissera de maneira direta. Amy-Rose percebera que nunca mais o veria da mesma forma. A simples observação dele incitou os sinais inegáveis do começo de uma paixão, embora ela fosse jovem demais para saber do que se tratava na época.

Agora, ela sabia. Paixão, e problemas.

Mas então John entrara na cozinha e pedira a Amy-Rose que pregasse um botão.

Agora ela estava confusa. *Será que ele estava apenas flertando?* A dúvida só aumentava. Ela levou a blusa ao peito e tentou se lembrar da voz dele reverberando por seu corpo. Imaginou como seria a vida deles juntos, depois que ele se graduasse e estivesse pronto para assumir a empresa do pai. Amy-Rose provavelmente estaria lá para celebrar, mas não como empregada dele.

Ela seria uma versão novinha em folha de si mesma. Seu salão estaria a todo vapor. Sua empresa seria bem-sucedida, e Amy-Rose, perfeita para ser seu par. Ele seria o herdeiro da empresa da família e da fortuna. John precisaria de uma senhora bem treinada ao seu lado, uma que pudesse ser anfitriã em jantares, se vestir com a última moda e cedo ou tarde gerar o próximo herdeiro.

— Serei eu? — sussurrou ela na tarde pouco iluminada.

É isso que eu quero? Amy-Rose pensou em seu caderno de sonhos e em tudo o que valorizava. As palavras de Helen voltaram para ela. *Livy sabe o que quer, e não vai descansar até conseguir.* Amy-Rose sentiu as palavras tomarem conta de seu rosto e esquentarem seu sangue. *Obviamente, nós também não devíamos.*

Um tapinha inesperado no ombro a fez dar um pulo. Ela se virou de uma vez, perdendo o equilíbrio. John segurou-a pelo cotovelo. O sorrisinho que ele deu capturou a atenção de Amy-Rose um tanto demais. *Ah, e aquela covinha!*

Amy-Rose olhou por sobre o ombro. Sentia a garganta seca e se fechando. O calor em suas bochechas começou a se espalhar quando percebeu que os botões de cima da camisa dele estavam abertos. A pele dele era macia e escura, e os dedos dela ansiavam por acariciar o contorno de seu maxilar. Ela se lembrou do calor do corpo dele ao lado do dela na cozinha, e sentiu um arrepio.

— Com frio? — perguntou John, a preocupação franzindo suas sobrancelhas.

— Não... sim.

O sorriso de John aumentou.

— Eu te deixo nervosa?

— É óbvio que não. — As palavras de Amy-Rose tinham mais convicção do que ela própria. Ela se forçou a tirar o olhar da blusa encharcada em suas mãos para encarar os olhos dele. Ela os viu começar a arder.

— Obrigado mais uma vez por ter me ajudado naquela noite. Você não só salvou minha camisa, mas também meus ouvidos de um sermão que eu com certeza merecia por não estar preparado e apresentável.

— Fiquei feliz em ajudar. Você aproveitou a festa? — perguntou ela.

Em sua condição de funcionária, Amy-Rose nunca participara de um dos eventos extravagantes que os Tremaine organizavam. Mas observara dos cantos os bailes dos Davenport, se escondendo nas sombras como uma boa e confiável serviçal.

— Sim, foi divertido rever alguns amigos. Estranho também. Fora daqui, eu escolho tudo, tomo todas as grandes e pequenas decisões. Do que visto — disse ele, gesticulando para o macacão e camisa alvejada com as mangas arregaçadas — a coisas maiores, como... gerenciar meu tempo ou onde moro. Então, assim que desligo o motor, tudo isso — ele estalou os dedos — desaparece. E o que vai com ele? Minha confiança, trazida por essa... *ilusão* de ser autossuficiente.

— Tenho certeza de que não é uma ilusão — disse ela. Amy-Rose não podia evitar se sentir diferente por voltar à Mansão Freeport depois de vender seus tratamentos capilares nas pequenas lojas de departamento no South Side. Mas a ousadia de sua atitude comercial se dissipara rapidamente ao pegar um avental e um pano de prato. Talvez os dois não fossem tão diferentes. — Deve ter algo de que você tenha gostado. A música?

John riu e Amy-Rose teve que disfarçar um suspiro.

— Sim, a música e as danças foram divertidas. — Ele olhou para ela. — O que foi?

Amy-Rose terminou de dobrar a blusa e a colocou na cesta.

— Eu só estava imaginando. O glamour. Já estive em salões de dança com Tommy e Hetty, mas nada chique. Só a dança... — Ela deixou as palavras morrerem.

— Não é tão difícil. O cavalheiro é quem conduz.

— Eu não... — As palavras dela sumiram diante da mão estendida dele. As mãos de Amy-Rose estavam escondidas entre as dobras de sua saia. Ela sabia que elas estavam ressecadas por lavar roupas.

— Me concede esta dança, srta. Shepard? — perguntou John, pousando a outra mão no peito.

Amy-Rose não segurou o sorriso que vagarosamente se espalhou por seu rosto.

Ela encarou a palma aberta dele, um convite para entrar em um mundo de faz de conta onde eles seriam duas pessoas se encontrando em um baile. Um em que ela não era a empregada e ele não era o filho do patrão. Só uma brincadeira. Os dedos dela formigaram até que a sua pele entrou em contato com a dele. Com gentileza, John pousou a mão na curva da cintura dela e começou a contar. Amy-Rose conhecia os passos. Ela dançara com as garotas quando estavam aprendendo, ela as observou praticarem com seus instrutores, e ficou contra a parede durante muitos bailes na Mansão Freeport. Hoje, ela segurou John em vez de uma bandeja atrás de uma banqueta.

Eles se abaixaram sob os varais. As camisas balançavam ao vento, e Amy-Rose fingiu que as roupas eram outros dançarinos circulando elegantemente em volta deles. John elogiou a forma dela e brincou sobre como estava feliz por não ter que se preocupar com pisar no pé de ninguém. Ele começou a cantarolar baixinho, puxando-a para mais perto, tão perto que seus movimentos desaceleraram. Ela angulou o rosto para mais perto do dele. Não achava que tinha ficado tão perto assim dele antes. A respiração ficou presa na garganta, o perfume de John arrebatador.

O coração de Amy-Rose batia acelerado quando ela pisou na cesta de roupa dobrada. Antes que se desse conta, estava no chão. John caiu com ela, puxando as roupas do varal perto deles. Os dois eram um emaranhado de membros e roupas ensopadas. Gentilmente, ele removeu a anágua que cobria o rosto dela. Amy-Rose se sentou e olhou para a bagunça que tinham feito, para todas as coisas que teria que lavar outra vez, mas, ao mesmo tempo, John a olhava como se ela fosse o mundo. Ele deixou escapar uma risada rápida e contagiante.

— Pelo menos não pisei no seu pé — disse ela.

Capítulo 12

OLIVIA

Olivia olhou pela janela enquanto a brisa espalhava pétalas brancas pelo jardim dos fundos. Estava usando seu novo vestido azul-claro com detalhes em renda marfim. Elegante. Modesto. E que tinha outras qualidades importantes que a mãe dela dissera que as roupas eram capazes de transmitir. Se o sr. Lawrence fosse parecido com o irmão dela, um vestido ser atraente ou feio por vezes dependia do corpo da mulher que o usava.

— Não é questão de tamanho — dissera a ela uma vez. — Mas proporção. Linhas. — Como se falasse de um carro.

Agora, ela respirava com dificuldade por causa do espartilho, e balançou a cabeça levemente.

Ela e o novo solteiro inglês, Jacob Lawrence, eram o assunto do momento na sociedade negra desde sua aparição no salão de baile dos Tremaine. A única pessoa mais animada que Olivia com o romance era a mãe dela.

Na semana seguinte à festa dos Tremaine, o sr. Lawrence tomou chá na Mansão Freeport, almoçou com o pai dela no centro da cidade e no domingo anterior fora ao culto na igreja deles, onde tomou assento no banco da família. O volume dos sussurros era alto. Opressor. Tão encorajador quanto assustador.

Era tudo o que ela queria.

Olivia fizera o que era esperado dela e isso era o que merecia: um cavalheiro forte e bonito que realizasse todos os desejos dos pais dela e preenchesse suas esperanças íntimas.

Ela se ajustou no assento ao se lembrar do jovem advogado Washington DeWight. A vida dele parecia ser cheia de escolhas e propósito. Mas ele também parecia pouco impressionado por tudo o que Olivia realizara. Como se todo o trabalho duro dela fosse perda de tempo. A ideia de ser julgada por ele como uma garota boba a fez ranger os dentes.

Emmeline Davenport entrou na sala de estar, cantarolando alto. Olivia percebeu que ela estava de bom humor. A mãe era graciosa, e, embora tivesse enfrentado suas próprias dificuldades, a sra. Davenport, com o cabelo impecavelmente penteado, tinha uma expressão agradável sempre estampada no rosto. Seus olhos em formato de amêndoas brilhavam como carvão, quente e hipnotizante. Cada alegria e cada decepção se mostravam explicitamente em suas sobrancelhas e no formato de seus lábios. Os pequenos ângulos deles guiavam as reações de Olivia — quando barganhar, desafiar e desistir. Afinal, o que Emmeline queria era que seus filhos tivessem o melhor de tudo e que nada faltasse. Como Olivia poderia culpá-la por isso?

Olivia emergiu de seus pensamentos e viu a mãe sorrir como se guardasse um segredo.

— Acho que alguém está perdida em devaneios — disse a sra. Davenport, mais uma afirmativa que uma pergunta. — Você está muito corada.

Olivia tocou a bochecha. De fato, estava quente. A mãe dela ficaria assustada se soubesse que eram pensamentos sobre o sr. DeWight — não sobre o sr. Lawrence — os responsáveis por seu rubor. Na verdade, a própria Olivia estava um pouco assustada.

Emmeline Davenport deu um tapinha na mão de Olivia e se sentou na espreguiçadeira diante dela.

— Estou muito satisfeita com a atenção que você e o sr. Lawrence receberam. Vocês formam um casal adorável.

Ela se virou para a janela pela qual Olivia estivera olhando. Um friozinho se espalhou na barriga de Olivia. Era tudo o que ela queria. Tudo estava indo de acordo com o planejado. Ela sentiu que um enorme peso estava sendo lentamente tirado de seus ombros a cada dia passado na companhia do sr. Lawrence.

A mãe suspirou como se também sentisse. Ela pegou um par de luvas da mesinha ao lado de uma enorme poltrona e tocou o joelho de Olivia.

— É um lindo dia para passear e fazer um piquenique.

Enquanto ela se levantava, o lacaio entrou na sala para anunciar que o sr. Lawrence chegara.

Olivia olhou para o relógio na cornija da lareira. Era exatamente uma da tarde — o sr. Lawrence era pontual. Ela seguiu a mãe ao grande saguão onde ele aguardava com o chapéu na mão. Examinando a pintura de uma cabana solitária em meio a um campo de algodão, onde pequenos tufos brancos pareciam balançar com a brisa sob um céu sem nuvens. Como cada terno que ele usara, quer *pied de poule* ou de espinha de peixe, o de hoje também era impecavelmente ajustado, o tecido de um tweed luxuoso.

Ele se virou ao som dela se aproximando, com um sorriso em seu rosto. A força do olhar dele fez Olivia cutucar os botões de suas luvas. Ela apontou para a pintura.

— Meu pai ganhou de presente. É a plantação onde ele e o irmão viviam quando escravizados. O artista é um dos homens encarregados de encontrar meu tio. Ele a pintou a partir da descrição do meu pai.

— É uma obra poderosa.

— Ele quase a jogou no fogo quando chegou. Mas se você olhar aqui... — Olivia apontou para as duas figuras no fundo.

O sr. Lawrence seguiu os dedos dela.

— Seu pai e o irmão dele?

Ela assentiu. A expressão chocada do pai quando vira as duas figuras foi uma das poucas vezes em que Olivia o viu chorar. A mãe, que nascera livre, apesar de pobre, em uma família amorosa, o abraçara por trás, o rosto pressionado nas costas dele, onde ele não veria as lágrimas dela. A pintura estivera pendurada na entrada da casa desde então.

— Sr. Lawrence — disse a sra. Davenport, ajustando o chapéu na cabeça. Ela sorriu para o par, o olhar se alongando brevemente na pintura atrás deles. Olivia viu uma tristeza passageira no rosto da mãe. — Como está nesta tarde?

— Boa tarde, sra. Davenport — disse ele, a voz macia como manteiga, seu sotaque envolvendo as palavras agradavelmente, revelando sua criação londrina. — Estou bem e espero que a senhora não se importe, mas peguei esta cesta pesada da sua cozinheira.

— Ora, Jessie ama nos mimar, não é mesmo? — disse a sra. Davenport. Ela deu uma olhada de esguelha na filha.

Olivia pigarreou.

— Eu mesma selecionei o conteúdo. Uma mistura de iguarias inglesas e doces norte-americanos, e alguns dos meus favoritos franceses para deleitar. Espero que goste.

O sr. Lawrence trocou o peso da cesta para a mão esquerda e ofereceu o braço a ela. Olivia endireitou a postura, ficando ainda mais alta, enquanto colocava a mão enluvada na curva do cotovelo dele. Ele se inclinou para sussurrar, quase de maneira conspiratória:

— Gostarei de qualquer coisa que você tiver escolhido.

Olivia lutou contra a vontade de esconder o sorriso atrás da mão.

Ao sopé da escadaria da frente, uma das maiores carruagens da família os aguardava. Com design aberto, permitia que os passageiros tivessem uma visão livre dos arredores — e ao público, uma visão livre dos passageiros. Olivia olhou para a mãe, certa de que era coisa dela, enquanto Jacob Lawrence as ajudava a embarcar. Os olhos da sra. Davenport brilhavam, seu óbvio entusiasmo lembrando Olivia de tudo que estava em jogo.

Uma vez lá dentro, Olivia se viu calada. Mas a mãe e o sr. Lawrence mantinham uma conversa sobre o clima e as muitas atrações de Chicago. O sr. Lawrence lançava na direção de Olivia olhares que provocavam ondas de calor em sua pele. Tinha a distinta impressão de que ele olhara para outras mulheres dessa forma antes — intencionalmente, à vista dos pais delas enquanto calculava sua boa fortuna. Olivia se viu aliviada por não ter cometido uma gafe que o afastaria. O sr. Lawrence era inteligente, culto e bem viajado. Tudo que ela e os pais desejavam.

Depois da breve viagem na carruagem, o sr. Lawrence, sempre cavalheiro, ajudou as damas a descerem e carregou a grande cesta.

Olivia amava aquele parque e a grande extensão cinza-azulada do Lago Michigan além.

Ela estava consciente dos olhares pousados neles enquanto caminhavam para a colina sombreada com vista para o lago. Alguns dos frequentadores do parque, em sua maioria pessoas brancas, compareciam aos mesmos salões de chá — ela reconheceu alguns rostos familiares fazendo piquenique. Os cavalheiros eram filhos dos vários donos de negócios com os quais o pai dela lidava. Aqueles que a reconheciam ofereciam um aceno de cabeça ou sorriso educado ou algum gesto discreto de reconhecimento. Rostos negros eram poucos, e obviamente se destacavam.

A sra. Davenport abriu um leque e acenou para a sra. Johnson e a sra. Tremaine perto dos gazebos, o chá disposto ao lado delas.

— Deixarei os jovens sozinhos — disse ela, dando um tapinha no pulso de Olivia.

Olivia tentou não demonstrar seus verdadeiros sentimentos enquanto o sorriso da mãe aumentava. Ela suspeitava que a mãe planejara que as amigas estivessem ali sob o pretexto de encontrá-las. A mãe estaria a uma curta distância, e Olivia e o sr. Lawrence estavam em um parque público. Mesmo assim, a garota sentiu que aquele dia seria um ponto de virada no relacionamento deles.

Relacionamento. Parecia uma palavra pesada demais para o que ela e o sr. Lawrence tinham. Havia tanto que ela não sabia a respeito dele.

O sr. Lawrence colocou a cesta aos pés de uma árvore sob uma cama de pétalas rosas caídas dos galhos acima. O cobertor se abriu com um único movimento de punhos. Os olhos dele tinham a mesma confiança que a atraiu naquele primeiro dia na sala de estar.

— Primeiro as damas — disse o sr. Lawrence.

Olivia aceitou a mão dele e se sentou, ajeitando as saias com cuidado sob o corpo. O espartilho se enfiou em seus quadris, e ela sentiu cada uma das barbatanas contra os ossos. Jacob Lawrence se sentou em silêncio diante dela, observando-a com uma intensidade ambígua: Olivia sentia frio e calor sob esse olhar. Ela mordiscou o lábio inferior e o soltou imediatamente, lembrando que a mãe estava por perto, analisando cada gesto deles com olhos de águia.

— Os crepes são os meus favoritos — disse ela, esperando que um tópico neutro colocasse a conversa em movimento. Tirou as criações de Jesse da cesta e as organizou sobre o cobertor.

— Foi difícil não espiar, com esse cheiro tão bom. — As palavras do sr. Lawrence eram brincalhonas, os olhos mais interessados nela que na comida.

Olivia ofereceu um doce a ele, os dedos dele gentilmente roçando nos dela.

— E então?

— Acho que vou precisar de mais um — disse ele, a boca um tanto cheia. — Ainda não consigo opinar.

Olivia riu. Era um bom sinal concordarem naquilo, certo? Ela adicionou crepes à lista de coisa que ela e o sr. Lawrence tinham em comum e deu uma mordida.

— Do que você acha que eles estão falando?

O sr. Lawrence indicou um casal branco que Olivia reconheceu — mais velho que eles, mas mais jovem que os pais dela. O cavalheiro olhava para longe, com uma expressão de dor no rosto. A esposa apertava o braço dele, os lábios se mexendo rápido demais para ser comentários doces de dois amantes em um passeio.

— O sr. e a sra. Weathers? Ela definitivamente está contando a fofoca mais recente da cidade.

O sr. Lawrence coçou o queixo.

— Não, não acho que seja isso.

Olivia observou as unhas bem-cuidadas dele alisarem o bigode. Ela se virou para o casal antes que a mente pudesse imaginar como seria o toque daqueles lábios carnudos... bem quando outro rosto surgiu em sua mente. Um rosto com o sorriso e as maçãs do rosto altas de Washington DeWight. E, enquanto acontecia, ela poderia apostar seu chapéu novo que o nome Davenport passou nos lábios da sra. Weathers. Ela abriu a boca para comentar isso quando o sr. Lawrence prosseguiu:

— Bem como pensei, ela está repassando o plano deles para o assalto aos diamantes pela centésima vez. Você não vê como ele está cansado de ouvir isso? O pobre homem já memorizou tudo.

O brilho que parecia nunca deixar os olhos de Jacob Lawrence irradiou. Por um momento, Olivia se esqueceu do olhar vigilante da mãe, do peso dos olhares de relance dos transeuntes, e deixou uma risada explodir diante da história absurda dele. Eles continuaram assim por vários minutos, observando as pessoas e inventando histórias enquanto comiam o banquete de guloseimas.

Quando acabaram os personagens disponíveis para as histórias, o silêncio cresceu e Olivia pigarreou, lembrando-se dos ensinamentos da mãe. Os homens gostam de falar sobre si. Uma esposa atenciosa é garantia de um casamento sólido. Ela mal sabia qualquer coisa sobre a vida do sr. Lawrence em Londres. Certamente ele falava muito da cidade e suas atrações, mas não do que gostava. Ou de sua família.

Aquela era a primeira vez que os dois foram deixados em relativa privacidade, mesmo com a mãe dela por perto. Não havia multidões de dançarinos ou observadores curiosos para ouvir a conversa. Ela examinou o perfil dele, testa e mandíbula esculpida. Cada fio de cabelo de sua cabeça até o bigode perfeitamente no lugar. Daquele ângulo, ela podia ver uma discreta cicatriz sob a orelha dele. O foco dele estava nos garotinhos empurrando barquinhos de madeira na superfície macia de um lago.

— Um último casal? — perguntou o sr. Lawrence. — Românticos incuráveis.

Ele apontou para um casal negro não muito longe. Olivia sentiu seus ombros relaxarem enquanto absorvia o passo confiante e familiar de sua amiga. Ao vê-los, Ruby se virou no caminho, Harrison Barton ao lado dela. Ela era uma gota de calor e cor nos tons de primavera ao redor. O sorriso dela para o sr. Barton era sincero, embora cauteloso. Eles pareciam ter aproveitado a companhia um do outro na festa dos Tremaine, mas Olivia sabia que Ruby era tão prática quanto impulsiva.

— Você pode estar parcialmente correto — disse ela para o sr. Lawrence.

Alguns observadores acompanharam a caminhada do casal, mas pareceram perder interesse quando Ruby se sentou à beira do lençol do piquenique. Ela tirou o chapéu de abas largas, do mesmo tom de malva de sua saia e casaco.

— Só preciso de alguns minutos à sombra — disse Ruby. — Sr. Jacob Lawrence, este é o sr. Harrison Barton. — Ela deu uma piscadela para Olivia e inspecionou o piquenique.

Depois de um momento de hesitação, o sr. Barton se sentou, completando o grupo.

— Prazer em conhecê-lo — disse ele, apertando a mão do sr. Lawrence.

Ruby colocou uvas na boca enquanto o sr. Barton dava um breve relato de sua mudança para Chicago. Ele se referiu ao South Side como uma cidade dentro de uma cidade e toda a beleza e animação que tinha a oferecer. Mas não tirou os olhos de Ruby nem por um momento. Olivia não podia evitar o sorriso em seu rosto ao ver como Ruby, sempre feliz em chamar a atenção, deixava as palavras do sr. Barton fluírem sem um comentário sequer ou sua costumeira mania de se gabar.

— O que trouxe você ao parque? — perguntou Olivia.

Ruby olhou para onde a mãe dela se sentava com a sra. Davenport.

— Minha mãe está finalizando os planos para o grande evento de arrecadação de fundos em junho. — Os olhos dela brilharam. — Eles estão agradecidos por seus pais terem concordado em ser anfitriões em vez do baile anual. Vai ser divertido.

Olivia riu.

— Não sei quem está mais animado, seus pais ou os meus. Ou *você*.

Ruby passou uma camada fina de geleia em um biscoito.

— Só agradeça por eles estarem ocupados demais para vigiar cada movimento nosso. Do contrário, estaríamos presos lá agora. — Ela se virou para o sr. Barton. — Este cavalheiro foi gentil o bastante para interromper seu almoço e vir caminhar comigo.

— Também estou animado com a arrecadação de fundos — disse o sr. Barton. Ele sorriu para a expressão convencida de Ruby. — O que seu pai está tentando fazer para a comunidade é ótimo. — Ele enfim tirou o olhar de Ruby para observar as pessoas caminhando, os olhares delas se desviando dele. Ele voltou para o grupo. — Se houvesse mais pessoas negras como nós aqui, talvez não encarassem tanto.

A fineza do pequeno conjunto de chá deles, o luxo de passar um dia útil aproveitando o clima em vez de trabalhando em uma loja ou na fábrica era raridade.

Ruby pigarreou.

— Sim, meu pai ficaria muito feliz em ter seu apoio. E seu voto, claro. Agora, o evento será um baile de máscaras — ela arqueou as sobrancelhas — com muitas das mesmas pessoas que foram à nossa festa, além dos líderes políticos. — Ruby olhou para o lago. — Negros e brancos que compartilham os mesmos objetivos.

— Parece que será um evento e tanto — disse o sr. Lawrence.

— Será o evento da temporada. — Ruby deu a Olivia uma olhadela acompanhada de um sorrisinho. — Muitas coisas interessantes acontecem no baile de verão dos Davenport.

Olivia riu.

— Você faz parecer que é como uma noite no teatro!

Ruby assentiu.

— Principalmente se você souber onde ficar. — A risadinha dela se juntou a de Olivia até que ela viu o sr. Barton olhando para o relógio.

— Preciso voltar — disse ele. O sr. Barton pegou a mão de Ruby e a ajudou a se levantar.

Ruby fez um biquinho, o que fez o sorriso dele aumentar.

— Vejo você mais tarde — disse ela a Olivia.

Depois que Ruby se juntou à mãe, Olivia perguntou:

— Algo aqui o faz lembrar de casa?

O sr. Lawrence parou de olhar para as crianças que brincavam.

— Não, passei a maior parte do meu tempo em outros lugares.

Olivia pegou uma migalha de um guardanapo.

— Você cresceu com muitos irmãos?

— Sou filho único. — O sr. Lawrence baixou o olhar para o cobertor.

— Não sei o que eu faria se fosse apenas eu — disse ela. Por mais frustrante que os irmãos dela pudessem ser, ela pensava que era bem mais fácil compartilhar a atenção dos pais do que suportar sozinha o peso das expectativas deles.

— Deve ser difícil. E solitário? — presumiu. — Sempre tive meus irmãos.

— Não conheço outra realidade. — Ele a olhou brevemente.

— Desculpe — disse Olivia, envergonhada. — Ruby também é filha única e nunca reclamou.

— Não precisa se desculpar. Foi, algumas vezes — ele assentiu uma vez —, solitário. Mas tenho primos que estavam sempre por perto e ajudavam a amenizar um pouco. Tenho certeza de que Ruby preza sua amizade.

Olivia mordeu o lábio, sem saber o que dizer em seguida.

— E você gosta do seu trabalho? Com seu pai?

O sr. Lawrence penteou as pontas do bigode com os dedos.

— Estar nos negócios com a família... é complicado — respondeu ele, pegando outro crepe. — Está delicioso.

Ele sorriu enquanto mastigava um pedaço, mas havia uma sombra em seu olhar, uma emoção que Olivia não conseguia interpretar. Ela percebeu o vinco se formando entre as sobrancelhas dele e sentiu um desejo súbito de fazê-lo desaparecer. Ela também percebeu como ele fugira da pergunta.

De seu lugar no lençol, Olivia sentiu o olhar da mãe sobre eles. A tarde estava linda e o lugar era palco dos "momentos de lazer" de Chicago, como Helen chamaria. Damas e cavalheiros brancos com dinheiro e tempo para caminhar pelos jardins e museus. Embora a família dela praticasse o "investimento em dobro" ao comprar em lojas de empreendedores negros que apoiavam a comunidade, clientes e parceiros de negócios brancos mantinham a Davenport Carruagens no topo do mercado. Poucas pessoas seriam rudes ou hostis com alguém da família, mas isso não significava que não encaravam fixamente.

— Você não percebeu como as pessoas olham? — perguntou ela.

Lawrence seguiu o olhar dela e se recostou. Com um sorriso atrevido, ele disse:

— Aprendi que não há muito o que fazer quanto a isso. — Ele sorriu educadamente para uma pessoa que passava. — Tenho certeza de que você já sentiu olhos te seguindo antes.

Ela se lembrou novamente da tarde na Marshall Field's, o encontro que a fizera arder de raiva e gastar o crédito da família.

— Mas na maioria dos dias, em dado momento eu me pergunto como, ou até por que, estou onde estou. — Lawrence girou a taça vazia de vinho entre os dedos. — Quer dizer, eu sei que minha família trabalhou duro por gerações para construir nosso nome, mas ainda assim sou um homem negro na Inglaterra, o que faz de mim minoria em todos os espaços. Faz de mim o *outro*. E aqui, como lá, sou ao mesmo tempo exultado e amaldiçoado por minhas circunstâncias. Não posso mudar nem levar crédito por ambas.

— Deve haver algum mérito em poder acrescentar isso ao nosso legado — disse Olivia.

Ela sabia como se sentia toda vez que via uma carruagem Davenport cruzar seu caminho. Era o motivo, pensava ela, de os pais se apegarem tanto à manutenção da empresa à medida que ela crescia e ao investimento que colocavam na educação de John. Ela se perguntou como a próxima geração dos Davenport seria tratada, e como se sentiria. *Melhor do que nós*, Olivia esperava, olhando para o cavalheiro ao seu lado e tentando não deixar que o conteúdo do panfleto das Leis de Jim Crow se intrometesse no presente.

O sr. Lawrence abaixou a cabeça. As palavras dele não eram o que ela esperava. Era como se fossem arrancadas do coração dele e ditas pelos lábios. Jacob Lawrence entendia. Tinha nascido na riqueza e ostentava um sobrenome importante, assim como ela. Por trás de sua coragem, charme e ternos bem ajustados havia uma espécie de alma gêmea.

Posso tê-lo julgado mal, pensou ela. Tempo e familiaridade encurtariam a distância entre eles. Olivia estendeu a mão para Jacob Lawrence como uma bandeira branca. Ele colocou a palma morna sobre a dela e apertou com força.

Capítulo 13

HELEN

O aparelho de jantar de porcelana azul da mãe dela reluzia nas toalhas de mesa branquíssimas, dispostas com tanto cuidado que Helen não via motivo para fazer mais nenhum ajuste. O dia estava lindo lá fora, e, mais ou menos meia hora antes, John passara pela sala de jantar com as mangas arregaçadas, uma toalha e uma chave inglesa despontando do bolso de trás. As mãos dela ansiavam por aquela ferramenta, por estar enfiada até os cotovelos na carruagem sem cavalos que ele levara para casa. Em vez disso, ela olhou ao redor, tentando descobrir o que estava fora do lugar. A mulher rígida ao lado dela a observava atentamente. Os olhos da sra. Milford, embora de um castanho quente, a seguiam com um escrutínio gélido que a deixava se sentindo nua.

Helen descera naquela manhã usando com um vestido simples e sem qualquer refinamento, do qual não gostava — perfeito para o trabalho que planejara. Tivera intenção de pedir a Amy-Rose que trançasse seu cabelo em duas tranças enraizadas afastadas do rosto, com as pontas roçando seus ombros. A mãe e Olivia estariam fora de casa na maior parte da tarde, deixando Helen livre para fazer o que desejasse.

Mas então:

— Helen, querida! — chamara a mãe do andar de baixo.

Helen parara no topo dos degraus. Lá embaixo e à direita ficava a cozinha, onde ela esperava escapar despercebida para a garagem de John. O tom da mãe denunciava a presença de uma visita, quando ela temia que Helen pudesse cometer alguma gafe repentina, sem lhe dar tempo algum para recalcular a rota.

Helen sentiu um aperto no peito. Por mais que quisesse fugir, sabia que não chegaria muito longe.

— Sim? — disse ela, arrastando a palavra e virando ao redor do pilar da escada. Ela esperava que, fosse o que fosse, não a atrasasse muito.

Uma mulher, mais velha que a mãe dela, estava no saguão. Sua expressão era tão sóbria quanto seu vestido. Helen entrou com cuidado no grande espaço.

— Esta é a sra. Milford — disse a sra. Davenport, com um sorriso amplo. — Sra. Milford, Helen.

A sra. Milford era uma mulher baixinha em um vestido preto sério e botas robustas, polidas ao ponto de brilhar. Tudo isso, quando comparado com o vestido cor malva da sra. Davenport, a fazia portadora de más notícias. A recém-chegada segurava o chapéu, revelando cabelos escuros com mechas cinzas, penteados para mantê-los longe de seu rosto negro, e dolorosamente presos à nuca com grampos em um coque apertado. Ela analisava cada movimento e detalhe de Helen dos pés à cabeça.

— Prazer em conhecê-la — disse Helen, sem se esquecer completamente de seus modos enquanto sentia um frio na barriga.

— Igualmente. — A desaprovação da sra. Milford pareceu minguar temporariamente.

Temendo a intenção daquela visita, Helen se voltou para a mãe, o pavor crescendo a cada *tique* alto do relógio de pêndulo ao lado delas.

— A sra. Milford é... era esposa de um pastor.

— Era? Não se dá mais bem com ele? — perguntou Helen, para o choque da mãe.

— Sou recém-viúva.

Agora Helen estava chocada. Sua breve euforia de que sua mãe estaria envolvida em tal escândalo — e o teria compartilhado com ela — foi logo substituída por uma compaixão que ela não sabia como expressar. Helen se arrependeu de sua pergunta insensível, a vergonha queimando sua garganta.

— Não precisa dizer nada — disse a sra. Milford. — Não deve haver nenhum constrangimento entre nós se vamos trabalhar juntas. E não há problema no uso do tempo passado. Sinto como se ele ainda estivesse comigo. — Um sorriso gentil amenizou as feições dela, mas o olhar que deu à sra. Davenport, acompanhado de uma sutil anuência, prenunciava uma emboscada.

A sensação de medo nauseante havia retornado quando Helen as seguiu até a sala de jantar. Um pano de brocado pesado caiu como ouro líquido sobre a superfície da mesa. Cada assento tinha uma ligeira variação na configuração do anterior. Helen olhou para a mãe.

A sra. Davenport pigarreou e olhou para Helen com uma advertência tão severa em seus olhos que a filha prendeu a respiração.

— A sra. Milford, como eu estava dizendo, era esposa de um pastor e tem ideias bastante sólidas sobre como uma dama deve se comportar. Ela respondeu ao anúncio no jornal.

— Que anúncio? — perguntou Helen.

— Procura-se dama de companhia. Deve ser erudita, ter amplo conhecimento de etiqueta e, acima de tudo, paciência. — A sra. Milford entrelaçou as mãos.

— O quê? — gritou Helen, sem ter tido a intenção de erguer a voz, mas aquilo era uma má notícia. Uma notícia *péssima*. — Como você pôde fazer isso, mamãe? Não preciso de aulas de etiqueta. De novo, não!

— Está óbvio que precisa. Seu comportamento atual não é apenas infantil, mas rude.

Os planos para o dia de Helen foram oficialmente mudados. A primeira coisa que elas fizeram foi levar Helen de volta ao andar de cima, para vestir algo mais "adequado". A sua nova *dama de companhia* a seguiu lá para cima, a mãe logo atrás. Helen tentou não se encolher quando abriu a porta do quarto.

— Helen — disse a sra. Davenport da soleira.

Helen observou enquanto a mãe passava por seu santuário em um horror silencioso. Livros e rascunhos jogados por toda a parte. Um par de sapatos espiava de debaixo dos lençóis da cama. Na penteadeira, pratos e xícaras vazios ocupavam o espaço onde perfume e maquiagem deviam estar.

— Isto é inaceitável — disse a mãe, e então, se virando para a sra. Milford: — Você vê como precisamos desesperadamente de seus serviços?

Helen se irritou com o uso de *desesperadamente*, mas segurou a língua.

Alguns momentos humilhantes mais tarde, Helen estava vestida. De espartilho e tudo. Ela alisou os babados em camadas em seu pescoço e soprou a pena pendurada desajeitadamente em seu chapéu. *Estou dentro de casa*, ela pensou, lutando para manter as emoções sob controle. As roupas eram pesadas e ásperas.

Momentos depois, na sala de jantar, Helen estava faminta e sem fôlego, olhando para o prato e os talheres que não ofereciam a certeza de uma refeição. *O que fiz para merecer isto?*, pensou. Mas ela sabia. Havia coisas que esperava-se que ela soubesse quando se tornasse a senhora de sua própria casa. A ideia de um futuro onde ela não poderia mais escapulir para a garagem e consertar algo, murmurar seus segredos para os cavalos ou genuinamente fazer o que bem entendesse fez o apetite dela desparecer. Bem, quase.

Helen traçou o dedo pelo detalhe de hera no cabo do garfo. *Você devia saber isto*, pensou. *Não é como se você não usasse um todo dia*. A mãe insistira que a mesa fosse formalmente posta todas as noites. Helen de repente se perguntou se estivera usando os garfos errados no jantar todo aquele tempo, sem saber. *Isso é ridículo*. Ela moveu um garfo para o outro lado do prato e olhou triunfantemente para a nova acompanhante.

Os cantos dos lábios da sra. Milford caíram, fazendo suas feições já longas se esticarem ainda mais em seu rosto estreito.

— Srta. Helen, achei que era uma garota esperta.

— Eu sou — respondeu Helen, odiando a hesitação em sua voz.

— Está *tentando* me enganar? Por acaso a senhorita gosta de desperdiçar nosso tempo e o dinheiro de seus pais?

— Não. — Helen trocou de lugar dois dos garfos restantes no prato.

As perguntas da sra. Milford vieram em uma rápida sucessão.

— Que tipo de marido espera atrair com essa falta de atenção aos detalhes?

Helen engoliu uma bufada. Ela já havia aguentado um sermão sobre como controlar ou esconder melhor as próprias emoções e não queria continuar a ser examinada. Sem dúvidas, a mãe esperava relatórios diários sobre o progresso dela. E Helen tinha ido um pouco *melhor* em prestar atenção aos detalhes! De que outra forma alguém identifica a causa exata de uma falha de ignição do motor ou na infinidade de outras coisas que ela era capaz de fazer? Nenhum mecânico digno poderia fazer o que Helen fez sem um olhar astuto ou perspicaz. Mas não era isso que a sra. Milford queria ouvir. Não, não. Nem seus pais. Se ao menos pudessem *ver* o significado de suas habilidades fora de casa. Devia haver um homem que valorizasse isso.

A sra. Milford continuou a falar, e sem querer, Helen permitiu que seus pensamentos voltassem ao sr. Lawrence. Jacob. O futuro noivo de sua irmã. Ela nunca tivera uma conversa tão fácil com um membro do sexo oposto sem que houvesse um carro entre eles. Jacob era divertido. E Helen suspeitava, só pelo breve encontro no pátio dos Tremaine, que ele havia enxergado o benefício dos interesses dela e das habilidades que cultivava em segredo. Helen se pegou sorrindo. Balançou a cabeça, corando muito, e, pior, se dando conta de que perdera algo que a sra. Milford dissera.

— Vamos, menina. Não há motivos para isto te cansar.

A sra. Milford foi até uma das cadeiras junto às paredes de painéis escuros. Lá, colocou a mão na bolsa de pano surrado com um padrão floral desbotado e pegou um livro antes de retornar à grande mesa.

De perto, Helen percebeu as cicatrizes sob o queixo dela, que mergulhavam para dentro do colarinho de sua blusa de gola alta. Ela se perguntou se a sra. Milford tinha seus segredos e se a escolha de um vestido tão sério tinha a ver com algo além da morte do marido. Nas mãos dela havia um livro fino coberto em tecido azul-claro. A sra. Milford o ofereceu a Helen, sem tirar os olhos do rosto da jovem.

—*A arte de ser agradável*, de Margaret E. Sangster. Quando acabar este, trarei outro.

Helen gostava de ler manuais. Sempre era sua primeira escolha quando buscava algo para fazer. Os livros eram seus companheiros desde que a irmã crescera para se juntar ao mundo que Helen tentou evitar com tanta determinação. Ela estava sendo infantil? Batendo o pé, postergando o inevitável?

Helen pegou o livro da sra. Milford, com cuidado de manter a expressão neutra. Era um peso morto em suas mãos. Tão mais pesado que a engrenagem planetária que ela segurara na garagem apenas algumas semanas atrás.

— Há muito a aprender — disse a nova companhia dela.

— Mas é um começo.

Helen olhou para a mesa, ainda incerta se a disposição dos utensílios estava correta, e pensou: *Isto vai ser um pesadelo.*

Capítulo 14

RUBY

O ar estava quente e pegajoso, e algo sinistro zumbia perto do ouvido de Ruby, deixando-a ainda mais irritada. Ou talvez fosse Agatha Leary. Agatha era gentil, mas sua presença era um lembrete constante de que a melhor amiga de Ruby estava preocupada.

Olivia passara cada momento livre dos últimos dias com Jacob Lawrence. Ou com a sra. Davenport, planejando formas de casualmente encontrar com ele. Ruby sentia falta das tardes em que passeavam pelas lojas no South Side. Ou quando iam a museus durante horas reservadas para visitantes negros — ou às vezes durante as demais, se Olivia estivesse entediada e em um humor sugestível, a fim de elevar o nome da família. Elas sempre encontravam algo para passar o tempo.

Principalmente agora, com os pais prestando tanta atenção em cada passo dela — mal dava para respirar! —, Ruby sentia falta de Olivia. Ela sentia o tempo escorrendo rapidamente pelos dedos. John estava perdendo interesse. A atenção dele sempre parecia estar em outra coisa. Até então nada de contato, nem da cavalgada da qual falaram. Ela teve certeza de que após o baile ele faria um convite, afinal, ficara extremamente irritado ao ver Harrison Barton girando com ela pelo salão de baile. Aquilo pareceu acender um fogo sob ele. Mas fazia mais de uma semana e a chama estava se apagando depressa.

Depois da festa, ela esperara pela carta, correndo escada abaixo para encontrar o carteiro lá fora, antes que sua mãe pudesse ver. Mas não havia nada para ela, com exceção de mensagens curtas que Olivia enviava para atualizar Ruby sobre o andamento do próprio flerte. Apressadamente, Ruby retornava ao quarto e ao que restara de sua antiga opulência, em grande parte intocado pelos cortes feitos para apoiar a campanha de seu pai. Garantir se tornar noiva de John, a contribuição dela para o empenho do pai, parecia menos provável a cada dia. Ela pensou em responder a Olivia, mas dificilmente poderia perguntar à amiga mais antiga: *O que eu faço para manter seu irmão interessado?*

Era esse o motivo de ela estar atrás de uma cerca de arame agora com Agatha Leary zunindo atrás dela, observando os jovens jogarem uma partida de beisebol.

— Agatha, você está vendo o sr. Davenport?

Agatha gaguejou com a súbita interrupção de Ruby.

— Não. Dificilmente acho que ele estaria aqui correndo atrás de bases, por causa da perna dele. Ora, Ruby, você devia saber disso!

— Estou falando do sr. *John* Davenport.

Ruby lutou contra a vontade de revirar os olhos. Ela esperava que John estivesse entre eles ou na multidão para que eles pudessem ter alguns momentos para conversa. O restante dos espectadores serviria como companhia e uma reserva de Agatha, que pensava ser seu trabalho ficar atrás de Ruby o tempo todo, além de alugar os ouvidos dela.

— Ah, lógico! Ele não veio. Sabe, ouvi dizer que ele retornou de seu primeiro ano na faculdade com todo o tipo de ideias para mudar a empresa da família e sem intenção de voltar aos estudos. O sr. Davenport ficou furioso.

Ruby virou a cabeça de uma vez.

— Como você sabe disso?

— Minha prima é secretária do sr. Davenport. — Agatha sorriu, desfrutando do fato de saber algo sobre os Davenport que Ruby não sabia.

Ruby a imaginou espalhando a fofoca a qualquer um, indiscriminadamente. Isso fez o pescoço dela se retesar.

— Eu tomaria cuidado se fosse sua prima — disse ela, friamente. — Duvido que os Davenport gostariam de saber que a empresa deles está sendo discutida como fofoca indecorosa.

Dando um sorriso forçado, ela cruzou os braços e se voltou para os jogadores no campo.

— Bem — começou Agatha, com a voz rouca. — Se você está procurando algo ou alguém para prender sua atenção, o sr. Barton está em campo.

Ruby sentiu o queixo cair antes de buscar no campo ela mesma. Lá estava Harrison, a trinta metros de distância, cuidando da terceira base. Ele tinha as costas retas, e as mãos grandes apoiadas nos joelhos. O foco total dele estava no homem balançando o taco na base principal. Ela se viu sorrindo na direção dele, com Agatha olhando fixamente para ela.

— Cuidado — avisou Agatha. — Olhar para um homem assim pode fazer você virar o assunto na cidade.

Enquanto o sr. Barton a acompanhara pelo parque, ele falara sobre seu trabalho no banco e seus planos para o futuro: investir em uma empresa gerenciada por pessoas negras e começar uma família.

"Criar raízes aqui em Chicago", dissera ele. Ela se lembrara de como os olhos dele se iluminaram, e com um sorriso que era ávido e silenciosamente confiante.

Quando ele mencionou que estava entrando em clubes, ela imaginou uma sala escura e cheia de fumaça de cigarro, não um campo de baseball. Isso a fez se perguntar o que *ela* queria, além de cumprir as expectativas dos pais.

Ruby olhou para onde a mãe estava. Sempre trabalhando em prol da campanha. A sra. Tremaine estava fazendo suas rondas, incentivando mais vozes negras a difundir as necessidades do South Side. Ah, a cena que ela faria só para tirar aquele sorrisinho do rosto de Agatha Leary! Como se tivesse lido isso no rosto de Ruby, Agatha se afastou, de nariz em pé enquanto ia na direção de um grupo de garotas.

Embora Ruby soubesse que Agatha se referia ao fato de que o sr. Barton parecia visitar Ruby regularmente, parte dela não podia evitar lembrar das palavras que ouvira na sala das senhoras durante a festa dos pais. Era por isso que nada poderia dar errado no plano dela. A atenção de John nunca estivera tão focada nela quanto quando Ruby estivera nos braços do sr. Barton. Era como se de repente ele tivesse se lembrado dela. De fato, eles nunca tinham sido oficialmente designados um para o outro, mas era um entendimento entre eles que ia além das expectativas dos pais. Os dois concordaram em ir com mais calma enquanto John estivesse na escola, mas ela não esperava que ele voltasse tão focado. Era como se ele agora só se importasse com a empresa de carruagens — fazer veículos em vez de usá-los.

Ruby sabia que Harrison Barton era a chave para garantir um pedido de casamento de John. Ele era ávido e disposto e queria pertencer ao círculo deles, queria se tornar uma das pessoas mais influentes de Chicago. Ele já comia na palma da mão dela. *Será simples,* pensou Ruby. E quando John retornasse para ela, o sr. Barton podia ficar no círculo ou desaparecer na surdina.

Ruby o olhava agora, percebendo seu corpo atlético e a forma com que a calça delineava suas panturrilhas.

Poderia até ser divertido.

Naquele momento, o sr. Barton olhou na direção dela. Ele se endireitou, olhando-a diretamente. Tocou a aba do boné em cumprimento. Não viu o lançador sair do alongamento e ajustar a postura. Não viu o lançamento que calou a multidão e chegou no jogador na base principal. O barulho do bastão rebatendo a bola foi um aviso em cima da hora. Impotentes, atletas e observadores assistiram enquanto a bola disparava em linha até a posição dele atrás da terceira base.

E então, foi como se o mundo parasse. O jogo ficou congelado, como numa fotografia. Então, cada jogador no campo virou o corpo para Harrison Barton, esparramado na argila e na grama recém-cortada. Ruby estava correndo antes de entender por completo o que acontecera. Ela agarrou firmemente as laterais do vestido, libertando os tornozelos para correrem enquanto dava a volta na cerca, avançou além da cabina e para dentro do campo. Ruby arfava, sentindo cada respiro cortante no fundo da garganta. Ela não queria gritar. A multidão atrapalhava seu campo de visão. As pessoas ao redor dele aumentaram o pânico dela. Por que estavam ali? Ela precisou abrir caminho a cotoveladas. A visão dos pés dele, com os dedos apontados para o céu, quase acabou com a compostura de Ruby. Mesmo assim, ela seguiu em frente, prendendo a respiração até quase ficar tonta.

Quando enfim chegou no meio da multidão, o sr. Barton estava sentado. Um jogador de cada time se ajoelhava o lado dele. Eles o ajudaram a se pôr de pé e o apoiaram enquanto ele testava o peso do corpo no pé esquerdo. Ruby estava tão aliciada que mal registrou muitas das palavras que trocaram. Ela se forçou a parar antes de tocá-lo. A festa dos pais dela tinha, sim, sido um pouco menos enfadonha na companhia do sr. Barton, mas mesmo assim. Eles mal se conheciam.

Ruby torceu o nariz com a mistura de suor e grama que grudavam em seu corpo. *Eu corri mesmo para dentro desse campo?* Ela balançou a cabeça e olhou para cima bem a tempo de ver o sorrisinho de Agatha atrás da cerca. Agatha, a maior fofoqueira que ela conhecia.

— Estou bem — disse o sr. Barton, gentilmente saindo dos braços que o apoiavam.

Ele ergueu as mãos para demonstrar. As palmas estavam arranhadas e um talho em seu punho direito se estendia até o cotovelo. Seus primeiros passos sem equilíbrio fizeram com que os jogadores tentassem ampará-lo outra vez.

— Ah!

O som assustado escapou dos lábios de Ruby e a mão dela voou até a bochecha. Ela voltou para o combate, garantindo que ainda estava na linha de visão de Agatha. *Sorria,* disse para si mesma.

— Deixem comigo, cavalheiros — disse para ninguém em particular.

O sr. Barton deu a ela um sorriso inocente.

— Certamente parece pior do que é — disse ele.

Ruby ofereceu a ele um lenço. Um pedaço de pano muito branco, bordado com as iniciais dela.

— Parece bem ruim para mim. — Ela olhou ao redor para os espectadores. — Vamos para a sombra.

Ele a deixou conduzi-lo a uma árvore próxima, perto o suficiente dos outros para que fossem facilmente observados, mas distante o bastante para que pudessem falar sem ser ouvidos. Ele se sentou repentinamente, levando-a consigo. Foi bobo e esquisito, fazendo Ruby sorrir.

Ela se lembrou da última vez que se sentara sob uma árvore com uma pessoa do sexo oposto. Tinha sido o ponto alto de uma paixonite-ganhando-vida, e não esteve sequer perto de satisfazê-la.

— Talvez eu deva ser atingido por mais bolas voadoras — disse ele, sorrindo, e então fez uma careta.

Ruby recolheu a mão.

— Por favor! Você pode ter se machucado seriamente.

O canto da boca do sr. Barton repuxou, e os ombros de Ruby relaxaram. *Pare*, chamou a própria atenção.

— Você está preocupada comigo — disse ele.

— Não mais do que eu estaria com qualquer outra pessoa que tivesse um ferimento similar. Você devia ter sido mais cuidadoso.

Ele deu um sorrisinho.

— Bem, alguém na plateia roubou a minha.

— *Rá* — disse Ruby. — Não ponha em mim a culpa por sua falta de atenção. — Ruby virou a cabeça, observando de esguelha enquanto ele se limpava. — Ela deve ser alguém especial — adicionou.

— De fato, muito especial. Talvez a garota mais bonita de Chicago.

O rosto de Ruby se aqueceu, e ela deu ao sr. Barton um olhar desafiador.

— *Talvez?*

Ele soltou uma risada surpresa, fazendo uma careta de novo. Ruby gostou do som. E da forma como ele a olhava.

— Srta. Tremaine, assim que eu me recuperar, gostaria de levá-la para dançar.

Ruby sorriu, vitoriosa.

— Eu adoraria.

Capítulo 15

AMY-ROSE

A cozinha estava silenciosa. Limpa e deserta. Amy-Rose gostava de trabalhar tarde da noite, em um banquinho no canto, com os pés enfiados sob a bancada onde o forno, ainda quente de uma torta ou assado, porque isso a mantinha aquecida. Na maioria das noites, só se ouvia o som do lápis escrevendo nas folhas grossas do caderno. Ela não conseguia anotar as ideias rápido o bastante. E, quando terminava, se sentia mais leve, mais corajosa.

Corajosa o suficiente naquela noite para reler a última coisa que a mãe dela escrevera: uma lista de compras. Clara Shepherd se sentara onde Amy-Rose estava sentada naquele momento, anotando ingredientes para seu *accra*, uma receita tradicional de pescado salgado, camarão e até feijão empanado. Ela quase podia ouvir a mãe e Jessie discutirem sobre a maneira certa de preparar os bolinhos de peixe em uma frigideira quente, o cheiro de verduras e cebola picadas no ar. Amy-Rose gostava de ouvir a troca entre elas e observar a mãe misturar os ingredientes, medindo-os com suas mãos fortes e magras. O cheiro atraía pessoas de toda a parte da casa.

Amy-Rose esfregou as têmporas e tirou os olhos do trabalho, pensando na rapidez com que tudo mudaria. Não haveria motivo para permanecer com os Davenport quando as garotas se casassem. Mas a bancada perto da janela da cozinha era onde a mãe costumava ficar quando Amy-Rose arranhava o joelho tentando tirar os cavalos do estábulo com Olivia e John. O quarto do andar de cima era o que elas compartilharam, onde ela ouvia histórias de Santa Lucia, tão detalhadas que pareciam suas. Tudo ali fazia disparar uma lembrança de sua mãe, da única família que tivera.

Isso não é totalmente verdade, pensou ela. As garotas Davenport podiam não ser irmãs dela, mas, por algum tempo, pareceu assim. Jessie e Ethel, no papel das suas tias, brigavam do amanhecer até desaparecem no quarto à noite. Os momentos de ternura entre o par raramente eram vistos, embora elas sempre tivessem mais que suficiente para Amy-Rose. Harold, pai de Tommy e cocheiro dos Davenport, esculpira os cavalinhos de madeira que ela deixava ao lado da cama. Não havia canto intocado por uma lembrança querida. A família Shepard, de dois membros, crescera ali.

Como seria a vida se eu acordasse em um novo lugar? Cercada por pessoas diferentes? A ideia a inquietava, mas a animava também.

Amy-Rose recolheu seu caderno e lápis, caminhando nas pontas dos pés para a porta que levava ao jardim. O vento fresco lhe soprava o rosto, esfriando a súbita onda de pânico que tomou conta dela. Ela caminhou pelo quintal dos Davenport, com cuidado de ficar fora do campo de visão das janelas, já que não deveria estar lá fora tão tarde. Ela abraçou seu casaco mais perto do corpo e saiu do caminho onde uma variedade de folhagem nativa e a vegetação robusta da Nova Inglaterra crescia. A sra. Davenport tinha muito orgulho da maneira com que o jardim era cuidado, tendo crescido em um pequeno prédio de apartamentos em Boston, longe do Jardim Público da cidade.

Agora, servia como o refúgio de Amy-Rose. Com a casa enfim fora de vista, ela se apoiou contra o grande tronco de um carvalho. Através das folhas da copa, ela observou as estrelas piscando, o coração voltando a bater em seu ritmo normal. Assim como as árvores da Costa Leste ao redor dela, Amy-Rose poderia ser replantada.

— Se eu não soubesse a verdade, diria que você está me seguindo.

As mãos de Amy-Rose tocaram a garganta. Sob o brilhante luar, John estava sentado com os cotovelos apoiados nos joelhos. Ele se levantou, revelando os amassados em seu terno novo e os botões desfeitos de seu colarinho.

— Não imaginei que houvesse alguém aqui — disse ela.

Por mais tentada que estivesse a olhar para a curva da nuca de John, Amy-Rose manteve o olhar no dele. Os passos dele eram vagarosos, evitando pisar nas raízes da árvore enquanto se aproximava. Um arrepio percorreu o corpo dela quando ele se aproximou, perto o suficiente para bloquear o próximo sopro do vento farfalhando pelos jardins, o cheiro da grama recém-cortada se misturando às notas de bálsamo da colônia dele. Ela inspirou profundamente e resistiu ao desejo de fechar os olhos.

John se inclinou e pegou o caderno dela.

— Que precioso — disse ele.

Amy-Rose corou sob o poder do sorriso dele e tentou pegar o caderno.

— Você quer se sentar comigo um pouco? — Ele parecia tão sério.

— Um pouquinho eu posso — respondeu ela.

Amy-Rose seguiu John pela curta distância até o pequeno banco ao lado de um canteiro de aquilégias vermelhas. Era o cantinho silencioso perfeito para dois amantes, pensou ela. O calor do corpo de John aquecia a perna dela onde as coxas deles se tocavam levemente. Era íntimo e confortável, mas só servia para confundi-la mais. Ela observou o perfil dele, de maxilar contraído e testa franzida.

— Está pensando em quê? — perguntou Amy-Rose, embora não tivesse o direito de perguntar. Ainda era uma empregada, afinal de contas. Mas as palavras escaparam antes que ela tivesse a chance de se repreender.

John esfregou o rosto com as mãos e soltou um suspiro profundo que ela sentiu nos ossos. Era o tipo de cansaço que ela conhecia muito bem.

— Como você veio parar aqui? — perguntou ele, em vez de responder à pergunta. Mesmo à luz da lua, Amy-Rose podia ver os olhos dele queimarem com uma intensidade que a fez desviar o olhar. — Sinto muito por não saber. É que parece que você sempre esteve aqui, parte da família. Acabei de me dar conta que não sei direito a sua história.

— Você quer saber como era minha vida antes daqui?

— Eu não quis ofender. É que recentemente eu tive uma percepção sobre o que os meus pais querem de mim. As coisas são diferentes longe daqui. — Ele apertou o lábio inferior, e aquelas borboletas no estômago de Amy-Rose começaram a bater asas. — Sei que eles têm boas intenções, mas eu...

John parou tão de repente que Amy-Rose temeu que ele houvesse decidido deixá-la sozinha com seus pensamentos. Os avisos de Jessie soaram na mente dela, assombrando-a. Os Davenport seguiriam em frente, e ela deveria fazer o mesmo.

— Peço desculpas, estou aqui reclamando sobre a preocupação dos meus pais comigo e... — John se mexeu como se fosse colocar a mão por sobre a dela, mas parou. Ela pensou no breve toque dele naquela noite na cozinha enquanto ele se apressava para se aprontar para o baile dos Tremaine. Amy-Rose pegou a mão dele, e encontrou conforto em seu calor. Ele olhou para as mãos juntas. — Sinto muito.

Amy-Rose se lembrou do dia em que a mãe foi enterrada, não muito longe dali. Tudo fora organizado pela sra. Davenport. Amy-Rose mal se lembrava do que acontecera entre o momento da morte e o momento em que o caixão cheio de rosas foi baixado na sepultura. Ela fechou os olhos e viu a mãe e a jornada que terminara na frente dos portões da Mansão Freeport.

— Eu era muito jovem quando minha mãe e eu viemos para cá. Somos originalmente de Santa Lucia. o lugar que minha mãe chamava de "lar". Tudo o que me lembro é de estar cercada de pessoas o tempo todo. Eu nunca ficava sozinha ou sem adultos me mimando muito, mesmo quando cochichavam, pensando que eu era nova demais para entender que minha mãe tinha sido enganada por um marinheiro que jamais voltaria. — Um arrepio correu pela espinha de Amy-Rose ao pensar no que acontecera a seguir. A chuva, o vento, a tempestade que levara tudo embora. A voz dela tremeu enquanto relembrava o terror daqueles momentos. — Foi horrível, mas, quando o céu enfim se abriu, estava iluminado e lindo, como se nada tivesse acontecido. Grande parte da nossa cidade foi destruída, até a nossa casa. Minha mãe disse que os vizinhos nos ofereceram um lugar para ficar, ajuda para nos reerguer. Mas ela disse que havia lembranças demais das pessoas que perdemos.

— Então depois disso vocês não ficaram por muito tempo?

Amy-Rose balançou a cabeça e sorriu.

— E então disse que era a hora perfeita para uma aventura. Não tínhamos nada além de alguns pertences que cabiam em uma mala. Meu pai viva na Geórgia. — Amy-Rose olhou para John. O olhar dele se fixou nela, e ele assentiu para que ela continuasse. — Ele era um homem branco, natural dos Estados Unidos. Minha mãe costumava dizer que se apaixonaram em um verão mágico, quando ele estava de férias. Ela sempre acreditou que ele voltaria. Ela continuou mandando cartas mesmo quando as respostas pararam de chegar. Tenho uma caixa delas no meu quarto. Ainda dá para ver o formato da cera em algumas delas. Uma flor de cinco pétalas com a letra G entrelaçada. — Amy-Rose cutucou o canto desgastado do caderno. Uma tristeza que ela raramente se permitia sentir tomou conta dela. — Só soubemos que ele havia morrido quando chegamos nas terras da família dele. Febre, disseram antes de mandar a gente embora.

Um homem negro com ombros caídos havia atendido a porta naquele dia. Ele não as convidou para entrar, mas disse a elas que esperassem e fechou a porta. Elas esperaram. E esperaram. Clara Shepherd andou de um lado a outro, parando para reajustar o colarinho de Amy-Rose, para dizer a filha que ficasse quieta. Pareceu demorar uma eternidade antes que a porta se abrisse de todo. Amy-Rose se agarrou às pernas da mãe enquanto Clara falava com o casal branco na varanda. Ela não gostou da forma como eles a olharam. Estavam de testa franzida, os lábios contraídos em linhas finas antes de começarem a falar. Enquanto Amy-Rose ouvia a mãe contar a eles a história familiar de seu pai, ela olhou pela porta e viu o rosto de uma menina de olhos azuis, mais velha que ela, com um queixo pontudo e sardas como as dela. Contar aquela história criou um nó na garganta de Amy-Rose, e John percebeu seu desconforto com as lembranças. Ele deu um aperto gentil na mão dela.

Amy-Rose não aguentaria ouvi-lo dizer "sinto muito" outra vez, então prosseguiu.

— Minha mãe ficou devastada — disse ela, ignorando a forma como seus olhos e nariz ardiam. — Às vezes me pergunto como seria a vida se ele estivesse vivo.

A lembrança daquela tarde era muito íntima, pertencia somente a ela e à mãe, e ainda doía muito falar sobre. O filho do casal branco se fora e não podia ser pai de Amy-Rose. A garota de olhos azuis olhou dela para os adultos e gritou:

— Mentirosas!

Amy-Rose provavelmente jamais se esqueceria da imagem da menina boquiaberta nem de como ela foi rapidamente levada embora. Amy-Rose também se lembrava da expressão da mãe, encarando a porta enquanto ela era batida. O homem que a mãe dela jurava que as amava e um dia cumpriria sua promessa de voltar não estava mais lá. Embora a tristeza estivesse marcada em cada linha do rosto de Clara, os olhos dela estavam secos e o aperto na filha era poderoso.

— O que aconteceu depois? — perguntou John.

— Nos mudamos muito, sem parar muito tempo no mesmo lugar até chegarmos a Chicago. Viemos do Norte em um trem que nos deixou na Grand Central Station. Minha mãe ouviu falar que era mais fácil encontrar trabalho doméstico, mas sua família foi a única a aceitar nós duas.

John sorriu na escuridão.

— Olivia e eu estávamos escondidos atrás da cortina, nossos pés aparecendo por baixo. Lembro que Livy sussurrou: "Acho que devíamos ser amigos."

— Nós éramos. — Os pensamentos de Amy-Rose vagaram do que ela perdera para o que ganhara, a companhia de crianças da idade dela, onde a mãe dela estava sempre por perto, e uma sensação de pertencimento. Amy-Rose pressionou a mão livre sobre a capa do caderno. — Minha mãe me encorajava a seguir meus sonhos. Ela comprou cadernos para que eu pudesse anotá-los e nunca me esquecer deles.

Clara também insistira que a filha se priorizasse. Que fizesse o que era melhor para *ela*. E dificilmente voltou a falar de amor depois daquele dia na Geórgia.

Amy-Rose e John ficaram sentados no banco, de mãos dadas. Nenhum deles se mexeu para soltá-las. O silêncio era fácil e confortável. As borboletas na barriga de Amy-Rose se acalmaram e ela conseguiu relaxar. *Eu poderia contar com você*, pensou ela, olhando para o perfil forte dele.

— No que você estava pensando quando cheguei aqui?

John olhou para onde a Mansão Freeport aparecia entre as cercas vivas.

— Quero que meus pais tenham orgulho de mim. — A voz dele estava mais suave que antes.

Embora sua mãe não estivesse mais com ela, Amy-Rose pensou em como as memórias dela estavam presentes nas decisões que ela tomava diariamente. Os sonhos dela só pareciam alcançáveis por conta da força que a mãe tinha.

— Eles já têm — disse ela. — Posso ver na forma como te olham. Duvido que haja muito que você possa fazer para mudar isso.

Amy-Rose não percebeu que estava se inclinando para ele até que o rosto de John pairou a centímetros do dela. Tão perto que ele pensou poder ouvir o próprio coração batendo. A pele dela se arrepiou naqueles segundos suspensos. A mão tremeu na dele, os olhos pestanejaram de ansiedade. Os lábios de John roçaram nos dela, inundando os sentidos dela de calor. Um suspiro escapou os lábios dela. Ele ficou parado. Amy-Rose, temendo ter arruinado o momento, prendeu a respiração. Ele a olhou com uma expressão que ela não podia descrever. Amy-Rose arfou e mordeu o lábio inferior.

— Não — sussurrou John.

Ele inclinou o queixo dela para cima até que os lábios dela se soltaram. Então, os cobriu com os seus. John Davenport a estava beijando. Ele era gentil enquanto a mão acariciava a mandíbula dela, descendo pelo pescoço onde o sangue dela pulsava ao toque. Timidamente, Amy-Rose seguiu o exemplo. Ela estava hipnotizada pelos lábios dele. Sem saber o que fazer com as mãos, ela as deslizou pela superfície rija do peito dele e se perguntou, espantada, se estava sentindo o mesmo prazer que ela.

John a trouxe para mais perto, uma mão baixa nas costas dela a mantendo firme, e aprofundou o beijo. O caderno caiu no chão enquanto ela enlaçava o pescoço dele.

Amy-Rose sentiu suas costas arquearem para encontrar o calor do corpo dele, e John se inclinou sobre ela, as mãos aplicando pressão suficiente nas costas dela para mantê-la na vertical, e o gosto dele a inebriou. Não era como o beijo casto, juvenil e romântico que Amy-Rose imaginara. Era uma fome, uma sede que a fez gemer contra a boca dele. O grunhido que ele soltou em resposta a deixou tonta e sem ar. Ela pendeu a cabeça para o céu e tremeu quando John arfou o nome dela contra sua pele entre os beijos leves que dava em sua clavícula.

Por trás das pálpebras fechadas, Amy-Rose detectou um brilho.

— Quem está aí? — A voz de Harold soou na noite, alta demais para os sentidos confusos dela.

A luz se aproximou deles. O coração de Amy-Rose batia em sua garganta. John a puxou para um emaranhado de arbustos fechados. Ela aguentou firme. Ele riu com a luz da lanterna se afastando. Um momento que Amy-Rose desejara e ansiara, por tanto tempo, agora passara. Mas o som da alegria suprimida dele a deixou feliz. Ela também se sentia mais próxima dele, tendo compartilhado sua história, e John tendo revelado parte de si a ela. Voltaram correndo juntos para a casa, rindo baixinho na noite.

Capítulo 16

OLIVIA

Nenhum livro de romance poderia prender a atenção de Olivia naquela tarde. Ela deve ter lido a mesma linha cinco vezes. A mente ficava retornando àquele dia no parque. Fazia quase duas semanas e, desde então, ela e o sr. Lawrence haviam aproveitado inúmeros almoços e caminhadas pela cidade — sempre sob o olhar atento da mãe dela, é lógico, com poucas oportunidades para conversar abertamente. Mesmo assim, o sr. Lawrence continuava a surpreendê-la.

Olivia largou o livro na mesa com um baque, assustando a cachorrinha terrier em seu colo.

— Desculpe, Sophie — disse ela para o filhote descontente. Ela pressionou os dedos nas têmporas, massageando a frustração que sentia.

O sono estava começando a tomar conta dela quando uma comoção do lado de fora do quarto lhe chamou a atenção. Uma fresta se abriu na porta. Helen passou e a fechou com força. Olivia observou a irmã se apoiando contra ela como se fosse o último soldado protegendo algo.

— O que você está fazendo? — perguntou ela.

— *Shh!* — sibilou Helen. — Estou tentando me esconder da sra. Milford. Você acha que eu ainda caibo no guarda-roupa?

— É óbvio que não! — respondeu Olivia. — Ela não pode ser tão ruim assim. — Ela examinou a forma como a irmã respirava rapidamente.

— Não seja boba. Ela sabe de cor número de páginas de todos aqueles livros de etiqueta. E ela vê *tudo*. Com ela e Malcolm, aquele fofoqueiro, eu não tenho tempo nenhum para trabalhar no automóvel que John trouxe para casa. É um Model T do ano passado e está em ótimas condições, quando você olha além do dano... e do defeito misterioso. E em vez de olhar debaixo do cilindro, estou aqui, me esquivando da governanta.

— Ela não é governanta. Helen, você está sendo dramática — disse Olivia. Então se sentou. — Você está usando um *espartilho*?

Helen deu a ela um olhar doloroso e Olivia se esforçou para não rir.

— Livy, por favor me deixe ficar escondida aqui. Só um pouquinho?

Olivia amoleceu ao ouvir o apelido.

— Tá bem — respondeu.

O rosto de Helen se iluminou. Olivia via tanto do pai nela — uma determinação similar em cada ângulo.

— Sinto muito pelo que aconteceu com Malcolm. John me contou — disse Olivia, se explicando. O coração dela partiu quando Helen apenas deu de ombros. — Ele também diz que você é importante para os reparos que eles estão fazendo, e que sabe que você *conseguiu* ir para a garagem para verificar o veículo.

Helen sorriu, como Olivia sabia que sorriria.

— Venha — disse Olivia.

Helen se juntou a ela na espreguiçadeira e imediatamente tirou um livro das saias. A cabeça repousou no ombro de Olivia. Seus cachos volumosos estavam presos em um coque na nuca cheiroso e ainda úmido.

— Não é justo — disse ela.

Olivia suspirou e penteou o cabelo da irmã para trás.

— Eu sei.

— Malcolm acha que as mulheres têm que ficar em casa. — Helen fez uma careta. Então, em voz mais baixa, com esperança contida, disse: — Papai não pensa assim.

Olivia espiou o que Helen estava lendo e imediatamente se arrependeu. Diagramas lhe davam dor de cabeça. Como podia o negócio da família vir com tanta facilidade para o irmão e para a irmã? De fato, não se esperava que ela soubesse muito sobre carruagens ou como a empresa funcionava, mas ela via como aproximava os dois. E com Ruby passando todo o tempo com o sr. Barton naqueles últimos tempos... Olivia não conseguia imaginar o que Ruby e Harrison Barton tinham em comum além de alguns conhecidos. Certamente ela já teria se cansado dele a essa altura. Olivia não gostava de fazer compras, mas sentia falta das horas que ela e Ruby costumavam passar juntas. Com a exceção de algumas viagens da família Tremaine, elas não tinham ficado mais que dois dias sem se ver em anos.

Olivia ansiava por ter alguém com quem dividir as pequenas coisas, alguém com quem rir e crescer. Jacob Lawrence e seu sorriso sedutor irromperam na cabeça dela.

— Por que seu rosto está assim? — Helen havia fechado o livro e encarava a irmã.

Olivia pressionou a mão no rosto.

— Assim como?

Helen suspirou e olhou por sobre o ombro de Olivia, os olhos focados e um sorriso se espalhando no rosto.

— Assim. Com essa expressão de perdida-em-um-devaneio. É o sr. Lawrence, não é? — Ela cutucou a roupa da irmã, o queixo empertigado teimosamente. — Não entendo para que serve o chá e os encontros sociais. Você não se cansa de caminhar e conversar? O que você faz com as mãos? E quanto a isso aqui — disse Helen, pegando na ponta do espartilho —, é mesmo necessário?

Olivia pensou com cuidado nas palavras, o sorriso ficando maior. Helen nunca fazia perguntas sobre cortejo. Ela se endireitou e falou baixo.

— Mantenho as mãos próximas ao corpo, de forma natural — disse ela. — Helen, vai chegar um momento em que você conhecerá uma pessoa que fará até as coisas mundanas parecerem mágicas.

— Mágicas? Como assim?

Olivia pressionou a mão na barriga e pensou na sensação de borboletas batendo asas que tinha perto de Jacob Lawrence. Ela pensou nas conversas deles e como eles passavam de provocação leve a pontuações mais sérias.

— Às vezes, pode ser.

Helen revirou os olhos e abriu o livro.

— Se você diz — resmungou ela.

Olivia riu e se levantou.

— Você não vem?

Helen deu a ela um olhar horrorizado.

— E perder o esconderijo perfeito? De jeito nenhum.

Olivia sentiu o estômago apertar com a lembrança de que tinha escondido uma cópia das leis de Jim Crow na estante.

Mas Helen não mexeria nas coisas dela. *Ela já está mergulhada em seu livro.* Olivia ajustou as saias de seu vestido simples. A mãe havia reclamado no café da manhã, mas ela não via motivo de se arrumar para ficar na sala de estar o dia inteiro, quando teria que repetir o processo para a visita do sr. Lawrence no jantar daquela noite. Ela subiu as escadas rapidamente, descalça, tendo deixado seus chinelos confortáveis sob o sofá lá em cima. O piso de madeira polida estava fresco sob a sola dos pés. A porta fechada do escritório do pai dela abriu de repente. Olivia parou. Na soleira, um visitante inesperado, o sorriso escondendo uma leve expressão de culpa.

— Washington DeWight.

O sorriso dele alargou. Ele deu um passo à frente e fechou a porta atrás de si.

— Você se lembra de mim? Suponho que a luz aqui esteja muito melhor do que a daquele salão de baile lotado.

Ele se endireitou, os ombros largos jogados para trás. Em uma mão, segurava uma maleta, enquanto a outra gentilmente mantinha o chapéu contra o peito.

Olivia entrelaçou as mãos nas costas para esconder os dedos inquietos. O cheiro de charutos a alcançou. O pai dela estava lá dentro. Ela olhou de volta para o sr. DeWight, semicerrando os olhos.

— Me encontrei com seu pai — disse ele baixinho. — Que jornada incrível ele fez, pensei que ele estaria interessado em apoiar a Causa.

— Sim, ele é muito influente. As pessoas vêm de toda a parte para falar com ele. Às vezes até usando os filhos para se aproximar.

— E você? Veio buscar sua mesada para comprar alguns laços de fita? Um chapéu, talvez? — O sr. DeWight sorriu e a boca de Olivia se contorceu de lado. Ele apontou o chapéu para ela. — Ou quem sabe um vestido novo para ludibriar o pobre e inocente sr. Lawrence para que lhe peça em noivado?

— É isso o que você pensa que eu sou? Uma garota fútil consumida por ganhos materiais que precisa trapacear para encontrar um bom partido?

— Você fica me dizendo que é mais que isso. Ainda preciso ver. Ah, eu sei que sua família é muito caridosa. Vocês doam dinheiro para orfanatos e hospitais gerenciados por pessoas negras. Você e sua mãe levam comida para o abrigo. Tudo muito bom. Tudo muito importante. Mas longe de ser perigoso. Vocês não arriscam seu nome ou posição com nenhum desses gestos quando o impacto de oferecer algo mais relevante poderia se provar a diferença. Poderia provocar mudanças reais. A Causa demanda isso. O sr. Tremaine entende.

— Então você zomba dos filhos do sr. Davenport sob o teto dele?

— Olivia...

— Srta. Davenport — corrigiu ela, o olhar na porta atrás dele.

— Eu não quis ofender, *srta. Davenport*. Pelo contrário, vejo potencial em você. Um fogo escondido sob esse recatado ideal feminino ao qual você tão meticulosamente se submete.

Olivia ficou parada sem palavras, chocada pela paixão queimando nas palavras que ficaram mais suaves a cada sílaba. Estava a centímetros dele, sem sapatos, sem espartilho. Ouvindo aquele homem diminuir o trabalho que ela fazia e listar seus defeitos, o calor do constrangimento colorindo suas bochechas. Tudo que ela mais queria mostrar a ele que estava errado. Que ela era mais do que uma boneca esperando ser colocada em uma nova casa de brinquedos.

OS DAVENPORT **141**

— Vejo o fogo agora — disse ele, visivelmente satisfeito consigo. O olhar dele a desafiava. — Você pensou no que conversamos no nosso último encontro?

Olivia assentiu.

— Não sou como você diz. Não tenho que me provar para você nem para ninguém.

Ele sorriu.

— Verdade. Mas e para você, não vale a pena provar algo para si mesma?

A tarde se passou em um borrão. No escritório do pai, Olivia encarou seu livro, passando as páginas sem vê-las enquanto ele lia os jornais. O olhar do sr. Davenport pesava nela, mas ela manteve o rosto baixo enquanto os pensamentos sobre o que William Davenport pensaria da observação do sr. DeWight fervilhavam. Ela se perguntava o que o pai e o jovem advogado sulista discutiram. Se seu pai fazia alguma ideia do que aquele mesmo jovem pedira de sua filha mais velha, ele não disse nada.

Ele dobrou o jornal no colo.

— Olivia, você está sentada aqui já faz uma boa hora e não vi você virar uma única página deste livro. — O sr. Davenport removeu os óculos e os enfiou no paletó.

Olivia piscou até a visão clarear. O pai a observava, um sorriso gentil nos lábios.

— Ora, nem percebi — disse ela.

— No que você tanto pensa?

A boca dela estava seca. As palavras de Washington DeWight giravam em sua mente. Ela não podia perguntar sem revelar como conhecia o jovem advogado.

— É a respeito do sr. Lawrence? — perguntou ele. — Vocês dois passaram bastante tempo juntos nessas últimas semanas. Não me diga que está preocupada pelo simples jantar de família.

Olivia ficou embasbacada. Não era comum o pai dela mencionar cavalheiros que a cortejavam. Ele deixava esses assuntos para a mãe dela, embora Olivia pensasse que ele estava decepcionado por ela não ter encontrado um marido no verão anterior.

— O sr. Lawrence... sim. Bem, Castanha deixou que ele lhe desse uma maçã. — A égua de Olivia era notoriamente exigente, permitindo que apenas Tommy e Olivia a alimentassem.

O sr. Davenport deu uma risadinha. Quando falou, a voz estava séria.

— Sua mãe se preocupa com vocês. Ela não pode evitar. A infância dela foi difícil. — Ele pressionou os lábios em uma linha fina. — Ir dormir com fome todas as noites quando criança nos deixa famintos de outras maneiras quando nos tornamos adultos.

Eles sabiam disso. Era o motivo da sra. Davenport ressaltar a importância de fazer doações para o abrigo, para os centros de distribuição para os mais carentes e também de fazer questão do envolvimento deles aos escritórios de empregos. Olivia o observou olhar na direção da porta, os olhos suavizando. A voz da mãe dela flutuava do corredor.

— Só queremos o melhor para você.

Olivia assentiu, a garganta ainda apertada.

O sr. Davenport usou a bengala para se levantar.

— Vamos ver o que Jessie preparou para nós. — Olivia aceitou a mão dele, quente e áspera. O pai beijou-lhe o topo da cabeça, e Olivia sentiu o leve cheiro do charuto impregnado em suas roupas. Enlaçou o braço no dele enquanto era conduzia para a sala de jantar.

Olivia segurou o cálice de vinho que não havia tocado durante o jantar. A refeição correra bem. Melhor que o esperado, até. O sr. Lawrence se sentou à esquerda dela, de onde ela podia observá-lo. Seu bigode bem aparado e sorriso fácil acompanhavam os olhos castanhos tão intensos e opulentos quanto chocolate. Jacob Lawrence era engraçado e charmoso. Ele parecia voar de conversa a conversa com a família dela tão suavemente quanto um beija-flor. Ele era tranquilo. Habilidoso. Perfeito.

— Você fez o tour? — perguntou Helen.

O som da voz da irmã trouxe Olivia de volta ao momento.

— As fábricas são uma maravilha, sr. Davenport — disse ele, olhando além de Olivia para onde o pai dela estava na cabeceira da mesa.

O sr. Davenport abaixou a cabeça, parecendo inflar de orgulho.

— Foi um voto de confiança — disse ele.

Olivia observou o olhar carinhoso que seus pais trocaram.

— De fé e de trabalho duro — completou a sra. Davenport.

O sr. Lawrence assentiu.

— Com certeza. — Ele tomou um gole de vinho, o charme desaparecendo por um momento. Uma sombra obscureceu suas feições, mas muito brevemente. Jacob Lawrence assumiu seu eu jovial em questão de segundos. — Quais são seus planos para o terreno ao lado? Perdoe-me, ouvi um cavalheiro do lado de fora do seu escritório falando a respeito de uma expansão.

O sr. Davenport alisou a frente da camisa.

O rosto de Helen se iluminou.

— Papai, o senhor abrirá uma garagem?

— Não...

John apoiou os cotovelos ao lado do prato, apesar do olhar feio da mãe.

— Por que não? Seria o lugar perfeito para consertar automóveis em vez de fazer isso aqui em Freeport.

— Somos uma empresa de carruagens — disse o pai dela.

Helen abaixou o garfo e a faca com um som alto.

— Automóveis são carruagens sem cavalo.

O sr. Davenport lançou à filha mais nova um olhar sério. Olivia observou o queixo teimoso de Helen lutando para evitar fazer um biquinho ou retrucar. O pai dela suspirou.

— E é por isso que não discutimos negócios no jantar.

Helen olhou para John, as sobrancelhas erguidas, e então suspirou. Olivia sentiu uma pontada no peito. *Helen devia saber*, ela pensou.

John se virou para o sr. Lawrence, sentado diante dele.

— Os pôneis ou o ringue? — Ele se recostou na cadeira, os ombros ainda tensos.

— Como é?

— Você aposta em pôneis ou prefere uma boa partida de boxe?

— Eu não aposto, mas aprecio a habilidade de ambos os esportes — respondeu o sr. Lawrence.

Os dois falaram longamente sobre boxe, baseball e críquete, embora ela não conseguisse se lembrar de já ter visto John pegar qualquer tipo de taco. A infância deles fora cheia de aulas de piano e cavalgadas. Eles foram educados e mantidos em grande parte do tempo em casa. As palavras de

Washington DeWight voltaram a ela. Olivia era protegida. Os pais dela se sentavam nas pontas da mesa arrumada, escondendo a dor de seus eus mais jovens sob uma máscara.

Os problemas das pessoas do South Side eram um tabu tão grande a ser mencionado à mesa quanto as cicatrizes nas costas do pai dela, assim como a empresa que ele fundara.

— Vi na sua agenda que você se encontrará com um advogado. — As palavras de John interromperam os pensamentos de Olivia. Bela maneira de manter os negócios longe da mesa. — Você está pensando em substituir os Howard?

O sr. Davenport pousou o garfo e a faca na mesa.

— Não, de forma alguma. O cavalheiro que encontrei esta tarde é de Tuskegee, Alabama. Ele prevê que muitas pessoas negras se mudarão para o Norte em busca de trabalho.

— Por causa das leis de Jim Crow? — perguntou Olivia, antes que pudesse se conter.

O pai dela reajustou a frente do paletó. Ela podia sentir o peso do olhar dele, e as expressões curiosas da família.

— Sim — respondeu ele. — Entre outras coisas.

John franziu a testa para ela, pronto para fazer sua próxima pergunta, mas Olivia foi mais rápida.

— Que outras coisas?

O sr. Davenport parecia mais desconfortável agora do que quando interrompera a conversa sobre a garagem. Ele demorou a responder, mas um olhar de sua esposa o fez falar outra vez.

— Falta de oportunidades. Violência. — Ele pegou o garfo e a faca.

— E o que o advogado queria? — Olivia sentia, mais do que via, os olhares da mãe e dos irmãos. O sr. Lawrence se inclinou um pouco para a frente. De esguelha, ela viu que a atenção dele disparava dela para o pai.

— Ele queria fazer contatos. Está buscando apoio para criar sindicatos para os trabalhadores e coalizões para proteger o progresso da equidade. Eu falei que posso entregar o cartão dele para algumas pessoas que estão no comando das organizações que foram fundadas depois da tragédia em Springfield.

A mesa ficou em silêncio. Nenhuma quantidade de interferência dos pais dela poderia tê-los protegido da morte e da destruição em Springfield há dois verões.

— Tragédia em Springfield? — perguntou o sr. Lawrence.

— Por três dias, empresas de donos negros foram destruídas e cidadãos negros queimados vivos em seus lares — disse ele secamente. — Posso financiar a Causa e direcioná-los àqueles que podem oferecer mais ajuda. Porém, mais do que isso, temo estar de mãos atadas.

O sr. Lawrence disse:

— Acho que é prudente. É melhor deixar questões como esta para advogados, políticos e ativistas.

Olivia olhou para a refeição em seu prato de porcelana branquíssima. A luz acima refletia no polimento que Henrietta dera.

— Certamente há mais a ser feito.

O sorriso do sr. Davenport congelou. Ele olhou para o sr. Lawrence, mas Olivia fingiu não ver. Ela não podia ser a única pessoa naquela mesa que sabia quão distantes eles estavam das notícias que Washington DeWight dera.

— Eu não os colocarei em risco permitindo que essas reuniões aconteçam aqui. — Os olhos do sr. Davenport suavizaram com uma tristeza que aliviou a frustração de Olivia. — E há os homens que emprego. Quem alimentaria as famílias deles se a loja e a garagem fossem vandalizadas, ou coisa pior, em retaliação?

As palavras dele deram o que pensar. Havia mais em jogo que as posses materiais que Olivia dava como garantidas.

— Você está certo — disse ela, embora as palavras tivessem um gosto amargo na boca e o coração dela estivesse pesado. Ela sorriu e deixou John redirecionar a conversa para corridas de cavalos até que a mãe deles se cansou e ordenou que servissem a sobremesa. Torta de cereja. O cheiro doce revirou o estômago de Olivia. Ela brincou com o recheio de fruta, apesar do apetite inexistente. Em vez disso, observou o sr. Lawrence ao seu lado. *Deixem isso para os políticos e ativistas*, ele dissera. As palavras dele ficaram no ar, pesando sobre os ombros dela.

— Veja bem — sussurrou o sr. Lawrence. — Admiro sua paixão em defender essa causa.

A expressão no olhar dele era encorajadora.

— Eu gostaria de fazer mais do que isso — disse ela. Não sabia por onde começar, mas tinha certeza de que descobriria. Mesmo se significasse falar com o sr. DeWight. O pai parecia estar a favor do trabalho que ele planejara.

— Tenho certeza de que sim. Sua mãe mencionou que você atua em algumas instituições de caridade pela cidade. Vocês participarão da arrecadação de fundos dos Tremaine?

— Sim — respondeu Olivia, hesitante. — Mas não é tudo o que pretendo fazer. Eu... — As palavras dela ficaram presas na garganta com o som da voz do pai dela.

A atenção do sr. Lawrence também já estava em outro lugar, pois a opinião dele era exigida em outra questão. Ele ergueu a taça, acompanhando o sr. Davenport. Olivia se viu com olhando fixamente para a pele exposta do pulso do pai. Sob a manga de seu braço estendido, a textura macia e irregular de uma cicatriz aparecia na bainha.

Uma queimadura para esconder uma marca.

Olivia se lembrava, quando pequena, da maneira que um investidor branco olhara para aquela mesma marca em uma tarde em que ela e a mãe o visitaram na garagem. O pai dela arregaçara as mangas para ajudar um dos mecânicos. E, embora seus braços e mãos estivessem tomados de cicatrizes, aquela foi a única que o homem branco encarou. A única que fazia algumas pessoas estremecerem e outras sorrirem. Ela não entendia os olhares na época, nem a curiosidade mórbida delas. Agora que o pai dela mencionara o Massacre de Springfield, o linchamento reportado apenas no *The Defender*, e a ameaça de restrições disfarçadas de leis a fizeram se preocupar por cada pessoa que conhecia. Ainda bem que estava sentada; uma súbita tontura a enfraqueceu. Sentiu que a pulsação acelerava.

Washington DeWight estava dando um aviso.

— Está tudo bem, Olivia, querida? — perguntou a sra. Davenport perguntou. Ela segurou o pulso da filha, equilibrando o cálice cheio dela. O tom da mãe não passou despercebido. Nem o fato de que Olivia não vira quando a mãe se levantara e fora ficar ao lado dela.

Olivia se desfez dos pensamentos sobre o advogado e o pedido de ajuda dele, além de tudo que a presença dele significava. O aviso nas entrelinhas da pergunta da mãe a fez reajustar sua atenção.

— Sim, mamãe — respondeu ela. — Está tudo perfeito.

Olivia enfim tomou um gole do vinho, esperando que aquietasse os pensamentos de horror que gritavam cada vez mais alto em sua cabeça.

Capítulo 17

HELEN

O grande relógio ecoou com a força o suficiente para abalar os nervos de Helen. O tique-taque do segundo ponteiro a deixava mais perto de um ponto de ruptura. A matrona contratada pela mãe para *refinar* seus modos acabou se revelando uma mulher sem humor, que insistia que cada ocasião devia ser tratada como se elas estivessem recebendo a rainha da Inglaterra para o chá. O limão e o cheiro doce do bolo a deixavam enjoada.

Cada momento acordada estava cuidadosamente programado. As lições de música continuavam, mas todo o resto foi feito sob o olhar vigilante da tutora. Hoje, ela e a sra. Milford sentaram-se à mesa do canto do lotado salão de chá, na Marshall Field's. Helen estava de costas para a parede, de onde podia ver outras senhoras beliscando a comida, as sacolas reunidas aos seus pés. Elas escondiam suas risadas atrás de guardanapos e tiravam cachos louros e pretos de cima do rosto. Ela tomou mais chá do que gostaria e percebeu que, se fizesse tudo certo, teria uma vida de absoluto tédio dali em diante.

Helen puxou o corpete do vestido, esperando conseguir respirar e abrir espaço para o prato de *macarons* diante dela. A sra. Milford sempre sabia quando Helen não estava usando um espartilho, e aconselhava alguma punição tortuosa como bordado para lembrá-la da importância dos trajes adequados. A última moda da Marshall Field's era tudo o que as garotas da idade dela comentavam. Isso e o catálogo de um local chamado Bloomingdale's em Nova York. Nenhum dos estilos novos requeria espartilho. Helen olhou para a acompanhante.

— Ombros eretos, srta. Davenport — disse a sra. Milford, gesticulando para o vasilhame entre elas. Enquanto Helen tornava a preencher os copos, a acompanhante disse: — A senhorita não tem muitas amigas da sua idade, tem?

O estômago de Helen revirou de maneira estranha.

— Não compartilho muitas coisas em comum com as garotas da minha idade — respondeu ela.

Ela se perguntou se as coisas teriam sido diferentes se ela não tivesse se apaixonado pelo peso da chave inglesa em sua mão, pelo cheiro de óleo, pela sensação de completude depois de construir algo com as próprias mãos. Helen sentia os músculos latejando depois de se esgueirar por debaixo de uma carruagem ou automóvel. Sua irmã julgava aquilo como dor, mas Helen não sabia como descrever o quanto aquilo a fazia mais feliz do qualquer vestido ou festa jamais faria. O coração dela afundou no peito quando viu John e os outros indo até a garagem enquanto a carruagem a levava embora naquela manhã.

— Ah, eu duvido que seja verdade — disse a sra. Milford. — Você acha que é a única garota que tem interesses fora do ambiente doméstico?

Helen mordiscou o interior da bochecha e olhou ao redor. *Todas elas têm paixões secretas?* Ela se lembrou da irmã.

— Olivia costumava cavalgar — disse Helen. — Ela podia persuadir até o mais teimoso dos cavalos a pular sobre barreiras ou entrar em uma charrete. Ela amava.

A sra. Milford levou a xícara à boca.

— Estou curiosa para saber como ela lidou com a atual realidade. Suponho que ela não cavalgue tanto quanto costumava.

A sobrancelha erguida da mulher era um tipo de desafio. E estava certa. Helen não costumava pensar em como Olivia podia ter imaginado seu futuro, ou quão bem ela lidava com as expectativas colocadas sobre ela.

Helen se virou para a mulher mais velha.

— Por que você aceitou esse trabalho? De me instruir?

A sra. Milford observou o rosto de Helen como se imaginasse outra pessoa sentada do outro lado da mesa. Houve uma pequena mudança na postura firme de seus ombros.

— Talvez baste por hoje? — Ela chamou a garçonete.

Era melhor assim. O chá havia esfriado.

Helen pegou o chapéu e a sombrinha, usando a entrada da cozinha como escape. Depois de uma meia hora dolorosa ao piano, a sra. Milford havia desistido e dispensado o instrutor.

— Não vá muito longe. Divirta-se e retorne às três da tarde — disse ela.

Helen se alegrou muito em obedecer.

O barulho da garagem era mais tentador do que qualquer coisa. Ela havia escapado na noite anterior para conferir o progresso no Modelo T. *Será que eles já perceberam as mudanças que fiz?* Ela ouviu Malcolm e Isaac, o arquiteto-que-virou-mecânico, conversando. Helen pesou a probabilidade do pai dela não descobrir. Respirou fundo para aliviar o aperto no peito — que não era culpa de sua roupa de baixo —, e foi em direção à entrada, sem saber ao certo o que fazer a seguir.

Uma charrete Davenport preta e vermelha entrou em Freeport bem na hora. Helen congelou. *Quem vem aí?* Ela teve uma sensação terrível de que eram sua mãe e a sra. Johnson na carruagem da família da última. A mãe dela esperava que Helen estivesse com a sra. Milford ou estudando no quarto — não andando pela propriedade ou na garagem. Ela se moveu na direção do alpendre, mas era tarde demais para correr lá para dentro. Os pés dela estavam enraizados nos degraus, o chapéu ainda preso na mão. Helen enfiou cachos soltos sob o chapéu com as mãos cobertas de suor. Ela se amaldiçoou por não ter entrado na garagem quando teve a chance.

Enquanto a carruagem se aproximava, Helen percebeu que não era a mãe. O topo da cabeça do sr. Lawrence foi a primeira coisa que ela viu. Ela estranhou ter reconhecido.

O cavalo parou aos pés da escada. Jacob Lawrence desceu e seu olhar encontrou o dela imediatamente. Ele subiu as escadas, parando alguns degraus abaixo para que se olhassem nos olhos. Isso a fez lembrar da forma como ele ficou parado diante dela no jardim dos Tremaine na noite da festa.

— Srta. Davenport, eu esperava ver sua irmã esta tarde — disse ele, alisando o bigode.

Helen inspirou fundo, ainda se recuperando do breve ataque de pânico.

— Olivia não está. Saiu com Ruby. Elas devem voltar antes do jantar.

Ele assentiu e enfiou as mãos nos bolsos.

— Bem, então não devo permanecer. Você pode dizer a ela que estive aqui?

Helen olhou para o grande portão no fim da entrada e então de volta para a casa.

— Srta. Davenport?

Helen se encolheu com o tom dele, mas decidiu usá-lo para sua vantagem.

— Posso, sim. Com uma condição.

O sr. Lawrence tirou o chapéu e fez uma reverência.

— Como posso ajudá-la?

Ela tamborilou o queixo e fingiu pensar muito.

— Há uma donzela precisando muito ser salva.

— Devo presumir que a donzela é a senhorita?

— É lógico que não. *Nós* vamos salvá-la. — Helen esperou.

O sr. Lawrence se aproximou e baixou a voz.

— E ela está em poder de um dragão ou um feiticeiro?

— Sim — respondeu Helen. Uma risada escapou de seus lábios.

Ele ergueu a sobrancelha diante dessa resposta, um sorriso repuxando seus lábios carnudos.

— Nesse caso, é melhor não deixarmos a pobrezinha esperando. — Ele estendeu a palma aberta. — Onde fica o covil? — sussurrou.

Com um último olhar para a Mansão Freeport, Helen agarrou a mão dele e subiu na carruagem.

— Tem uma livraria na cidade. Tenho certeza de que podemos encontrá-la por lá. Posso te guiar.

Passear ao lado sr. Lawrence em uma charrete feita pela empresa do pai dela parecia um ato ilícito. Helen correu a mão no assento estofado.

— Onde você conseguiu isto?

— Um gentil empréstimo do meu pai. Talvez ele soubesse que estava destinada a grandes feitos.

Helen riu. Ela estava animada por ter escapado da casa, mas igualmente alarmada por ter fugido ao lado do homem que cortejava sua irmã. A entrada ladeada de árvores da Mansão Freeport desapareceu atrás deles. A vizinhança deu lugar a um trânsito mais cheio e mais barulhento, com pequenos trechos arborizados.

— Obrigada — disse Helen. — Eu precisava sair de casa.

— Assombrada?

Helen franziu a testa.

— Não, é óbvio que não.

— Pergunto porque, quando cheguei, parecia ter visto um fantasma. — O sr. Lawrence sorriu. — Tem certeza de que você não é a donzela? Isto é um teste?

Helen bateu na perna dele com a sombrinha.

— Eu não sou a donzela!

Ela lutou contra a ânsia de cruzar os braços como uma criança. O sr. Lawrence tinha a mesma idade que John e os outros jovens rapazes que trabalhavam na garagem. Ela estava surpresa com o quão confortável se sentia perto dele. A maioria de suas interações com homens giravam em torno de carruagens ou automóveis. Não sobre sua situação contra a conformidade.

— Não sou uma donzela, muito longe disso — repetiu Helen. — Mas talvez eu precisasse de uma ajudinha.

Ele tirou o olhar da estrada e o pousou nela.

— De que terrível destino eu a salvei?

Helen olhou para as fachadas das lojas sem realmente vê-las.

— Estou fugindo de aulas de *etiqueta*. Meus modos não são adequados, e, embora eu seja velha demais para uma governanta, minha mãe contratou uma para corrigir meu comportamento antes que eu espante todos os solteiros elegíveis que Olivia dispensa.

A boca do sr. Lawrence retorceu de lado com a menção à irmã dela. Helen se mexeu rápido. Ora, será que ele não sabia que haveria competição pela mão de Olivia?

— E é terrível. Nada do que estou aprendendo tem valor prático. Eu preferiria muito mais estar indo atrás dos meus interesses. Deve haver alguém por aí que não se incomode com uma jovem sempre despenteada que não sabe comandar a própria casa, mas que não se importa em ajudar a pôr a cela em um cavalo, consertar um machado ou sujar as mãos de modo geral.

Helen e o sr. Lawrence olharam para as mãos dela: unhas lascadas e manchas escuras. Parte dela maldisse as luvas que deixou na cadeira, mas a maior e mais verdadeira parte dela era desafiadora e orgulhosa.

Ela arfou quando viu o sinal de um sorriso no rosto do sr. Lawrence. Ele segurava as rédeas e olhava fixamente à frente. Helen sentiu o estômago revirar. Esse era o exato tipo de comportamento que a mãe dela e a sra. Milford estavam tentando consertar. *Ótimo, ele deve achar que sou uma perdedora. Mas por que não me importo?* E com esse pensamento, o resto das queixas se desfez em sua mente.

— Não é fácil equilibrar o que desejamos para nós mesmos e os interesses de nossa família. — O sr. Lawrence se endireitou no assento. — Não estou aqui em busca de possibilidades para o negócio da minha, mas, na verdade, uma forma de salvá-lo. O nome da família Lawrence significa algo em certos círculos, como o seu significa. Fui amaldiçoado e abençoado em ser filho único, toda a fortuna e todo o peso são minha responsabilidade. Tudo o que faço afeta meus pais e nosso futuro.

— Sei a sorte que tive. — Helen cutucou a renda em sua sombrinha. — Olivia recebe toda atenção de nossa mãe, e John sempre soube que os negócios seriam dele.

O sr. Lawrence a olhou sob seus longos cílios.

— E você? O que preenche o seu dia? Tenho certeza de que a missão de não ter um papel definido não está indo bem também.

— Do que você está falando? Estamos indo salvar uma donzela! — Helen sorriu. Ela sabia que usava as preocupações dos pais como oportunidades para fazer o que queria. Ela não foi ignorada e nunca se sentiu negligenciada, mas entendia seu lugar na dinâmica familiar. — De todo modo, eu ainda acho que sou muito sortuda.

Dinheiro e privilégio separavam a família dela das outras, e ela era amada.

— Tenho certeza de que o seu futuro não é tão sombrio quanto imagina.

Helen franziu a testa.

— Eles trouxeram reforços. — Ela se lembrou de como se sentiu em uma emboscada quando a mãe a apresentou à sra. Milford. Ela sabia que era capaz de qualquer coisa que decidisse fazer. — Uma vez eu desmontei uma bicicleta que havia acabado de ganhar de aniversário só para ver se conseguia. Todo mundo foi comer o bolo e lá estava eu na grama com uma pilha de metal retorcido. — Como o sr. Lawrence não se manifestou, Helen continuou. — Não era minha festa de aniversário, e a bicicleta pertencia ao filho de nove anos de um dos amigos do meu pai. Ninguém deu a mínima para o fato de que eu tinha apenas sete anos. — Ela suspirou e o sr. Lawrence riu ao lado dela. — Eles reagiram mal. Eu poderia ter montado outra vez se eles tivessem deixado.

O som que ele fez a deixou orgulhosa. O sr. Lawrence não estava chocado com o comportamento dela. Era ao mesmo tempo revigorante e inquietante.

— Uma vez eu troquei a tinta do tinteiro da mesa do meu pai por tinta invisível. Temo que tenha sido tão desastroso quanto seu reparo de aniversário.

A barriga de Helen doía e os dois estavam chorando de rir. Depois de respirar, ela disse:

— Eu costurei as mangas do paletó favorito de John depois que ele disse que minha costura era terrível. — Ela limpou uma lágrima. — Isso foi mais recente. E foi uma tentativa particularmente terrível de bordar.

O sr. Lawrence jogou a cabeça para trás, rindo. O som era maravilhoso. Levou embora a frustração da manhã dela. Helen se sentiu aquecida e leve.

— Suponho que ele não tenha ficado muito feliz?

— Não — respondeu ela. — Ele rasgou a costura quando enfiou o braço na manga. — Helen se virou para ele. — Minha amiga Amy-Rose conseguiu consertar. Ah, mas você devia ter visto a cara dele!

O sr. Lawrence riu, e então olhou para ela, ainda sorrindo.

— Para qual lado? — perguntou ele quando chegaram a uma interseção.

Helen não queria mais sair da carruagem.

— Vamos pegar o que tem a melhor vista. — Ela apontou para a estrada que saía da cidade.

O sr. Lawrence hesitou antes de virar para aquela direção.

— Eu não gostaria de desapontá-la. — Ele riu.

— Bem, basta dar o seu melhor para evitar isso.

Em algum ponto do passeio, o sr. Lawrence e Helen ficaram sentados mais próximos. A saia volumosa do vestido dela cobria o joelho dele e os ombros deles roçavam com o balanço da charrete na estrada irregular. As ruas de pedra se tornaram de terra. De repente, o lado esquerdo da carruagem afundou. O braço do sr. Lawrence se enrolou ao redor dos ombros dela e a puxou para mais perto. A outra mão dele, ainda agarrando as rédeas, segurou a parte frontal da charrete enquanto eles iam chacoalhando nos assentos. A égua se apoiou nas pernas traseiras. O sol reluziu nas costas deles enquanto paravam, sacolejando. A égua tornou a se apoiar nas pernas traseiras e relinchou. O sr. Lawrence pulou no assento, tentando pegar a rédea.

— Eia! Calma! — pediu ele enquanto o animal assustado tentava se esquivar.

Helen o observou ter dificuldade por várias vezes antes de tirar o chapéu e arregaçar as mangas do vestido. A queda até o chão era maior do que ela imaginara. Seus pés pousaram na lama que rapidamente os envolveu. *Vai ser difícil explicar isso*, pensou. Ela se aproximou para olhar para a égua.

— Qual é o nome dela?

O sr. Lawrence coçou a cabeça.

— Uma flor? Não me lembro.

Helen revirou os olhos, mas suavizou com um sorriso.

— Aí está o seu primeiro problema. — Ela olhou para a linda criatura com um pelo castanho-escuro. — Ei, doçura — cantou baixinho. Helen colocou a palma no pescoço da égua. A criatura majestosa se afastou a princípio, mas Helen continuou a falar com ela em um tom gentil, até acalmá-la.

— Ela está presa.

Helen indicou suas pernas traseiras presas na lama. O solo fazia um som de sucção a cada tentativa de liberar a égua, como se quisesse engoli-la por inteiro. Helen tentou ignorar a forma como o sr. Lawrence a observava enquanto ela sussurrava para o animal, libertando-o. A pele dela pinicava de calor, e, sob o cheiro de terra molhada e suor animal, ela sentiu notas de cedro. *Foco*, ela pensou.

— Pronto — disse Helen quando a égua saiu da lama e encontrou terra firme.

Ela comemorou e olhou para o sr. Lawrence. Ele bateu palmas.

— Gosto de garotas que sujam as mãos. — Ele olhou para a lama cobrindo os sapatos dela. — Ou, no seu caso, os pés.

Helen riu e levou um momento longo demais para sair do caminho da égua. Quando o fez, pisou fora do sapato preso na lama e, antes que pudesse se segurar, cambaleou para trás. O outro pé dela ficou preso enquanto ela caía no chão com um som molhado.

O sr. Lawrence estava parado acima dela, mordendo o lábio inferior, o bigode tremendo.

Helen ergueu as mãos. Tinha lama até os cotovelos. Ela sentiu algo molhado pingar por seu queixo, pingar em sua blusa, e ouviu os sons engasgados vindo de cima.

E foi nesse momento que o sr. Lawrence perdeu o controle. A gargalhada dele era alta e contagiante. Helen, fingindo vergonha e horror, agarrou um punhado de lama ao lado do quadril e a jogou. A mira dela era boa e atingiu o meio do peito dele. Ela pressionou os lábios em uma linha fina. Esperou pela reação dele, confiante de que não tinha ido longe demais.

Devagar, o sr. Lawrence se curvou. Os dedos dele afundaram no chão, os olhos jamais deixando os dela. Os movimentos dele eram deliberados. Helen lambeu os lábios, e viu o sr. Lawrence fazer o mesmo. Naquele meio segundo, Helen disparou outro punhado de lama, este atingindo o ombro dele. Usando a égua e a carruagem como barricadas, correndo e gritando como crianças, continuaram a perseguição até estarem ambos cobertos em lama e grama.

Helen escorregou contra a lateral da charrete, e o sr. Lawrence estava lá para pegá-la. Ele segurou o cotovelo dela, soltando-a quando ela se reequilibrou. Ficou ali perto enquanto eles trocavam arfares rápidos e risonhos.

— Helen, eu deveria levá-la de volta.

Ela parou ao som do nome. Sem saber o que dizer, assentiu e começou o trabalho de soltar a charrete e incentivar a égua a andar.

O caminho de volta à Mansão Freeport pareceu mais rápido do que o de ida. Eles continuaram a trocar histórias, uma mais boba que a outra. No fundo, Helen sabia que seu comportamento havia sido pavoroso. Ela não se importava. Falar com Jacob Lawrence era fácil, mais fácil do que pensara que seria com um homem que não fosse John. A consciência disso fez pesar o peito de Helen até que a grande fachada vitoriana da mansão emergiu por entre as árvores. Ela sentiu instantaneamente a forma rígida como o vestido se agarrava ao seu corpo. A lama seca rachava e esfarelava quando ela se mexia.

— Acho que você deve dar a volta e me deixar perto da garagem — disse ela.

— Acho que é tarde demais.

Helen seguiu o olhar dele e viu Amy-Rose se abanando nos degraus. O rosto era o retrato do mais puro choque. Helen sabia que a sra. Milford devia estar esperando lá dentro — já passara das três da tarde. Ela só esperava que a mãe dela não estivesse lá também.

O sr. Lawrence a ajudou a descer, mas Helen segurou o braço dele.

— Eu consigo sozinha. Não queremos piorar as coisas.

— Bem, se ela causar algum problema — ele sussurrou na orelha dela —, jogue um punhado de lama nela.

Helen riu apesar de tudo e do sermão que ouviria. A alegria do momento vivido com o sr. Lawrence lhe deu forças enquanto saía de perto da carruagem e ia de encontro à amiga. Pouco antes de desaparecer dentro da casa, Helen olhou por cima do ombro e viu Jacob Lawrence ainda sorrindo em sua direção.

Capítulo 18

RUBY

Ruby segurou a taça com delicadeza. O clube de jazz tinha sido sugestão dela. A música era alta. A multidão e sua conversa constante zumbiam por ela, elétricas. Ela se apoiou contra o bar e brincou distraidamente com as miçangas do vestido, então olhou para a sala, aproveitando a sensação quente da bebida se espalhando pelo corpo.

Harrison Barton havia ido até o palco para pedir uma canção. Ela amava dançar, e ele ficou feliz em acompanhá-la. Ruby tinha que admitir, estava se divertindo. Mas aquela noite só seria perfeita se, por acaso, John em pessoa, ou algum amigo mútuo, a visse ali com um novo acompanhante. Isso diria ao jovem sr. Davenport que deveria agir logo, ou perderia sua chance.

Ruby tomou outro gole do drinque e riu enquanto o sr. Barton dançava ao lado dela, usando um terno alinhado, ajustado à perfeição. Ele observou os outros casais, admirado.

— Não há salões de dança assim de onde você veio?

O sr. Barton assentiu, o sorriso ainda no rosto, mas uma tristeza se esgueirara em seu olhar.

— Tem, sim. Mas a maioria dos salões de dança da minha terra, seja para negros ou brancos, não é muito gentil com pessoas miscigenadas, a não ser que elas sejam a atração. Eles não são todos oficialmente segregados. Pode ser mais fácil para mim entrar em um estabelecimento branco que meus irmãos de pele mais escura. Já em outros... meu rosto é uma ofensa. — Ele deu de ombros, mas Ruby viu a mágoa.

Ela desviou o olhar, sabendo que era culpada por fazer seus julgamentos precipitados.

— Não precisa sentir pena de mim.

— Não estou sentindo. — Ruby sabia que pena era o pior sentimento que poderia sentir por outra pessoa. Ela endireitou a postura e olhou para ele. — Mas sei dos rumores.

Desta vez, o sr. Barton desviou o olhar. Ele encarou o copo, movendo-o entre os dedos.

— Meus pais cresceram juntos. Quase. — Ele se mexeu, incerto, e então pareceu tomar uma decisão. — Minha mãe foi escravizada. — Ele ergueu o olhar para Ruby. — Eles mantiveram a amizade, e mais tarde o amor, escondida até que o pai dele morreu e ela foi libertada. Mesmo assim, os dois sempre foram discretos. — Um sorrisinho espantou a penumbra que recaíra nas feições dele. — Eles não parecem se importar com o restante do mundo. Ou precisar de mais ninguém, exceto nós: meus irmãos e eu.

Os rumores eram piores que a realidade. A boca de Ruby se retorceu sentindo o gosto amargo no fundo da garganta. Ela inspirou fundo, percebendo naquele momento que, mesmo que Harrison Barton fosse resultado de um ato violento e não de uma união amorosa, ela não teria gostado menos dele.

— E então você foi embora — disse ela.

O sr. Barton olhou em direção aos casais dançando.

— As pessoas não entendem que o amor dos meus pais é tão real quanto o de qualquer outro casal. Pessoas negras e brancas o veem como uma traição. Meus pais mantiveram a mim e aos meus irmãos por perto o máximo que puderam. Muito parecido com a sua amiga Olivia. Só que não tínhamos o dinheiro na época para nos proteger da pior parte. Só tínhamos uns aos outros. — A voz dele era firme. As palavras não revelavam nada da dor que ele devia estar sentindo. Em vez disso, ele tinha uma expressão leve e alegre enquanto observava os movimentos dos dançarinos no salão. — Não é algo que eu possa escolher ou mudar, então prefiro me concentrar naquilo que consigo.

Ruby o observou. Como ele podia estar tão em paz? Ela sabia que tinha pouca paciência e uma propensão à retaliação. Ruby Tremaine amava um drama. *É assim que você acabou vindo parar aqui, fingindo gostar de um homem tão autoconfiante que não deixa o mundo exterior influenciar em nada.* Ela girou o crucifixo que usava no pescoço. As palavras dele penetraram em sua pele, aconchegando-se junto aos sentimentos dela.

A riqueza da família havia diminuído em comparação ao que fora um dia. Sua família vinha lutando para manter as aparências, com a esperança de que a corrida pela prefeitura valesse a pena, e de que seus sonhos de elevar outras pessoas negras se realizassem. Ruby só conseguia ver sua família através dos olhos de outras famílias influentes negras e empresários brancos que entravam e saíam do círculo social dela. Não importava o quanto tentasse, o julgamento deles deixava a pele dela em carne viva. Só que ninguém sabia da real situação da sua família. Ruby suspeitava que Olivia talvez soubesse, mas era elegante demais para tocar no assunto.

Por isso mesmo, apesar dos avisos dos pais para manter a verdade dentro da casa que encolhia cada vez mais, Ruby falou:

— Estamos falidos.

Ela cuspiu as palavras irrefletidamente, e esperou o arrependimento chegar. Não chegou.

O sr. Barton se virou para ela, a expressão aberta e à espera. Ele não havia conhecido a família dela antes — não como os Davenport conheciam. Ruby sabia que Olivia não se importaria, que a amizade delas estava alicerçada no amor e em experiências compartilhadas. Mas quanto mais os Tremaine pareciam afundar, mais Ruby se sentia insegura em relação a si mesma. *Eu não sei como ser* Ruby Tremaine *sem o dinheiro e as joias e as festas e o estilo de vida despreocupado*. No canto de sua visão embaçada, ela viu o sr. Barton observá-la, a expressão convidativa e livre de julgamentos. Ela piscou para clarear a visão.

— Meu pai quer ser prefeito, fazer parte da minoria que *toma* decisões e não da maioria que apenas as segue. A princípio, achei que fosse pelo prestígio. Mais uma coisa que pudesse ser dele, na qual estampar seu nome. Mas já encontrei várias conexões que ele fez, e ouvi tantas conversas sussurradas que agora entendi que ele deseja mais para as pessoas que se parecem conosco. Toda pessoa que foi libertada da escravidão. — Ela se virou para Harrison. — Eu estava com raiva dele. Agora, estou preocupada que ninguém realmente saiba o que ele está arriscando. Ele não quer que sejamos especiais. Ele quer que nós, pessoas negras com poder aquisitivo, educação e oportunidades, sejamos comuns. No melhor sentido da palavra.

Harrison Barton não disse nada. Mas a expressão no olhar dele provocou um arrepio pelo corpo dela em um ambiente cheio de suor e fumaça.

— Você jamais poderia ser comum, Ruby — disse ele por fim. — Você é tudo, menos isso.

Ruby gostou da forma que ele disse o nome dela, suave como uma carícia.

— Com certeza — disse ela, se recuperando rapidamente e mexendo os dedos perto do rosto, como se fizesse um truque de mágica. Então o sorriso desapareceu. — Meus pais não estão sabendo lidar com o fato de que não preciso mais da permissão deles para fazer nada. Não para escolher o que visto ou com quem escolho passar meu tempo. Não sou como essas garotas *esperando* por um pedido de casamento, sabe? — Ruby olhou diretamente para ele. — Estar à frente do tempo tem um preço. — A mão dela foi outra vez para o pescoço. — Eu tinha um lindo colar de rubi. Um presente dos meus pais. Minhas iniciais estavam gravadas em um pequeno pingente perto do fecho. — Ruby repassou a cena horrível da mãe o encontrando naquela noite da festa de arrecadação de fundos na casa deles, a forma como a sra. Tremaine estivera no quarto da filha, apertando o colar na mão fechada. A ideia de outra pessoa usando sua joia...

Ele havia desaparecido na mão da mãe dela. Mais tarde, recepcionando os convidados, de dentes cerrados, Ruby aguentara ouvi-la dizer que o venderia. Ruby se perguntou... se tivesse implorado, se agarrado às saias da mãe como uma criança, chorado até ficar sem ar, teria o colar agora? Ela duvidava. Tinha procurado por ele pela casa toda. A mãe havia honrado a palavra. E Ruby ficara inconsolável por dias. As visitas a Harrison Barton estavam entre os únicos pontos altos da semana dela. A preocupação de Olivia com o pretendente britânico significava que Ruby tinha agora bastante tempo livre.

Ela sorriu para o sr. Barton.

— Sei como devo soar, mas era meu, e vale mais para mim que qualquer dinheiro.

O sr. Barton esfregou o queixo. Então segurou a mão de Ruby entre as suas. O olhar dele passou da cruz para o rosto dela.

— Sinto muito. Existe alguma chance de recuperá-lo?

Ela balançou a cabeça.

— Eu não saberia nem onde começar a procurar.

O olhar que o sr. Barton lhe deu aliviou parte da mágoa, e ela sentiu a tensão daquelas lembranças amargas — a raiva da mãe, a própria fúria e a dor da perda — ceder.

Ela cruzou o braço ao de Harrison e o levou para longe do bar. Tinha compartilhado mais do que pretendera. *Dançar, é disso que preciso agora*.

— Vamos — disse ela, bem quando uma comoção na entrada chamou a atenção de todos. Cabeças se viraram e a conversa morreu.

John Davenport chegara. Ao lado dele estavam os garotos Greenfield. Ruby se lembrou de quando o mais velho dos dois tentara cortejar Olivia. A multidão pareceu abrir caminho para os três. Moças solteiras entravam e saíam do caminho de John para dizer "olá".

A música mudou para algo lento e romântico, mas o coração de Ruby acelerou. Ela soube o momento exato em que John os viu. O músculo da mandíbula dele tremeu. Os ombros do sr. Barton ficaram tensos sob as mãos dela. *Fique calma*, disse a si mesma.

— John aqui, em dia de semana? — brincou Ruby quando ele os alcançou. Ela sabia da possibilidade de se encontrarem. Era exatamente o que ela havia desejado.

— Olá, Ruby — disse ele. Depois assentiu para a companhia dela.

— Sr. Barton, não tenho certeza se o senhor foi apresentado formalmente a John Davenport. Nossas famílias se conhecem desde que éramos crianças.

— Já nos conhecemos. A srta. Tremaine fala muito bem da sua irmã. — A mão do sr. Barton pairava no espaço entre eles.

As mãos de John desapareceram em seus bolsos. Ele parecia se inclinar para trás.

— Vejo que vocês dois ficaram muito próximos.

Sim! Um confronto com John era exatamente o que ela esperava.

Harrison Barton fechou a mão sobre a de Ruby.

— A boa sorte sorriu para mim no dia em que encontrei o sr. Tremaine no barbeiro. Ele me convidou para a festa, onde tive a oportunidade de dançar com sua adorável filha.

O olhar de John se voltou para Ruby.

— Não é tanto sorte, mas sim um privilégio.

Então ele se afastou, fazendo o coração de Ruby acelerar. *Estava funcionando!*

Ruby cantarolava a última canção que a banda tocara enquanto ele fechava a porta atrás dela. Harrison a acompanhara até em casa em sua carruagem. Seria um escândalo se alguém os visse, mas, naquele momento, estavam apenas os dois lá fora, e seus princípios eram mais relaxados que os dos pais.

John os vira dançar durante uma ou duas músicas do outro lado do salão. Ruby endireitara a postura sob o olhar dele quando se aproximava mais de Harrison. Seu acompanhante podia ser um substituto, mas Ruby gostava bastante da companhia dele. Harrison a surpreendeu com seu humor e otimismo, tinha enriquecido recentemente, mas não se portava como um pavão pomposo. Muito pelo contrário, era discreto. Ruby gostava em especial da forma como se sentia perto dele. Calma. Compreendida.

Harrison, por que como ele podia continuar a ser sr. Barton na mente dela depois daquela tarde e de tudo o que ele sabia?

Uma luz acesa no corredor lançava um brilho pelas paredes. Os pais dela.

Desde o baile, sempre que Ruby saía à noite, ao voltar encontrava os pais em vigília, esperando pelo dia que presumiam que já teria acontecido a essa altura. Estava ficando cada vez mais difícil perdoar as falhas dela. "Sim, John percebeu que eu estava lá", diria ela. "Não, não fizemos planos." Ela se preparou e entrou no escritório do pai.

Ela suspirou. *Foi uma noite agradável.*

O fogo ardia na lareira. O escritório do pai era cheio de prateleiras de mogno, repletas de livros e bugigangas. Os móveis eram grandes e forrados de veludo escuro, o espesso tapete Aubusson cor de vinho ancorado ao lado da mesa grande. O sr. Tremaine estava sentado atrás da borda chanfrada, a cadeira afastada. Ele apoiava o antebraço na coxa, gentilmente girando o líquido âmbar, quase marrom, em seu copo. Ruby percebeu que eles também deviam ter saído. A sra. Tremaine estava sentada no sofá à direita dele, usando um vestido de saia rodada, o cabelo arrumado em um coque. O pai havia afrouxado a gravata e seu melhor paletó de sair abraçava o encosto da cadeira.

Os dois cumprimentaram Ruby na porta. O pai apontou um dedo para ela.

— Ouvi um cantarolar. — Ele se virou para a mãe dela e os dois trocaram um olhar afetuoso. — Posso abrir o champanhe?

Ruby parou na extremidade do tapete. Em sua mente, ela se viu, as mãos pressionadas contra as bochechas, praticamente brilhando de felicidade.

— Sei que você saiu com o sr. Barton — disse a mãe dela. — Temos sido descuidados, mas certamente ele não colocou esse sorriso no seu rosto. — As palavras dela, embora suaves, carregavam uma nítida desaprovação.

— É lógico que eu estava com Harrison... sr. Barton. Uma dama não abandona seu acompanhante. — Os pais dela trocaram um olhar cauteloso. — Não sou uma meretriz — bufou. — Tenho um plano e está *funcionando*.

O sr. Tremaine olhou para ela.

— Mocinha, cuidado com o que fala.

Ruby teve que se esforçar para não revirar os olhos. Diante do que estavam pedindo que ela fizesse, se ofender com a linguagem dela não parecia justo. Ela sentia o mesmo a respeito da motivação deles para que acelerasse as coisas com John. Era um desafio, sim, mas eles podiam ao menos dar a ela algum crédito.

A sra. Tremaine tirou as luvas e o pai de Ruby se recostou na cadeira.

— Que tipo de plano? — perguntou a mãe.

Ruby pigarreou com a garganta apertada.

— Não se preocupem...

— Ruby, você ainda gosta de John, não é? — perguntou o pai.

— Sim!

A força da resposta surpreendeu até a ela. Ruby deu um passo para trás, os olhos focando no padrão do tapete. Ela sentiu a súbita necessidade de se sentar. Mas não ali, onde os pais certamente continuariam a questioná-la. Sinceramente, ela estava chocada que eles sequer se importassem em *saber* como ela se sentia.

A mãe dela se levantou.

— Então, minha querida, você não deve perder de vista aquilo que importa. Não desista.

Ruby, a meio caminho porta afora, sentindo o peso da expectativa deles, disse:

— Não se preocupem. Sei o que estou fazendo.

Capítulo 19

AMY-ROSE

Um homem segurou a porta do Banco Binga aberta para Amy-Rose enquanto ela adentrava aquele lugar movimentado. Ela sentiu como se o espírito da mãe a encorajasse a seguir em frente. Havia dedicado um tempo para anotar suas ideias de negócios no papel cartão grosso que pegara emprestado com Helen. Cada letra de sua lista de itens foi escrita com todo cuidado. Eram os sonhos dela, seu coração e sua alma em um pedaço de papel que ela entregou de bom grado.

— Meu próximo depósito está aí também — adicionou ela.

— Garantirei que chegue ao sr. Binga — disse o bancário. — Mas eu diria que você está no caminho certo, senhorita.

Sem parar de falar, o homem empurrou os óculos nariz acima e adicionou o mais recente depósito de Amy-Rose aos seus registros. Ela viu os lábios dele se mexerem. *Sr. Binga,* ela pensou. Não conseguia acreditar em sua sorte.

O som firme do recibo sendo arrancado do registro a fez voltar à realidade.

— Aqui está, mocinha — disse ele com um sorriso tranquilo. — Se você não se importar com a pergunta, para que está economizando?

— Abrirei minha própria loja. Um salão de beleza. — Amy-Rose praticara essa afirmação até que a confiança que fingia soasse real. Se o sonho dela ia se tornar realidade, ela precisava tratá-lo como algo real.

— Seu marido está de acordo com você gastando todo esse dinheiro?

— Eu não tenho marido, senhor — respondeu Amy-Rose, mantendo a voz tão agradável quanto antes. A mão dela permaneceu estendida para o recibo, fora de seu alcance. — *Eu* ganhei esse dinheiro.

— Entendi.

— Entendeu o quê? — perguntou ela, se sentindo quente sob o colarinho.

— É estranho para uma jovem começar um negócio sozinha, sem ajuda ou experiência.

— Eu pesquisei bastante — adicionou ela. — Adquiri o máximo possível de conhecimento teórico, e contarei com ajuda. Além disso, quase todos os empreendedores negros nesta cidade começaram do lugar onde estou agora. — Amy-Rose não sabia por que sentia a necessidade de retrucar. O dinheiro *era* dela. Mas ela teve a sensação desesperadora de que, se não o fizesse, algo terrível aconteceria. A mudança na expressão do banqueiro fez o estômago dela revirar.

E Amy-Rose percebeu a forma como ele ficou tenso quando ela disse negro, como se a pele mais clara dela negasse a parte da identidade que ela herdara da mãe. Sim, permitia que ela entrasse com maior facilidade em espaços brancos. Isso não significava que não doía quando era isso era usado contra ela, quando a obrigavam a se sentir inferior. Mas aquele homem era só um homem, e o Banco Binga existia para promover o empreendedorismo negro. Amy-Rose se endireitou na cadeira.

O bancário revirou os papéis em sua mesa. Nenhum deles parecia ser da conta dela. Mas o sorriso dela falhou quando o banqueiro franziu a testa.

— E onde você quer abrir essa... sua loja?

— No espaço do sr. Spencer. É uma barbearia, não longe daqui.

Ele assentiu devagar.

— Conheço. — Ele tornou a assentir. — Desejo sorte.

Cada vez mais perto. Amy-Rose pegou o recibo e o colocou na parte de trás do livro que John chamara de precioso. Se os cálculos dela estivessem corretos, mais algumas semanas seriam suficientes. Ela já havia chegado muito mais longe do que qualquer um esperava.

— Não preciso de sorte — disse Amy-Rose baixinho.

A mãe dela a ensinara a trabalhar duro, e isso a levaria para onde quisesse. Amy-Rose imaginou o rosto orgulhoso de Clara Shepherd. Os saltos dos sapatos dela estalavam contra o chão de parquete enquanto ela deixava o banco. Amy-Rose parou na loja para pegar o pedido de Jessie. Em geral, ela conversava com outros clientes e perguntava ao vendedor sobre a família. Mas hoje ela estava distraída pelo tratamento que recebera no banco. O vendedor deslizou os pacotes em silêncio pelo balcão, o custo adicionado à conta dos Davenport.

— Obrigada — disse ela, e, saindo, caminhou rápido pela calçada. Embora os sapatos começassem a machucar seus pés, eles ainda assim a levavam à barbearia do sr. Spencer.

Ela parou do lado de fora. O reflexo no vidro parecia o de uma mulher de negócios. Ela pensara sobre o vestido e o penteado a manhã inteira. Seu cabelo ondulado e grosso estava perfeitamente preso sob um chapéu de aba larga. A saia evasê sob o paletó simples a fazia parecer séria e confiável. Ela esperava que suas economias e preparo fossem suficientes.

— Salão de Beleza da Clara — sussurrou ela.

Era assim que chamaria. De repente, pareceu tão óbvio. Amy-Rose endireitou a postura. O episódio no banco já havia sido esquecido. Ela já podia ver seus planos tomando forma na fachada. Daria atenção aos canteiros vazios abaixo da janela. Uma camada fresca de tinta branca a separaria das paredes de tijolos vizinhas. O local tinha um bom movimento e ela esperava ter uma boa clientela. Pessoas buscando as habilidades dela.

Amy-Rose entrou e encontrou o sr. Spencer com um cliente. Eles estavam na cadeira perto dos fundos, um pouco adiante da caixa registradora. As outras cadeiras estavam cobertas com panos brancos. O local tinha cheiro de verniz de madeira, fumaça de cigarro e antisséptico. Era maravilhoso, e um dia seria todo dela.

— Bem, Clyde, olhe só quem veio te visitar — falou o sr. Spencer com o homem na cadeira, o rosto coberto por uma toalha quente. — Anda, rapaz, não fique por aí com cara de quem já está redecorando — disse ele, enrolando uma bata nos ombros de Clyde. As palavras foram suavizadas por um sorriso.

Amy-Rose não conseguiu evitar. O piso de madeira estava polido a ponto de brilhar levemente, refletindo a luz entrando pelas janelas altas e arqueadas. *Sim, mudar o papel de parede, cadeiras novas, um saguão na frente*. O espaço serviria muito bem.

Clyde semicerrou um olho quando o sr. Spencer removeu a tolha.

— É a srta. Amy-Rose?

— É sim. Ela está fazendo planos.

—Ah, você *sabe* que eu tenho planos — disse ela.

O sr. Spencer riu. O olhar dele seguiu o dela.

— Tive várias lembranças ótimas aqui — disse ele.

O olhar ficou distante. As rugas entalhadas em suas feições relaxaram e apenas seu cabelo grisalho dava qualquer indicação de idade. Ele cantarolou baixinho enquanto fazia a barba falhada de Clyde.

Os dois homens trocaram novidades sobre a família e notícias da vizinhança, o que Amy-Rose sabia ser fofoca de velho. A cena diante dela era exatamente o que Amy-Rose queria: um espaço para chamar de seu, com clientes próximos o bastante para considerar amigos. Seria como quando ela arrumava o cabelo de Helen: fofoca e conselhos não solicitados compartilhados livremente. Seria um tipo de lar, um que ela mesma construiria.

Amy-Rose desejou boa tarde para os homens e começou o caminho de volta para Freeport. O sol estava baixo no céu e pintava tudo de dourado. Também dourava a estrada e secava o que restara da chuva que caíra no dia anterior. O calor irradiava ao redor de Amy-Rose e ela tentava ignorar o suor descendo por suas costas. Ela apoiou os pacotes de Jessie mais alto no quadril, murmurando queixas que não ousava dizer pessoalmente à cozinheira.

Ela estava tentando mudar os pacotes para o outro lado do corpo quando ouviu uma buzina atrás de si. Amy-Rose saiu do caminho enquanto se virava. Um automóvel preto brilhante diminuiu a velocidade quando se aproximou. Ela conhecia aquele veículo. Passava por ele quase todos os dias em suas caminhadas pelos jardins atrás da cozinha dos Davenport. Ela olhou para as pessoas ao redor. Enquanto seguiam em frente, ficou óbvio. John estava desacelerando por ela.

— Precisa de carona para casa? — perguntou ele.

A covinha na bochecha dele fez o coração de Amy-Rose bater mais forte. O beijo no jardim foi outra vez reproduzido na mente dela, não pela primeira vez, fazendo-a ficar com ainda mais calor. Mas aquilo fazia quase um mês. Tinha sido um erro bobo, ela decidira. As emoções dos dois estavam à flor da pele naquela noite. John segurava a porta do passageiro aberta para ela. O interior era todo de couro macio. Amy-Rose se maravilhou com a habilidade daquele trabalho, a beleza.

— O clima certamente melhorou, mas você está a quilômetros de casa. Por que não pegou uma carruagem?

Amy-Rose se lembrou de sair pela porta da cozinha com Jessie gritando ingredientes para ela.

— Achei que eu tinha vindo buscar algumas poucas coisas. Não esperava que tantos pedidos estivessem prontos. E que fossem tão pesados.

John sorriu, e Amy-Rose ficou brevemente encantada pela forma como os lábios dele se moviam.

— Bem, suponho que demos sorte de eu estar passando por aqui.

Demos sorte.

Amy-Rose pensou nessas simples palavras enquanto John voltava para a estrada. A coxa dele pressionada contra seu joelho. Os ombros dele roçando suavemente nos dela. A própria brisa parecia empurrá-los um em direção ao outro. Ficou fácil imaginar que a vida fosse assim. Passeios de tarde com John depois de um dia cheio de compras para a casa. Não — depois de terem passado seus respectivos dias no trabalho. Ela não desistiria fácil do salão.

Amy-Rose suspirou e tirou a imagem dos dois da cabeça.

— Você conseguiu fazer o que queria?

Ela hesitou em compartilhar notícias de seu progresso. Independentemente do momento roubado que compartilharam, ele não demonstrara mais interesse nela que antes. Nem ela nele. Amy-Rose notou o olhar ávido de John naquele momento, os olhos passando dela para a estrada quase deserta. As árvores de ambos os lados da rua pareciam querer se tocar. A luz salpicada que passava por entre os galhos criava um caleidoscópio de verdes e amarelos, e o ar ao redor deles estava em uma temperatura mais agradável. *Ele sabe que sonho em abrir um salão*, ela pensou.

— Fui ao Banco Binga hoje — disse Amy-Rose. — Estou economizando para uma loja, a do sr. Spencer, para ser exata, onde será o meu salão. Fizemos um acordo justo e tenho quase todo o dinheiro para o depósito. — Ela hesitou sem entender por que a parte seguinte a fez pausar. — Quando tiver, deixarei Freeport para começar por conta própria.

Várias emoções passaram pelo rosto de John, tão rápido que Amy-Rose não conseguia interpretá-las. As palmas das mãos dela estavam suadas e seu estômago revirou. *Por quê?* Ela se perguntou por que estava deixando a reação dele ter qualquer efeito sobre ela. Eles haviam vivido sob o mesmo teto por anos. E, até pouco tempo, Amy-Rose teria dito que ele era gentil, educado, mas nada que justificasse aquela ansiedade em seu peito.

John jogou o veículo para a lateral da estrada. Eles balançaram muito até que as rodas parassem. Ele se virou para ela, aumentando a pressão da perna dele contra a dela.

— Que notícia incrível! — John passou o braço pelas costas do assento. Estava perto o suficiente para parecer um abraço. Ela viu a alegria dele diminuir. — Mas vou sentir sua falta — disse em poucas palavras.

A afirmação e a forma um tanto constrangida com a qual ele olhava para ela com aquela covinha de derreter corações aparecendo e desaparecendo a fizeram corar. Ela zombou.

— Você não espera mesmo que eu acredite nisso. Você vai estar ocupado demais para perceber que fui embora.

John colocou um dedo sob o queixo dela. Ela sentiu a pele áspera e calejada dele contra a dela e se segurou àquele momento. John olhou nos olhos dela.

— Eu sempre tive muito carinho por você, Amy-Rose — disse ele.

— Não — respondeu Amy-Rose, em um tom incerto.

Ela se virou para olhar além do capô do carro, para qualquer lugar menos para a pele macia do rosto dele, ou para os olhos que pareciam buscar os dela.

— Você não acredita em mim — disse ele. — Eu entendo. Mas fique sabendo que me lembro como você sempre levava as aranhas para fora em vez de matá-las. Quando éramos crianças, você e Olivia fizeram vestidos do lençol de seda que vocês encontraram no armário. Você se encrencou tanto. — John se recostou no assento, os olhos semicerrando enquanto um calor subia do pescoço dela até as maçãs do rosto. — Você é a única pessoa que pode convencer Helen a fazer qualquer coisa. Suas sardas e a forma como você toca a ponta da língua no lábio superior quando está pensando, tudo...

Amy-Rose imediatamente parou e ele riu. *Ela fazia aquilo com tanta frequência assim?*

— Então — continuou John — quando digo que vou sentir sua falta, estou falando sério.

Amy-Rose olhou nos olhos de John. Havia uma ânsia ali que fez a pele dela pegar fogo. Os lábios dele estavam entreabertos, e ela se lembrou do cheiro dele quando se beijaram.

— Eu tinha sentimentos por você também.

— Tinha?

— Sim — confirmou ela.

— Amy-Rose, não acho que você tenha entendido. Meus sentimentos não ficaram no passado.

John se inclinou à frente, esperando pelo sinal dela para parar. Quando ela não deu nenhum, ele acabou com o espaço entre eles. Amy-Rose arfou quando a boca dele encontrou a dela. Os lábios de John eram suaves, gentis. O toque na mandíbula fez sua pele arrepiar e John então segurou sua nuca, acendendo os nervos ao longo das costas. Uma buzina os fez se afastar. Os dois olharam ao redor em busca do outro veículo, os corações acelerados e as respirações saindo em bufadas entrecortadas. Não havia nada.

— Acho que foi você — disse Amy-Rose, rindo.

John pressionou a mão dela contra seu peito. O coração dele batia tão enlouquecidamente quanto o dela.

— Estou falando sério — repetiu ele.

Ele soltou a mão dela devagar, como se não quisesse deixá-la ir, e colocou o automóvel de volta na estrada. Amy-Rose também não queria soltar. Ela queria aproveitar momentos com ele enquanto podia.

Uma imagem deles juntos, daquele jeito, passou pela mente dela.

Não duraria, disse a si mesma quando a esperança começou a crescer.

Capítulo 20

OLIVIA

— **Srta. Olivia, eles mandaram dois.** — Hetty segurava um porta-guardanapo em cada mão.

Olivia olhou para os anéis de prata, um com padrão de folhas, o outro de pérolas. Em alguns dias, os amigos dos pais dela e a elite da cidade encheriam um salão de baile para celebrar as bodas de vinte e cinco anos dos Davenport. Bodas de prata. Com a ajuda de Olivia, a sra. Davenport transformaria o salão de baile cavernoso em um paraíso íntimo. Olivia se maravilhava com a capacidade da mãe de cuidar de todos os detalhes, e esperava um dia comandar uma casa com tamanha facilidade.

Ruby se inclinou sobre o ombro dela.

— Você não escolheu nenhum desses.

— Eu sei, mas não há tempo de fazer outro pedido — resmungou Olivia. — O da esquerda. — Ela sinalizou para um lacaio à frente. — Quando os homens chegarem, você irá instruí-los a mover o piano para o canto ao lado das janelas?

Olivia massageou os músculos tensos do pescoço. Mal via a hora daquela festa chegar.

— Você está fazendo um excelente trabalho — disse Ruby, com um sorriso reconfortante. — Sua mãe não teria lhe dado tanta responsabilidade se não achasse que você é capaz.

Olivia entrelaçou o braço no da amiga. Ela esperava que fosse verdade. Estava tão nervosa que mal comera a semana inteira.

— Obrigada — disse ela. Observou com atenção o rosto de Ruby. — Como você está?

A outra deu de ombros.

— Meus pais estão ocupados, trabalhando em conseguir que o maior número possível de pessoas invista na candidatura. Quando não estou com você ou com o sr. Barton — disse ela, conduzindo Olivia pelo salão de baile até o saguão onde Helen e as mães delas esperavam —, estou com eles. Papai acha que tem mesmo chance, e as pessoas acreditam nele.

O orgulho iluminou as feições de Ruby.

— E o que *você* acha?

— Ele diz que a força real para a mudança de uma cidade são as próprias pessoas.

Olivia se libertou do toque de Ruby. As palavras do sr. Tremaine, pela fonte improvável dos lábios de Ruby, agitaram os ossos de Olivia. É óbvio, ele estava certo. Ninguém saberia melhor das necessidades da cidade que aqueles que caminhavam por suas ruas todos os dias. Embora ela questionasse o valor do que agregava à Causa, sabia que os homens e as mulheres que frequentavam as reuniões na Samson House para ouvir notícias do Sul, trocar ideias e advogar por Chicago já estavam se movimentando em direção a uma legislatura mais inclusiva.

— Você não respondeu à pergunta — disse ela, gentilmente.

— Eu quero que ele ganhe. — Ruby olhou para o chão. — Embora seja difícil de imaginar, um prefeito negro.

— Oklahoma elegeu um prefeito negro — disse Olivia.

— Aqui não é Oklahoma — retrucou Ruby.

— Verdade, mas não significa que não possa acontecer aqui.

O lacaio retornou.

— Srta. Olivia, as mesas chegaram. — Ele esperou pela resposta dela. — Srta. Olivia?

— Obrigada — respondeu ela, distraída.

Isto é o que posso fazer.

Quando a arrecadação de fundos do começo do verão chegasse, Olivia teria reunido votos suficientes de pessoas negras e brancas, ricas e influentes que o privilégio lhe proporcionava. As campanhas de caridade que a mãe dela comandava podiam ser usadas em vantagem dela — e dos Tremaine. O progresso e a comunidade negra da cidade só podiam ser protegidos de dentro.

Olivia se juntou à mãe e à irmã do lado de fora e abraçou Ruby antes que a amiga entrasse na charrete junto à sra. Tremaine.

— Obrigada — disse ela.

Ruby franziu a testa.

— Eu literalmente só observei você trabalhar, mas de nada?

A charrete estava a meio caminho quando a sra. Davenport perguntou:

— Quais são seus planos para esta tarde, Olivia?

Helen olhou saudosamente na direção da garagem.

— Eu estava esperando que Helen me ajudasse a organizar meu guarda-roupa esta noite, já que o sr. Lawrence virá jantar aqui outra vez — disse Olivia, tentando atrair a atenção da irmã. Talvez elas pudessem se ajudar. Validar o paradeiro uma da outra.

— O quê? — perguntou Helen. Ela havia se endireitado rápido e sua voz ecoou. Ela deu à mãe um sorriso de desculpas. — Eu prefiro não ajudar, Olivia, querida irmã, mas obrigada pela oferta.

Olivia riu, então hesitou. Os comentários de Washington DeWight ressoavam em seus ouvidos. Desde que eles quase colidiram no corredor do lado de fora do escritório do pai dela semanas antes, ela dobrara seus esforços no centro comunitário, esperando por outra chance de ouvi-lo ou de escutar outros ativistas. Mas esperar por essa nova oportunidade estava consumindo toda a energia dela. E a paciência de Tommy também, já que ela costumava levá-lo consigo nas tarefas pela cidade. Ela estava feliz por a mãe ser um membro ativo em tantas instituições de caridades. Com a ajuda da sra. Davenport, Olivia recentemente havia organizado uma feira de livros, doações de roupas e almoços com mulheres negras e brancas que buscavam apoiar várias iniciativas. Quando os conflitos de horário começaram, Olivia pôde ir no lugar da mãe. Aqueles tinham sido dias excelentes.

—Acho que terei uma noite calma aqui depois do jantar. — Olivia seguiu a mãe de volta para dentro. Elas pararam sob uma pintura do sr. e da sra. Davenport se abraçando e olhando um para o outro em vez de para o artista.

— Eu e seu pai estamos gratos por toda ajuda. A sra. Johnson disse que as damas não têm nada além de palavras gentis e gratidão.

Os cantos dos olhos em forma de amêndoas da sra. Davenport ficaram enrugados com o sorriso. O rosto de Olivia pareceu mais uma careta. É verdade, ela estivera mais envolvida com a caridade, mas muitas de suas saídas aconteceram sob a desculpa de encontrar outros ativistas. *Mas todos estão trabalhando para ajudar as mesmas pessoas*, disse a si mesma, ignorando o aperto no peito.

— Só não se esforce demais — disse a sra. Davenport.

— Não vou — prometeu ela.

Olivia observou a mãe ir em direção ao escritório. Enquanto se aproximava do patamar inferior das escadas até a cozinha, ela ouviu vozes do outro lado da porta. Tardiamente, imaginou quantas conversas foram ouvidas naquele canto tranquilo, mas duas palavras se destacaram, e logo Olivia tinha uma orelha pressionada contra a porta de pinho: *direitos civis*.

— Eles estão se reunindo de novo na velha Samson House no South Side.

— Melhor você do que eu, Hetty — disse Jessie. — Não tenho tempo para ir até lá. Deixo a vocês, jovens, a oportunidade de sentir como é ser encurralado e tomar uma surra.

— Você não está falando sério, Jessie — disse Hetty.

— Estou sim, e espero que você esteja tão alerta quanto uma coruja amanhã. Ainda há muito a fazer.

A porta em que Olivia se apoiava de repente se abriu. E lá estava Hetty, carregando uma pilha de toalhas de mesa.

— Srta. Olivia — disse ela —, a senhorita está bem?

Se ela estava bem? O coração de Olivia martelava no peito, e, assim como naquela tarde no centro comunitário, ela se sentiu empurrada em direção ao South Side.

— Você irá ao encontro sobre direitos civis esta noite? — perguntou ela enquanto a porta se fechava atrás de Hetty.

Hetty se afastou. Olivia estendeu a mão.

— Não, não tenha medo. Esta noite, quando você for ao centro, quero ir com você.

— Mas, senhorita... — Hetty parecia chocada. Ela olhou para trás como se quisesse voltar para a cozinha. — Ouvi o que seu pai disse no jantar com o sr. Lawrence. Ele quer que a sua família fique longe disso. Não sei...

— Não se preocupe. Vou dar um jeito de sair sem chamar atenção e encontro você no estábulo.

Ela não sabia como descrever a necessidade de estar lá, então esperou, e não disse mais nada. Quando a jovem empregada enfim assentiu, Olivia sorriu e suprimiu o desejo de abraçá-la.

Após terminar o prato principal, Olivia alegou estar sofrendo de enxaqueca e pediu para se retirar. Era algo tão raro que os pais dela se compadeceram, e o irmão e a irmã desejaram melhoras antes de voltar a uma conversa sobre um cavalo que ele viu na pista. O sr. Lawrence, sempre cavalheiro, puxou a cadeira dela e desejou melhoras. Ela lutou para tirar o vestido que escolhera para o jantar, de seda e muito comprido, os botões ao longo das costas a fazendo perder tempo. Depois, esperou no quarto até ouvi-los irem para a sala de estar. A música flutuava até o andar de cima.

Saia agora ou desista.

Ela fechou a porta lentamente, com cuidado para abafar qualquer som. Foi fácil escapulir pela porta lateral e entrar na garagem. O pai dela havia ensinado a cada um dos filhos como selar, cavalgar e atrelar um cavalo a uma das charretes simples, e ela era grata por isso. Quando Hetty chegou, a pequena carruagem aberta que os funcionários costumavam usar estava pronta.

Chegaram a Samson House rapidamente. Olivia guiou o cavalo até o beco e o amarrou ao poste. Como da outra vez, pessoas de todos os tipos subiam os degraus, cruzavam o alpendre inclinado da frente e entravam no pequeno prédio.

Hetty se virou para ela.

— Srta. Olivia, concordei em vir aqui com você, mas se seu pai um dia descobrir...

— Hetty, eu garanto, ele ficaria bravo *comigo*.

Mas Olivia viu a expressão de inquietação no rosto de Hetty enquanto as duas entravam na casa.

O cantarolar que vinha de baixo era mais alto do que ela se lembrava. Na pressa de chegar a tempo e despercebida, Olivia saíra de casa sem chapéu nem luvas. Sem bolsa... só o vestido simples que estava usando enquanto fazia os preparativos finais para o baile. Ela não tinha nada com que se disfarçar ou se proteger de olhares curiosos. Mas também não havia nada nela que a distinguisse como uma Davenport. Afinal, a sufragista sra. Woodard havia sido discreta depois da primeira noite de Olivia.

Ela se misturou à multidão, e, embora suas roupas fossem de qualidade superior, ela se viu mais confortável do que na primeira visita, principalmente com o rosto familiar de Hetty ao seu lado. Embora ansiosa, Olivia se sentiu protegida.

— Por aqui — disse Hetty. Olivia obedeceu, seguindo sua companheira relutante até onde estava um grupo de mulheres. Hetty as abraçou. Ela se virou para permitir que Olivia se juntasse ao círculo. — Esta é...

— Meu nome é Olivia — disse ela antes que Hetty pudesse terminar de falar.

Os olhos de Hetty arregalaram um pouco. O sorriso de Olivia permaneceu o mesmo.

— Sim, está é Olivia.

— Que bom — disse a mulher mais próxima. Uma mecha de cabelo branco se destacava em suas têmporas escuras, o cabelo preso em um coque bem arrumado. — Como vocês se conheceram?

— No trabalho — respondeu Hetty.

Olivia assentiu e tentou não se incomodar com os olhares curiosos delas. Ela ouviu enquanto se apresentavam e falavam dos motivos de se juntarem à Causa. Quando uma mulher mais velha contou do sequestro e assassinato de seu marido, Olivia quis chorar, e depois se perdeu em pensamentos que começavam com *E se?* Quantos acontecimentos aleatórios precisaram ocorrer para que os pais dela se conhecessem e fossem bem-sucedidos, para que ela estivesse onde estava? Ela sempre soubera como era bem-afortunada e gostava do trabalho que fazia, mas agora, mais do que nunca, se perguntou o que mais tinha a oferecer.

— Senhorita — chamou Hetty.

Olivia se encolheu. A palavrinha não passou despercebida pelas outras pessoas.

— Você se importa se eu for até ali dar uma palavrinha com meu primo? — Hetty apontou para um jovem, mais velho que John, a alguns metros de distância. — Você é bem-vinda para se juntar a nós.

Olivia balançou a cabeça. Ela precisava encontrar Washington.

— Hetty, enquanto estivermos... aqui — disse baixinho —, você pode me chamar de Olivia. Na verdade, eu até prefiro. — Quando o franzir de testa desconfiado voltou ao rosto de Hetty, Olivia adicionou: — Vou esperar bem aqui.

Ela observou sua acompanhante ir em direção ao jovem e o abraçar, e então absorveu a sala ao seu redor. Estava abarrotada de gente. Os participantes olhavam ao redor furtivamente. Os trechos de conversas que flutuavam avisavam do aumento da violência, medo de que as leis contra relacionamentos interraciais se espalhassem como as leis de Jim Crow.

OS DAVENPORT   **189**

— ... estão encurralando homens à noite como se fossem gado...

— ... minha irmã diz que tem que ir andando até em casa para se aliviar. Não há banheiros para as garotas negras na fábrica...

— ... eles fugiram para o Norte. Nova York, eu acho... o casamento colocou um alvo nas costas deles. Noite dessas, jogaram tijolos nas janelas deles...

Havia otimismo também. Mais de uma pessoa mencionou o sr. Tremaine e os esforços de ex-abolicionistas trabalhando em favor dele.

Então ela ouviu uma voz familiar. Calorosa e marcada pela cadência sulista.

Olivia se espremeu entre as pessoas até ver o rosto dele. Washington DeWight não usava chapéu, e a sombra de uma barba havia começado a aparecer em seu queixo. Ele parecia cansado e um pouco amarrotado, os olhos brilhavam com um entusiasmo que a atraiu. Olivia não podia negar o efeito magnético que ele tinha nas pessoas reunidas ao redor dele. Ele estava anotando algo em um caderno, cheio de panfletos e cartões de cores vivas, alguns dos quais caíram como folhas no chão onde ele estava.

Olivia soube do exato momento em que ele a viu. Os olhos dele se arregalaram.

O cavalheiro à esquerda dele disse seu nome. O sr. DeWight o agradeceu por vir e se separou do grupo.

Olivia não conseguiu evitar a presunção que tomou conta de seu rosto. Ela conseguira chegar. Tarde, mas estava ali. O sorriso dela foi sumindo à medida que o dele crescia. *Por que ele parece ter vencido?*

— Você perdeu o meu discurso — disse ele. — Ou talvez tenha se perdido outra vez. Os salões estão fechados a essa hora. — Ele pegou um relógio do bolso do casaco e fingiu assombro. — Estou surpreso em vê-la — disse, e antes que ela pudesse responder, continuou: — Precisou pagar um dos seus criados para trazê-la aqui?

— Não. — Olivia percebeu que a multidão ao redor deles se dividia em grupos menores. — Saí escondida de casa, mas não vim sozinha. Diferentemente de você, eu não posso ir e vir quando bem quiser. Tenho outros compromissos, não importa quão banais você pense que são.

Olivia pensou no plano, mas surgiu uma questão: ela havia mentido para chegar até ali. Havia ocultado seu sobrenome. E colocara Hetty em uma posição difícil, para dizer o mínimo. Ela observou a sala e encontrou sua relutante companhia em uma conversa profunda com outra jovem. *Hetty precisa de compensação?* Olivia se perguntou se sequer deveria ter pedido a Hetty para levá-la, para começo de conversa. Não era como se ela não soubesse chegar ali sozinha.

O sr. DeWight pigarreou. Quando ele falou, a voz soava mais gentil.

— Bem, estou feliz por você ter vindo. — Ele esfregou o queixo e olhou ao redor da sala.

Olivia sentiu parte da dúvida desaparecer.

— Eu queria aprender mais — disse ela. — Já acabou? Porque ninguém parece estar indo embora.

— Ficará assim por um tempo — disse ele. — As pessoas ficam para trocar ideias e histórias.

O sr. DeWight a conduziu a uma pequena mesa com lanches. Ele destacou os nomes proeminentes no grupo. Contou como viveram experiências de vida diversas, serviram como facilitadores na "Underground Railroad" — a rede secreta de rotas subterrâneas para fuga de escravizados do Sul em direção aos estados livres no Norte —, lutaram no Exército da União e marcharam em capitais do estado.

Todos haviam ido até ali porque acreditavam que Chicago era uma cidade cheia de oportunidades e diversidade, onde a promessa de um recomeço ainda era factível. Estavam certos. Olivia só precisou pensar em seu pai, no sr. Tremaine. Agora, eles precisavam proteger e expandir isso. Sentindo-se inspirada, ela percebeu que Chicago era tanto um centro de agitação e mudança política quanto qualquer outro lugar no país.

— Srta. Davenport? — Era uma mulher alguns anos mais velha que ela, de pele negra de um tom de marrom profundo e rico, segurando um bebê adormecido nos braços. — Ah, *é* você.

Olivia sorriu educadamente, olhando rápido ao redor para ver se alguém ouvira seu nome.

— Me chame de Olivia, por favor. Já nos conhecemos?

— Não pessoalmente — respondeu a mulher. — Nos disseram que sua família doou para a biblioteca infantil, que você mesma entregou alguns livros. Eu só queria dizer que meu outro pequenino gosta muito deles. — Ela empoleirou a criança um pouco mais alto no ombro. — Pessoas como você e o sr. Tremaine são verdadeiramente altruístas.

Olivia congelou.

— O sr. Tremaine?

A boca de Olivia ficou seca. Ela buscou os rostos na multidão. Em todas as possibilidades para escapar da casa despercebida, ela se esqueceu que podia ser descoberta em uma dessas reuniões políticas.

— Sim, meu marido está trabalhando na campanha dele até conseguir encontrar trabalho.

Olivia absorveu o sorriso de gratidão da mulher.

— Que adorável — conseguiu dizer.

Como ela podia ser tão descuidada? O pequeno porão pareccu encolher e as vozes ficarem mais altas. Ela buscou entre os rostos o do sr. Tremaine, ou qualquer pessoa, que pudesse denunciar a presença dela aos pais.

— Uma pena que ele não ficou por mais tempo. Foi um prazer conhecê-la — disse a mulher por cima do ombro enquanto se afastava.

Olivia ficou tonta de alívio. O sr. DeWight, sentindo que algo estava errado, se virou para a saída e perguntou:

— A senhorita me acompanha?

Ela assentiu e o deixou conduzi-la porta afora. Lá fora, o ar de verão parecia refrescante após sair de um porão apinhado de pessoas. Tinha cheiro de fumaça de carvão. Eles passaram por um casal abraçado no beco. As orelhas de Olivia queimaram. Washington DeWight era praticamente um estranho. E ninguém além de Hetty sabia que ela havia saído de casa.

— O que você esperava aprender esta noite, *Olivia*? — perguntou ele.

Eles pararam sob um poste do lado de fora de um restaurante. O suave tilintar dos talheres pontuava a conversa que escapava pela porta de vaivém.

— Não sei — admitiu Olivia. — Há tanto que não sei ou nem entendo.

— Eu me vejo aprendendo algo novo todo dia. — Washington DeWight enfiou as mãos nos bolsos. — Você não deveria ser tão dura consigo mesma.

Ela bufou.

— Eu deveria deixar isso para você, *Washington?* — devolveu, as sobrancelhas arqueadas.

— Justo — disse ele, sorrindo. — Este trabalho é tão difícil quanto recompensador.

Olivia o observou olhar para trás, para o início do caminho que percorriam. O olhar dele parecia estar registrando algo que ela não via.

— Como você se envolveu nisso? — perguntou Olivia.

— Meus pais eram ativistas. Meu pai era advogado e minha mãe, professora. Eu sempre estive cercado por pessoas que não fogem da luta, pessoas que trabalham por mudanças em prol de um mundo melhor.

— Então você sempre quis ser advogado?

— Não, eu queria tocar saxofone em uma banda de jazz.

Olivia riu. Quando ele não a acompanhou, ela perguntou:

— É sério?

O sr. DeWight, com uma expressão melancólica, deu de ombros.

— Eu era muito bom. Determinado. Mas com pais como os meus, a escola venceu.

— Pelo visto, viver de acordo com a expectativa dos outros é a regra, não importa onde você cresceu.

— Acho que sim. Mas não me arrependo. Ser parte de algo maior que eu me faz sentir mais perto deles, da minha comunidade e de cada pessoa que encontro. — Ele estava a centímetros de distância dela. Olivia ficou parada, permitindo que continuasse ali. Ele era irritante, sim, mas interessante. — O que você seria, se pudesse escolher?

Os olhos de Olivia encontraram os dele. O coração dela disparou enquanto tentava arranjar uma resposta. Ela gaguejou, se decidindo pela verdade.

— Nunca pensei nisso. — Uma súbita frieza tomou conta dela. — Hum, eu nunca... — Ela deixou as palavras morrerem ao perceber que ninguém jamais a havia perguntado o que ela queria para o futuro. Nem ela mesma. — Eu... com licença.

Olivia passou pelo sr. DeWight. Seus passos a levaram para longe dele, para longe do prédio cheio de pessoas tão certas de seu propósito, tão apaixonadas por uma causa. Ela não fazia ideia do que faria com seu tempo se este já não fosse planejado pela mãe, pela sociedade, até por Ruby em alguns dias. *Fui mesmo tão desatenta?*

— Ei — sussurrou ele no ouvido dela. O sr. DeWight segurou o cotovelo dela gentilmente enquanto Olivia se virava para encará-lo. — Está tudo bem. — A voz dele era doce. — A boa notícia é que sempre há tempo para decidir quem a gente quer ser.

Olivia piscou para espantar as lágrimas e engoliu o nó na garganta. O sr. DeWight ainda segurava seu cotovelo, o dedão pressionado contra a carne exposta da curva do braço dela. Ela se sentiu aquecida sob o toque. Era tranquilizante, e isso a confundia. Dias antes, poderia jurar que se eles um dia se tocassem, seria ela dando um tapa nele por ser muito abusado. Agora, o rosto dela queimava ao pensar na palma da mão dela contra a pele nua dele.

Ele tirou a mão e deu um passo para trás.

— O que você ama fazer? — perguntou. — Algo só para você.

Olivia pensou nos momentos em que mais se sentiu feliz e despreocupada. O vento ao redor dela, a animação correndo por suas veias, e ideia nenhuma além de ficar sentada.

— Cavalgar — respondeu. Ela pensou nas personalidades de cada um dos cavalos no estábulo. E no pouco tempo que passara cavalgando desde a primavera passada.

— Bem, eu acabei de conhecer esse cavalheiro que tem uma empresa de carruagens e parece ter uma quantidade infinita de cavalos. Posso te apresentar a ele.

— Que gentileza a sua. — Olivia riu. A respiração ficou mais leve.

Eles continuaram a conversa. Ela podia ver sua égua, Castanha, que levara ela e Hetty até ali, aceitando alegremente maçãs de duas crianças na rua.

— E Jacob Lawrence gosta de cavalgar?

Olivia o encarou, ainda se recuperando da pergunta anterior. Era uma coisa inadequada e indiscreta a se perguntar. Ela imaginou que ele não seguia as regras da sociedade a não ser que lhe servissem.

— Não sei — respondeu.

— Ouvi dizer que as coisas estão evoluindo rápido entre vocês dois.

— Estão sim.

— Você o ama?

— Amor — engasgou ela.

A égua estava a vários metros de distância. Ativistas saíam da reunião e se separavam. Hetty diminuiu o passo quando viu o sr. DeWight, dando a eles muito espaço enquanto subia na charrete.

Olivia sabia a resposta. Era o futuro planejado e acordado desde o momento em que ela fora apresentada na *alta* sociedade, da qual Washington DeWight não fazia parte. Ninguém faria uma pergunta tão impertinente. *Mas fomos sinceros até agora.*

— Podemos não estar nesse ponto ainda, mas temos uma formação parecida, compartilhamos os mesmos valores. Gostamos das mesmas coisas.

— E que *coisas* são essas? Piqueniques em parques e dançar em festas? — Ele cruzou os braços. — Ora, esses não são interesses reais.

Olivia pensou no sr. Lawrence e na relação deles. *Era* real. A experiência compartilhada entre eles era real.

— Você não sabe nada sobre o nosso relacionamento.

Pela primeira vez, o sr. DeWight pareceu ficar sem palavras. A dificuldade estava explícita em sua testa franzida.

— Pois basta perguntar e pronto.

— E não é isso o que você esteve fazendo a noite inteira?

Olivia riu em descrença. Passava da hora de ir para casa. Ela devia ter ido embora quando o sr. DeWight lhe disse que ela perdera o discurso dele. Por Deus, ela precisava sair dali, ou daria um *tapa* nele até o fim da noite. Ela soltou as rédeas e incitou Castanha a seguir em frente.

O sr. DeWight pousou uma mão no pescoço do cavalo. Olivia observou Castanha esfregar o focinho no ombro dele.

— Quando a senhorita imagina seu futuro com ele, se vê feliz?

— DeWight! — Ele olhou para a pessoa que o chamava.

Devagar, ele se afastou. Os olhos permaneceram nos dela, provocando cada nervo dela.

— Você quer paixão. Propósito. Consigo ver isso muito bem. Pois saiba que não encontrará isso em Jacob. — O sr. DeWight começou a se afastar, se virou, deu dois passos para trás. — O que ele realmente sabe sobre você? — Ele levantou um braço como se para abarcar todo o South Side, a Samson House. — Ou você dele?

Capítulo 21

HELEN

A chave inglesa na mão esquerda de Helen brilhava como se fosse de prata, refletindo a luz da lâmpada nua acima. Ela se esforçou para não olhar para o relógio na ponta da mesa. E para não pensar na mágoa no rosto da irmã quando Helen não quisera revirar o guarda-roupa dela em busca de um vestido que atraísse maridos.

Helen pensou em se desculpar depois do jantar. Até subiu as escadas para ver se Olivia queria sobremesa, mas, ao chegar lá, ficou chocada ao ver a irmã totalmente vestida e correndo pela escadaria dos fundos até a cozinha usada pelos funcionários. Obviamente, Helen a seguiu. Enquanto os pais dela e o sr. Lawrence se retiraram para o escritório, Olivia e Hetty saíram de carruagem. *O que será que ela está aprontando?*

O que quer que fosse, Helen se sentiu bem menos culpada por suas atividades. Ela escapou para a garagem depois do jantar e começou a organizar e limpar as pequenas ferramentas deixadas ao redor do automóvel que John levara para casa havia algumas semanas. Os mecânicos raramente colocavam as coisas no lugar certo, e a tarefa, embora tediosa, não requeria muito pensamento ou esforço. Era relaxante. Ela por vezes se perguntou se bordar deveria ser assim.

A mão de Helen estava a centímetros de distância de um conjunto de abraçadeiras quando a porta atrás dela se abriu. Com todos ocupados, ela não havia pensado em trancá-la. Helen prendeu a respiração. Fechou os olhos e se preparou para o som da bengala do pai atingindo o chão e as palavras que seriam seu fim.

— Me ajuda? — John empurrou a porta com o pé. Ele tinha uma bolsa de ferramentas em cada ombro e uma pilha de documentos de trinta centímetros de grossura nas mãos. Ela largou a chave inglesa e pegou os papéis. — Coloque ali — disse ele, apontando para a mesa que estava bamba.

— O que é isso?

— Os livros contábeis da Carruagens Davenport dos últimos dez anos. Pensei que a primeira coisa que papai dirá quando tentarmos falar de uma frente de automóveis será: "Como você vai pagar por ela?" Preciso ler. Você também.

Helen encarou o irmão.

— Sério? — perguntou ela, mal contendo a felicidade. Ela o abraçou. Era a melhor notícia que ouvia nos últimos tempos. — Isso é incrível!

Ele colocou as coisas na mesa.

— Será.

Helen cutucou a covinha na bochecha dele.

— É por isso que você está sempre sorrindo e cantarolando? John riu e se virou.

— Você está corando! Olivia acha que você está apaixonado. Ela também nunca tinha visto o irmão assim.

Ainda sorrindo, John cobriu a mão dela com a dele.

— Escuta, vamos fazer isso juntos. Preciso que você se concentre. De preferência, mais do que você se concentra nas suas aulas de etiqueta.

— Argh. — Helen franziu a testa e olhou na direção da casa. Então se virou, estreitando os olhos para o irmão. — Eu *trabalho* duro nelas, fique sabendo. — Ela se inclinou. — Tanto quanto eu deveria? Provavelmente não. A sra. Milford me vigia como um falcão.

— E mesmo assim você conseguiu escapar por uma tarde inteira. Fez a Amy-Rose acobertar você?

— Não. — Helen suspirou. — Ela só me ajudou a me limpar. Bem, quase tudo. A sra. Milford fechou a cara para mim pelo resto do dia. Esquecemos um pedacinho atrás da minha orelha.

John balançou a cabeça, um sorriso pensativo no rosto.

— Coberta de lama da cabeça aos pés.

Helen riu. Então cobriu a boca com a mão.

— Pare... você vai me fazer ser pega. — Ela suspirou e pensou na expressão de Amy-Rose ao vê-la subir as escadas, os sapatos grasnando como um pato a cada passo. — Nossa, você devia ter visto a carruagem.

Naquele momento, Helen estivera tão grata que engolira cada reclamação que tinha a respeito do bordado que precisava completar antes do fim do dia. Mas agora achou estranho que apenas a amiga estivesse lá quando ela chegou. A sra. Milford estava bem onde Helen a deixara, esperando com a nova tarefa. Helen se lembrou do esforço em costurar o nome da família dentro do arco do bordado. O *D* dela era tão largo que precisara recomeçar o arco duas vezes. Agora, estava presa a uma fronha extremamente assimétrica.

Helen olhou para o irmão e pigarreou, fingindo uma expressão virtuosa.

— Bem, sim, a lama foi a parte menos desagradável do dia.

— Você tem sorte por não ter sido a mamãe que te encontrou. — John tocou o nariz dela. Helen afastou a mão dele, embora o irmão estivesse certo. — Aplique parte dessa engenhosidade nas coisas pelas quais mamãe se interessa, e talvez ela te dê um pouco mais de liberdade. Você pode usá-la para ler isto comigo — disse ele, abanando a pilha de papéis antes de trancá-la no armário de arquivos.

— Pode ser — concordou ela.

— Ótimo. — John lhe deu a chave.

Helen observou o irmão desfazer a bolsa de ferramentas, a covinha ainda aparecendo.

— John — começou ela, hesitante. — Você *está* apaixonado?

Ele parou e a encarou. Helen viu uma alegria que não estivera lá quando ele voltara da universidade. Ela se perguntou como deveria sentir isso. Imaginou que seria como o relacionamento que dos pais, embora não pudesse imaginar querer passar tanto tempo com outra pessoa. *Existe realmente tanta coisa assim para falar?* Mesmo assim, John se parecia com ela quando consertava um motor.

— Então? — incentivou ela.

— Eu poderia estar — respondeu ele, tímido.

Helen olhou para o irmão, praticamente pulando de felicidade. *Olivia está certa, ele está apaixonado.*

— É a Ruby?

John hesitou.

— Não, chega de perguntas.

Perguntas eram tudo o que Helen tinha. Ela inspirou fundo, pronta para fazê-las mesmo assim.

— Olá?

Helen mergulhou atrás do veículo. A última coisa que ela precisava era que alguém a visse ali e contasse para a mãe dela — ou para o pai. Ela puxou um chapéu sobre a cabeça e usou a perna de John como cobertura extra. Com sorte, seria confundida com outro mecânico.

— Sr. Lawrence — disse John.

Apesar de saber que não devia, Helen arriscou uma olhada por cima da lataria do carro. O sr. Lawrence parecia deslocado em seu terno alinhado entre os trapos sujos de óleo descartado e um automóvel parcialmente desmanchado. O cabelo estava partido de lado e penteado rente à cabeça e ele segurava o chapéu. Com a mão livre, cumprimentou John.

John virou o sr. Lawrence para a porta e lançou um olhar na direção de Helen que parecia querer dizer *não saia daí*.

— Perdi a noção do tempo. Te encontro no carro.

Helen ouviu enquanto eles saíam. Sentiu todos os músculos formigarem ao ficar de joelhos e se repreendeu por ter sido tão descuidada. Sentiu um calafrio ao pensar em outra pessoa entrando. Tanto ela quanto John estariam diante de um problema enorme. Uma amargura pela injustiça presente na situação toda ameaçou estragar o bom humor dela, mas como poderia estar decepcionada? John pedira a ajuda dela e ela queria estar preparada para qualquer argumento que o pai pudesse usar contra eles.

Helen se levantou. Esticou os braços acima da cabeça e imediatamente viu algo que não devia estar ali.

O chapéu que o sr. Lawrence estivera usando momentos antes. Ela o encarou, se perguntando se devia levá-lo a ele.

— Então era você se escondendo? — disse uma voz de alguém que parecia estar sorrindo.

Helen deu um pulo. Os dedos dela estavam a centímetros do chapéu. Ela cruzou os braços sobre o peito e se afastou, dando um amplo espaço a Jacob Lawrence enquanto ele estendia a mão para alcançar o chapéu.

— Não, eu estava trabalhando. — Helen gesticulou para as ferramentas e trapos na mesa que se estendia ao longo da parede dos fundos. A nova bolsa de ferramentas que John trouxera substituíra a bagunça que ela removera. Quando ela se virou de volta para o sr. Lawrence, ele a olhava com uma expressão confusa.

— Gosto do seu chapéu — disse ele.

Helen o arrancou da cabeça, sorrindo.

— Suponho que você tenha planos com meu irmão — insinuou ela.

— Nos encontraremos com alguns amigos dele. O que faremos, ainda não sei.

Ela usou os dedos para contar.

— Cartas, cigarros, boxe.

Ele arregalou os olhos.

Helen sorriu. Ela gostou de tê-lo surpreendido. Deu de ombros.

— Os amigos de John não são muito originais.

O sr. Lawrence se recuperou rápido e se aproximou do automóvel, apoiando o quadril na lateral. As longas pernas dele se esticavam na direção dela.

— Então é aqui que você trabalha, quando não está... atribulada.

Helen assentiu.

— Venho aqui às vezes. Para acalmar um pouco a mente, ou consertar algo.

Ele pegou a chave inglesa que ela usara antes.

— Consertar algo. — Ele balançou a cabeça. — Não conheço dama alguma que tocaria em uma dessas por livre e espontânea vontade. No bom sentido, é lógico — acrescentou.

A pele de Helen formigou. Depois da ajuda dele havia alguns dias, ela decidira que seriam amigos. Não havia muitas pessoas em quem ela confiasse. Helen tinha dificuldade para se conectar com garotas de sua idade. A maioria queria fazer amizade com ela para chegar até John, e Helen tinha muito pouco em comum com elas e com Olivia. Helen pensou no que a sra. Milford dissera. Embora Jacob Lawrence *não* fosse o tipo de pessoa com a qual ela sugeriria que Helen fizesse amizade. *Preciso começar de algum lugar,* pensou a garota.

— O que você espera fazer com todos esses consertos, srta. Davenport? — Ele examinou uma chave de fenda e a observou esvaziar a bolsa de ferramentas.

— Será que você pode não se referir a mim assim? — disse ela, se endireitando. — Pode ser só Helen.

Aquele era o espaço dela, no qual ela merecia o mesmo tratamento que os outros.

— Está bem — disse ele em um tom mais suave, e sorrindo. — Só se você me chamar de Jacob.

Helen pensou nisso por um momento. Sim, era inadequado, mas eles eram amigos, não eram? Em breve seriam da mesma família.

— Eu fico imaginando como seria trabalhar na Carruagens Davenport um dia.

Algo na forma com que o sr. Lawrence a olhou foi um ótimo incentivo para continuar. Ela tentou não pensar no sabor do primeiro nome dele em sua língua. Doce e diferente de qualquer outro.

— Sei que John é quem vai assumir, mas tenho certeza de que haveria um lugar para mim se eu fosse homem.

— Você não acha que há lugar para você agora?

Helen jogou um pano manchado de óleo em uma cesta.

— Se John estivesse no comando, talvez. — Ela suspirou. — Se eu fosse homem, poderia ter sido aprendiz de mecânico, ter passado por treinamento formal, em vez de ser forçada a entrar aqui tarde da noite quando a casa está dormindo. Eu estaria carregando cadernos e manuais em vez de saias ou uma sombrinha. — Helen corou com as palavras.

O sr. Lawrence se endireitou, mas não disse nada. Só entregou a chave de fenda a ela. Os dedos roçaram nos dela. Era como aquele primeiro gole de café pela manhã — agradável, saboroso e com energia o suficiente para despertar o corpo. De repente, Helen sentiu a garganta seca, a sala quente demais.

Ela soltou o ar. A própria reação a confundiu. Parecia diferente das interações com os homens da equipe de John. De fato, os gêmeos lidavam bem com a presença dela, até faziam piadas. Henry, em especial, compartilhava seus conhecimentos, sabendo quão desesperadamente Helen queria ser aprendiz de mecânico. Mas um toque acidental de mãos enquanto passavam uma ferramenta não disparava tal reação.

Uma amizade inesperada. *É isso mesmo*, disse a si mesma. Devolveu a chave de fenda para a bolsa, sem de fato ver o que fazia, só deixando as mãos se moverem enquanto sentia o olhar do sr. Lawrence em si. Ele a via, ela sabia bem no fundo, de outras maneiras que a maioria das pessoas via.

John apareceu na porta da garagem vestindo uma camisa nova, o cabelo penteado para trás com uma camada recém-aplicada de pomada.

— Aí está você. — O olhar dele mediu a distância entre Helen e o sr. Lawrence.

— Esqueci meu chapéu — explicou o sr. Lawrence.

John encarou o cavalheiro um pouco demais para o gosto de Helen, e então perguntou:

— Vamos?

Helen, relaxada pela tarefa que executava, encarou Jacob Lawrence em uma tentativa de se despedir.

— Não jogue pôquer com Lonnie Lynch — disse ela. — Ele trapaceia.

Jacob riu.

— Bom saber. Algo mais?

— Boa sorte — disse ela.

Jacob Lawrence fez uma reverência como no dia em que a ajudara a escapar. Helen jurou que o ouviu sussurrar *Extraordinária* antes de sair.

Capítulo 22

RUBY

Ruby observou o pequeno relógio na cornija da lareira. Estava esperando no saguão, de chapéu e luvas em mãos. Harrison Barton devia chegar a qualquer momento para levá-la a algum lugar especial, segundo ele, o que despertou o interesse dela. Eles haviam ido a todos os lugares mais famosos, onde mais poderiam ir? Ela então suspirou e andou de um lado para o outro em frente ao escritório do pai — John e o sr. Davenport estavam lá dentro. Um encontro *aleatório* no momento perfeito entre John e Harrison era exatamente o que ela precisava para que as coisas voltassem aos trilhos. As vozes dos homens estavam abafadas. O mínimo que podiam fazer era deixá-la pinçar alguma notícia que valesse a pena compartilhar com Olivia.

Ela se endireitou ao som do movimento lá dentro, e conseguiu parecer estar apenas passando quando a porta abriu.

— Sr. Davenport, boa tarde — disse ela. Então virou seu maior sorriso para o filho dele. — John.

Ambos os cavalheiros a cumprimentaram.

John se aproximou. Ela inclinou o pescoço para olhar nos olhos dele, que estavam fixos no rosto dela.

— Você está adorável hoje, Ruby. Como sempre — disse ele.

Ruby endireitou a postura.

— Bom saber.

A boca de John tremeu.

— Não tenho visto você em Freeport. Sentimos sua falta no jantar.

Parte da confiança de Ruby murchou com a palavra *sentimos*.

— Também não tenho visto muito Olivia — continuou ele. — Mas estou feliz que vocês duas estejam mais inseparáveis que nunca.

Do que ele está falando? Ruby interrompeu o franzir de testa e disfarçou rapidamente. Ela e Olivia passaram menos tempo juntas do que gostariam, mas ela não poderia dizer isso. A amiga não estava com o sr. Lawrence com *tanta* frequência assim. *O que Olivia faz no tempo livre quando não está comigo?*

— Estamos — disse Ruby —, mais inseparáveis que nunca.

O que quer que ela estivesse aprontando, Ruby não iria expor a amiga.

— Tenho certeza de que o voluntariado que fazem juntas reflete bem na campanha do seu pai.

Ruby sorriu. Ela e a melhor amiga precisavam conversar.

— Verdade. E seus projetos, estão indo bem? Espero que não estejam te mantendo longe de atividades mais prazerosas.

John devolveu um grande sorriso.

— Prometo, chegarei a tempo para a próxima festa.

— Eu imagino que sim — disse ela. — É em Freeport!

A risada dele foi recompensa suficiente para aplacar o estresse que a consumia. As mãos dele estavam posicionadas para trás, esticando a camisa e o colete no peito largo. O cheiro amadeirado da colônia dele quase a distraiu dos eventos que ela desencadeou. Ruby viu, por cima do ombro de John, quando o pai dela deixou o sr. Barton entrar. Eles apertaram as mãos, e o pai dela o apresentou ao sr. Davenport.

— Estamos indo para o clube almoçar com outros parceiros de negócios. Eu ficaria aqui, mas estão nos esperando.

John seguiu o olhar dela. Os cantos da boca dele apontaram para baixo.

— Podemos marcar algo mais para o final da semana — ofereceu Ruby, animada demais.

— Eu adoraria — respondeu ele, o olhar acompanhando o sr. Barton.

O sr. Barton segurava o chapéu e seu rosto se iluminou quando Ruby olhou para ele. Eles estavam se "cortejando" publicamente, e Ruby gostava de verdade da companhia do cavalheiro. Ele compartilhara suas dificuldades do passado, e eram tão pesadas que as dela pareceram leves em comparação. Ela percebeu que o sr. Barton aos poucos se tornava um amigo próximo. Ruby se aborreceu com a preocupação irritante de que podia estar enganada. *E se ele estiver esperando mais que uma amizade?* Ela espantou o pensamento.

— Boa tarde, srta. Tremaine. — Ele se virou para a esquerda. — Davenport.

— Barton — disse John friamente.

Eles se encararam tempo demais. As orelhas de Ruby queimaram. Ela deu o braço ao sr. Barton.

— Podemos ir? — Ela o deixou conduzi-la passando pelo pai dela e o sr. Davenport.

— Esteja em casa para o jantar — disse o sr. Tremaine.

— Sim, papai. — Ruby acenou para os Davenport, percebendo a expressão de desagrado no rosto de John e de seu pai.

O sr. Barton se virou.

— Está pronta para a surpresa? — O sorriso dele era contagiante.

Lá fora, Ruby colocou um chapéu de aba larga na cabeça.

— Ah, eu amo surpresas! Posso adivinhar?

O sr. Barton a ajudou a descer os degraus da frente.

— Você pode tentar.

O olhar dela pousou no veículo estacionado na rua. O motor roncava alto.

— Eu posso dirigir? — Ruby soltou o braço e abriu a porta. O assento vibrava gentilmente enquanto ela se sentava. — Você me ensina?

— Na verdade, não — disse ele. — Quero dizer, você pode! — O sr. Barton esfregou o queixo. — Posso te ensinar, só... não hoje. A surpresa está no destino, e apenas eu sei. — Ele passou o peso de um pé a outro, sorrindo.

Olivia fez um biquinho, então deslizou pelo banco enquanto ele se sentava ao lado dela. A maneira com que o corpo dele se recostava no dela a fez estremecer, apesar da tarde quente. O modelo Ford tinha teto aberto; o vento roçava suas bochechas.

— Então, se a surpresa não é dirigir este magnífico veículo pela cidade, nem o destino em si, significa que é uma *coisa*.

O carro se afastou da calçada com um solavanco.

— Desculpe — disse ele. — Ainda estou me acostumando.

Ruby segurou o chapéu na cabeça.

— Harrison, onde está sua carruagem?

Era uma carruagem luxuosa, com a qual ela se acostumara.

— Em casa.

O automóvel foi deslizando pela vizinhança. Logo, eles eram parte do tráfego do centro. Ruby se maravilhou com este novo ponto de vista. Tudo era mais rápido, mais perto, inundado de uma urgência que ela nunca sentira antes. Era como se a cidade tivesse dobrado de tamanho e população desde a última vez em que ela estivera ali, e todos tivessem vindo para contribuir com a música e o ritmo. Os bondes passavam guinchando e o trem acima acelerava. Ruby ouviu trechos de conversas vindos de todas as direções. O cheiro de carne cozida das barraquinhas de comida fazia a boca dela salivar.

— E aqui estamos.

Ruby olhou para a joalheria atrás dele.

— Ora, não é o que eu esperava — admitiu, ignorando o ronco em seu estômago.

O almoço nitidamente não estava na agenda, mas, ainda assim, uma onda de emoção tomou conta dela. Ruby sentira falta do luxo de passeios como este, nos quais ela voltava com uma nova bugiganga em uma caixa de veludo. Olivia relutava com uma culpa inexplicável toda vez que ostentava, o que tornava vã a tentativa de Ruby de aproveitar as compras através da melhor amiga. O sr. Barton tinha bom gosto. Os ternos dele eram impecavelmente ajustados e feitos de seda e lã de qualidade. Ela estava curiosa a respeito do motivo de estarem ali.

— Venha — disse ele, desligando o motor. Ele deu a volta no automóvel para abrir a porta para ela. — Não sou um homem que aposta. Não tenho desejo de voltar às dificuldades da minha infância. Dito isso, através de uma camada obscena de fumaça de charutos, vi um prêmio em um jogo de pôquer e não pude resistir.

Ruby olhou para ele.

Por que ele está me contando isso?

— Lonnie Lynch pode ser uma mula teimosa. A compra foi complicada, mas valeu a pena.

Ruby retribuiu o sorriso enquanto entrava na loja. A sala estava escura e pesada sob o peso dos painéis de madeira. A luz de verdade vinha das caixas de vidro, onde itens preciosos cintilavam sob o brilho quente das lâmpadas a gás.

Uma mulher se inclinou sobre uma caixa de vidro de joias variadas e os observou entrar.

— Sr. Barton — disse ela, semicerrando os olhos e endireitando a postura um pouco. — Chegou bem na hora!

Ela desapareceu atrás de uma cortina.

— Você vem sempre aqui? — perguntou Ruby baixinho.

— Foi recomendada. Fiquei sabendo que eles avaliam e dão polimento em objetos preciosos. E eu tinha que garantir que meu prêmio era digno da portadora. — Ele assentiu para a mulher mais velha quando ela retornou.

Ruby perdeu o ar. Em uma almofada de couro escuro estava o colar dela. A pedra brilhava mais do que ela se lembrava. A corrente parecia mais delicada e frágil. Era uma joia simples, mas Ruby a teria reconhecido em qualquer lugar, mesmo que suas iniciais não piscassem na superfície do pingente perto do fecho.

Quando falou, a voz mal passava de um sussurro:

— Você ganhou?

— Não gosto de apostar, mas sou muito bom nisso. Lonnie disse que o comprou de um amigo. — O sr. Barton ergueu o colar devagar, para que a pedra brilhasse diante de Ruby. Mesmo tendo sido vendido pela mãe, de alguma forma, o colar encontrou seu caminho de volta a ela. — Posso? — perguntou o sr. Barton.

A lojista colocou um espelho diante deles. Ruby ficou em silêncio enquanto ele devolvia o colar a seu lugar de direito. Ela sentiu um arrepio, mas a pedra logo se aqueceu contra a pele abaixo do pescoço dela. Apesar da promessa de nunca mais chorar por uma joia, ela se viu limpando uma lágrima da bochecha. Ver o colar fez o pânico borbulhar das profundezas de seu âmago.

— Não posso. — A mão de Ruby se fechou ao redor do rubi. Ela não tinha certeza se para arrancá-lo do pescoço ou mantê-lo perto.

O sr. Barton colocou as mãos nos ombros dela com muita delicadeza e a virou em direção ao espelho. Um rubor se espalhara em ambos. A alegria dele era tão pura que era doloroso para Ruby vê-la.

No reflexo, os olhares deles se encontraram.

— Já está feito. — O sr. Barton sorriu para a mulher atrás da caixa e guiou Ruby para fora.

Ela estava flutuando. Ou, pelo menos, era como se sentia. Ruby deixou que o sr. Barton a ajudasse a entrar de volta no carro enquanto ela testava o peso em seu pescoço. A cidade passou em um tipo diferente de borrão e então desapareceu por completo. Quando Ruby deu por si outra vez, o carro estava estacionado junto ao Lake Shore Drive, onde uma calçada ampla separava a estrada de um trecho curto de praia arenosa.

Eu já o agradeci?, ela se perguntou, horrorizada com o próprio comportamento. Ela abriu a boca.

O sr. Barton disse de uma vez:

— Desculpe. Eu não deveria ter pego você de surpresa assim. Você podia querer que eu não me metesse e...

— Obrigada — disse Ruby. Ela agarrou as mãos dele, fortes e quentes nas dela.

Ele relaxou.

— É só que eu sabia o quanto você sentia falta do colar e você não parecia consigo mesma quando falava da ausência dele. Embora eu não esteja muito certo de que está bem mesmo tendo ele de volta.

Ruby fez um som de engasgo que era algo entre uma tosse e uma risada.

— Estou muito mais do que bem, juro. — Ela apertou as mãos dele com mais força, e então as soltou para tocar a corrente e a pedra. *Ainda aqui*. Quando podia confiar na voz de novo, ela disse: — Não sei quando poderei pagá-lo.

Ele o ganhou em um jogo de pôquer?

— Não quero ouvir uma palavra sobre pagamento. Fiz isso porque quis.

Normalmente, Ruby teria aceitado o presente sem qualquer questionamento. Eles eram esperados, alegremente recebidos e guardados para exibi-los depois. Mas isso era diferente. Era pessoal e íntimo. Harrison Barton restaurara uma parte dela mesma. Ruby piscou para afugentar as lágrimas e assentiu enquanto esperava que o nó em sua garganta se desfizesse.

— Acho que nunca mais vou tirá-lo — disse ela. Seu estômago revirava. Harrison Barton era gentil e atencioso. E ela o estava usando.

Ruby não tinha certeza se podia continuar com isso.

O rosto dele se transformou com um grande sorriso. Ele se aproximou mais, esticou o braço atrás dela. Ruby imaginou a pressão dos lábios dele contra os seus e ficou sem ar.

Ela o encarou, o coração disparado. Então o sr. Barton se afastou, segurando uma cestinha de vime no colo.

— Está um dia lindo. Está com fome?

Ruby balançou a cabeça para limpar a mente.

— *Sim*.

Ela podia ser amiga de Harrison. Amigos trocam presentes. Compartilham um piquenique. E a verdade é que ela estava faminta. Só precisava comer e o estômago ficaria bem.

As ondas do Lago Michigan quebravam calmamente na margem. Um garoto corria junto a ela com um barco à vela de brinquedo, a mãe a poucos metros. Carruagens e automóveis passavam. Eles encontraram um lugar tranquilo onde a grama selvagem crescia por entre a areia e as pedras, e arbustos cobriam a visão da água. Ali, as árvores formavam uma copa protetora, salpicando-os com luz.

O braço do sr. Barton roçou no ombro de Ruby, fazendo-a estremecer.

— Você está bem, srta. Tremaine?

Ruby queria que ele a beijasse, embora soubesse que isso confundiria a linha tênue entre seus sentimentos por ele, e também seu plano.

— Sim?

O sr. Barton se inclinou e esperou.

— Mesmo quando faço isto? — perguntou, beijando-a abaixo da orelha dela.

Ruby fechou os olhos.

— Sim. — Ela sentiu o cheiro de sálvia na pele dele.

— Ou isto?

Um beijo na extremidade do maxilar dela. E então outro. O sr. Barton se moveu em direção à boca de Ruby de um jeito que fez a pele dela ferver. O calor desabrochava no epicentro de cada toque, enviando ondas de eletricidade do maxilar às pontas dos pés. Os beijos enfraqueceram sua determinação e alimentaram uma necessidade profunda. Ruby queria mais. Ela nunca quisera alguém dessa forma. Nunca. Isso a assustava e a empolgava.

Quando os lábios dele enfim pressionaram os dela, ela imediatamente pensou que não tinha mais como escapar. Tudo o que ela podia fazer era saborear o gosto dele enquanto a beijava. A língua dele passou pelos lábios dela; Ruby arfou e se afastou. Não muito, só o suficiente para ver seus olhos semicerrados e seus lábios entreabertos. A respiração dele estava descompassada. Ruby inalou o desejo dele e deixou que se misturasse ao seu. E, antes que pudesse mudar de ideia, tornou a beijá-lo. Ela o beijou até que sentiu seus lábios machucados e o coração bater dolorosamente no peito.

— Ruby... — disse o sr. Barton contra os lábios, maxilar e pescoço dela.

Ela amava a maneira como ele dizia seu nome. Como uma prece. Então ela sentiu uma pressão gentil nos ombros. O sr. Barton se endireitou e o mundo ao redor deles voltou ao lugar. Ruby levou alguns minutos para se reajustar aos arredores, para ouvir o parque acima das respirações ofegantes e do coração martelando em seus ouvidos.

Harrison Barton pigarreou.

— Acho que devemos comer.

Ruby riu. Ela até se esquecera da fome.

Capítulo 23

OLIVIA

A Mansão Freeport borbulhava de agitação. Olivia completou sua última caminhada pelo salão de baile enquanto os convidados aproveitavam a sobremesa. Os lustres dividiam a luz em um caleidoscópio de cores que dançavam pela superfície polida do chão. A banda estivera tocando baixinho durante a refeição de cinco pratos. Agora, eles preparavam os instrumentos maiores para uma música digna da celebração. O bar estava totalmente abastecido e as salas e plataformas elevadas ao lado das portas do pátio ofereciam uma experiência agradável, tanto pelos drinques quanto pelo clima. A decoração prateada e preta se estendia da sala de jantar ao pátio, criando uma transição perfeita. Considerando estar tudo dentro dos padrões de sua mãe, Olivia voltou para dentro.

A anuência encorajadora da mãe fez Olivia sentir que tinha passado em algum tipo de teste. A sra. Davenport estava sentada à direita do pai dela, as mãos entrelaçadas visivelmente sobre a mesa. Olivia lançou um olhar furtivo na direção do sr. Lawrence, sentado diante dela, conversando com a sra. Johnson. Ela os observou, o aperto no peito que estivera sentindo o dia inteiro enfim se desfazendo. *Tudo está entrando nos eixos,* ela pensou.

Clinck clinck clink.

Na cabeceira da mesa, o sr. Davenport se levantou, com uma taça de champanhe na mão.

— Obrigado a todos por se juntarem a nós nesta celebração especial — disse ele. Os olhos voltaram para a esposa; mesmo à distância, os dois pareciam derreter em afeição e gratidão. — E isso é tudo. Não sou bom com palavras. — Ele olhou para os filhos e para os convidados. — Vamos dançar.

Risadas encheram a sala de jantar. Olivia viu, por cima da taça, o olhar do sr. Lawrence. A piscadela dele a fez esquecer da exaustão como uma dose de café. Os convidados, seguindo as instruções do pai dela, saíram da sala para aproveitar o resto da noite.

Mais cedo naquela tarde, Olivia havia mexido na bainha do vestido de chiffon que dispusera sobre a cama. Era bonito o suficiente para uma noiva. O pensamento a encheu de ansiedade e algo que ela não conseguia nomear. O que a acalmava era saber que não era a única vestida de branco, de acordo com a visão de Emmeline Davenport. John e Helen se destacavam no meio de tantos trajes de gala como estrelas no céu noturno. Ela perdera o sr. Lawrence de vista.

Aninhada em um canto perto da entrada do salão de baile, Ruby acenou.

— Você se superou — disse ela. — Vinte e cinco anos de casamento. Isso é seis anos *a mais* do que estamos vivas. Dá para imaginar ficar com a mesma pessoa por todo esse tempo?

Olivia olhou para a amiga. Era tudo no que elas pensavam por quase dois anos.

— O que foi? — perguntou Ruby. — Você e o sr. Lawrence vão fazer os velhos pombinhos terem uma crise de ansiedade, apostando quando o grande anúncio acontecerá. Fujam e casem-se e causem um alvoroço como nunca visto, que tal?

— Fugir para se casar só é divertido na teoria. — Olivia divagou, não pela primeira vez, sobre o que estava impedindo o pretendente solteiro inglês de tornar suas intenções explícitas. Ele tinha pouco interesse nas outras jovens apresentadas nessa temporada e era como ela dissera ao sr. DeWight: eles formavam, sim, um ótimo casal. O amor viria mais tarde.

Mesmo assim, as palavras do advogado abalaram a confiança dela. Desde a noite do último encontro, ele havia se esgueirado por entre os pensamentos dela. Washington DeWight desafiava tudo o que Olivia conhecia. Ela imaginou usar todas as coisas que ele considerava da ordem da futilidade e do privilégio para atingi-lo. Ele a subestimara. *E o evento de arrecadação de fundos do sr. Tremaine em seis semanas será a oportunidade perfeita para mostrar a ele do que sou capaz.*

O estilo de vida do sr. DeWight, diferentemente do dela, era a certeza de uma mudança de rotina que Olivia nunca considerara. Viagens. Caridade. Propósito.

Acima de tudo: paixão.

Ela nunca sentiu tanto desejo de aprender mais a respeito de algo como sentia a respeito do estudo de direitos civis, os processos eleitorais e, sim, *projetos de lei*, também. Olivia tinha ido mais à Biblioteca Pública de Chicago nos últimos dias do que ao longo de todo o ano anterior. Perguntas brotavam como dentes-de-leão na mente dela. Se a sra. Woodard tivesse poder de voz, as mulheres logo poderiam votar. Era melhor estar informada. Olivia também se surpreendeu com a companhia de Helen nessas viagens. Elas cavalgavam Castanha juntas quando Tommy ou Hetty não estavam disponíveis, as duas se privando da carruagem. Elas ignoravam os olhares e as buzinas de motoristas apressados enquanto passavam. *Como posso ter esquecido o quanto eu amo fazer isso?* A irmã não se importava em deixá-la com seus estudos quando chegavam lá.

O sorrisinho agora se espalhando no rosto de Ruby trouxe Olivia de volta ao presente.

— Você precisa se preocupar com *você mesma* — repreendeu Olivia. — O que está acontecendo com você e Harrison Barton? Estão passando tempo demais juntos. Se meus pais estão falando de alguém, certamente é de você.

Ruby franziu a testa.

— O que você ouviu?

Olivia cruzou os braços.

— Que pode ser que você chegue ao altar antes de mim — sussurrou —, dada a forma como o sr. Barton olha para você. Não acredito que você desistiu de John.

— Uma garota poderia morrer de velhice esperando que seu irmão se decida.

Olivia tocou a mão da amiga.

— Não a culpo. John está se comportando como se tivesse todo o tempo do mundo. Ele e Helen estão aprontando algo e temo que por isso ele esteja tão alheio a todo o resto. — Ela observou uma sombra recair sobre o rosto de Ruby. — Mas não desista dele ainda. A não ser que você tenha sentimentos por Harrison Barton...? — Ela deixou a pergunta morrer, e Ruby não a completou.

Olivia queria admitir sua decepção de que elas talvez nunca fossem irmãs, quando avistou Washington DeWight. A presença dele a encheu de um misto de nervosismo e apreensão.

Apenas o alto tilintar de prataria contra vidro desviou seu olhar. John, diante da banda, recitava obedientemente o discurso que ela escrevera para apresentar os pais em público. Destacava a conexão deles e as realizações que alcançaram juntos.

Eu poderia fazer isso, pensou ela. Com a pessoa certa, Olivia acreditava que seria capaz de atender ao chamado que crescia cada dia mais alto dentro dela. E, enquanto os pais se abraçavam e se encaminhavam para dançar na frente dos convidados, sua atenção se voltou não para Jacob Lawrence, que havia reunido uma pequena multidão ao seu redor, mas para DeWight.

Aplausos irromperam no grande espaço, e a festa de fato começou. A banda tocou com vontade. Olivia pensou em revelar suas dúvidas. Se alguém poderia manter o segredo, esse alguém era Ruby. A amiga sabia ser discreta.

— Ruby, está vendo o cavalheiro se aproximando?

Ruby seguiu a linha de visão de Olivia.

— O sr. DeWight?

— Você o conhece?

— Não muito bem. — Ruby deu de ombros. — Ele se encontrou com o meu pai há alguns dias. Você devia tê-los ouvido discutir.

— Discutir?

Washington DeWight quase estava próximo o suficiente para ouvir.

— Bem, talvez não *discutir*, mas é assim que meu pai responde a qualquer um que discorde das sugestões dele. O sr. DeWight tinha a perspectiva mais pessimista para a cidade.

— Ouvi a opinião dele — confessou Olivia. Ruby arregalou os olhos enquanto se virava para a amiga. — Ele costuma estar no centro comunitário onde me voluntario — Olivia explicou rápido. — Fazemos trabalho voluntário juntos. Temos vários conhecidos em comum. Na verdade, uma delas é a esposa de um homem que está trabalhando na campanha do seu pai...

— Ah, sim, *trabalho voluntário* — provocou Ruby. — Ouvi dizer que você e eu temos feito muito trabalho voluntário também.

Ela endireitou a postura e assentiu para a pessoa que se aproximava pela lateral delas. Ao ouvir o tom da amiga, a garganta de Olivia de repente pareceu seca.

— Boa noite, srta. Tremaine, srta. Davenport. — Washington DeWight se virou para Olivia e hesitou por apenas um segundo antes de perguntar: — Me concede esta dança?

Ela lançou um olhar para a amiga que esperou que lhe dissesse para controlar suas feições.

— Com certeza — disse Olivia, aceitando a mão dele.

O sr. DeWight fez uma reverência, permitindo que ela o olhasse sem a distração dos belos malares salientes. Ele estava vestido de acordo. O convite falava em black tie, e, embora o ajuste de seu smoking não fosse dos melhores, Washington DeWight estava deslumbrante.

— A srta. Tremaine está bem?

— Ela ficará — respondeu Olivia. Enfim Ruby encontrara John. O par agora se movia em um círculo gracioso não longe de onde Olivia a deixara. — Está gostando da festa?

— Certamente está melhor agora. — Ele a manteve em uma posição rígida, como se tivesse pouca prática além de algumas aulas, mas assim mesmo seu toque era gentil e o sorriso nunca deixou seu rosto. — É um grupo interessante de amigos e conhecidos o que seus pais têm. Líderes sindicais brancos e negros. Professores, médicos, advogados e banqueiros, é o tipo de clima social que queremos.

Olivia olhou ao redor e imaginou o que ele via. A facilidade com que as pessoas ali reunidas riam, dançavam e comiam devia ser frustrante para alguém fora da "alta sociedade".

— Peço desculpas. Parece que estraguei a comemoração — disse ele.

— Não — respondeu ela. — Acho que você identificou justamente o que a torna tão especial.

— Fico feliz em ser útil, srta. Davenport — disse ele com ironia. Seus olhos cor de mel brilhavam sob a luz dos lustres.

— Você também não é um parceiro de dança terrível. Não é *bom*, mas...

— Você esperava que eu fosse terrível? — perguntou o sr. DeWight, fingindo choque. O hálito dele era quente no pescoço dela. — Srta. Davenport, a senhorita por acaso passa a noite acordada, pensando nos meus dois pés esquerdos?

— Não! — disse Olivia. — É só que você é tão sério...

Ela não tinha certeza do que esperava com o comentário. Estava muito consciente da mão dele na parte mais baixa de suas costas, a forma como ele a guiava com sutil pressão, e a forma como a temperatura dela subia toda vez que os corpos deles se tocavam.

— Meu trabalho é sério. No entanto, ninguém é apenas seu trabalho. — Ele contraiu os lábios em uma linha fina, destacando o ângulo afiado de seu queixo. Os rostos deles estavam perigosamente próximos.

— Dancei com alguns advogados — disse ela, se recuperando das palavras dele. — Poucos se igualam à sua... habilidade.

Washington DeWight olhou ao redor, comicamente exagerando seus movimentos e provocando em Olivia uma risada alta o suficiente para fazer cabeças se virarem.

— Onde estão esses rapazes? Porque eles estão manchando o nome da categoria. Embora eu tenha certeza de que, se fossem mais habilidosos, eu não estaria com a senhorita em meus braços agora.

Ele piscou e o coração de Olivia acelerou.

— Ora, então acho que eu também deveria agradecê-los a eles — sussurrou ela, e se pegou desejando que estivessem sozinhos para que pudesse entrar mais no abraço dele, e assim deixar o cheiro da loção de barba dele, de um pinho forte e terroso, envolvê-la sem distrações.

Quando a música terminou, a sra. Davenport se materializou ao lado deles.

— Sr. DeWight, que adorável vê-lo outra vez. Com licença, mas preciso de minha filha. Olivia, venha comigo.

O coração de Olivia martelava na garganta. Washington DeWight e ela *estavam* próximos demais. Ele parabenizou a mãe de Olivia por ocasião do aniversário de casamento e tirou lentamente a mão da cintura de Olivia, o gesto quase uma carícia. Ela seguiu a mãe enquanto a sra. Davenport graciosamente aceitava os parabéns da sra. Johnson, da sra. Davis e do médico da família. Quando chegaram a um canto da festa, a sra. Davenport perguntou:

— Há algo que você queira me contar?

A boca de Olivia ficou instantaneamente seca.

— Não tenho certeza do que você está falando, mamãe...

Por que ela não pegara uma taça de champanhe?

A sra. Davenport chegou mais perto.

— Eu não quis distrair você do trabalho, e só me dei conta alguns momentos atrás, quando vi você dançando e fiquei preocupada. — Olivia seguiu o olhar da mãe, sabendo, antes de encontrar o alvo, quem ela espiava. — Se não estou enganada, aquele jovem não é o cavalheiro que está lhe cortejando.

— Mamãe, estávamos apenas dançando. Isto é uma festa... — começou Olivia.

— Você saiu ontem à noite. Não passou despercebido e não — disse ela quando Olivia tentou interrompê-la. — Não quero saber. — Os olhos da sra. Davenport suavizaram. A mão dela estava quente no ombro nu de Olivia. — Você e o sr. Lawrence — suspirou. — Esta é uma excelente oportunidade para ser feliz, querida. Não quero ver você desperdiçá-la. Então, vou perguntar mais uma vez: você quer me contar algo?

Olivia inspirou fundo.

— Jacob Lawrence é um homem maravilhoso. Eu espero ter tanta sorte no amor quanto a senhora e o papai. — Ela beijou a bochecha da mãe. — Feliz aniversário de casamento.

O sorriso dela parecia frágil, mas acalmou a sra. Davenport, a tensão que ela liberou acendendo uma pontada de culpa em Olivia.

— Está bem, então — disse a sra. Davenport, e abraçou os ombros da filha. — Helen é indomável, e seu irmão não tira os olhos da criada. — A mãe dela estava tão perdida em pensamentos que não viu quando Olivia ficou tensa. Certamente John estava seguindo os movimentos de Amy-Rose margeando a multidão. — É um alívio saber que não temos que nos preocupar com você.

Apática, Olivia apenas assentiu.

Capítulo 24

HELEN

Helen odiava festas. Elas eram ainda piores quando eram dadas pelos pais, na casa da família. Não havia lugar onde se esconder.

O dia começara cedo. Ela ficou um bom tempo imersa em água de rosas, horas quase queimando as orelhas com o pente quente, e então o espartilho! Não era culpa dela que os papéis que John levara para casa estavam absurdamente desorganizados e a mantiveram acordada a noite inteira, apenas para fazê-la bater cabeça de sono enquanto Amy-Rose tentava deixá-la *apresentável*. Ela preferia muito mais um banho rápido sem perfumes e um penteado simples, tranças ou *twists* que poderiam facilmente ser mantidos longe do rosto.

Uma vez na festa, Helen estava muito agitada com as normas para ser uma boa anfitriã. A acompanhante com olhos de águia aparecia ao lado dela a qualquer momento em que Helen visse um meio de escapar. Como uma domadora de leões no zoológico. Ao menos em festas que ocorriam em outro lugar, Helen conseguia fugir, mas, como anfitriã, esperava-se que ela sorrisse e cumprimentasse a todos que chegassem.

Incluindo Jacob Lawrence. Helen estaria mentindo se afirmasse que o motivo de não conseguir dormir estava inteiramente ligado aos negócios. Às vezes, quando se encontrava em silêncio, os pensamentos dela vagavam para o inglês que chegara em Chicago. O distanciamento de Lawrence em relação ao ambiente em que ela vivia a fazia se sentir menos incompreendida, no mundo dela onde seu nome e família pareciam ofuscar seus desejos. Helen gostava do fato de ele saber que ela preferia estar na garagem, e de que não precisava fingir que essa não era verdade. Helen entendeu que ele era a única pessoa que ela se importava em ver.

Mas ele estava ligado à irmã dela.

Mesmo enquanto Olivia dançava graciosamente com outros cavalheiros, o sr. Lawrence não ficava longe. Ele observava educadamente enquanto a irmã dela sofria em uma dança com o sr. Greenfield e então falava com um jovem advogado que Helen não reconhecia, um zé-ninguém, se os rumores fossem verdadeiros. Olivia também dançou com o advogado, as expressões oscilando entre animadas a solenes durante a canção. Eles ficaram nos braços um do outro depois que a banda havia trocado de ritmo, até que a mãe delas os interrompeu.

E, mais uma vez, Jacob Lawrence estava ao lado de Olivia. Ele agia como o pretendente perfeito. A coisa toda a enojava. Ela sabia, sem dúvida, que os terríveis, e ainda assim maravilhosos, sentimentos sem nome que experimentava por ele eram reais. A forma como ele observava Olivia, dançava com ela, era tão perfeita. Como Helen poderia competir? Irritada, ela buscou uma saída. Estava contente em deixar a festa, de preferência despercebida.

OS DAVENPORT 227

Frustrada, disse para a sra. Milford:

— Preciso reaplicar meu pó. Pode me dar licença?

Helen sabia que estar cercada de tantas pessoas alegres estava piorando seu humor.

A sra. Milford franziu a testa.

— Suponho que você conseguirá encontrar seu caminho de volta.

— Com certeza — disse Helen, e suprimiu um revirar de olhos.

Ela foi em direção ao banheiro mais próximo. Assim que sua tutora voltou a atenção aos dançarinos, Helen correu para a biblioteca. A mesa ficava nos fundos, permitindo que o pai dela, quando sentado, conseguisse ver toda a extensão da sala. Estantes do chão ao teto emolduravam enormes janelas acima de bancos com almofadas. As duas cadeiras viradas para a mesa eram bem menos confortáveis que as duas viradas para a lareira na parede oposta.

Imaginando que a tutora não conhecesse bem a casa, ou ela, para saber onde começar a procurar, Helen pegou um atlas da prateleira e se sentou em uma cadeira de costas altas diante da lareira vazia. Ela abraçou o livro contra o peito e fechou os olhos, saboreando a forma como as pesadas estantes de mogno e os livros absorviam o impacto da música e das risadas. Um momento de paz era tudo o que ela queria.

Uma batida na porta a fez acordar de seu devaneio. Helen espiou por cima do braço da cadeira. Jacob Lawrence entrou e fechou a porta atrás de si. Ela havia acabado de tirá-lo da cabeça. Agora, ele estava com as costas pressionadas contra a porta da biblioteca. Observava as estantes, absorvendo as lombadas das coleções de capa de couro e peças de arte cuidadosamente selecionadas que os separavam. Helen se abaixou o máximo que conseguiu, antes de xingar baixinho. Não havia como se esconder no vestido de festa branco brilhante que a mãe insistira que ela usasse. Seu reflexo a havia surpreendido naquela tarde, quando Amy-Rose a virou para se olhar no espelho, repetindo a importância de usar guardanapos no jantar e clipe para prender a cauda.

— Este é o lugar perfeito para se esconder — disse Jacob Lawrence, diminuindo a distância entre eles e deixando seu peso cair sobre a outra cadeira.

Perto demais, ela pensou. *Ainda assim, não perto o suficiente. Se você tivesse fugido para a sala de estar, poderiam estar compartilhando o divã...* A pele dela queimava como se tivesse sido pega por uma onda de calor escaldante.

O sr. Lawrence usou um dedo para desfazer o laço da gravata de seda em seu pescoço e abrir os dois botões de cima da camisa.

— Gosto de festas, não me entenda mal. — Ele gesticulou para a porta. — Mas quando vi você escapulir, sabia que você deveria ter um esconderijo secreto. Quanto tempo até que nos encontrem?

Helen encarou a base do pescoço dele, o osso delicado sob a pele e a forma como o pomo de Adão se movia enquanto ele falava. Não era nada de mais, mas então por que ela não conseguia desviar o olhar?

— Helen? — Ele gentilmente tocou o ombro dela.

— Hã... — ela começou, resgatando as palavras da névoa em sua mente. *Pense!* — Depende de quem eles escolherem para a busca. John saberia onde procurar por mim e os levaria na direção oposta. — O sorriso dela diminuiu. — Olivia me encontrará aqui cedo ou tarde e me levará de volta. — Ela encarou a parede, imaginando a irmã flutuando pela pista de dança e se misturando aos outros convidados. — Ela fica à vontade com festas. Ela se lembra dos nomes das pessoas. Pergunta sobre as famílias, viagens, até sobre joelhos ruins. Ah, e ela adora se arrumar.

Jacob Lawrence inclinou a cabeça em direção a ela.

— Então acho que temos sorte em ter encontrado o melhor lugar da casa para esperar. E me lembro de ter recebido uma longa lista de seus atributos oferecidos em troca de dois cigarros. Infelizmente, o senhorio ainda não trocou meu interruptor.

O sorriso dele desencadeou uma onda deliciosa de arrepios pela pele dela. Também a deixou confusa. Seus sentimentos não podiam ser normais. Como ele poderia preferir estar com ela do que com a irmã?

— Olha, não se sinta obrigado a entreter a irmã desajeitada — disse Helen. — Você e Olivia são perfeitos um para o outro. Ela será uma esposa ótima, assim como é em tudo. Ela é compreensiva e linda. E... — Helen se perdeu nas palavras. Ela só conseguia pensar nos próprios defeitos. Via cada aspereza que a mãe e a sra. Milford tentavam suavizar e polir. E como cada um sempre pareceria grosseiro perto da irmã dela. Não havia propósito em competir. Não por isso. Ela queria que a irmã fosse feliz.

O peito de Helen doía ao respirar. Ela se levantou para criar algum espaço e pressionou a testa contra a madeira da estante. O sr. Lawrence se levantou também, como se fosse acompanhá-la, mas ficou onde estava.

— Helen. — Ela se virou um pouquinho. Ele deu um passo à frente, hesitou, estendeu a mão para ela. — Posso?

Helen assentiu e o sr. Lawrence se aproximou, limpando uma lágrima do nariz dela. Os dedos dele viraram o rosto dela em sua direção. Ele a olhou, o olhar preso ao dela.

— Você é linda — disse ele.

O sr. Lawrence inclinou o rosto para ela e sua respiração agitou os cabelos de Helen. Ele cheirava a cedro, vinho quente e um toque de cigarro. Ela se perguntou como seria beijá-lo. O sr. Lawrence estava tão perto. Era como se estivesse esperando que ela decidisse.

Então, Helen decidiu.

Ela pressionou os lábios nos dele. Quisera fazer isso todos os dias desde aquela tarde enlameada. A reação do sr. Lawrence alimentou o desejo dela. Ele a beijou com a mesma paixão que ela estivera desesperadamente tentando esconder. Quando ela se lembrou da razão pela qual seus sentimentos por ele precisavam ser mantidos em segredo, hesitou. A perfeição do momento roubado começou a azedar. Como se também recobrasse o juízo, o sr. Lawrence se afastou.

De repente, Helen se sentiu fria e sem rumo. A dor substituiu o desejo nos olhos dele. Ela sentiu a mudança como um golpe. Voltou à cadeira. E, embora o sr. Lawrence tenha se mexido para reconfortá-la, Helen sabia que era a última coisa de que precisava.

— Sinto muito — sussurrou ele no topo da cabeça dela. Ela manteve o foco nos pés deles, observando a forma como os contornos ficavam borrados com o chão. — Olivia e eu... — A voz dele falhou, e Helen sentiu uma fissura se abrir em seu coração. — Peço desculpas. Isso não deveria ter acontecido.

Era demais. Helen se levantou e o olhou nos olhos. Com uma voz muito mais firme que as pernas, ela disse:

— Preciso ir.

— Helen, espere — pediu ele.

Ela abriu a porta e rapidamente saiu, sabendo que o sr. Lawrence não a seguiria.

Capítulo 25

AMY-ROSE

Depois de ver que as garotas estavam prontas para receber os convidados, Amy-Rose havia retirado seu distinto vestido preto e blusa branca do gancho detrás da porta. Harold e Edward, seguindo o protocolo, estavam sempre engomados, mas Amy-Rose, Jessie e os outros não precisavam usar uniforme, exceto em ocasiões especiais. Agora invisível por sua estação e traje, Amy-Rose observara de longe e ajustara o tecido da cintura de seu vestido.

Em breve, tudo isso ficará para trás, pensou.

Olivia estava linda em seu vestido branco de chiffon, a cintura apertada do tamanho das mãos do sr. Lawrence, que agora a guiava pela sala, para o deleite de todos. Depois de arrumar o cabelo de Olivia, Amy-Rose percebeu que sua velha amiga se vestira silenciosamente, com tanto entusiasmo quanto Helen, que desaparecera pouco depois que a festa passara da sala de jantar para o salão de baile. A noite passara sem imprevistos; Amy-Rose estava feliz por ver Olivia se divertir.

Agora, ela passava pela sala, uma fada discreta carregando bebidas, reabastecendo taças de champanhe e levando embora pratos de sobremesa vazios. Os dançarinos, corados pela bebida e animação, corriam para trocar de parceiro quando a música mudava. Flores frescas dos jardins decoravam as mesas, e os comes e bebes estavam liberados. O jantar fora um sucesso, como esperado. Era como ver uma pintura ganhar vida.

— Amy-Rose!

— Sinto muito mesmo, sra. Tremaine — disse ela, pegando o guardanapo do ombro para absorver o champanhe que empapava a toalha de mesa.

— Minha querida, para *o quê* você estava olhando?

— Olivia? — disse ela. Amy-Rose esperou que sua voz soasse mais confiante do que ela se sentia. Estava observando a Davenport mais velha dançar, mas não fora ela que tinha capturado sua atenção.

John havia entrado em seu campo de visão. Toda vez que tinha um vislumbre dele, Amy-Rose se lembrava dos momentos que compartilharam, dos beijos e imediatamente sentia a pulsação acelerar. Só a lembrança da mão dele em sua pele, a forma como os lábios dele pressionavam os dela, provocava arrepios. De longe, ela admirou o caimento do smoking. John era disparado o homem mais bonito do recinto. Ele irradiava confiança ao conversar com cada convidado. Quando girava Ruby pela pista de dança, Amy-Rose não conseguia deixar de se imaginar ali.

Pare com isso! Amy-Rose deu à sra. Tremaine um sorriso de desculpas e se afastou.

Antes que pudesse fazer algo de fato estúpido, ela foi puxada de lado por uma mulher negra mais velha usando a última tendência na moda. A dama tinha diamantes pendurados nas orelhas e outros brilhando nos pulsos. O sorriso era largo e os olhos, reluzentes, como se ela guardasse um segredo.

— Olá, mocinha. Eu sou a sra. Davis — disse ela. Os olhos analisaram Amy-Rose, deixando a jovem empregada em pânico.

Três vezes viúva, Maude Davis acumulara uma pequena fortuna que multiplicara por meio de excelentes investimentos pelo South Side.

Ela me viu encarando John?, pensou Amy-Rose, horrorizada.

— Posso pegar algo para a senhora? — perguntou ela.

— As meninas Davenport estão esplêndidas esta noite, mesmo para o padrão delas. Estou correta em supor que você foi responsável por isso?

A sra. Davis apontou a mão aberta para Olivia, agora dançando com outro cavalheiro.

— Sim, senhora. Meu nome é Amy-Rose Shepherd.

Ela se preparou. Toda empregada já havia escutado alguma história de horror sobre funcionárias sendo "dispensadas" por se aproximarem demais de um homem da casa. A sra. Davenport se importava com ela, Amy-Rose sabia, mas amava mais os filhos. Um escândalo assim seria prejudicial para as garotas. Amy-Rose deu seu melhor para não deixar transparecer qualquer nervosismo.

A mulher mais velha assentiu.

— Você é muito talentosa.

Amy-Rose soltou o ar rapidamente.

— Obrigada.

Ela estava ciente de que a sra. Davenport falava de seus talentos para outras damas, mas jamais pensou que elas se lembrariam.

— Ficarei de olho em você.

Enquanto a sra. Davis se afastava, uma súbita onda de orgulho encorajou Amy-Rose. Seu encontro com aquela bem--sucedida mulher de negócios era prova de que as dúvidas que tinha de suas capacidades não eram grandes demais a serem superaradas. E a opinião da sra. Davis importava. Era uma que tinha peso e valor para os Davenport.

Amy-Rose se permitiu imaginar como seria se John Davenport, o cobiçado solteiro, a escolhesse para chamar de esposa. Essa era outra história entre as empregadas. *Um conto de fadas,* ela pensou. Mesmo assim, será que ele não a via mais do que como uma funcionária, dado o lado íntimo e sigiloso de si que compartilhara com ela? Amy-Rose estava perigosamente próxima de aprofundar sentimentos.

E então John deu aquele sorriso que Amy-Rose pensava que ele guardava somente para ela. Algo mudou. Algo intenso e vital.

Talvez ele não fosse sentir falta dela, afinal.

Amy-Rose pegou uma nova garrafa de champanhe e entrou na pista de dança. Os convidados, a música, as sirenes de alerta ressoando em sua mente ficaram em segundo plano. No breve encontro deles, eles fizeram mais que se abraçar. Eles trocaram sonhos e decepções secretos, e até os imensos medos que mantinham contidos em sorriso corajosos e planos esperançosos. Amy-Rose se aproximou do grupo de John.

— Estou trabalhando em algo para apresentar à diretoria — disse John para o pequeno círculo ao redor dele.

— Champanhe! — gritou um dos amigos dele quando Amy-Rose se aproximou.

John riu. Lá estava a covinha outra vez!

— Esta pode ser a minha última farra antes de voltar à faculdade ou começar a trabalhar em tempo integral no escritório — disse ele.

— Já? — perguntou o homem mais baixo à direita dele. Amy-Rose olhou para ele. O nome Greenfield apareceu em sua mente, lembrando do rosto dele das descrições de Olivia.

— E a nossa viagem este verão?

John se mexeu enquanto a atenção do grupo se voltava para ele.

— Suponho que não há motivos para *não* se fazer planos para o verão. Os negócios são a única coisa que poderia me manter aqui.

— A única?

Meia dúzia de olhares se virou para onde Amy-Rose estava. Ela estava fria, embora seu rosto queimasse. Não tivera a intenção de perguntar em voz alta. Será que ela havia entendido errado? Não, ele havia dito, sim, que sentiria falta dela se ela deixasse a Mansão Freeport. Mas como ele poderia dizer que talvez também deveria partir? O plano que ele fez com Helen seria bem-sucedido. Certamente ele permaneceria.

Mas não por ela. E isso significava que, se o plano dele para os negócios não desse certo, então...

Amy-Rose conseguia sentir o olhar deles. As palavras deles haviam se dissolvido na música, que agora martelava nos ouvidos dela.

A risada aguda do sr. Greenfield perfurou os ouvidos dela.

— Ainda partindo corações, hein, Davenport?

Amy-Rose pigarreou.

— Peço que me perdoem, senhores. Falei em um momento inoportuno. — A voz dela era firme. Ela se lembrou que os planos de John não importavam. Apenas os dela.

— Você não sabe que precisa fazer como a realeza, e pelo menos manter seus casinhos fora do terreno do palácio?

A risada ressurgiu, os outros no grupo acompanhando. Amy-Rose olhou para John, ele era um pouco mais alto que os outros. A boca dele, que explorara a dela com tanta ternura, agora se retorcia em uma careta.

— Já chega, Greenie — disse John.

E Amy-Rose sabia, quer ele realmente gostasse dela ou não, que John escolheria aquela vida. Aquelas pessoas. Todas antes dela.

Ela respirou apesar do aperto doloroso em seu peito enquanto se virava. Não esperaria por ele. Filha nenhuma de Clara Shepherd aguentaria ser ridicularizada e adiar os próprios sonhos por um homem. Ela lutou para manter um ritmo gracioso e para desacelerar a respiração. Embora houvesse bastante champanhe na garrafa, Amy-Rose passou direto por vários convidados com taças vazias, esperando que fossem reabastecidas. Ela se manteve de cabeça erguida por tempo suficiente até chegar à cozinha.

Algo mudara? Ela interpretara errado as intenções dele? Não, John era direto. Apenas alguns dias antes, ele dissera que sentiria falta dela. Amy-Rose não compreendera errado os sentimentos dele por ela. Sabia pela forma como ele lhe confiara seus medos, suas esperanças, que John se importava com ela. A forma como ele a beijou... Amy-Rose entrou correndo na cozinha. Ela não queria acreditar que John seria tão frio. Ele a havia tratado como uma... o ar ficou preso em sua garganta.

As lágrimas que ela tanto lutara para segurar enfim escaparam. Jessie expulsou os outros e envolveu a garota em um abraço apertado. Entre soluços, Amy-Rose contou a Jessie tudo, dos momentos roubados a sós com John à cena humilhante que ocorrera apenas minutos antes.

Jessie a embalou e esfregou as costas dela até que a respiração de Amy-Rose se estabilizou e seus músculos relaxaram. Então ela trouxe uma verdade que Amy-Rose não podia mais ignorar:

— Ele não vai se casar com você, querida. Você sabe que isso não é um conto de fadas.

Capítulo 26

RUBY

Ruby buscou pelo sr. Barton na multidão. Ela tivera cuidado em dobro com o cabelo, mentindo para si mesma ao dizer que não estava tentando impressioná-lo. Nem com o corpete decotado que escolhera, um que destacava suas curvas e permitia que qualquer um visse o colar que ele devolvera a ela. Naturalmente, Ruby contara a verdade aos pais. Harrison o comprara para deixá-la feliz. Se eles tivessem qualquer objeção, não podiam expressá-la publicamente sem sabotar o plano dela. Ruby poderia muito bem vendê-lo outra vez. Ela queria que o sr. Barton visse que ela o usava com orgulho. A mãe dela olhava com suspeita para o colar. O pai a surpreendera, elogiando-a rispidamente antes de se afastar.

Segurando a joia, Ruby pensou no toque leve de Harrison enquanto ele colocava o colar no pescoço dela. A forma como ele a olhava fazia Ruby perder o ar. O beijo que deram despertou sentimentos que ela não esperava. Fora mágico.

O mundo ao redor deles se desfizera e Ruby só conseguia pensar nos lábios dele. Aquele beijo não era parte do plano. Nem esses sentimentos.

Embora estivesse contente por ter seu rubi de volta, servia como um lembrete de que o *objetivo dela* era garantir uma proposta de casamento por parte do herdeiro dos Davenport, para realizar o desejo de seus pais. *Meu desejo também*, ela pensou. *Antes.* Agora, Ruby não tinha tanta certeza. Quando estava com o sr. Barton, ela não queria estar em nenhum outro lugar.

— Me concede esta dança? — pediu John. — Não tive a intenção de assustá-la.

Ruby pressionou a mão aberta contra o peito onde seu coração martelava, embora não com a mesma emoção que costumava sentir quando John a escolhia na multidão.

— Com certeza — respondeu, oferecendo a mão.

Ruby se perguntou o que levara John até ela. Olhou por sobre o ombro. A mãe dela e a sra. Davenport estavam no bar a alguns metros de distância. Entre o balanço dos leques, Ruby teve um vislumbre dos olhos brilhantes e sorrisos amplos delas. Ela percebeu o ângulo conspiratório das cabeças delas enquanto sussurravam. Estavam ajudando. Isso era o que Ruby quisera.

Ela segurou a mão de John com mais força e o seguiu. Os passos dele não tinham o balanço que Ruby sentira na primeira dança que compartilharam. *O que mudou?* Ela olhou o recinto. Ainda nem sinal do sr. Barton. Ela e Olivia repassaram a lista de convidados várias vezes. Ele aceitara o convite para as bodas de prata dos Davenport. *Onde ele está?* Não importava. Ruby precisa focar em John. Ela havia aceitado dançar com ele.

John deve ter sentido que Ruby o estudava, porque suavizou a expressão e disse:

— Reparei que você voltou a usar este colar. Combina com você.

As covinhas de John apareceram enquanto ele sorria para ela.

Ruby resistiu ao desejo de tocar o colar agora, concentrando-se na música e na sensação do braço de John ao redor de sua cintura.

— Eu mal o vejo por aí — disse ela. — O que está mantendo John Davenport tão ocupado?

O rosto dele se iluminou.

— Estou trabalhando em um projeto para a empresa. Meu pai concordou em ouvir meus planos para expandir os negócios para nossa própria linha de carruagens sem cavalo. Tem sido desafiador, mas também o mais próximo que nós chegamos de ele sequer considerar.

— Nós?

— Helen e eu estamos trabalhando nisso juntos.

John sorriu, e fosse lá o que anuviava seu humor passou. Ele começou a listar os detalhes de seu trabalho. Naquele momento, ela viu um vislumbre do garoto que conhecera. Alto e desengonçado, nada desencorajado pela companhia constante de suas irmãs e das amigas dela. Mesmo quando cresceu e passou a se aventurar sozinho, ele sempre tinha tempo para a família. Ruby praticamente crescera com eles. John sempre a fez se sentir vista. E ele era tão bonito! Ela desejava que a atenção dele não estivesse relacionada à pressão que ela sentia dos pais de ambos, que pudessem retornar aos dias em que a cavalgada pelos terrenos da Mansão Freeport e beliscar guloseimas da cozinha fosse era tudo o que importava.

Então por que Ruby não se sentia mais feliz dançando com ele?

— Ruby? — John a encarava. Eles estavam cercados por outros casais, dançando ao som suave tocado pela banda. — Se estiver cansada, podemos nos sentar.

Ela balançou a cabeça.

— Não, estou bem — respondeu.

Não muito tempo antes, ela saboreava momentos assim. Esses momentos com John teriam sido o suficiente para fazer o coração dela bater forte.

Mas e agora?

Agora ela permanecia perdida em pensamentos. John falava de seus planos com Helen e os cursos que planejava fazer no semestre seguinte se a proposta em que estavam trabalhando não fosse aceita pelo pai deles. Ruby assentia e fazia sons para encorajá-lo. Sua atenção esteva concentrada na entrada, em busca de um rosto específico.

Bem quando pensou que ele havia faltado à festa, Harrison Barton entrou na sala. Os dançarinos diminuíram o compasso e a música parou. Tudo ao redor do sr. Barton perdeu foco, trazendo-o a uma clareza nítida. Ruby suspirou, aliviada.

A música terminou e antes que ela pudesse se dar conta do que estava fazendo, disse:

— Com licença.

Ruby escapou dos braços de John antes que ele pudesse responder. Ela abriu caminho até onde vira o sr. Barton por último, ao redor de mesas dos amigos dos pais dela e empresários que ela só conhecia por fotos dos jornais. A mão ao redor do braço dela a interrompeu.

— Que garota magnífica.

Ruby observou a mãe retirar um cacho de seu rosto.

— Seu pai e eu não deveríamos ter te subestimado. — A sra. Tremaine tocou o nariz de Ruby, como se guardasse um segredo. — Você e John fazem um casal adorável.

— Eu disse que tinha um plano — respondeu Ruby. Ela tentou puxar o braço de volta. Perdera Harrison na multidão e não queria ter aquela conversa ali.

A sra. Tremaine colocou um dedo na pedra do colar da filha.

— Bem, seja lá o que você está fazendo com Harrison Barton, está funcionando. John aparece totalmente afetado.

Ruby revirou os olhos e enfim soltou o braço.

— Não sei por que vocês duvidaram de mim.

Ela tentou dar a volta na mãe, mas a sra. Tremaine gentilmente segurou o seu cotovelo. Ela acariciou a bochecha da filha e Ruby se acalmou. Aquilo *era* o que ela queria. Pela primeira vez em semanas, o franzir na testa da mãe desaparecera. Ruby segurou a mão que a mãe mantinha pressionada em seu rosto. Ela absorveu a mudança nas feições da sra. Tremaine antes de gentilmente interromper a rara demonstração de afeto.

— Estou tão orgulhosa de você — disse a sra. Tremaine.

As palavras mantiveram Ruby no lugar.

Um movimento captado com a visão periférica fez seu estômago revirar.

— Boa noite, sra. Tremaine — disse o sr. Barton.

— Sr. Barton. — A sra. Tremaine deu a Ruby uma última olhadela antes de se afastar.

Ele estava a um metro de distância, de testa franzida. Hesitou.

— Srta. Tremaine, podemos conversar?

Ruby conseguiu assentir. Ela repassou os últimos momentos da conversa com a mãe, os pensamentos agitados, tentando adivinhar o quanto ele havia ouvido. Mais do que o suficiente, ela esperava.

O sr. Barton a conduziu e caminhou próximo a ela, o tecido de seu smoking novo roçando no braço dela. Ele parecia calmo, mas ela viu as rugas ao redor dos olhos dele. A música e o burburinho ficaram para trás quando seguiram saguão adentro. Era tarde da noite, os convidados haviam se reunido no salão de baile ou nos jardins enquanto os funcionários passavam a executar outras tarefas. Estavam sozinhos.

Ruby umedeceu os lábios. Sentia a boca seca. As palavras que havia ensaiado uma dúzia de vezes soavam medíocres na mente dela. *Foi divertido, mas as coisas jamais dariam certo entre nós... minha mão e meu coração pertencem a outra pessoa.* Ugh. Ela não poderia dizer essas coisas para ele agora. Não depois dos sentimentos que ele compartilhara a respeito de sua família e sua vida, os segredos que ela contara a *ele* e não a Olivia. Não depois do beijo entre eles, que expusera quão desesperadamente Ruby queria sentir que era suficiente, exatamente do modo como era. Havia despertado uma confiança nela que a fazia se sentir leve, como se qualquer coisa pudesse acontecer. A felicidade que ela sentia quando Harrison Barton estava por perto a preenchia a ponto de explodir, e a sensação das mãos dele nas dela fazia o seu sangue ferver. Na noite do colar, ela voltara para casa *cantarolando*!

O sr. Barton enfiou as mãos nos bolsos e balançou o corpo no lugar. Ele não parecia mais ansioso para ter essa conversa do que ela.

— O que está acontecendo aqui, Ruby? — Ele endireitou a postura como se estivesse se preparando para receber um golpe. — O que foi aquilo lá? — Ele balançou a cabeça. — Me fale a verdade, por favor.

Ruby sentiu o gosto de sal no fundo da garganta. Ela não queria responder. Não podia responder.

— Talvez eu quisesse acreditar que você era diferente das outras garotas, que não estava tentando se aproximar de mim por dinheiro.

Ruby estava confusa.

— Eu nunca quis o seu dinheiro.

O sr. Barton passou as mãos no rosto.

— Então do que sua mãe estava falando? Que plano?

Ruby olhou para o broche na lapela dele. Ela não havia percebido que era uma pedra em forma de lágrima. Um rubi. Ela sentiu um aperto no peito e desejou estar em qualquer lugar, menos ali. A expressão dele era quase demais para suportar.

— Eu... — Não, ela não podia contar ao sr. Barton a verdade. Ruby não estava se enganando. Sabia que, assim que contasse, esse seria o fim. Ele não iria querer nada com ela. Ruby podia perdê-lo agora?

Ela o olhou nos olhos, olhos que a olhavam com tanta reverência. A verdade mudaria isso. Mesmo assim, Ruby não podia mentir. O sr. Barton merecia muito mais do que ela dera a ele, e, acima de tudo, merecia a verdade. Ela umedeceu os lábios e ignorou a secura na garganta.

— Harrison, quando John voltou para casa, ele estava distraído. — Não, aquilo não era culpa de John. Ela recomeçou. — Eu tinha a esperança de recuperar a atenção dele quando voltasse da faculdade. Meu flerte habitual não estava funcionando, então decidi tentar fazê-lo me notar ao me juntar a outra pessoa. Você.

— Então você estava me usando para deixá-lo com ciúmes. — Os olhos dele buscaram os dela. Quanto mais ele encarava, mais apertada a garganta dela ficava.

Ruby agarrou o braço dele.

— Você precisa entender... sou a única filha dos meus pais e os Davenport são os amigos mais antigos deles. Há muito tempo meus pais nutrem a esperança de que possamos juntas as famílias. — Ruby esperou enquanto ele assimilava as palavras. — Sinto muito — sussurrou.

— Pelo quê? Por me enganar todo esse tempo? — O sr. Barton caminhou de um lado a outro diante dela. Quando tornou a se voltar para ela, seu rosto estava duro como pedra. — Foi tudo uma mentira, então. — Não era uma pergunta.

— No início, sim — disse Ruby. — Mas agora as coisas mudaram.

— Mudaram como? — Ele balançou a cabeça. — Você está dizendo que as coisas estão terminadas entre você e o Davenport? Desistiu dele?

— Eu...

Ela piscou para espantar as lágrimas que borravam o rosto dele. Estava respirando rápido demais, e o suor se acumulava em suas têmporas. Ela queria dizer sim.

Estou tão orgulhosa de você. A mãe dela dissera e o mundo de Ruby havia parado. Por um momento, ela sentiu a aceitação que tanto ansiara. Ela não conseguia pensar em uma forma de explicar — as expectativas dos pais dela, a pressão que sentia para agradá-los, o peso de tudo isso sobre ela. Ruby não conseguia pensar em uma maneira de explicar sem soar como uma desculpa esfarrapada, como se ela não soubesse diferenciar o certo do errado.

Tudo em que ela conseguiu pensar foi:

— É complicado.

Ruby se forçou a observar a reação do sr. Barton, a forma como ele mordiscava o interior da bochecha para evitar que o queixo tremesse.

— Complicado? — Ele pigarreou. — Pois descomplique agora. Ou vou embora.

Lágrimas caíram dos olhos dela enquanto Ruby assentia.

— Sinto muito. — Essas palavras, ela sabia, eram verdadeiras. Mas quando outras não vieram, ela sentiu Harrison Barton se afastar.

Como se lesse a alma dela, ele disse:

— Eu também.

— Desculpe — disse Olivia, fechando a porta atrás de si. — Deveres de anfitriã.

Ruby tirou os pés de cima do sofá e deu batidinhas no assento ao lado dela. Depois da conversa com a mãe, e depois daquela com o sr. Barton, Ruby pegou uma garrafa de champanhe e duas taças. A sala de estar entre os quartos de Olivia e Helen era perfeita. A área compartilhada continha uma mistura de objetos não apenas das irmãs, mas de Ruby também. Ela folheara um dos catálogos enquanto esperava a amiga chegar, sem prestar atenção às imagens nas páginas. Era um lugar familiar. E Olivia sempre sabia o que fazer.

Mas agora que Olivia estava ali, Ruby não tinha certeza de por onde começar. Nem quanto revelar. Aquilo não era fofoca de algum jovem pretendente.

Olivia se sentou ao lado dela no sofá. Retirou os sapatos e colocou os pés sob o corpo.

— Eu trouxe sobremesa.

O bolo que ela colocou sobre a mesa fez o cheiro de açúcar ficar no ar. Na luz baixa das velas de lavanda, Ruby podia ver o vinco se formando na testa da amiga.

— É o seu favorito — disse ela, levando o prato ao rosto de Ruby. Quando esta não respondeu de imediato, Olivia disse: — Ah, Ruby, o que aconteceu? Seja o que for, você pode me contar.

Ruby se apoiou na amiga e decidiu ir direto ao assunto.

— Acho que estou me apaixonando pelo sr. Barton.

— Bem, isso é uma notícia maravilhosa — disse Olivia. — Por que você não acha maravilhoso?

— Porque meus pais são totalmente contra. Eles têm uma certa ideia de como minha vida deve ser, mas... não sei o que fazer.

Ruby grunhiu e afundou nas costas no sofá. Ela se sentia infeliz. E confusa.

Olivia estava estranhamente quieta, com o olhar distante. Ruby havia esperado que a amiga fizesse várias perguntas. Em vez disso, Olivia encarava a chama da vela mais próxima.

— Olivia?

— Hmm? — A amiga lentamente tornou a dar atenção à amiga. — Desculpe, Ruby. — Ela sorriu tristemente e pegou a garrafa na mesa. Olivia serviu champanhe para as duas. As bolhas flutuavam na superfície e explodiam como pequenos fogos de artifício nas taças. — Acho que a coisa mais difícil do mundo é decidir o que *nós* queremos, e ir na direção disso.

Ruby aceitou a taça. Ela estava certa. Olivia sabia o que fazer. Mas o olhar doloroso no rosto do sr. Barton ainda deixava difícil respirar. Por enquanto, ela queria esquecer.

— O que você quis dizer... quando disse que ouviu a opinião do sr. DeWight? Você escutou ele discursar?

Olivia deu a ela um olhar inocente.

— Acabei parando em um comício — disse ela. — Ele estava contando o que vivenciou em suas viagens e angariando apoio para algumas manifestações que está organizando.

Ruby ouviu sem interromper enquanto Olivia contava tudo. Não era como nada que Ruby não tivesse ouvido durante os inúmeros jantares que o pai dela dava com vários líderes políticos e parceiros de negócios. Ela estava, no entanto, surpresa com a profundidade do envolvimento de Olivia e desejo dela em fazer mais. A amiga falava do direito ao voto das mulheres. Repetia as coisas que Ruby ouvira o advogado dizer sem rodeios, e falava sobre como ele inspirava os outros a agir. Olivia pode não ter querido admitir, mas soava perigosamente perto de se ver no mesmo dilema que Ruby.

— Tome cuidado. Ouvi dizer que ele nunca fica por tempo demais em uma cidade — disse ela, observando Olivia com atenção.

A amiga apertou a haste da taça entre as mãos.

— Eu sei — disse Olivia, e suspirou. Ela pousou a cabeça no ombro de Ruby.

— Que dupla nós formamos, hein? — Ruby ergueu a taça. — Saúde?

As taças tilintaram juntas e elas se recostaram no encosto macio do sofá, ouvindo a festa lá embaixo.

Capítulo 27

OLIVIA

A festa foi um sucesso. A Mansão Freeport esteve viva com música, dança e champanhe até as primeiras horas da manhã. Olivia se deitou em sua cama perto do nascer do sol, com os pés doendo e as pernas queimando. Estava cansada demais para pensar onde o sr. Lawrence se escondera na metade da noite e por que o humor dele havia mudado quando retornou. Ela caiu em sono profundo apenas para ser despertada cedo demais.

— Hora de acordar. — Amy-Rose entrou no quarto. Os passos dela eram pesados e aumentaram o latejar na cabeça de Olivia. As cortinas farfalharam e um raio brilhante de luz invadiu a escuridão e os pensamentos de Olivia. Ela cobriu os olhos com o braço e resmungou.

Amy-Rose cutucou a mão dela.

— Já passa do meio-dia e seus pais a esperam para o almoço. O sr. Lawrence e seu pai retornarão da fábrica a qualquer momento.

— O quê? — Olivia se sentou de uma vez. Rápido demais, o quarto começou a girar. Tarde demais, ela se lembrou de ficar na sala de estar com Ruby tarde da noite — ou já era cedo? — onde compartilharam bolo e uma garrafa de champanhe, encolhidas no sofá, apenas com a lua como testemunha. A amiga não revelara nada que tinha em mente. E talvez Olivia tenha contado demais o que havia na dela.

Ela se vira nos braços do sr. DeWight uma segunda vez antes que a noite acabasse. O aviso de Ruby, embora gentil, martelava na mente dela tão alto quanto a entrada de Amy-Rose. Olivia se perguntou o que Ruby pensava da quantidade de tempo que ela estava passando com sr. DeWight. *Será que isso é demais para mim?* Agora, ela se reprimia por ter ficado tão envolvida em suas preocupações que sequer tentou descobrir o que arruinara a noite da amiga. E se o sr. Barton tivera participação nisso? Ele havia chegado e partido rápido demais para as coisas estarem em bons termos entre eles.

Uma rápida olhada em Amy-Rose revelou que a noite dela provavelmente não fora melhor. Ela estava com os olhos inchados e se movia pelo quarto com uma hostilidade brusca que não convidava a fazer perguntas.

— Seu banho está pronto e seu vestido passado. Posso esperar ou você pode tocar o sino quando estiver pronta para vestir o espartilho.

Amy-Rose manteve o olhar desviado. Houve um tempo em que ela e Olivia compartilharam tantos segredos e sonhos. Elas tinham sido amigas próximas que não teriam hesitado em confortar uma à outra. Olivia sabia que criara essa ruptura entre elas. Não tinha certeza se poderia repará-la.

— Amy-Rose — disse ela, balançando os pés na lateral da cama. — Você está bem?

Ela observou o perfil da amiga, as costas retas, os cachos presos em um coque frouxo na nuca. Olivia se sentiu estranha, quase como se não a reconhecesse.

Amy-Rose passou as mãos no avental. O sorriso dela era frágil e sem a alegria costumeira.

— Estou bem, srta. Olivia. Gostaria que eu a esperasse?

Olivia ficou tensa. Amy-Rose só se dirigia a ela com tanta formalidade quando pessoas fora da casa estavam presentes. A mãe dela tinha orgulho do decoro, mas do contrário não exigia de Amy-Rose o mesmo padrão que o resto dos funcionários. A amizade fácil entre elas parecia tão distante agora que Olivia não sabia se devia se intrometer, mesmo que apenas para saber se poderia fazer algo para ajudar. Amy-Rose puxou os dedos de uma forma que parecia dolorosa. Olivia decidiu que a melhor coisa a fazer era deixar para lá.

— Eu consigo sozinha — disse ela, se levantando e indo até a penteadeira.

Amy-Rose esticou o vestido sobre a cama de Olivia. Ela parecia executar a tarefa sem pensar. Olivia se lembrou de como elas se sentavam de pernas cruzadas ao pé da mesma cama e jogavam jogos, enrolando os dedos em um único fio de cordão, e inventando histórias sobre o futuro.

— Lembra quando passamos a noite lá fora, procurando por uma estrela cadente? — perguntou Olivia. Amy-Rose parou e se virou em direção às portas francesas que levavam à pequena varanda. Elas haviam compartilhado um cobertor para se manterem aquecidas e dormiram apoiadas uma na outra. — Sua mãe disse que, se víssemos uma, poderíamos fazer um pedido.

Amy-Rose se virou parcialmente, um pequeno sorriso no rosto.

— Estava tão frio. Lembro que nossos dentes rangiam — Ela riu e enfiou as mãos nos bolsos do avental. — John e Helen ficaram com ciúmes por perderem.

Olivia se levantou da penteadeira. Pensou em pousar a mão no ombro de Amy-Rose, mas mudou de ideia, recolhendo o braço. Na pressa de crescer, ela deixara a amiga para trás.

— Você desejou que fôssemos amigas para sempre. Eu também. Desculpe por ter me esquecido.

— Eu lembrei por nós duas. — A tensão na testa de Amy-Rose suavizou, assim como o nó no estômago de Olivia.

— Prometo que vou fazer de tudo para ser uma amiga melhor de agora em diante — disse Olivia, devolvendo o sorriso tímido de Amy-Rose.

E, embora houvesse hesitado antes, isso não aconteceu mais. Puxou a mão de Amy-Rose e deu um forte abraço.

O almoço foi servido no pátio externo. Era uma tarde quente do meio de maio. Uma tenda de linho usada na festa oferecia uma sombra muito necessária. Jacob Lawrence e o sr. Davenport pareciam tranquilos juntos, as pernas do pai dela esticadas entre eles. O sr. Lawrence sempre dizia as coisas certas. Ele fazia os pais dela rirem. Olivia podia imaginar com precisão como seria sua vida com ele: cheia de oportunidades e luxos aos quais poucos tinham acesso. Ela estaria contente. E ele? Sendo sincera, havia uma tristeza no olhar dele, apesar do sorriso e gracejos brincalhões. Olivia não conseguia dizer com exatidão o que estava errado, mas algo acontecera.

Distraído, o sr. Davenport enfiou sua bengala no chão, perturbando o gramado bem-cuidado. A mãe se sentava diante de Olivia.

— Eu diria que a noite passada foi um sucesso, não é, Emmie? — O sr. Davenport pegou a mão da esposa. Os dedos deles se entrelaçaram e o olhar que trocaram fez Olivia corar. Era em momentos assim que faziam a promessa de casamento valer a pressão de arranjar um bom par. O pai dela se virou com travessura nos olhos. — Quando podemos esperar pelo pedido?

Olivia arfou e viu o sr. Lawrence paralisar.

— Vamos, jovens, por que prolongar o inevitável? — perguntou o sr. Davenport.

O sr. Lawrence pigarreou. A cadeira rangeu quando ele redistribuiu o peso do corpo. Olivia encarou os pais abertamente, a respiração superficial. Certamente estavam brincando.

A sra. Davenport deu um gritinho e pressionou a mão na bochecha. Olivia não tinha certeza se já ouvira a mãe fazer tal som.

— Podemos fazer aqui, William — disse ela. — Posso sugerir que seja no final do verão? Podemos encomendar uma treliça ou um gazebo para a cerimônia. A pluma brilhante e as asclepias estarão floridas e a recepção no salão de baile...

As palavras dela se perderam nos ouvidos de Olivia, que zumbiam. *Inevitável*, como se ela não tivesse escolha.

O sr. Davenport se endireitou no assento.

— Teremos que encontrar um bom lugar para vocês morarem. Vocês são bem-vindos para ficar aqui, mas um casal jovem precisa de privacidade.

— E queremos netos! — entoou a mãe dela.

Olivia suportou os olhares dela com tanta graça quanto possível. Sua breve conversa com Amy-Rose a deixara se sentindo mais leve, mas os efeitos do champanhe e a conversa com Ruby permaneciam. A *coisa mais difícil do mundo é decidir o que queremos,* dissera ela.

O rosto de Olivia queimava. O sr. Lawrence ria nervosamente. Olivia se sentia tão inquieta quanto sua égua Castanha antes de pular uma cerca-viva. Estava ao ar livre, mas sentia que paredes se fechavam sobre si. Ou talvez a pele comprimisse demais o tamanho de seu corpo. Pela primeira vez, Olivia sentiu a injustiça que Helen jurara estar atrelada às expectativas de ser mulher. O maxilar de Olivia se retesou sob seu sorriso e seu sangue ferveu. *Como eles ousam discutir meu futuro assim?* As vozes dos pais dela se transformaram em um zumbido.

Como se sentisse o estresse se acumulando nela, Jacob Lawrence alcançou a mão de Olivia e a apertou. A pressão gentil impulsionou a respiração dela. Tonta e um pouco confusa, Olivia retirou a mão e a colocou em sua bochecha fria e úmida.

— Olivia, querida, você será uma linda noiva — disse a sra. Davenport, com os olhos marejados. — Você não acha, sr. Lawrence?

— Todos ficarão hipnotizados. — respondeu ele, desviando discretamente o olhar.

Olivia se levantou. O sr. Lawrence a segurou com facilidade e colocou a mão na parte baixa das costas de Olivia. Então ela percebeu o que havia de errado. Quando dançara com Jacob Lawrence, enquanto ele a mantivera por perto — foi tão claro quanto a luz do dia. Sim, ela poderia amá-lo, mas quanto tempo levaria? E com o que aquele amor se pareceria e quais sensações provocaria? Não havia calor a atraindo ao sr. Lawrence, nenhum coração acelerado sinalizando uma conexão profunda. Olivia gostava de passar tempo com ele. Eles poderiam viver felizes juntos. Mas sem paixão. *Quan-*

do as borboletas pararam de bater asas? Olivia não conseguia se lembrar. Os sentimentos dela pelo sr. Lawrence estavam atrelados à felicidade dos pais e a seu desejo de agradá-los e estar à altura do nome que compartilhavam.

Ruby estava certa. Ele era bonito. Mas os pensamentos de Olivia voltaram outra vez ao jovem advogado e ao futuro que a esperava se ela continuasse no caminho já estabelecido para ela.

Isto é errado, Olivia pensou. *O sr. Lawrence não me ama. Ele não me conhece de verdade, e nós dois merecemos mais.*

— Com licença — disse ela.

Olivia pegou o guardanapo que caíra de seu colo e o deixou na cadeira. Ela cruzou o pátio, dividida entre entrar na casa ou ir para os estábulos. Qualquer lugar seria melhor que a mesa onde o futuro dela estava sendo planejado sem levar em conta sua opinião. *Helen teria retrucado*, pensou. Parou em um pequeno bosque de árvores perto dos estábulos, pronta para voltar, quando ouviu chamarem seu nome.

O sr. Lawrence se aproximou lentamente. Ele ergueu as mãos na altura dos ombros como se Olivia fosse um cervo que pularia a qualquer instante.

— Queria pedir desculpas — disse ela. — Aquilo foi uma armadilha. Quero que saiba que eu não tive intenção de colocá-lo naquela situação. — Olivia lutou para manter a respiração estável. — Não sei se estou pronta.

Atrás dele, ela podia ver seus pais observando. Olivia se virou e começou a andar pelo caminho entre as árvores. O sr. Lawrence, agora com as mãos nos bolsos, começou a caminhar ao lado dela.

Depois de controlar a raiva, Olivia se desculpou outra vez. Estava mortificada.

O sr. Lawrence suspirou.

— Está tudo bem. Acho que nós dois sabemos que haveria algum tipo de expectativa diante do nosso cortejo.

Olivia fez um som evasivo. Ele parecia ter relaxado sob a copa das árvores. A tristeza em sua expressão se fora, substituída por um breve divertimento.

— Estou contente que você ache isso engraçado, porque eu não acho nem um pouco. — O leve sorriso dele deu a Olivia a coragem de fazer uma pergunta ousada. — Você se importa se deixarmos eles acreditarem que chegamos a um entendimento?

Olivia observou-o parar. Agora, o rosto dele estava inexpressivo, impossível de ler.

O que eu fiz?, pensou ela.

Era uma proposta indecente, de jeito algum o que os pais dela haviam desejado. Talvez de jeito algum o que Jacob Lawrence desejara. Mas Olivia precisava disso — precisava do tempo que ganharia com esse esquema. Os encontros com o sr. DeWight deixaram a mente dela confusa. Ela suspeitava que o sr. Lawrence estava tão relutante quanto ela. Talvez Olivia o tivesse interpretado errado? Mas, se continuassem se cortejando, pelo menos a mãe dela não passaria a uma busca desesperada para encontrar um marido para a filha. Olivia teria o verão para descobrir o que fazer.

Ela se virou outra vez para o sr. Lawrence, calma e focada, esperando que ele não sentisse o estresse na raiz da proposta. Ela esperara um pedido, mas um que se assemelhasse aos grandes gestos que lia em seus romances. Não um empurrão descarado de seus pais, onde seu potencial noivo fosse pego de surpresa. *Onde foi que deu tudo errado?*

O pretendente inglês agora tinha a aparência do sentimento de Olivia. Pânico.

— Há algo que preciso contar a você, Olivia — disse ele.

— Você precisa saber...

Ela espiou ao redor dele. Os pais dela se ocupavam com o almoço, dando a eles a ilusão de privacidade.

— Olivia.

Os olhos dela se voltaram para os dele. O sr. Lawrence pareceu ponderar sobre algo, olhando para ela.

— Seja lá o que for — disse Olivia por fim —, está tudo bem. Podemos continuar fingindo pelo menos até a arrecadação de fundos? É daqui a seis semanas.

Ele a observou.

— Suponho que poderíamos permitir que eles acreditem que uma proposta está a caminho. Mas que queremos fazê-la nos nossos próprios termos.

Olivia relaxou um pouquinho. Ela analisou bem seu rosto dele, surpresa pela gentileza.

— Obrigada. — Ela tornou a olhar para trás dele. — Não podemos contar a ninguém — prosseguiu, olhando nos olhos dele. — Tenho sua palavra de cavalheiro?

O sr. Lawrence endireitou a postura, o rosto permanecia solene.

— Você tem minha palavra.

— Que bom que você veio comigo — disse Olivia.

Depois que o sr. Lawrence partiu, ela pediu que Tommy a levasse à casa de Ruby. Cuidando da própria dor de cabeça, Ruby a princípio dispensou a ideia de ir caminhando até o centro da cidade. Ela estava sentada em uma poltrona com uma compressa fria nos olhos e os pés apoiados em um banquinho. Olivia, em voz alta, se recusou a ir embora até que a amiga a acompanhasse.

— Você não me dá escolha — disse Ruby. Ela empurrou Olivia levemente com o quadril. — Mas está certa. Me sinto melhor. Há algum lugar em especial que você queira ir ou vamos vagar sem destino pela Wabash Avenue?

— Vagar sem destino — respondeu Olivia.

Guardado em sua bolsa estava um diário com capa de couro, para Washington, com as iniciais dele gravadas na capa. Ela esperava que ele o usasse para rascunhar seus discursos. Eram importantes e comoventes demais para não serem registrados em algum lugar especial. Olivia encomendou o diário depois de ver o caderno esfarrapado que o sr. DeWight carregava. Era a forma perfeita de comunicar a ele que ela queria estar mais envolvida na Causa, da maneira que pudesse. Pessoas que se pareciam com ela, sobreviveram como o pai dela e amavam como a mãe dela, todas mereciam construir a vida que queriam, usufruir das mesmas liberdades e proteções que qualquer pessoa nascida nos Estados Unidos.

As ruas do South Side estavam cheias. Era um lindo dia e Olivia esperava que, se ela e Ruby caminhassem diante das lojas perto do centro comunitário, talvez acabassem esbarrando com o sr. DeWight. E, do lado de fora de uma das confeitarias de proprietários negros, ela o viu. Ou talvez tenha sido o contrário. Ele estava na esquina, uma mão fazendo sombra sobre os olhos enquanto olhava na direção dela.

— Ruby, você se importa de entrar e nos comprar dois pãezinhos doces?

A amiga a circulou.

— E provocar a ira de Jessie? Você sabe bem que não deve comer doces fora da cozinha dela.

Olivia riu.

— Eu sei, mas estou com muita vontade. Mal comi no almoço. — Isso era verdade. Olivia achara difícil comer qualquer coisa depois do seu excesso, e do que dissera ao sr. Lawrence. Mas os dois jamais seriam felizes de verdade juntos. Não enquanto ela nutrisse sentimentos por Washington DeWight. Como se concordasse, o estômago dela roncou. Ela pegou uma moeda da bolsa e entregou à amiga. — Esperarei aqui.

Olivia quase empurrou Ruby para dentro da confeitaria.

— Acaba de assinar sua sentença de morte — disse Ruby por sobre o ombro.

Quando teve certeza de que não seria vista, Olivia olhou para a esquina e a viu vazia.

O sr. DeWight já estava caminhando em sua direção. Os passos dele eram certos e calculados. Enquanto se aproximava, ele tinha uma sombra de um sorriso que fez as borboletas baterem asas no estômago dela. Olivia prendeu a respiração até que o sr. DeWight estivesse perto o suficiente para ser tocado. Ela queria muito que suas mãos se tocassem.

— Que bom que encontrei você. — Olivia olhou por sobre o ombro mais uma vez antes de conduzi-lo a uma árvore próxima.

— Não achei que veria a senhorita tão rápido — disse ele, mostrando um sorriso.

— Eu estava esperando encontrá-lo — disse ela, pegando o diário da bolsa. — Para que eu pudesse lhe dar isso.

Washington virou o diário nas mãos, a surpresa estampada em seu rosto.

— Obrigado — disse ele, erguendo o olhar para ela.

Olivia cutucou as luvas, ao mesmo tempo alegre e nervosa.

— Sr. DeWight, eu gostaria de me juntar... à Causa. Não consigo ficar parada sem fazer nada. Sem saber o que sei. E me dando conta de tudo que ainda não sei.

O sr. DeWight abraçou o presente perto do coração.

— Obrigado.

Olivia devolveu o sorriso, erguendo o queixo bem alto. Estava contente por tê-lo encontrado.

— O quê? — disse ela quando viu a boca dele se contorcer de lado.

— O que a fez mudar de ideia?

Olivia deu de ombros. De jeito nenhum ela contaria a ele que estava ficando entediada com sua rotina, que gostava da troca do que vira entre os ativistas. Sem mencionar a agitação que sentia agora.

O sr. DeWight se inclinou para mais perto.

— Foram meus passos de dança, não é? — perguntou ele.

Olivia riu e foi recompensada com um olhar de alegria no rosto do jovem advogado. E permaneceu sorrindo por muito tempo depois que ele seguiu seu caminho e Ruby retornou com um pão doce para cada uma.

Capítulo 28

HELEN

A sra. Milford estava no centro do salão de baile dos Davenport, as mãos pairando acima da manivela do fonógrafo. A música soava metálica no espaço vazio, nada como as bandas ao vivo que os pais dela costumavam contratar para as festas. Sem a presença de dezenas de pessoas, cada passo de Helen ecoava. E cada passo em falso resultava em sua professora de etiqueta fazendo-a recomeçar.

Dançar com um parceiro era o ideal. Embora nunca tivesse sido seu ponto forte, um cavalheiro talentoso tornava a tarefa tolerável. Sozinha, Helen tropeçava nos próprios pés. Ela pensou agora em quão graciosamente sua irmã e Ruby se moviam. Ela imaginou os braços de Jacob ao seu redor.

E era onde o pensamento ficaria — na imaginação dela. Ele e Olivia, parecia, tinham um *acordo*. Helen não tinha certeza do que significava, exceto que deixava seus pais imensamente felizes. E ela infeliz. Ela se encolheu.

Helen não conseguia pensar no sr. Lawrence sem reviver a dor da cena da biblioteca em sua mente. Ela fora tão burra.

Agira de uma maneira péssima. Se jogara em cima dele! Eles estavam sem supervisão. Olivia enfim encontrara alguém depois de uma temporada malsucedida no ano anterior, e ali estava Helen. Arruinando tudo. A culpa a consumia. A ideia de comer qualquer coisa revirava seu estômago. Ela dispensara o café da manhã e se sentara na garagem, incapaz de focar no trabalho diante de si.

O disco saltou. Distraída pela tristeza que ela mesma criara, Helen tirou o sapato. A dor era quente e aguda. Ela subiu até a metade de sua perna até que ela percebesse o erro e caísse no chão. O latejar no tornozelo não fez nada para dissipar a memória de outra ocasião em que ela tropeçara. Jacob Lawrence lutando para reprimir uma risada, os dois cobertos de lama. Ela não sabia que a empolgação de viver a experiência traria tanta dor.

— Ah! Srta. Helen, fique onde está. — A sra. Milford parou a música.

— Estou bem — respondeu Helen. O tornozelo dela estava quente sob a mão, mas a dor passou rapidamente. Ela agitou a perna até chutar o outro sapato para fora do pé e permaneceu sentada no chão.

A sra. Milford andou ao redor dela, de mãos nos quadris.

— Isso tudo é por causa do sr. Lawrence?

Helen ergueu a cabeça de uma vez. A sra. Milford a encarou. Helen tentou continuar olhando para a mulher mais velha, mas seus ombros murcharam. Fazia mais de uma semana desde o beijo roubado na biblioteca e ela mal conseguia pensar em outra coisa.

A sra. Milford revirou os olhos. O gesto a fez parecer uma versão mais jovem e menos séria de si mesma. Ela suspirou e se agachou devagar.

OS DAVENPORT **263**

— Eu costumava ficar com essa mesma expressão quando conheci meu Robert. Eu era mais jovem que você. Não tinha família, vivia em um prédio de apartamentos com três pessoas anteriormente escravizadas na Filadélfia. — Ela sorriu e Helen percebeu como o gesto suavizou sua expressão.

— Você se casou com ele? Esse era o pastor?

— Me casei. Nossa vida era humilde, mas éramos felizes.

— A sra. Milford puxou o colarinho, expondo as cicatrizes no pescoço. Quando viu que Helen olhava, não se afastou.

— São do incêndio. Meu marido e eu nos mudamos para Springfield pouco antes dos massacres. Trabalhava para uma família branca na época, cuidando da jovem filha deles. — Ela encarou um ponto do chão entre elas. — Dava para ver as chamas a quilômetros de distância. O ar estava pesado com a fumaça. Quente também. Queimava meu corpo por dentro a cada respiração e machucava meus olhos.

Ela fez uma pausa. Seu rosto estava tão tranquilo quanto a voz. Mas a tristeza em seus olhos fez a garganta de Helen apertar.

A sra. Milford olhou para ela.

— Todo o quarteirão em que morávamos foi tomado. Algumas pessoas que viram tudo me disseram ter ajudado uma família de três pessoas a sair do prédio antes de entrarem mais uma vez. Eu nem me lembro de entrar no complexo. Nem do cavalheiro que me carregou. Eu só conseguia pensar no meu marido e que ele ainda estava lá dentro. Ele não saiu.

Helen segurou a cabeça nas mãos, a dor no tornozelo já estava esquecida.

— Sra. Milford, eu sinto muito. — Ela não queria imaginar o trauma e a ferida profunda daquela perda, mas se

forçou a digeri-la. Os olhos dela ardiam. Ela fungou e disse:
— E eu fui tão cruel quando a senhora chegou.

— Eu não te contei isso para que você sinta pena. Só quero que você saiba que a vida é *preciosa*. — A sra. Milford ajeitou as saias. — Seu comportamento foi surpreendentemente diferente. O mais perto do normal desde então.

Helen engoliu em seco e olhou para o salão de baile vazio. Ela umedeceu os lábios.

— Eu não queria que isso acontecesse — disse ela. — Não parece real. — Observou as partículas de poeira dançarem na luz, temendo olhar nos olhos da sra. Milford. — Nos conhecemos na festa dos Tremaine... — A voz dela falhou, e Helen ergueu a mão como se para espantar as próprias palavras. — Está longe de ser uma questão de vida ou morte.

Essa era a última coisa que Helen queria — se emocionar pelo sr. Lawrence na frente da sra. Milford, principalmente sabendo pelo que a mulher passara.

Mas a tutora ofereceu a Helen um lenço para enxugar as lágrimas.

— Eu não mudaria minha vida com Robert por nada neste mundo — disse ela. — Muito do que afeta nossas vidas está fora do nosso controle. Sempre devemos nos esforçar para fazer as escolhas que estão ao nosso alcance. A vida é curta demais, muito cheia de dores de cabeça.

Helen assentiu.

— Mas e Olivia? A princípio, ela parecia nas nuvens. Ela e o sr. Lawrence passavam quase todos os dias juntos. Agora...

Helen parou bruscamente de falar, prestes a contar para a sra. Milford suas suspeitas: Olivia estava fugindo de casa à noite, bem como a própria Helen fizera. Só que a irmã dela saía da *propriedade*. Helen limpou o rosto e permitiu que a sra. Milford a ajudasse a se levantar.

— E agora — continuou a sra. Milford —, algo mudou? — O rosto dela dizia que ela vira mais do que revelara. — Talvez sua irmã tenha mudado?

Helen pensou no jantar em que Olivia desafiara o pai delas. A irmã não incomodara Helen com o trabalho comunitário, nem reclamara de ir às reuniões do conselho com a mãe. Helen pensara ser porque Ruby estava passando muito tempo com o sr. Barton, e Olivia não tinha outra coisa para fazer. Será que Olivia estava ocupada demais com os próprios esquemas?

— Se você tem sentimentos tão fortes pelo rapaz inglês, deve contar à sua irmã antes que eles aprofundem mais no caminho que estão tomando.

Caminho *é outra palavra para* altar. A sra. Milford ergueu a sobrancelha, como se sentisse a conclusão dela. Helen assentiu. Talvez não fosse tão ruim assim ter a tutora por perto. Quando a mulher mais velha disse que o dia estava encerrado e pegou suas coisas, Helen a acompanhou até a porta da frente.

— Vejo que algumas coisas estão começando a se resolver — provocou a sra. Milford.

— Acho que estão. — Helen abriu a grande porta de carvalho. O sorriso em seu rosto falhou ao ver quem estava do outro lado.

Jacob Lawrence estava ali, de braço erguido, a mão posicionada para usar a aldrava. Helen não conseguia tirar os olhos dele.

— Boa tarde, sr. Lawrence — disse a sra. Milford.

Ela passou pelos dois jovens. Helen a olhou então, implorando com o olhar para que a tutora ficasse. A sra. Milford apenas balançou a cabeça levemente e desceu os degraus.

— O tempo é curto — disse ela.

O coração de Helen disparou. A respiração acelerou. Ela fechou a porta na cara dele.

Ela fechou — fechou a porta e se apoiou contra ela, colocando distância entre eles e respirando para aliviar o terrível aperto em seu peito. *Não posso fazer isso com a minha irmã.*

Helen tornou a abrir a porta.

Jacob Lawrence ainda estava ali, de sobrancelhas erguidas. Além dele, a sra. Milford parara na porta da carruagem. De lá, deu a Helen um olhar incrédulo.

— Vim ver Olivia — disse o sr. Lawrence.

— É lógico que sim — respondeu Helen, brusca.

Ela imediatamente se odiou por isso. Havia se jogado nos braços dele durante a festa das bodas de seus pais e o incluíra em uma traição à irmã e batera a porta na cara dele. Se alguém merecia desprezo, era ela mesma.

— Helen, precisamos conversar.

— Ideia fabulosa. — A sra. Davenport apareceu ao lado de Helen. — Olivia não está. Céus, ela estará em todo clube recreativo em Chicago até o fim do ano. — Ela ajustou o colarinho da blusa de Helen. — Acho que vocês dois devem passar algum tempo juntos, se conhecer melhor. Afinal, todos seremos parte da mesma família em breve. — O sorriso dela era mais brilhante que o sol. — Helen, tenho certeza de que você pode entreter o sr. Lawrence por algumas horas?

— Mamãe — disse Helen. — Acredito que você se esquece que...

— Seja o que for, tenho certeza de que pode esperar.

A sra. Davenport acenou para a sra. Milford. As duas mulheres conversaram perto da carruagem enquanto Helen ficou nos degraus. A preocupação dela dobrou de tamanho.

Mentalmente, pediu à sra. Milford para dizer que ela estava ocupada.

O sr. Lawrence retesou os músculos da mandíbula, como se o que estivesse prestes a dizer fosse doloroso.

— Não precisamos fazer isso, se você não quiser.

Helen suspirou e desceu as escadas, caminhando até a entrada. Ela parou perto de um automóvel, admirando os detalhes do acabamento. Ouvindo o sr. Lawrence se aproximar, disse:

— Ela vai desconfiar. — Helen o olhou por sobre o ombro. — Mamãe sempre sabe. Onde está sua carruagem?

— Seu irmão me convenceu a testar um desses. Não sei se gosto. — O sr. Lawrence abriu a porta para ela. — Para onde?

A sra. Milford olhou para o casal relutante.

— Parece que vai ficar um pouco apertado, mas daremos um jeito — disse ela, se aproximando.

Então a sra. Milford passou entre eles e entrou, acomodando-se no meio do assento.

Helen engoliu o nó que se formava em sua garganta.

— Para o centro.

Helen ficou nos degraus da frente do Field Museum em Jackson Park. O edifício em colunata se assomava diante dela. O caminho fora uma tortura. Jacob estava por perto, mas Helen nunca se sentira tão distante de alguém. A dor se somava à uma mistura venenosa de arrependimento e desejo. As tentativas dele de conversar tornaram a interação indesejada ainda mais estranha, principalmente com a tutora dela de sentinela entre eles. Por sorte, quando chegaram ao museu, a sra. Milford manteve uma distância discreta.

— Devemos entrar? — perguntou o sr. Lawrence.

— Sim. — Helen deu um passo, e então se virou. — Na verdade, ainda não. Você está certo, precisamos conversar.

Ela se sentou no degrau de pedra e olhou para o lago. Jacob se sentou ao lado dela, esticando uma perna e apoiando o cotovelo no joelho dobrado. Quando ela olhou de volta para a entrada, a sra. Milford havia desaparecido. Helen inspirou fundo — um erro, pois seus pulmões se encheram com o perfume da colônia ou do sabonete do sr. Lawrence. Cedro e vinho quente? Ela não se importava, era tão único quanto ele.

— Sinto muito — disse Helen.

Ela forçou o olhar para cima e observou o rosto dele. Talvez não houvesse outra chance de olhá-lo tão abertamente. Para seu maxilar forte e seu bigode perfeitamente aparado. Helen se esforçou para expulsar a memória da sensação das bocas unidas, a forma como seus corpos se encaixaram. Porque só poderia ser aquilo. Uma memória. No caminho, Helen percebera que era mais que a própria felicidade o que pesava a balança. E, embora Olivia parecesse estar distante, esse acordo, esse *entendimento* entre eles, era algo que a irmã dela queria. E era algo com o que o sr. Lawrence concordara *depois* do encontro deles.

A atenção dele passou das mãos unidas de Helen para o rosto dela. O sr. Lawrence tinha uma expressão que ela nunca vira antes. Uma que a manteve presa no degrau.

— Eu não — disse ele. — Sinto muito, quero dizer.

Estavam sentados perto, mas não perto demais. Helen queria diminuir a distância, independentemente de quem veria. A pele dela formigava à medida em que a cena da biblioteca voltava à mente. Ela revivia cada suspiro e toque. Viu os lábios do sr. Lawrence se entreabrirem e seu olhar pousar sobre o dela. Ele inspirou fundo e Helen jurou ter visto os próprios desejos refletidos no olhar dele.

Mas e Olivia?

Ela observou os dedos dele se entrelaçarem aos dela, sentiu a firmeza gentil das mãos dele. Helen repassou o comportamento da irmã. Olivia não parecia nem um pouco animada com a possibilidade de casamento. Na verdade, seu humor se parecia muito com o de Helen quando a sra. Milford chegara.

A dúvida tremulava dentro de Helen. Seria de mau gosto para o sr. Lawrence trocar uma irmã pela outra. Ruim para Helen, vergonhoso para Olivia... possivelmente a resignando à solteirice.

A não ser que... Olivia o deixasse primeiro. Mas isso nunca aconteceria, não é?

— Se você não sente muito, então... — Helen fez uma pausa. — Eu... não entendo.

Ela não conseguia conectar como o sr. Lawrence podia agir de uma forma com ela, mas ainda parecer cortejar Olivia.

— Eu gostaria que as coisas fossem diferentes. E serão em breve. Tudo o que posso dizer é que dei minha palavra a ela e essa dor que estamos sentindo agora... acredito que passará.

Helen desviou o olhar. Ela queria acreditar mais do que era capaz de dizer. Queria confiar nele, que havia algum motivo para ele e Olivia aceitarem os rumores sobre o relacionamento deles. *Por que não ensinam isso nos manuais de etiqueta?*

— Vamos? — O sr. Lawrence se levantou e ajudou Helen a fazer o mesmo.

— Sim.

Ela passou o braço pelo dele, temendo ter esperanças, mas disposta a arriscar.

Capítulo 29

AMY-ROSE

— **Você dormiu, menina?** — perguntou Jessie, erguendo uma panela da espuma que transbordava da pia. O almoço dos Davenport estava quase pronto para ser servido, e ela estava determinada a pôr a cozinha de volta nos trilhos e se preparar para a próxima refeição.

— O suficiente — respondeu Amy-Rose.

Ela se revirou na cama por quase uma hora. Quando não conseguia dormir, ela tentava trabalhar em algum design para a loja. Precisava de um rótulo para diferenciar seus produtos das fórmulas e tratamentos para crescimento capilar que outras senhoras vendiam. Ela olhara de relance para designs parcialmente feitos, tentando não pensar na cena constrangedora da festa que a forçara a se esconder na cozinha. Desistira ao perceber que havia mais lágrimas que tinta nas páginas. Amy-Rose só não sabia onde se encaixava. Como ela podia continuar a caminhar por aqueles corredores depois da noite anterior? Ela precisava se mudar da Mansão Freeport antes do planejado.

Idiota. Como você pensou que existia qualquer versão de um futuro onde você estaria nos braços de John Davenport?

Por sorte, Jessie a mantivera ocupada por grande parte do dia. Focada em suas tarefas de sempre e aquelas que se ofereceu para fazer por Hetty, Amy-Rose podia temporariamente se esquecer do que acontecera. Os lençóis foram lavados. A prata polida. A madeira lustrada. Helen a surpreendera, ficando parada pela primeira vez em tempos enquanto Amy-Rose refazia seu penteado. Nem havia falado. O procedimento foi indolor, mas não continha a fofoca comum entre elas. E então havia Olivia, que a surpreendera com um pedido de desculpas e uma promessa. E assim Amy-Rose passara para o próximo item na lista. Ela continuara a se esquecer. Antes que tudo voltasse como um soco.

— Acho que chega de cortar para você. — Jessie pegou a faca das mãos de Amy-Rose e foi fatiar as cenouras em uma tigela. — Não quero servir a ponta de um dos seus dedos no ensopado desta noite.

— Jessie, não sei o que me deu.

Era óbvio que a cozinheira sabia que Amy-Rose não se referia às suas habilidades de corte.

— Querida, não podemos controlar tudo. Às vezes, os sentimentos nos dominam e não nos deixam mais.

Amy-Rose deixou a testa pousar sobre a superfície fria da mesa. Ajudava com a dor. Aqueles sentimentos, apesar dos melhores esforços dela, a dominaram. Enfiaram as garras com força.

— Agora, quero que você saia desta casa. — Jessie começou a cortar cebolas. — Não me olhe assim. Só por algumas horas. Caminhe. Vá tomar um ar e fazer exercícios. — O olhar de Jessie pousou em Amy-Rose. — Sim, acho que é disso que você precisa.

Ela voltou a preparar a comida como se Amy-Rose já tivesse partido.

Lentamente, a moça removeu seu avental e juntou suas coisas. Jessie estava certa. Havia coisas incontroláveis. Circunstâncias tão maiores e devastadoras que podiam mudar sua vida. O amor. Uma tempestade. A morte. Eles partiam um coração de uma maneira tão intensa que jamais se recuperava por completo. Também incitavam uma determinação tão sólida que aguentava tudo.

— Está bem — disse Amy-Rose. — Preciso ir resolver uma questão da loja.

Jessie não respondeu enquanto Amy-Rose colocava a bolsa no ombro, mas o brilho nos olhos da cozinheira era a única resposta que ela precisava.

A porta da barbearia do sr. Spencer se abriu sem fazer barulho. Amy-Rose ergueu o olhar e viu que o sino acima havia sido removido. Uma sensação terrível subiu por suas costas enquanto ela atravessava a soleira. As amplas janelas, que costumavam inundar o espaço com luz, estavam cobertas com papel marrom. O efeito criava um brilho amarelo esmaecido. A estação nos fundos onde o sr. Spencer cortava cabelos estava vazia. Na verdade, todas as cadeiras e pias haviam sido removidas. *Bem, assim será mais fácil reestruturar*, Amy-Rose pensou.

— Sr. Spencer?

Ela sentiu falta das conversas e risadas que sempre encontrava ali. Principalmente a do sr. Spencer. Quando nenhum som veio em resposta, Amy-Rose se virou para partir. A porta abriu e fechou em silêncio atrás dela. A sensação de terror cresceu. O ritmo da sua caminhada aumentou enquanto ela desviava de carruagens e automóveis na intercessão a caminho do Banco Binga. *Ele provavelmente decidiu fechar mais cedo.*

Quando Amy-Rose entrou no banco, suas costas estavam empapadas de suor e a respiração saía em ondas de pânico. Algo estava errado. Ela conseguia sentir. O recepcionista, um jovem negro em um terno engomado demais, anotou o nome dela embora a tivesse visto ali muitas vezes. Ele pediu que Amy-Rose se sentasse enquanto ia até os fundos tratar com o funcionário que lidava com a conta dela.

Ele parecia triste?

Amy-Rose andou de um lado a outro no pequeno espaço diante da simples mesa de madeira dele. O sr. Spencer dissera que Amy-Rose tinha mais tempo. Ele não iria embora sem contar a ela. Sem se despedir. Ela estava quase abrindo uma trincheira no chão quando ouviu seu nome.

— Srta. Shepherd? — Um homem diferente apareceu na entrada do corredor. — Venha comigo.

Ele se virou enquanto ela se aproximava e a conduziu para o primeiro de dois escritórios. Amy-Rose se sentou no assento indicado. Através do vidro fosco, ela podia ver os outros clientes do banco como figuras embaçadas se movimentando no saguão. Os olhos dela se voltaram ao bancário para encontrar o mesmo olhar pesaroso do recepcionista.

— Srta. Shepherd, sei que tem uma poupança conosco.

— O que aconteceu?

A pulsação dela acelerou e o suor brotou em suas têmporas. Amy-Rose depositara tudo o que pudera na poupança. Praticamente tudo o que tinha. Não haveria como recomeçar. Ela encarou o homem do outro lado da mesa, sabendo que as notícias que ele estava prestes a dar seriam terríveis. Um arrepio tomou conta dela.

— É que... — ele fez uma pausa e juntou os papéis soltos na mesa em uma pilha organizada — Sei que a senhorita tinha a intenção de alugar uma propriedade. A barbearia do sr. Spencer, para ser exato.

— Não "tinha", tenho. Não mudei de ideia. — O frio na barriga dela pesava como chumbo. A voz tremia. — Juntei quase todo o valor que o sr. Spencer pediu para o depósito. Certamente o senhor sabe disso. Pode conferir agora.

O banqueiro juntou os dedos. O suspiro antes de suas próximas palavras sugou todo o ar da sala.

— Acontece que fechamos o acordo entre o sr. Spencer e outro cliente esta manhã. Temo que a loja não esteja mais disponível.

Amy-Rose segurou nos encostos de braço da cadeira enquanto a sala girava sob seus pés. O homem, a mesa dele, até a samambaia atrás dele, pareceram se misturar e balançar ao ponto de deixá-la enjoada. A sala estava quente demais e o coração dela martelava em batidas lentíssimas. Ele se desculpou pela situação e explicou as possibilidades. Amy-Rose continuaria a guardar dinheiro enquanto esperava pela próxima oportunidade. As palavras dele ficaram tão incompreensíveis quanto a visão dela ficou embaçada. A temperatura aumentou.

— Não estou entendendo.

— Temo que o sr. Spencer tenha aceitado outra oferta.

— Não, essa parte entendi. O que quero dizer é: por quê? Ofereceram mais dinheiro? Ele disse que se importava mais a *quem* fosse alugado, não com o valor.

A voz dela ficava mais desesperada a cada respiração. O bancário a observou, com a expressão inalterada. Amy-Rose não queria ouvir desculpas. Ela precisava saber por que o sr. Spencer desistira do acordo deles. Então se deu conta.

Fragmentos da última visita surgiram em sua mente. As perguntas insistentes que quase a fizeram duvidar de suas capacidades. Eles a viam como um investimento de risco. Jovem. Solteira. Mulher.

— Srta. Shepherd, entendo sua frustração. São só negócios, nada pessoal.

Amy-Rose desejou que fosse assim que ela sentia. Mas foi como um soco que ela não previu.

— Mas de fato a loja está alugada.

O bancário assentiu.

— Para alguém mais adequado que eu, presumo? — Amy-Rose viu o homem do outro lado da mesa se ajeitar.

Ela observou o rosto dele, que relaxou em resignação. Até o aperto dela nos braços da cadeira relaxaram o suficiente para os nós dos dedos dela voltarem à cor marrom natural de sua pele negra. *Ele esperava que eu gritasse e fizesse um escândalo?* A conduta dele corroeu o resto da determinação dela. Não era uma discussão que Amy-Rose pudesse ganhar.

— Com licença — disse ela. — Preciso de ar.

Amy-Rose saiu correndo para as ruas, onde os bondes rangiam nos trilhos. Os sons da cidade, a força do sol enquanto o verão se aproximava, a trouxeram de volta ao presente, às notícias que a deixaram mais triste do que ela se sentira em anos.

Ela pagou por uma charrete para voltar à Mansão Freeport. Sem propriedade para alugar, a ostentação era irrelevante. A pressão de ser cuidadosa com cada moeda parecia tola. Desnecessária. O caminho a acalmou e lhe deu tempo para enxugar as lágrimas. *Como isso pôde acontecer?* Amy-Rose fizera tudo da maneira certa. Tinha feito um plano. Todo o seu dinheiro estava guardado no cofre do banco. E para quê?

Depois do caminho irregular, o chão sólido fora da cocheira da Mansão Freeport parecia firme demais. Amy-Rose caminhou até a entrada de serviço com pés dormentes.

— Amy-Rose! — chamou Tommy dos estábulos.

Ela acelerou o ritmo. Ela não se sentia pronta para conversar. Alguns cascalhos atingiram os calcanhares dela quando Tommy parou ao seu lado.

— Ei, por que você não parou? — Tommy ficou diante dela e franziu a testa. — O que aconteceu?

Amy-Rose inalou uma mistura de suor de cavalo e do sabão que ele usava. A pele ao redor dos olhos dela estava tensa e inchada.

— O sr. Spencer alugou a loja.

Ela soltou o ar pesadamente, sentindo a pontada das novas lágrimas se formando. Os braços de Tommy a seguraram com força até passar. Ele esperou em silêncio até Amy-Rose pigarrear para se livrar do gosto amargo no fundo da garganta e começasse a contar o que acontecera no banco. Contar do banqueiro e das possibilidades tornou tudo real, mas não menos doloroso.

— Deram um lance maior que o meu!

— Espere. O que aconteceu?

— O sr. Spencer alugou a loja para outra pessoa. Depois do tempo que passamos juntos. Ele me incentivou, respondeu minhas perguntas. — Amy-Rose balançou a cabeça. — Como ele pôde mentir para mim?

Tommy chutou os cascalhos.

— Você não sabe se ele mentiu.

Amy-Rose fez uma careta.

— Uma compra assim leva tempo, Tommy.. Eu estava lá não faz nem dois dias e ele não disse nada. — Ela gesticulou para a casa, para a garagem e os estábulos. — Não é como se ele não soubesse onde moro. Ele poderia ter me dado pessoalmente a notícia. — Tommy abriu a boca e Amy-Rose sentiu a raiva aumentar. — Não me diga que são só negócios. Foi o que o homem no banco disse. "Só negócios, nada pessoal." Como se não tivessem olhado para mim e decidido que não sou capaz.

Um novo soluço abriu caminho pelo peito dela. Tommy ficou ao lado dela, um bálsamo silencioso para a dor e a decepção que escapava através de lágrimas quentes até que ela estivesse exausta demais para ficar de pé. Amy-Rose se apoiou na lateral da casa, deixando o calor acalmá-la.

— O que eu vou fazer agora? — perguntou ela, em um sussurro rouco.

Tommy enfiou os braços no peitilho do macacão.

— Você pode vir para o Oeste comigo. Como eu disse, haverá muitas oportunidades lá. Podemos recomeçar.

Califórnia.

Parecia tão distante de tudo o que ela conhecia. De fato, quando as garotas partissem, não haveria motivo para permanecer. Cedo ou tarde, Amy-Rose teria que deixar o quarto lá em cima.

— Escute, você não precisa decidir agora. — Tommy sorriu. — Só saiba que é uma opção.

Amy-Rose o observou voltar para os estábulos. Tommy olhava para o céu, assobiando para a brisa. Ele tomara sua decisão com tanta certeza que parecia ter deixado todas as preocupações de lado. Oportunidades e possibilidades. Fora o que o funcionário do banco dissera também. Enquanto se forçava a entrar, Amy-Rose se perguntou que outras portas faltava abrir.

Capítulo 30

RUBY

— **Ruby, querida, se eu te ouvir** suspirar mais uma vez, vou parar a carruagem e você terá que caminhar para casa. — A sra. Tremaine encarou a filha sentada diante dela na carruagem aberta.

— Eu não estava *suspirando* — retrucou Ruby. Ela lutou contra a vontade de cruzar os braços sobre o peito, escolhendo em vez disso reajustar a saia para que silhueta mais esguia se libertasse da mais cheia de sua mãe.

— Você e Olivia passaram o almoço inteiro mordiscando sanduíches e olhando para xícaras cheias de chá. Foi como se Emmeline e eu fossemos as únicas no salão. — A mãe dela olhou para a distância.

Ruby não tinha certeza de quando a carruagem deixou a Mansão Freeport para chegar perto do Jackson Park. Havia desviado do caminho para casa. Talvez a mãe dela quisesse observar os transeuntes. A carruagem se movia em um ritmo lento o suficiente para niná-la.

— Entendo por que Olivia estava distraída. — A voz da sra. Tremaine descera várias oitavas, embora estivessem bem longe de ouvidos curiosos. — Emmeline disse que ela e William deram um empurrãozinho no casal. — Ela se recostou no assento. — Ela estava receosa de ter atrapalhado, mas eu garanti a ela que tudo dará certo no final. Aposto que a cerimônia será grandiosa.

Olivia parecera mesmo preocupada, mas animada ou ansiosa não eram palavras que Ruby teria usado para descrever a desatenção dela. Na verdade, Olivia tinha reclamado por quase vinte minutos antes de se acalmar o bastante para encontrar as mães delas para o almoço. Ruby pensara em contar mais dos próprios problemas afetivos, e Olivia tentara arrancar dela, mas não havia uma forma delicada de explicar o que ela fizera.

Apesar de todas as preocupações, a casa de chá era um mimo — um resquício de um passado anterior, quando era quase um passatempo, mesmo que só para dar uma passadinha e trocar algumas fofocas enquanto tomavam um chá forte e comiam doces. Ruby gostava especialmente dos macarons. *Comi algum?* Ela esfregou as têmporas. A cabeça doía. Ruby odiava a forma com que terminara as coisas com Harrison. O rosto dele, contorcido de mágoa, a assombrava.

— Ruby!

Ela se encolheu ao ouvir o nome.

A sra. Tremaine se inclinou à frente.

— Como falei, entendo por que *ela* estava tão distraída.

Aos poucos, as sobrancelhas da mãe dela chegaram perto da franja que pairava acima do olho esquerdo dela. Certamente ela esperava a desculpa de Ruby.

Você achou que era tão esperta, Ruby se reprimiu. Como ela podia ter esperado manter seus sentimentos por Harrison Barton para si? Ela devia saber que não funcionaria. Ela sabia que não.

Não havia para onde ir. O motivo do desvio estava nítido. A mãe a levara até ali para conversar. Ruby se remexeu no assento. O dia que passara em um borrão enevoado agora tomava forma. Um homem estava sentado no banco jogando migalhas para os pássaros. Duas mulheres riam sob uma sombrinha compartilhada. Em algum lugar, o aroma saboroso de cozido de carne pesava no ar, e o barulho da água a lembrava do tique do segundo ponteiro do relógio de bolso do pai. O estômago se apertou em um aviso sutil antes que Ruby falasse.

— Harrison Barton, o jovem com quem fiz amizade... — começou ela. *É lógico que ela se lembra!* — Ele suspeita que algo está estranho entre nós. Acredito que não passaremos mais tanto tempo juntos.

— E isso é algo que você quer, passar mais tempo com ele?

A resposta de Ruby: certamente. O tempo passado com o sr. Barton parecia outra vida, uma em que a pressão de todos os dias cedia momentaneamente. Ela podia relaxar, se sentir livre. A pele dela esquentava ao pensar nele na joalheria, com ela na praia, os dois dançando.

— Mas acho que é prudente continuar com o cortejo até que minha situação com John esteja resolvida, ir até o fim — disse Ruby, com cuidado.

— Minha querida, só há uma forma disso chegar ao fim. — Quando ela não respondeu, a mãe continuou: — Sabe, seu pai não foi meu primeiro amor.

Ruby arfou e a mãe dela ergueu outra sobrancelha. Ela observou a expressão da mãe suavizar em um sorriso triste.

— Havia um jovem que me considerava o mundo. E eu pensava o mesmo dele. Fizemos planos. — A sra. Tremaine cutucou a costura do assento de couro. Foi como se ela vagasse por uma memória.

Ruby se perguntou como a mãe era quando tinha a idade dela. Elas não conversavam mais como estavam conversando agora. Ela esperou, temendo fazer perguntas. Uma parte da mãe dela devia ainda amar esse outro homem. Por que outro motivo a sra. Tremaine o mencionaria? O pai dela era a escolha mais segura? As duas se viraram para ver um casal passar. Os braços entrelaçados, criando uma unidade, se movendo como uma única coisa. *Como você e meu pai*, Ruby pensou. Eles nunca se cansavam da companhia um do outro e deciam tudo juntos. *Não é esse o objetivo?*

— Éramos jovens — prosseguiu a mãe dela. — E quando se é jovem, não se percebe que há muitos tipos de amor. Escolhi seu pai e nunca me arrependi. — A sra. Tremaine sinalizou para que o condutor prosseguisse. — A escravidão está enrizada na nossa história, Ruby. Eu queria algo que pudéssemos construir, tão longe quanto possível daquele passado sem esquecê-lo.

— O que aconteceu com esse jovem? — perguntou Ruby.

— Ele se casou com outra pessoa. Construíram uma família.

A resposta era tão direta que atingiu Ruby. Ela tentou imaginar Harrison se casando com outra pessoa, dando a outra mulher seu sobrenome e sendo pai dos filhos dela. Deixou um gosto amargo em sua boca. Ela não tinha certeza se queria viver em uma realidade em que pensaria nele no passado.

Ruby se perguntou o que sobre seu pai havia persuadido sua mãe a escolhê-lo. Ela mordeu o interior da bochecha, debatendo se saber era melhor que se perguntar. A curiosidade dela venceu.

— Por que meu pai? — perguntou ela.

A sra. Tremaine não tirou os olhos da estrada.

— Ele era uma escolha melhor.

A carruagem balançou para longe do meio-fio, chacoalhando os pensamentos embaralhados de Ruby. Harrison Barton a surpreendera. Ela gostava da versão de si mesma quando estava com ele. Ela respirava mais facilmente perto dele. As saídas com ele eram o ponto alto de sua semana, e agora os dias se arrastavam. A ideia de passar cada jantar, evento, *dia* sem ele parecia demais para aguentar. Como ela podia ter sido tão burra? E tão cruel? Harrison merecia a verdade, sim, mas toda a verdade: que apesar dos motivos de ter ido atrás dele, os sentimentos de Ruby por ele eram reais — e ela era uma tola por não ter percebido isso antes.

Ruby olhou para a mãe. *A melhor escolha.* Bem no fundo, ela sabia que a melhor escolha para ela era Harrison Barton.

Ruby enfiou as unhas nas palmas das mãos enquanto repassava o confronto em sua mente. *Vou consertar isso*, ela pensou. *Preciso consertar.*

Capítulo 31

OLIVIA

— **Você vai guardar isto?** — disse Olivia, apontando para a bandeja de almoço com sanduíches intocados.

O pai dela franziu a testa.

— Você não vai levá-los consigo, vai?

— O telhado da escola está sendo consertado por voluntários, e algumas mulheres estão se reunindo para discutir a questão do voto. Achei que seria uma gentileza adicionar os sanduíches aos outros itens que Jessie preparou e levá-los até lá.

Ela não esperou pelo sim. Começou a enrolar os sanduíches. Evitou contato visual com a mãe, mantendo as mãos ocupadas e se concentrando em ficar relaxada.

O sr. Davenport se recostou na cadeira, observando a filha mais velha. Havia um sorrisinho em seu rosto que fazia as rugas aprofundarem. Ele se levantou e abraçou Olivia.

— Você tem passado bastante tempo no South Side. Tenho certeza de que eles apreciam sua ajuda.

Olivia derrubou a xícara de chá, mas imediatamente buscou se endireitar e deu um sorriso engessado. Helen quase a flagrara chegando em casa duas vezes, e Jessie estava começando a se perguntar por que não conseguia manter a despensa abastecida. O centro comunitário era a desculpa perfeita. Além disso, servia como ponto de encontro onde voluntários para a campanha de Tremaine e ativistas se misturavam e trabalhavam juntos. A presença dela lá como representante da mãe ou até como amiga próxima da família Tremaine não era incomum. *Me escondendo à vista de todos.*

— O sr. Lawrence a encontrará lá? — perguntou a sra. Davenport.

Olivia pausou. E então olhou para a mãe. O olhar da sra. Davenport era perspicaz; ela sabia que havia algo errado. Olivia odiava enganar os pais. Ela se convencera de que não estava exatamente mentindo. O que ela, o sr. DeWight e os outros estavam fazendo era a serviço de seu próprio povo, senão exatamente caridade. E, a cada vez que saía de casa, seu estômago dava nós.

Mas todos esses nós afrouxavam quando via Washington DeWight, quer no palco ou na rua, encorajando os ativistas a manter a esperança viva na luta por equidade.

— O sr. Lawrence não estará lá hoje.

— Olivia, não gosto da ideia de você ir sozinha.

— Não estarei — disse Olivia. — Tommy me levará. Haverá uma recepção e ele vai ficar esperando do lado de fora até que eu esteja pronta para partir. Mas não chegarei a tempo para o jantar. Pode ser que eu fique para servir sopa na cozinha. Estão com poucas pessoas nessas últimas semanas.

— Talvez eu deva ir com você — disse a sra. Davenport.

— Não! — Olivia deu um largo sorriso. — Aprecio a oferta, mas acho que dou conta. Precisar ficar lá é apenas uma possibilidade. — Ela guardou o último sanduíche, segurou as saias, pendurou a cesta e se afastou antes que eles pudessem atrasá-la mais.

Olivia estava quase no estábulo quando Helen entrou em seu caminho.

— Aonde está indo, Livy?

Olivia se assustou.

— Ao centro comunitário.

Tommy a esperava e Olivia não queria que o sr. DeWight se perguntasse onde ela estava.

Helen semicerrou os olhos.

— Você passa muito tempo lá. Está tentando reparar alguma transgressão escandalosa? — Olivia paralisou. — *Rá!* Você devia ver a sua cara — disse Helen, rindo.

— Que bom que você se divertiu, Helen.

Olivia a empurrou ao passar, com o coração acelerado. Ela passou o trajeto com o eco da risada da irmã em seus ouvidos e pensamentos dos vários quase escapes que conseguira ter êxito nas últimas semanas. Até então, ela conseguira evitar a suspeita, mas sabia que o tempo estava acabando. Os pais dela não deixaram dúvidas em relação à expectativa do pedido oficial, e de preferência público, do sr. Lawrence. A sra. Davenport estava decidida a uma cerimônia no outono, para dar a eles mais tempo. Para todos que não estavam envolvidos, as peças estavam enfim se encaixando.

Olivia se preocupava com coisas mais práticas. Como o local onde morariam. Ela deveria se mudar para a Inglaterra? A família do sr. Lawrence estava na Europa, onde ele herdaria seu próprio negócio. E o que ele pensaria do envolvimento dela com protestantes e ativistas? Ela não teria utilidade para o povo de Chicago quando estivesse casada e fora do país.

A carruagem parou bruscamente diante do centro comunitário.

— Estarei aqui, neste local, em duas horas — disse Tommy.

— Duas horas? Não é tempo suficiente.

— É se você estiver levando comida para trabalhadores.

Olivia mordeu o interior da bochecha. Ele estava certo.

— Preciso que você enrole, Tommy. Por favor? Preciso de mais tempo.

— Senhorita, eu não acho que seja uma boa ideia, e temo que nós dois estaremos em apuros se você for pega. Admiro o que está fazendo. É por isso que concordei em ajudar, mas você está brincando com o perigo.

Olivia sabia que as notícias cedo ou tarde chegariam aos pais, mas ela não estava fazendo nada de errado. E qual era a pior coisa que podia acontecer? Eles podiam continuar a esconder a mais feia das verdades e acolhê-la? Era tarde demais para isso.

— Tentarei voltar a tempo.

Tommy assentiu e partiu. Olivia entrou no centro comunitário. A energia lá dentro era magnética. Ela virou frequentadora assídua e reconheceu muitos dos rostos ao redor. Ter um propósito fora de casa, e um que realmente importava, a enchia de propósito; era um lugar onde ela se tornava mais do que seu sobrenome. Na pequena sala de aula usada para a educação de adultos, ela encontrou DeWight debruçado sobre uma mesa com dois cavalheiros, lendo um jornal. Ela gostava de observá-lo trabalhar de longe e o efeito que ele tinha nas pessoas. Ele estava sem o paletó, e as mangas da camisa estavam acima dos cotovelos. O homem à direita dele passou os dedos pela página, a boca se movendo ao ler cada palavra. O sr. DeWight ficou em silêncio, paciente, enquanto o homem lia.

— Olivia, nós não a esperávamos hoje — disse a sra. Woodard.

Olivia entregou a ela a cesta.

— Eu trouxe sanduíches. Clarence disse que da última vez eles passaram três dias na prisão, sem pão nem água.

A sra. Woodard pousou uma mão no ombro dela.

— Eles vão gostar disso. Os jornais noticiaram mais linchamentos durante o final de semana. Vamos marchar. Precisamos de barrigas cheias, principalmente se a confusão começar. A placa que você fez está na parede.

Olivia olhou para a tábua de madeira que pintara na semana anterior.

OPORTUNIDADE EQUALITÁRIA É DIGNIDADE HUMANA.

As palavras a atingiram em uma onda de emoção. A mão dela, firme pelas horas de ponto-cruz, criou uma placa que ela esperava ser digna da mensagem unificada.

O sr. DeWight pegou a placa dela perto do poste de madeira adicionado mais tarde e entregou para ela.

— Pronta?

Ela assentiu, sem confiar na própria voz.

Washington massageou o ombro dela. Com a mão livre, ele pegou sua própria placa da mesa.

— Vamos.

De mãos dadas, eles saíram do centro comunitário em direção à multidão que havia dobrado de tamanho desde que Olivia chegara. A rua estava cheia de pessoas que lutaram contra o que era esperado delas, não importando as consequências. Agora, ela era uma delas. Olivia se perguntou se era assim que sua irmã se sentia. *Ela nunca desistiu*, pensou. O tempo que Helen passava na garagem era o segredo menos sigiloso da Mansão Freeport. Mesmo assim, sabendo da decepção e dos corações partidos que sua desobediência traria em algum momento, Helen ainda lutava pelo que amava. Olivia sorriu pela coragem da irmã — com a realização que podia ser encontrada ao fazer o que se ama.

O sr. DeWight apertou a mão dela, e juntos eles caminharam até a frente da multidão. As pessoas se calaram ao vê-los passar. O silêncio ao redor dela aumentou a animação nervosa que agora passava por seu corpo. Olivia não se sentia mais cansada ou desajeitada pela falta de sono. Não, era o contrário — uma centelha de energia selvagem que ameaçava explodir pela pele dela.

— Irmãos e irmãs — dirigiu-se o sr. DeWight às pessoas reunidas. Olivia deixou que a confiança e convicção da voz dele a elevasse. — Lembrem-se, este é um movimento pacífico. Estamos aqui em solidariedade aos nossos irmãos e irmãs no Sul. O peso e os horrores das leis de Jim Crow não são apenas deles. Não haverá violência. Nossas vozes — ele ergueu sua placa, que dizia: EU SOU UM HOMEM — são a única espada e o único escudo de que precisamos.

A mão que ainda segurava a de Olivia foi erguida ao ar. Juntos, eles ergueram as mãos como sinal para começar. A multidão ergueu seus cartazes e pôsteres, placas e bandeiras, e avançou, se dividindo enquanto passava por Olivia e Washington DeWight como se o casal fosse uma pedra em um rio. Ela observou homens e mulheres de todos os tons de pele e idades se moverem como um. Sem esperar por ele, Olivia pegou um com ambas as mãos e ergueu a própria placa bem alta. O sr. DeWight se juntou a ela, no mesmo ritmo.

À margem do grupo, pessoas distribuíam cópias de um panfleto azul a quem quisesse. O mesmo panfleto azul que Olivia recebera na tarde em que entrara pela primeira vez na Samson House. A recepção fora tão variada quanto as pessoas da cidade. Ela percebeu cada explosão de orgulho quando um transeunte parava para fazer perguntas. Outra pessoa jogou o panfleto no chão. Outra parou para pegar mais. A marcha do sr. DeWight estava em curso.

A sra. Woodard apareceu ao lado de Olivia. O conjunto cinza da mulher mais velha tinha uma rosa branca na lapela. O perfume se misturava a um cheiro de cavalos e cansaço.

— Pensei que haveria mais damas aqui hoje. — A sra. Woodard suspirou.

Olivia olhou para a multidão.

— Menos que o esperado, certamente, mas suficiente.

Hetty estava à frente com a prima e outras trabalhadoras.

— Um grupo grande de funcionárias da fábrica de roupas foi avisado de que estaria arriscando os empregos se viesse aqui hoje. Mesmo se não estivessem escaladas para trabalhar. — A sra. Woodard fez um som de desaprovação. — Está mais para uma situação de escravidão, se quer saber. — Ela balançou a cabeça e ergueu a placa mais alto. A voz dela se juntou às outras, cantando: — Equidade é dignidade.

O coração de Olivia disparou, a garganta estava rouca por conta do poder da própria voz. Os olhos dela não conseguiam absorver os arredores rápido o bastante. Embora ela reconhecesse a rota em que marchavam, tudo parecia mais intenso, maior no mar de pessoas que fazia seu corpo, mente e alma flutuarem. Eles iam parando pelo caminho para falar com transeuntes. Era como se a reunião do porão se espalhasse pelas ruas, porém exponencialmente maior. À luz do dia, todos pareciam mais afiados, mais corajosos, e ela também. O nervosismo que sentira ao sair de casa desaparecera — não se transformara em algo mais.

Você está exatamente *onde deve estar.*

— Nada mau para uma primeira vez, hein? — O sr. DeWight deu a ela um sorriso preguiçoso.

Olivia não conseguia segurar o sorriso, mesmo se quisesse.

— Isso é incrível — disse ela enquanto a quase completa fachada da prefeitura e o Cook County Circuit Court entravam em seu campo de visão, fazendo sombras nos ativistas.

Os músculos dela queimavam por segurar a placa, mas a solidariedade das pessoas ao redor aumentava sua confiança. Risadas, apesar da seriedade do que eles se reuniram para compartilhar, ecoavam ao redor dela. A North LaSalle Street retumbava sob seus pés. Automóveis, carruagens e as vibrações de dentro de um prédio de doze andares que subia atrás dela. A multidão se dividiu para as equipes de construção. Foi ali que Olivia percebeu uma mudança. A rua estava lotada. Algumas pessoas haviam parado para encarar, zombar. Um tijolo disparou pela coluna deles de pessoas. Caiu aos pés deles, mas a multidão se reagrupou e seguiu em frente.

Olivia só precisava olhar para as pessoas ao lado dela para encontrar forças. Eles ignoravam os olhares dos donos de lojas, alguns deles provocando os ativistas, seus gritos indecifráveis diante de todo o barulho. Alguns dos ativistas andavam em círculos. As placas subiam e desciam ao som de canções que Olivia não conhecia. Bem acima deles, um garoto de mais ou menos três anos de idade, sentado no ombro do pai. Ele se segurava ao queixo do pai e sorria para Olivia.

— Como foi sua primeira manifestação? — perguntou ao sr. DeWight.

— Bem parecida com esta — respondeu ele. — Mas em um grupo menor. Ficamos do lado de fora da cadeia do condado até o sol se pôr. — Washington sorriu. — Eu estava muito assustado. Tinha catorze anos na época, e alguns dos rapazes mais velhos me contaram histórias sobre serem presos. — Ele abaixou o queixo. — Mas há coisas piores na vida que sermos presos por defendermos nós mesmos e os outros.

Olivia assentiu. Os olhos dela escanearam a rua.

— Chicago é um lugar novo para a maioria de nós — disse ele —, ainda intocado, pelo que vi. Parte do motivo de estarmos aqui, à luz do dia, por pouco tempo, é para evitar alguns dos perigos das manifestações.

O sr. DeWight colocou a mão nas costas dela. Olivia permitiu que ele a colocasse contra sua lateral, os lábios dele a uma curta distância, quando um grito rompeu o ar.

A multidão se virou ao mesmo tempo. Corpos pressionaram Olivia. A placa caiu das mãos dela. O sr. DeWight avançava. Com gentileza, ele tirava as pessoas da frente enquanto abria caminho até o epicentro da comoção. Olivia franziu a testa.

— Saiam das nossas ruas.

Um homem de terno escuro cuspiu nos pés de um dos manifestantes. Ele recolocou o chapéu em seu cabelo loiro-claro e ergueu o olhar.

Olivia mergulhou atrás do ombro de Washington. Ela não sabia o nome dele, mas reconheceu seu rosto. Chicago era ao mesmo tempo pequena e grande, e ela não queria arriscar ser vista. Quando ergueu o olhar, um menino estava diante dela. *Não me olhe assim,* ela pensou.

Os olhos do menino se arregalaram enquanto o pai o pegava com um braço e corria. Tudo aconteceu em um segundo. Um apito perfurou o ar e os ombros que momentos antes roçavam nos de Olivia agora a atingiam com uma força que a derrubou. As palmas das mãos dela arderam enquanto ralavam na calçada. Um joelho atingiu a cabeça dela. Quando uma mão se fechou em seu braço, Olivia caiu às cegas.

— Ai! — O sr. DeWight esfregou a mandíbula, mas continuou no mesmo lugar.

Ao redor dela, uma confusão generalizada. A polícia bloqueava os dois lados da calçada, empurrando os ativistas contra o prédio atrás deles. Olivia buscou pelo pai e a criança, esperando que tivessem escapado em segurança.

— Você está bem? — Washington analisou o rosto dela rapidamente.

— Não — arfou Olivia.

Por sorte, o chapéu dela absorvera a maior parte do golpe, mas as palmas doíam e seus pulsos latejavam pelo impacto. Ela fora avisada. A última coisa que queria fazer era reclamar. Olivia piscou para espantar lágrimas surpresas e logo voltou ao sorriso determinado. Ao redor deles, os ativistas davam os braços. Os cartazes eram uma pilha descartada no chão. As canções recomeçaram. Olivia observou o sr. DeWight, desconfortável, hesitar a se juntar a eles. Mas ela estava ali movida por um propósito. Ela entrelaçou os dedos nos dele.

— Você quer voltar?

— Corra! — gritou o sr. DeWight. Ele soltou a mão dela e a guiou atrás dele.

Alto contra o sol poente, um cassetete desceu em um homem na fila. Com as mãos juntas em um desafio pacífico, ele não pôde fazer nada para se proteger do golpe. Olivia se encolheu de horror enquanto ele desabava. A multidão tentou ir embora. Mas era tarde demais. Eles haviam esperado muito tempo e agora estavam encurralados.

Os dedos dos pés dela doeram quando o sr. DeWight deu um passo para trás.

— Desculpe — disse ele por cima do ombro. Ele a havia colocado atrás de si, efetivamente bloqueando a visão dela. Os cantos haviam se transformado em berros. A pressão dos corpos fez o pânico subir à garganta dela. Olivia sentiu Washington se encolher.

— O que está acontecendo? — perguntou ela. As mãos estavam suando e doendo. A respiração estava acelerada. Ela podia sentir o martelar do coração acima dos gritos de várias direções. — Washington?

Ele se virou e disse:

— Precisamos sair daqui. — O olhar dele disparava pela rua. *Como ele pode estar tão calmo?* — Ali está George.

Ele assentiu para um homem atrás deles. Olivia o reconheceu entre as pessoas que costumavam frequentar a Samson House. Era o cavalheiro alto que estiva no topo da escadaria na primeira reunião em que ela fora.

— Por aqui — disse George. Ele pegou um cartaz e deixou Olivia e o sr. DeWight passarem pela multidão. — Washington, quando eu disparar, é melhor você e a moça correrem.

Antes que qualquer um deles pudessem interrompê-lo, George disparou em direção ao escritório mais próximo, criando uma abertura. Olivia e o sr. DeWight correram, junto de alguns manifestantes perseguidos por gritos e lágrimas.

Olivia tinha o braço puxado por Washington DeWight com uma urgência que sabia que deixaria marcas pela manhã.

***

A escuridão desceu ao redor deles com uma rapidez que fez gelar os ossos de Olivia. O sol havia se posto. O ar estava consideravelmente mais frio. Enquanto gritos sangravam na noite, mais uma vez o sr. DeWight agarrou a mão dolorida dela e a conduziu pelo chão irregular. A respiração tensa deles se tornou o som mais alto da noite. A mão quente e áspera dele a mantinha focada na fuga. Mesmo assim, os pensamentos dela voltavam ao garoto e ao pai. Ele testemunhara a violência? Tinham conseguido escapar?

Ele a conduziu para mais longe. Estavam a quarteirões de distância do centro comunitário, mas Washington insistiu em pegar um caminho sinuoso de volta. Cada som foi amplificado pelo medo dela. O suor fazia doer as palmas dela. Os pés queimavam. E a cada minuto passado, Olivia se perguntava que desculpa ela ou Tommy poderiam usar para o retorno dela naquele estado.

DeWight parou. Ele a segurou por trás. Houve um som de cascos atingindo o pavimento. O policial se virou, a luz dele brilhando do outro lado da rua.

— Ali — disse ele.

Olivia o seguiu para o beco adjacente. Ela encarava os ombros dele, caídos enquanto ele os tirava das sombras, parando em uma alcova não muito maior que a passagem dos empregados na Mansão Freeport. Ali esperaram, a alguns quarteirões de distância de onde a carruagem dela devia estar. Olivia não reclamou dos braços do sr. DeWight ao redor dela.

— Você está ferida. Por que não disse nada? — perguntou ele, virando as palmas dela para cima com um toque leve como pluma. Estavam vermelhas e inchadas. Olivia observou o estado delas e soube que teria dificuldades para explicá-las na manhã seguinte. Talvez pudesse escapulir para os estábulos e alegar ter caído de um cavalo. Ela mordiscou o lábio, a mente disparando enquanto o sr. DeWight removia o lenço do paletó e o enrolava na mão dela. Ele cobriu o corte mais profundo e onde a pele dela era mais sensível. Depois, a puxou para perto, tirando a preocupação da mente dela por um momento. Os músculos dela relaxaram. Olivia ergueu o olhar e viu que o sr. DeWight a encarava.

— Iniciação em grande estilo — disse ele. — Todo homem e mulher aqui hoje tem uma cicatriz e uma história para contar.

Olivia pensou em seus pais. As cicatrizes que o pai mantinha escondidas, mesmo dos filhos. O ferimento dela era mínimo. Ela sabia que aquela marca desapareceria em alguns dias. Ela esperava que isso tudo tivesse um impacto mais longo.

O sr. DeWight tirou o cabelo dela do rosto. Olivia suspirou, sentindo aumentar o magnetismo que se espalhava por todo o corpo. Ela não sabia se o que fizeram alcançara muitas pessoas, quantos corações ou cabeças eles influenciaram. Mas sabia que era ali que queria estar. Trabalhando por uma Chicago melhor. Ao lado de um homem que valorizava o espírito dela mais que seu sobrenome. Olivia encarou o sr. DeWight, livre de sua costumeira empolgação e propósito e charme, e viu a ternura no olhar dele.

Foi a vez de Washington arfar, porque Olivia o beijou, o puxando pela lapela até seus lábios. Ele ficou paralisado por um momento. Então a envolveu com seus braços. A atração física era mútua. Apesar da ousadia, Olivia estava consciente da sua inexperiência, então deixou que ele conduzisse, imitando sua pressão até que um suspiro entreabriu seus lábios. Ela sentiu os músculos dele ficarem tensos com o som. A língua dele deslizou sobre a dela, explorando-a enquanto ela saboreava o gosto dele. Eles deviam seguir em frente, Olivia sabia, mas a forma como Washington se inclinava sobre ela tirou-lhe a razão. Ela mordiscou o lábio dele, tão suave contra o dela, e arrancou dele um gemido que produziu uma onda de calor por todo seu corpo. A pulsação martelava em sua cabeça.

Ela queria estar ainda mais perto dele. O sr. DeWight era bonito, sim, e forte, não só na aparência, mas em sua convicção. E Olivia se sentia firme, mais do que nunca.

— Obrigada — disse Olivia, do lado de fora da cocheira.

— Estou feliz que te encontramos. — Hetty deu um tapa no braço de Tommy. — Não estamos? — perguntou ela, semicerrando os olhos para ele.

Os dois procuraram por Olivia enquanto ela não voltava para o centro a tempo.

— Com certeza — disse ele. Olhou por sobre o ombro de Olivia para a Mansão Freeport. Quando os olhos dele encontraram os dela, pareceram dizer *pare de brincar com o perigo*.

— Tem certeza de que não precisa de ajuda?

Olivia ergueu suas mãos feridas e disse:

— Tenho, obrigada.

Grata pela ajuda deles, ela voltou para casa. Removeu os sapatos e caminhou nas pontas dos pés pela cozinha e até o banheiro que compartilhava com Helen. Os eventos do dia pareciam surreais, mas as pessoas que pararam para ouvir os chamados deles por apoio fizeram tudo valer a pena. Ela lavou as mãos na pia e se considerou sortuda. Então os pensamentos dela vagaram para o beijo trocado com DeWight. A água pingando de suas mãos nos pés descalços, a trouxe de volta ao presente. Olivia viu movimento no corredor.

— Olivia Elise — disse Helen, balançando a cabeça. — Estou profundamente decepcionada.

Olivia podia ouvir em vez de ver o sorriso no rosto da irmã. Helen estava na soleira da porta, os braços azuis-escuros do macacão que usava amarrados ao redor da cintura e uma trança escapando do lenço de seda amarrado em sua cabeça.

— Shhh. Alguém pode ouvir — sussurrou Olivia.

— Relaxe, nossos pais saíram para jantar. — Helen entrou ainda mais no cômodo. Pegou o pulso de Olivia, virando-o para expor o corte. — Tem álcool e curativos debaixo da pia.

Olivia a observou remexer o armário e pegar uma pequena caixa. Ela deixou a irmã mais nova dela limpar suas feridas, arfando quando a dor do álcool encontrou sua pele.

— Onde você aprendeu a fazer isso?

— Com os mecânicos. Peças de carro podem ser afiadas — disse Helen, amarrando uma tira nova de gaze ao redor da mão de Olivia. — Quero saber como isso aconteceu?

Olivia encontrou o olhar crítico da irmã.

— Eu caí. — Não era, tecnicamente, uma mentira.

A boca de Helen se abriu. Olivia observou enquanto uma emoção estranha mudava a expressão da irmã.

— Você estava com o sr. Lawrence? — perguntou Helen.

A pergunta a pegou de surpresa.

— Eu... — disse Olivia. Ela e o sr. Lawrence haviam concordado em deixar os pais dela acreditarem que as coisas estavam progredindo rapidamente, mas nenhum dos dois pensou nas consequências a longo prazo. Ficar perto da verdade agora parecia a escolha mais segura. — Não, não estava — disse ela.

Helen relaxou, e Olivia sentiu a pontada da culpa. Suas escapadas, se descobertas, podiam não apenas atrapalhar seu direito de ir e vir, mas o da irmã também.

— Os rumores são verdadeiros, então? E o noivado?

O interesse de Helen a confundiu. Ela nunca mostrara qualquer curiosidade nos relacionamentos de Olivia. Mas, de novo, Olivia nunca estivera tão perto de se casar. *Será que ela está preocupada que eu a deixe?* Ela abraçou Helen.

— Não oficialmente. Prometo, se eu for a qualquer lugar, você ouvirá de mim primeiro.

Olivia apertou os braços ao redor de Helen até sentir a irmã amolecer e devolver o abraço.

Capítulo 32

AMY-ROSE

Amy-Rose caminhou do lado de fora dos estábulos, ignorando a poeira que se agarrava às suas botas e à bainha de sua saia. Ela relembrou mil vezes da conversa com Tommy. Em todas as vezes, não chegava a um bom motivo para ficar.

O Banco Binga estava relutante em apoiar sua ideia de abrir um salão, mas, sem um espaço, o sonho de abrir uma loja parecia mais fora de alcance do que nunca. Tommy estava convencido de que a necessidade crescente de negócios de todos os tipos no Oeste era uma oportunidade boa demais para deixar passar. E não era como se Amy-Rose tivesse clientes além dos Davenport para incentivá-la a ficar. Ela começaria do zero. Por que não em um lugar novo?

Balançando as saias, Amy-Rose entrou no estábulo. Era uma mistura de luz e sombra. Os sons de muitos respiros e movimento criava um embalo calmante que ajudava a relaxar os nervos dela. Feno seco farfalhava sob seus pés, e ela colocou a palma em uma tábua áspera de madeira em busca de suporte. O cheiro de cavalos, feno e suor fazia seu nariz arder.

— Tommy?

Tommy saiu de uma baia. As mangas da camisa estavam arregaçadas, e sua pele brilhava com uma fina camada de suor. Ele abriu um sorriso largo quando a viu. A reação dele e a forma como Amy-Rose se sentiu fizeram com que ela se lembrasse do motivo de estar ali. Ela precisava de um amigo.

— Amy-Rose, pegue uma escova — disse ele.

Ela olhou para a mesa e pegou uma. Tommy conduziu uma égua para fora da baia e falou baixinho com ela.

— A Amy-Rose aqui é uma especialista em todas as coisas da moda. Ela vai te arrumar rapidinho.

— Tommy, estou acostumada com garotas de duas pernas que precisam de cuidados com os cabelos.

A égua a olhou com olhos grandes e lacrimejantes, a cauda balançando no ar.

— Tenho certeza de que Bess não se importa. Além disso, ela é uma excelente ouvinte.

Tommy deu um tapinha no pescoço da égua e gesticulou para Amy-Rose seguir seu exemplo, com amplas escovadas. Ela virou a escova na mão. As orelhas de Bess se contraíram. As patas dela se aproximaram de Amy-Rose como se mostrassem a ela onde precisava de mais atenção. Logo, o estábulo silencioso fizera a magia que Tommy sempre se gabava de ter. O movimento ritmado de cada escovada era como um inspirar profundo e relaxante. O calor da égua a envolveu, relaxando os músculos contraídos de seu pescoço. Até o cheiro do esterco e do feno agia em seus sentidos de uma maneira que tornava fácil aquietar a dúvida e a frustração que reverberavam dentro dela.

Amy-Rose ponderou sobre suas opções. Sem a distração da casa e seus ocupantes, as interjeições altas mas bem-intencionadas de Jessie e as memórias da mãe pesando-lhe o coração, ela tomou a decisão.

Pigarreou.

— Pensei na sua oferta.

Tommy se aproximou, devagar, como se um súbito movimento pudesse assustá-la.

Amy-Rose juntou as mãos nas costas.

— Eu gostaria de ir para a Califórnia. Com você.

— Jura? — perguntou ele, a descrença nítida.

— Juro.

Tommy deu um grito de celebração, jogando o chapéu para o alto.

Amy-Rose riu para disfarçar o alívio. Então riu de verdade quando Tommy correu e a ergueu do chão. Ele a girou no ar. Ela esticou os braços e aproveitou a sensação de leveza que a preencheu.

— Estou tão feliz! — disse ele, pousando-a no chão outra vez.

Amy-Rose tentou se segurar às palavras enquanto o amigo falava das oportunidades no Oeste. Havia belas praias e pores do sol, novas casas e novos trabalhos. Era um lugar onde poderiam recomeçar. Ela se agarrou às ideias dele como a um salva-vidas. O otimismo dele borbulhou e alimentou o alívio dela. *Essa é a decisão certa.* Ela sabia que estava destinada a abrir o próprio salão, comandar um negócio dedicado à beleza negra de uma forma que lhe trouxesse alegria e fizesse uso de suas habilidades. Amy-Rose queria isso para si.

— Você estará pronta? O trem parte amanhã à noite.

A questão dele pairou no ar, simples e ao mesmo tempo pesada. Seria tão súbito. E a sra. Davenport ficaria triste de vê-la partir tão de repente, mas Tommy estava certo: eles precisavam recomeçar.

— Sim, mas preciso fazer as malas.

Tommy a levou até a entrada de serviço da mansão. Ele falou o caminho todo, grande parte perdida no vento.

Uma vez dentro da casa, Amy-Rose se apressou para seu quarto no terceiro andar, catalogando tudo no caminho como se fosse a última vez que veria aquelas coisas. Talvez fosse. Logo as gavetas estavam vazias, o conteúdo espalhado pela cama estreita. Vestidos simples misturados com as peças de maior qualidade herdadas das garotas Davenport. Algodão fibroso e seda. Nem tudo caberia na mala de sua mãe. Amy--Rose desejou os espelhos de corpo inteiro que as garotas tinham em seus quartos. Ela fez o possível com o pequeno e redondo de sua mesinha.

No fim das contas, escolheu os melhores vestidos. Amy--Rose seria uma cabelereira e dona de salão. Era hora de se vestir como a empresária de sucesso que queria se tornar. Aqueles vestidos seriam a única parte de sua antiga vida que Amy-Rose levaria consigo, além das lembranças.

Amy-Rose enrolou os pertences da mãe com cuidado em jornal velho e se sentou na mala para fechá-la. A cama gemeu sob seu peso e ela deixou a cabeça cair entre as mãos. Sabia que não poderia ficar para sempre em Freeport, mas um pedacinho de si sentia que partir com Tommy era errado. Que era o mesmo que fugir.

Houve uma batida na porta.

— Jessie, não quero mais bolinhos — disse ela, esfregando as têmporas.

— Que bom — disse John da soleira. — Eu não tenho nenhum.

— O que você está fazendo aqui? — A voz de Amy-Rose soou baixa e rouca até para os próprios ouvidos.

— Podemos conversar?

Ele ficou parado onde estava, esperando, sem fôlego. O botão de cima da camisa de John estava desabotoado e seu cabelo, geralmente penteado para trás, erguia-se na altura das têmporas.

— Este é o meu quarto.

Amy-Rose olhou para o espaço, se perguntando como deveria parecer. A estranha mistura de vestes antigas e novas, uma mala lotada e as cartas da mãe dela. Ela queria que John fosse embora. Precisava que fosse.

A expressão dele desmoronou.

— Sinto muito. — Ele deu um passo para trás e, sem pensar, Amy-Rose deu um para a frente. Ela viu que deu a ele mais tempo. Do corredor, John disse: — O que fiz na festa foi inaceitável. Eu jamais deveria ter tratado você daquela forma, ou deixado que outros o fizessem. Minha mãe e eu acabamos de conversar sobre como passo meu tempo. Ela me acusou de ser distraído e acho...

— Isso não desculpa o que você fez.

— Eu sei. Posso entrar?

Amy-Rose suspirou e se sentou na cama, abrindo espaço. Ela pegou as cartas da mãe, amarradas com uma fita branca, e as deixou por perto para confortá-la.

John entrou no quarto, se abaixando por conta da altura do teto. Ela observou os olhos dele analisarem o cômodo: a mala, o armário vazio, o pequeno maço de cartas no colo dela.

— Você está de saída?

Amy-Rose colocou as cartas na cama, se levantou e pegou os vestidos que planejava deixar para trás.

— Sim, estou indo para a Califórnia. — Ela o encarou e lutou contra a vontade de alisar a parte da frente do vestido. John passou a mão no rosto.

— Califórnia?

Os olhares se encontraram. Estava tudo acontecendo fora de ordem. Ela devia contar ao sr. e à sra. Davenport primeiro. Amy-Rose sabia que não precisavam dela, que a mantiveram ali apenas por generosidade e afeição à mãe dela. Certamente não se oporiam à mudança, quando haviam feito a mesma coisa para recomeçar suas vidas ali. Amy-Rose puxou um fio solto do vestido que segurava e tentou acalmar as emoções ribombando dentro dela. Ela não havia planejado bem como contar às garotas. Ou a John. Uma parte dela pensou que não seria necessário.

— Amy-Rose?

Ela buscou nas ideias de Tommy uma das mil coisas que poderia dizer.

— Preciso de um recomeço, e a Califórnia parece um bom lugar para isso.

— Você não pode simplesmente jogar tudo fora e se mudar para o outro lado do país.

— Não se pode jogar fora o que não se tem — gritou Amy-Rose, chocando até a si mesma. Ela inspirou e sua visão ficou embaçada. Tinha passado dois dias inteiros sem chorar por causa da barbearia do sr. Spencer. Tinha guardado aqueles sentimentos terríveis e dolorosos e os transformado em algo menor e mais manejável. — O salão foi alugado para outra pessoa. — Amy-Rose observou John fechar os olhos e sentiu seu coração partir, não só pela loja, mas também pelo que estivera crescendo entre eles. *Ele entende a força desse golpe*, ela pensou. John a olhava agora, em silêncio. E parecia haver alguma outra emoção confusa se acendendo no olhar dele, ela não podia se dar ao luxo de se perguntar a respeito.

— Não tenho um bom motivo para ficar — disse ela. — É hora de seguir em frente, recomeçar em uma nova cidade onde não serei conhecida como *a empregada*.

Nem as razões de Tommy para partir tinham ficado tão explícitas.

John inspirou fundo.

— E se... e se aquele espaço não for sua única opção?

— Eu diria que você está sendo esperançoso. Revirei o centro inteiro em busca de outro local que eu possa pagar. Não existe.

Os olhos dele brilharam — aquela expressão confusa voltando ao seu rosto.

— Existe, sim.

O rosto de John se abriu com um sorriso juvenil. Ele pegou um maço de papéis de dentro do paletó.

Amy-Rose os pegou.

— O que é isso?

A respiração dela falhou. Os papéis farfalharam alto enquanto ela os desdobrava, os olhos ainda em John.

— Leia.

Amy-Rose leu. Tentou. As lágrimas logo obscureceram o texto. Era a escritura de um salão, com o nome dela na primeira página.

— Não entendo.

— Greenie trabalha no Binga — disse John. O apelido fez o estômago de Amy-Rose revirar. Ela o reconheceu como o nome do homem que tivera parte no momento constrangedor pelo qual ela passara na frente dos amigos de John. Ele prosseguiu: — Ele também sente muito. E mencionou que você estava decidida pelo espaço antigo do sr. Spencer e que o barbeiro havia alugado a loja para outra pessoa. — A voz dele suavizou. — Eu sei o quanto você queria esse lugar.

— Você sabia...? — Amy-Rose deixou as palavras morrerem. Leu a escritura outra vez.

— Você não é *a empregada* e... Não vá, Amy-Rose.

Amy-Rose não conseguia acreditar em seus ouvidos.

— Por quê?

— Porque não consigo lidar com a sua ausência — disse ele, com dor nos olhos, seu olhar firme sustentando o dela.

John começou a andar de um lado a outro no quarto, tão pequeno que ele parecia estar fazendo um pequeno círculo, o pescoço inclinado. Amy-Rose observou o rosto dele, e se aproximou até estar perto o suficiente para tocá-lo. John ficou parado, exceto pelo movimento rápido do peito, sua respiração tão superficial quanto a dela. Ela pousou uma mão no peito dele. Sob a palma, o coração dele martelava.

Não desfaria o constrangimento dela na festa, mas John fizera aquilo por ela. Ele havia corrido atrás do sonho dela. Porque sabia o quanto a loja significava para ela. Amy-Rose balançou a cabeça, desacreditada.

— Onde você encontrou... onde conseguiu isto?

Ela não podia acreditar em seus olhos. A propriedade era muito maior que o espaço do sr. Spencer. E comprada, não alugada. *Deve ter custado uma fortuna.* Ela levou uma mão trêmula à testa. Sua respiração estava superficial e descompassada.

Amy-Rose dobrou os papéis e os estendeu para John. Gentilmente, ele empurrou a mão dela de volta. Ela balançou a cabeça.

OS DAVENPORT 307

— Eu sinto muito, mas não posso aceitar.

A covinha de John apareceu.

— Você pode, Amy-Rose. Só precisa da sua assinatura.

Amy-Rose piscou para limpar a visão e reler os documentos. Era seu sonho, em suas mãos. John lhe dera. Uma risadinha escapou de seus lábios. Ela mal podia acompanhar a onda e o turbilhão de emoções. Estava comovida. Arrebatada. E foi então que, nos olhos de John, Amy-Rose viu seus motivos para ficar. Ela o beijou e sentiu a cabeça ficar leve outra vez.

Capítulo 33

HELEN

Os guardanapos brancos formavam uma ponte acima do pires e do prato, emoldurados pela prataria meticulosamente polida pela própria Helen, que também arranjara o centro de mesa com flores e planejara o cardápio. A mesa de mogno abaixo da toalha bordada estava posta para seis convidados.

Eu fiz tudo isso, pensou ela.

Helen olhou paras as horas de trabalho duro que usara para atender aos exatos padrões da sra. Milford. Ela preparara aquela noite até o menor dos detalhes.

Penitência. Por desejar o pretendente da irmã.

Mas a verdade era que aquela mesa, aquela noite, era para os pais dela. E estava longe de ser o último esforço necessário para recuperar a confiança deles. Eles se preocupavam com ela da forma que costumavam se preocupar com Olivia, como se ser solteira, embora Helen se ocupasse de uma atividade que amava, fosse o pior dos futuros para ela.

Helen só esperava poder convencê-los que poderia voltar a ter as tardes livres de aulas de etiqueta. Estava cansada de ajustar o progresso que outros mecânicos fizeram no automóvel em horas estranhas do dia e da noite. Era frustrante para ela não ter permissão para trabalhar onde queria, fazendo algo que de fato a interessava. A superfície do aparador tremeu sob seu punho.

— A mesa te ofendeu?

Helen deu um pulo.

Jacob Lawrence estava na soleira. Lindo. Tão lindo que ela perdeu o ar. Eles se observaram sob a luz. Helen não entendia por que Jacob tinha esse efeito nela. Ela controlou os pensamentos.

— Me ofendeu? Não. A ideia de que é assim que devo passar meu tempo me ofende.

O sr. Lawrence tirou as mãos dos bolsos, cruzou os braços e conferiu o trabalho dela. Helen tentou não reparar a forma como o tecido de seu paletó se moveu com o movimento, a forma como a boca dele se contraía ao pensamento. Cada inspiração enchia suas narinas com o perfume da loção pós-barba dele, o que a deixava mais leve que os golinhos de xerez que ela às vezes surrupiava no jantar.

— Não sei — disse ele. — Eu gosto bastante.

— Não tenho a intenção de tornar isso um hábito — disse Helen.

— Talvez um plano B? — ofereceu ele. Ela fez uma careta e ele sorriu. — Só estou brincando.

O sr. Lawrence pousou a mão no cotovelo de Helen e os dois saíram do cômodo, a alguns metros de distância da entrada da sala de jantar. Ele a protegeu da família enquanto o grupo abria caminho da sala de estar para a mesa. As exclamações de surpresa da sra. Davenport só serviram para deixar Helen mais irritada. *Como isso pode ser mais importante que aprender os negócios da família?*

— Não foi nem um pouco divertido — disse Helen para o sr. Lawrence. Ela girou os ombros. O cotovelo escapou do toque dele e a deixou fria. — Aonde vamos? Devíamos voltar.

— Helen, espere. — O sr. Lawrence a olhou com uma de suas raras expressões de dúvida. — Não tenho certeza de por quanto tempo mais vou conseguir continuar fingindo que não há algo acontecendo entre nós.

Ele alisou o bigode perfeitamente aparado.

Helen se viu pensando nos lábios dele. Ela rapidamente balançou a cabeça.

— Jacob, você mesmo disse, você deu a Olivia sua palavra. E ela é minha irmã.

— E não é a mulher com quem quero estar — retrucou ele. — Quero estar com você.

Os ouvidos de Helen martelaram com a confissão. A boca ficou seca, todas as palavras perdidas em um redemoinho dos sentimentos, grandes demais e terríveis demais para serem contidos. Ela umedeceu os lábios antes de responder, a voz mal passando de um sussurro:

— Tenho sentimentos por você também. — Observou enquanto o rosto dele se iluminava; a pura alegria disso partiu seu coração. — Mas, embora não sejamos mais tão próximas, não farei isso com Olivia.

Ela observou em silêncio enquanto o sr. Lawrence absorvia suas palavras. A dor foi pior do que o que ela sentira momentos antes. Pelo menos ela podia poupar a irmã daquela sensação. Olivia teria a chance de viver a vida da forma que sonhara, ao lado de um marido devotado. Se era isso o que ela de fato queria. Porque Helen não sabia mais. Em um momento, Olivia estava fugindo de casa à noite, mantendo companhias misteriosas, e no seguinte estava prometendo a Helen que ela seria a primeira a saber quando seu noivado com o sr. Lawrence fosse oficial.

Helen se forçou a ignorar os protestos sussurrados dele. Não havia nada que pudessem fazer. Bem, havia algo que *ele* podia fazer — romper o compromisso com a irmã dela. Talvez chamar de rompimento mútuo para minimizar o dano que Helen temia ser inevitável. É lógico, ela queria felicidade para o sr. Lawrence também. Olivia poderia fazê--lo feliz.

Helen ergueu a mão, seus dedos não exatamente tocando o braço dele.

— Não destruirei a chance de Olivia de ser feliz. Por favor, se você se importa comigo, faça isso. Lembre-se dela. Me esqueça — disse ela, a voz firme.

— Eu jamais poderia.

As palavras dele pareciam um desafio, o primeiro que Helen não tinha vontade de enfrentar.

Helen abriu a porta da biblioteca e encontrou uma única lâmpada acesa. John estava sentado no canto. O livro em sua mão estava seguro na ponta dos dedos enquanto ele encarava a lareira vazia.

— Eu não achei que houvesse alguém aqui — disse ela.

O livro caiu no chão com um baque. John se endireitou.

— Eu não estava pronto para ir deitar.

Enquanto Helen se aproximava, ela percebeu que o irmão parecia estranhamente cansado. Ele estava quase tão quieto no jantar quanto ela e o sr. Lawrence. Por sorte, a mãe deles conduzira a conversa bem o suficiente por todos.

— Não vai à garagem esta noite?

Helen balançou a cabeça. As madrugadas estavam começando a afetá-la.

— Prefiro ficar aqui. Amo esse espaço. É para onde eu venho para me esconder das obrigações sociais — disse ela.

Ela correu a mão pelas prateleiras, absorvendo a mistura de livros de capa de couro e pequenas peças artesanais que o pai dela comprava de ambulantes. O favorito dele era o cavalinho de madeira. Tinha sido feito por uma pessoa que tinha sido escravizada, cujos olhos estavam anuviados pela catarata, mas cujos dedos eram rápidos o suficiente para produzir uma mini obra de arte. Helen pegou a peça e se sentou na cadeira diante a do irmão.

— As pessoas não pensam em me procurar aqui.

— Ah, pelo contrário — disse ele, com um sorriso amargo. — Não é um segredo tão grande quanto você pensa. Às vezes sua presença é tão desagradável que a deixamos com seus livros. — Ele sorriu quando Helen lhe deu um chute fraco. — Já eu, precisava de um lugar para pensar.

Helen apoiou os cotovelos na mesa, o queixo sobre o punho fechado.

— Quer me contar no que tanto você pensa? Como foi uma certa conversa com o papai?

Ela estava aceitando qualquer distração dos sentimentos intensos em sua cabeça e precisava desesperadamente saber se estavam tendo progresso.

John se endireitou na cadeira. Ele abriu a boca e então a fechou.

Helen não ousou ter esperanças.

— John? Você e papai conversaram sobre a fabricação de automóveis?

A expressão dele murchou. O silêncio se estendeu tanto entre eles que Helen pensou que não teria resposta. Quando John enfim falou, a voz dele estava rouca e derrotada.

— O almoço com os membros do conselho correu bem...

— Mas?

— Mas ele ainda não está convencido.

— *Ugh!*

Ela não estava surpresa. Tinha alimentado esperanças apesar de saber qual seria o resultado.

John cutucou a orelha dela.

— Não se preocupe. Vamos continuar tentando. — Embora ele ainda parecesse triste.

— Eu sei. — Helen se recostou nas costas da cadeira, e então se endireitou. — Espere, no que *mais* você estava pensando?

O irmão dela suspirou.

— Amy-Rose estava pensando em se mudar para a Califórnia.

— O quê?

Isso era novidade para Helen. Amy-Rose tinha sido uma parte da vida dela desde que podia se lembrar.

John assentiu.

— Ela quer abrir um negócio, um salão, e acredita que longe daqui teria mais chances.

— Ora, mas isso não soa como algo que ela faria.

Helen se lembrou da última interação das duas. *Ela tem estado infeliz e eu fui egoísta demais para perceber?* Como se lesse a resposta no rosto dela, John falou:

— Acho que estou me apaixonando por ela, Helen. E eu quase a perdi. — O irmão dela suspirou e Helen pensou que nunca o vira soar tão solitário. — Na festa, eu zombei dela na frente dos meus amigos... Mesmo que ela tenha se sentido uma fração do que me senti quando ela contou que ia se mudar...

— John! Como você pôde?

— Eu sei. — Ele colocou o rosto nas mãos.

— Vai ser muito difícil para ela superar algo assim. Ela deve ter se sentido péssima...

Helen sabia. As outras garotas de sua idade... a náusea e a tontura que vinham com a humilhação provocada por elas. Helen decidira havia muito tempo parar de tentar se encaixar.

— Foi uma traição. Sei disso — disse John —, mas acho que estamos a caminho de superar.

Ela semicerrou os olhos para o irmão.

— Ela vai te perdoar? Como você conseguiu isso? E não diga que foi com sua personalidade *encantadora*. Eu não acho que você tenha uma.

Ele deu a ela seu sorriso exagerado, o que a fez revirar os olhos.

John ficou sério e disse:

— Não acho que vai ser fácil fazer com que ela me perdoe. Amy-Rose tinha planos de abrir o próprio salão aqui na cidade. Terei tempo para compensá-la e convencer nosso pai a entregar as responsabilidades da empresa para mim. Não tenho certeza se nossos pais aceitarão esse relacionamento, mas o fato de Amy-Rose ficar na cidade já me dá uma chance.

O olhar de Helen viajou para a fornalha dormente.

— Você pode lidar com nossos pais. Se eles aceitarem, todo mundo aceitará. A vida é muito curta, e essa escolha é importante demais.

Ela pensou no que a sra. Milford lhe dissera — como era necessário se agarrar à própria felicidade, fosse lá por quanto tempo a tivesse. *Mesmo que sejam apenas algumas horas em um museu onde ninguém sabe quem você é.*

— Obrigado, Helen — sussurrou John. Minutos se passaram. O relógio na cornija era o único som na sala. — Você planeja me contar no que está pensando? Eu compartilhei, então você também pode.

Helen cobriu o rosto com as mãos. O encontro com Jacob Lawrence a deixara se sentindo muito exposta. A última coisa que ela queria era reviver aquilo. Estava à flor da pele por conta do jantar e o estômago borbulhava com fome enquanto pensava em todos os pratos cuidadosamente planejados que encomendara e mal provara. John não desistiu. Desandou a fazer um monte de perguntas, cada uma mais ridícula que a outra.

— Você já pensou em se juntar a uma trupe de circo como equilibrista?

Ele a empurrou com o pé e Helen se curvou sobre a cadeira como uma boneca de pano.

— Meu Deus, John. Eu vou contar, mas você não pode me interromper nem dizer nada até eu acabar.

Helen semicerrou os olhos na direção do irmão. Ele se endireitou na cadeira e assentiu. A expressão séria dele a deixou mais nervosa. *Este é o John.* Helen sabia que podia contar qualquer coisa ao irmão. Então, Helen simplesmente contou. Cada detalhe e sentimento confuso, sem tirar os olhos da lareira.

— Agora me sinto péssima, e sei que é culpa minha — disse quando chegou ao final da história, porque parecia o fim das coisas com Jacob Lawrence.

John fizera o que prometera: cumprira sua palavra e ouvira sem fazer perguntas nem interromper. Quando Helen terminou, sentia-se mais exausta do que nunca, mas permaneceu composta. A ameaça das lágrimas, no entanto, não estava distante.

— Está bem, você pode falar agora.

Ela se preparou para o sermão que apoiaria a culpa e a infelicidade que sentia.

E que não veio. Em vez disso, o irmão perguntou:

— Você acredita no que ele disse? Que é mesmo possível que ele ame você?

Helen não duvidara nem por um momento.

— Acredito.

— Então ele e Livy não deveriam se casar. Seria dar continuidade a uma farsa, e criar um futuro sem amor para os dois. E então o quê? Todos viveríamos tristes para sempre? Vocês acabariam se evitando para se esquivar de ainda mais mágoa e você perderia seu amor *e* sua irmã. Você vai contar a ela, certo?

John se levantou e se apertou no assento ao lado dela. As palavras dele a alfinetaram. Ele estava certo. Helen odiava que o irmão estivesse certo, principalmente agora que ele a estava sufocando.

— Vou — disse Helen, aflita.

John beijou o topo da cabeça da irmã, massageou seus ombros e a deixou sozinha, encarando a lareira fria, mais confusa que nunca.

Capítulo 34

RUBY

O cheiro de grama recém-cortada no ar acalmava os nervos em frangalhos de Ruby enquanto ela olhava ao redor. Segurando a sombrinha alta contra o sol do meio-dia, ela parou perto do bosque de árvores ao lado do lago, onde ela e Harrison Barton compartilharam um beijo que quase a matara. A pulsação dela disparou com a lembrança. Com a ajuda de Olivia, ele recebera o bilhete de Ruby para encontrá-la ali. Ela esperava que o local o lembrasse de quão felizes eles estiveram naquela tarde.

Até onde os pais dela sabiam, Ruby e o sr. Barton continuariam a corte até que o plano com John estivesse certo. O que os pais dela não sabiam é que não existiria Ruby e John.

Uma gota de suor escorreu por suas costas bem quando uma súbita brisa trouxe um alívio necessário e o perfume amadeirado da colônia do sr. Barton. Ela se virou, e vê-lo lhe causou dor. A luz que passava através das folhas fazia o sol dançar no rosto dele.

— Srta. Tremaine — disse ele, educado.

Ruby engoliu em seco e se endireitou. *Se ele não quisesse te ver, não teria vindo*, ela disse a si mesma.

— Obrigada por ter vindo me encontrar.

Ela não sabia por onde começar. A boca estava muito seca. Aquela podia ser a única chance dela de convencer Harrison Barton de que seus sentimentos eram verdadeiros. Quando viu os olhos dele dispararem para o bosque, e um lampejo da recordação, Ruby soube que fizera a escolha certa. Ele precisava ouvir tudo tanto quanto ela precisava dizer.

— Por que estamos aqui, Ruby? — perguntou o sr. Barton, com uma voz contida.

— Quero me desculpar. Por tudo.

Ele balançou a cabeça.

— Você já se desculpou. Isto — ele gesticulou para as árvores — não era necessário.

Ele deu um passo para trás.

— Não parei de pensar em você, Harrison — disse ela.

O sr. Barton parou e o alívio preencheu cada parte dela. Suas pontas dos dedos formigavam. Ruby umedeceu os lábios. Olhou para os olhos castanhos dele com determinação e com todos os sentimentos que não podia colocar em palavras.

— Eu confiei em você.

— Eu sei — disse ela. — Não posso mudar o que me motivou a fazer o que fiz, mas nunca me arrependerei de ter conhecido você. Você é uma das melhores pessoas que já conheci. — Ruby pigarreou. Tentou se manter firme enquanto o sr. Barton analisava o seu rosto. Por fim, fez a pergunta que mais temia: — Será que você me daria outra chance?

Ele fechou os olhos enquanto os dela se enchiam de lágrimas.

— Eu posso.

Os joelhos de Ruby bambearam de alívio e ela se deixou cair com força na grama. O sr. Barton se sentou ao lado dela, puxando-a para si. Ela apoiou a cabeça em seu peito, ouvindo as batidas de seu coração. O medo da rejeição havia ocupado um espaço tão grande nela que a respiração seguinte foi trêmula. Eles se abraçaram. O sr. Barton fez pequenos círculos no meio das costas dela. Ruby não tinha certeza por quanto tempo permaneceram assim. Tempo suficiente para o pescoço dela doer e seus pés ficarem dormentes nas botas. Gentilmente, ele criou espaço entre eles. Ruby limpou o sal e a umidade das bochechas.

O sr. Barton lhe estendeu um lenço.

— E os seus pais?

— Eles vão superar. Só querem que eu seja feliz — respondeu Ruby rapidamente, não estando pronta para algo acabar com sua alegria. *Contarei toda a verdade à minha mãe hoje,* ela pensou. *Nada de John. Apenas Harrison. Tenho muito tempo.*

Ele hesitou por um momento e então se levantou, puxando-a consigo. Buscou os olhos dela. E então a beijou, de um jeito calmo e gentil, e em seguida mais firme, mais intenso. A tensão que havia tomado conta de Ruby se desfez, fazendo-a ficar nas pontas dos pés e acabar com o espaço entre eles. Os braços dele ficaram ao redor dela. Ruby sentiu o sal de suas lágrimas, a doçura de Harrison Barton, a coragem que ousava ter.

Ruby segurou com força a barra do trocador, tentando não soltar o ar enquanto a atendente amarrava o espartilho. Ela precisava de todo o ar possível se ia sobreviver a uma prova de vestidos com a mãe. A mudança de opinião repentina da mãe permanecia um mistério. Isso deixava Ruby inquieta. Mas encontrar a resposta estava no fim da sua atual lista de prioridades. Ruby estava há algumas horas na segunda chance com o sr. Barton e não planejava construir aquela em uma mentira também. *Pelo menos não por muito tempo.*

Do outro lado da cortina, a sra. Tremaine falava, presumivelmente com a sra. Davenport, mas em grande parte consigo mesma, sobre o pai de Ruby e o iminente evento de campanha que seria oferecido por eles. Eles haviam convidado a elite de Chicago, assim como proeminentes políticos negros de Springfield a Nova York. Algumas das palavras dela foram perdidas no tecido grosso que dividia a antessala do pequeno provador onde a costureira agora passava uma seda bastante pesada sobre a cabeça de Ruby.

Estavam na Madame Chérie's, ao lado da chapelaria. Ninguém sabia o verdadeiro nome da costureira, mas ela era a melhor naquele lado do lago Michigan. Tinha um bom olho para padrões e cores. E depois de ter sido dispensada de cada trabalho de fábrica que tentou, ela, como muitos que foram escravizados, começou a trabalhar em um pequeno apartamento, financiado por bicos até que o trabalho pudesse sustentá-la. Agora, senhoras de todo o estado do Illinois, do norte da Indiana e do sul do Winsconsin buscavam os dedos habilidosos da costureira negra. Ela fazia sua magia em Ruby, reunindo o tecido, franzindo-o e prendendo-o no lugar. Satisfeita que tudo estava onde deveria, ela afastou a cortina para revelar à sra. Tremaine, que estava em um sofá entre Olivia e a sra. Davenport.

A sra. Tremaine arfou. Ela pressionou uma mão em cada lado das bochechas.

Os ombros de Ruby relaxaram. Ela provara meia dúzia de vestidos. Seus pés doíam por ficar de pé na mesma posição por horas, e seu estômago rugia de fome. Talvez um modelo original feito sob medida agradasse a mãe dela.

— Agora, esta é apenas o esboço do que eu estava pensando — disse Madame Chérie, ajustando o tecido preso ao ombro de Ruby. — O que você acha?

— Linda — disse a sra. Tremaine. Ela se levantou e se inclinou para perto, esperando que somente Ruby ouvisse. — John não vai conseguir tirar os olhos de você.

Ruby ignorou o comentário, focando na lembrança dos braços do sr. Barton ao seu redor, da sensação das mãos dele em suas costas. A promessa de poder fazer isso abertamente fazia valer a pena uma conversa desconfortável com a mãe dela. *Talvez eu deva contar ao meu pai primeiro?*

Ruby olhou para Olivia. A melhor amiga a encarou de olhos arregalados, como se soubesse exatamente para onde haviam ido os pensamentos de Ruby.

Ruby sempre quisera uma família grande. Ela passara muito de sua infância rodeada pelos irmãos Davenport, mas sempre voltara para os pais, para a grande casa de corredores silenciosos. O casamento com John teria mais que dobrado a família dela *e* mantido todas as pessoas que ela amava por perto. Ruby temera confessar a Olivia que não mais tinha sentimentos por John e que elas jamais poderiam ser irmãs. As duas amigas haviam compartilhado uma carruagem do parque até a loja e Olivia concordara — os pais de Ruby deviam saber o quanto antes.

— Eles ficarão animados de ver você tão feliz — dissera ela.

— Assim como eu estou. E nós duas sempre seremos família.

Sempre seremos família. Aquelas foram as palavras de Olivia.

A única coisa que ainda detia Ruby era a culpa de decepcionar os pais. Ela inspirou profundamente para se acalmar. Estava um passo mais perto da vida que queria.

Olivia se levantou e foi ficar ao lado dela.

— Você está linda, Ruby.

Ela tocou a seda, um sorriso genuíno nos lábios, um olhar revelador.

Ruby olhou para a amiga. O pânico a fazia suar e o suor pinicava sua pele. Havia pessoas demais na sala. Ela não conseguiria contar para a mãe ali. Ou talvez devesse. Certamente a mãe dela não começaria uma cena na loja da Madame. Ah, ela realmente queria que aquilo terminasse.

— Tem alguma coisa faltando — disse a sra. Tremaine, inclinando a cabeça para o lado, os olhos semicerrados e os lábios em uma linha fina.

— É, pode ser, sim — disse a sra. Davenport. — Concordo com Olivia. Mas quando estiver pronto, será lindo.

A ajudante suspirou. Madame Chérie escondeu melhor sua irritação. Elas estiveram lá a tarde inteira e todo vestido tinha um defeito, era da cor errada ou o corte não estava bom.

— Mamãe, ninguém vai prestar atenção em mim — disse Ruby. — É uma arrecadação de fundos. As pessoas estarão lá para ouvir meu pai falar, para ouvir os planos dele. Não para ver o que estarei vestindo.

A sra. Tremaine bufou.

— Haverá repórteres do *The Defender* e do *Tribune*. Que podem querer tirar uma foto do candidato e sua família e quaisquer notícias que talvez tenhamos que compartilhar. — Ela deu a Ruby um olhar cheio de significado. — Devemos parecer tão bem-sucedidos e capazes quanto somos.

Ruby segurou as saias e desceu da plataforma.

— Vou conferir se o vestido vermelho que vimos é do meu tamanho.

— Espero que não seja aquele com cintura império — disse a mãe dela. — Esses são melhores para garotas com quadris mais estreitos.

Ruby segurou as saias com mais força. A sra. Tremaine a seguiu, bem como Ruby sabia que faria. Ela sinalizou para que Olivia ficasse no lugar. Na frente da loja, longe dos outros, Ruby se preparou para contar à mãe toda a verdade.

— Mamãe, eu gostaria de falar a respeito de John. — A mãe dela pareceu se endireitar ao som do nome dele. *Fique firme.* — John e eu nos conhecemos há muito tempo. Saímos um pouco antes que ele fosse para a faculdade...

— Sim, querida, eu sei. — A sra. Tremaine cheirou o vestido vermelho. — Devo dizer, ele tem parecido indeciso, mas ficou mais esperto depois do interesse de Barton.

— Na verdade, é a respeito do sr. Barton também. — Era isso. Ruby inspirou fundo. — Harrison Barton e eu nos aproximamos. Não era parte do plano, eu sei...

— Ruby, você é uma jovem muito bonita e charmosa. — A mãe dela ajeitou o corpete do vestido. — Basta dispensar o sr. Barton gentilmente. Tenho certeza de que ele encontrará uma jovem com quem se casar. Garotas como você merecem o melhor. Seu pai e eu não aceitaremos nada menos que isso.

Os sentimentos de Ruby por Harrison Barton estavam na ponta da língua, que se tornara uma corda seca em sua boca. Os pais dela *não aceitariam?*

O pânico borbulhou em seu peito. Certamente eles saberiam quão mais feliz ela estaria com o sr. Barton. Olivia chamara de óbvio pela forma como os dois se olhavam. Chocada, Ruby encarou a mãe. O que aconteceria caso se recusasse a casar com John? O estômago dela se apertou. Dadas as compras que estavam fazendo, parecia lógico que eles não precisavam mais da entrada de capital dos negócios dos Davenport para financiar a campanha. Mas o sobrenome Davenport tinha mais peso que Barton. O brasão que estava estampado em carruagens de luxo pela cidade e pelo país. Os Davenport entravam e saíam de muitos círculos sociais e tinham mais influência trazida pelo sucesso da empresa. As mulheres na festa dos pais dela havia tantas semanas estavam certas. O pai dela *precisaria* de votos de pessoas brancas para vencer.

A sra. Tremaine fez biquinho para o vestido vermelho no manequim.

— Experimente. Estou curiosa.

Ruby observou a mãe se afastar e, anestesiada, tocou o vestido, a vergonha assentando sob a pedra pendurada em seu pescoço. Ela a tocou então, e se lembrou quão perdida estivera sem ela. Talvez os instintos dela estivessem certos. Aquele lugar... não era a hora certa.

Mais tarde, contarei aos meus pais, juntos. Esta noite.

Ruby colocou o vestido sobre o braço e voltou para o provador.

Capítulo 35

OLIVIA

Meia hora depois de ir para o quarto, Olivia pegou seus sapatos e desceu a escada dos empregados nas pontas dos pés. A casa rangia enquanto caminhava. Havia alegado estar com dor de cabeça novamente antes do jantar e em silêncio caminhou de um lado a outro no quarto, ouvindo o relógio tiquetaquear na cornija da lareira até dar a hora. Releu a carta de Washington DeWight que Hetty lhe entregara naquela manhã. Ela a pressionou contra o peito e tentou acalmar a tempestade elétrica dentro do peito. Tinha o cheiro da colônia dele, tabaco e tinta fresca. Ela o imaginou escrevendo em um canto lotado da cafeteria.

Depois disso, foi fácil fingir estar passando mal. Tudo em que ela conseguia pensar era em como fugir.

Enquanto reunia seus pertences para deixar a sala de estar que unia seu quarto ao de Helen, a irmã entrou. Olivia observou o rosto manchado de graxa de Helen e suspirou.

— Se nosso pai vir você assim, a sra. Milford será o menor dos seus problemas.

— Olha só quem fala — provocou Helen, tirando a bandana da cabeça. — Por que você está sempre indo para a cidade com os funcionários e voltando sem pacotes? — Olivia cruzou os braços sobre o peito. — Está bem, não me conte. Só preciso que você não fale sobre isso — Helen gesticulou para suas roupas — com ninguém. Só até John se encontrar com o papai de novo para falar dos nossos planos de fabricar nossas carruagens sem cavalo.

O desejo de obedecer à família e ser parte de algo maior que elas mesmas era o improvável ponto de trégua entre as irmãs.

Os pensamentos de Olivia se voltaram para as mulheres que compartilharam suas vidas com ela. Elas relataram condições precárias de trabalho nos empregos exploratórios e o irrisório pagamento que recebiam. Outras compartilharam notícias dos estados do sul. Dezenas delas chegavam de trem todos os dias, traumatizadas, famintas e buscando recomeçar.

Olivia não conseguia evitar pensar em como o pai dela deveria ter estado décadas antes, ainda se curando das feridas nas costas e dos horrores da plantação. Ele tinha habilidade, um olhar aguçado, um desejo de trabalhar. Uma determinação não só para o trabalho, mas para o sucesso. Só quando viu os rostos dos migrantes, testemunhou os medos deles e a confusão com os próprios olhos, ela percebeu a quantidade de dificuldades que ele tivera que vencer quando chegara ali. O coração dela doeu pelo jovem William Davenport.

Ela queria poder expressar tudo isso para Helen. Manter seu trabalho em segredo lhe pesava, mas era mais seguro assim. Olivia se lembrou de que não precisaria se esconder para sempre. E Helen também não deveria.

— Está bem — disse então Olivia, imitando o tom de Helen de mais cedo. — Não vou contar a ninguém que você está trabalhando no automóvel de John. Por enquanto. Mas é melhor vocês dois encontrarem outro jeito. Posso ajudar. Se você deixar.

Helen abraçou Olivia.

— Obrigada, Livy.

Ela apertou a irmã com força.

— Você está fedendo — disse Olivia.

Helen a segurou com mais força e riu.

O calor daquele abraço ainda aquecia Olivia quando ela desceu do bonde na interseção agitada para se encontrar com Washington DeWight.

Ela o viu de imediato. Ele virou o rosto em direção ao sol que se punha, o chapéu pendurado casualmente na cabeça. O restaurante atrás dele estava lotado. Mesas se espalhavam pela calçada, cheias de clientes. O cheiro era inebriante. O estômago dela a lembrou de que pulara a refeição que tornara aquele encontro possível. Olivia tirou as mãos da barriga faminta enquanto se aproximava, e o tocou no ombro.

— Você conseguiu. — Ele sorriu. Isso fez o coração dela bater forte.

— Consegui — respondeu ela, sorrindo.

Washington lhe ofereceu a mão.

— Com fome?

— Faminta.

Os dedos dele se fecharam ao redor dos delas e a eletricidade que tamborilara nela o dia inteiro disparou.

O sr. DeWight a conduziu por um labirinto entre as mesas externas para dentro do pequeno restaurante, onde cada metro quadrado parecia ocupado. Atrás do balcão, Olivia viu o cozinheiro gesticular com uma espátula como o maestro diante de uma orquestra. O som de inúmeras vozes era quase opressivo. O salão de jantar estava vivo. Não tinha o decoro e a pompa com a qual ela estava acostumada. As pessoas estavam com os cotovelos na mesa, pegavam comida dos pratos umas das outras e falavam alto para serem ouvidas. Era um ambiente íntimo em seu caos. E Olivia adorou.

— Algo errado, Washington? — perguntou quando ele parou de repente.

Todos os assentos ao redor deles estavam cheios e não havia espaço no balcão. Ele ainda segurava a mão dela. A dele parecia uma tocha contra a dela, irradiando calor que subia pelo braço de Olivia.

O sr. DeWight abaixou o tom de voz para combinar com o dela.

— Eles se perderam em 1906, durante as revoltas em Atlanta. — Ela seguiu o olhar dele até um casal no canto. As cabeças deles estavam inclinadas para perto um do outro. O olhar que trocavam a fez corar. — Se reencontraram por acaso no Loop perto de Wabash. A cerimônia foi simples, votos simples, mas agora é hora de celebrar.

Olivia viu seu lado favorito de Washington DeWight: esperançoso.

— Um final feliz — disse ela. — Meu pai ainda está procurando pelo irmão. Mas é difícil acreditar que ele esteja por aí depois de tanto tempo. — Olivia pensou nas cartas e nos encontros, as pistas furadas e toda a decepção. — Eles tiveram sorte de não ser separados na infância. Se perderam

OS DAVENPORT 329

quando escaparam das plantations. Meu pai colocou pessoas para seguir os rumores da última localização conhecida do meu tio, homens que se encaixam na descrição dele. Rezamos por sua volta, mas, a cada ano, parece mais improvável.

Com o dedão, o sr. DeWight traçou círculos na palma dela.

— Aqueles dois ali são provas vivas de que pode acontecer. Tenha fé.

O olhar dele permaneceu no casal um pouco de tempo demais, então ele deu um puxãozinho na mão de Olivia para que seguissem em frente. Olivia deu uma última olhada, esperando que ele estivesse certo.

Eles passaram pela cozinha barulhenta, seguiram um corredor e por fim subiram um lance de escada estreito. Uma brisa quente limpou o aroma doce e saboroso que enchia a cabeça dela. Olivia encarou a maravilha quando chegaram ao telhado. Toda a Chicago se abria diante deles. O sol, se pondo na distância, pintava tudo com pinceladas abrasadoras e largas. Uma pequena mesa redonda, posta para dois. Um conjunto de velas servia de centro de mesa. A música viajava na brisa e um sofá desbotado de sol criava um recanto aconchegante no canto.

— Que lugar lindo — disse ela.

Washington ficou ao lado dela e colocou uma mão em suas costas. Instintivamente, Olivia entrou no ritmo da música. Ele prendeu uma das mãos dela entre seu peito e sua mão livre. Olivia pressionou a bochecha na dele.

— Alguém andou praticando.

— Acho que eu só precisava da parceira certa. — A voz dele fez o corpo dela se arrepiar.

Olivia estava profundamente consciente do peso da mão dele, a pressão gentil um pouco menos que decente. O cheiro inebriante dele atrapalhava os pensamentos dela.

A porta do telhado se abriu e dois garçons apareceram carregando pratos fumegantes.

— Tomem cuidado com a porta. Ela abre em uma direção só — disse o mais alto deles. Era um homem magro com um passo longo e preguiçoso. Ele murmurou instruções para o outro. O mais alto abaixou a cabeça ao passar por Olivia, ainda encolhida perto do sr. DeWight. Ele chutou um pequeno calço de madeira no chão sob o batente para que o mesmo espacinho separasse os dois do resto do mundo.

Olivia e o sr. DeWight caminharam até a beira do telhado e observaram a última luz do sol desaparecer entre os prédios. O sol poente parecia derreter como uma chama âmbar.

— É mesmo lindo — disse ela, e o olhou. — Acho que não dormi nada na noite anterior e na seguinte ao protesto. — A voz dela ficou firme. — Pareceu certo estar lá, como se eu estivesse exatamente onde deveria, embora eu não fizesse ideia do que estava fazendo. Só quando tivemos que correr para salvar nossas vidas essa coisa que estava aos poucos se assentando em mim fez sentido. Era amor. Por essa cidade. Por... — Olivia pigarreou. — Por quem eu sou quando estou... com você.

O pôr-do-sol caíra ao redor deles, mas olhos de Washington DeWight brilhavam à luz das velas.

— Amor só pela cidade e por você mesma, hein? — O lábio dele tremeu.

Olivia riu.

— Bem, há esse advogado inquieto de quem estou começando a gostar.

— Entendo — disse ele.

Ele a puxou para perto e a segurou ali, observando o rosto dela. Olivia libertou a mão e gentilmente passou os dedos pelas sobrancelhas dele, por suas maçãs do rosto redondas e proeminentes. Ela arfou quando ele revelou dentes brancos e brilhantes. O pomo de Adão dele subiu e desceu quando o toque dela mergulhou e ambos se arrepiaram. Ela queria prender os dedos no colarinho dele e puxar seus lábios para os dela, mas Washington a soltou. Olivia sentiu o estômago protestar de fome alto o suficiente para ambos ouvirem.

— Vamos comer antes que esfrie — disse ele, uma risada em sua voz.

Sentaram-se à mesa e devoraram a sopa espessa e o pão. Washington recontou histórias de sua criação como ativista. Criado por uma professora e um advogado, ele estava sempre cheio de perguntas e ávido por respostas. Depois, dançaram e se deitaram no sofá, onde ele indicou as estrelas, explicando como se orientar pelas constelações. Ela se sentiu quente e segura ao lado dele. Washington retirara seu paletó e os cobrira. Olivia tinha certeza de que produziria calor o suficiente para espantar o frio de um salão de banquete. As pernas do sr. DeWight se entrelaçavam nas dela e Olivia se encolheu mais.

— Você estará no encontro de sufragistas semana que vem? — perguntou ela. Estava com dificuldade de evitar que a mente vagasse enquanto Washington traçava círculos preguiçosos pelos braços dela, causando arrepios.

Ele parou. Olivia se sentiu fria pela primeira vez no dia.

— Iremos para a Filadélfia em alguns dias, e então para o Capitólio.

Olivia se apoiou nos cotovelos.

— O quê? Quando você ia me contar?

— Esta noite. — O sorriso desarmante apareceu. — Você pode vir com a gente.

As próximas palavras de Olivia desapareceram. *Ir com ele?* Não, não com ele. Eles.

— Você estão se mudando?

Mas e Chicago?

— Nós vamos voltar — disse ele.

O estômago dela parecia um peso de chumbo. Olivia nunca estivera fora da cidade. Nunca estivera fora do olhar afiado da mãe ou dos amigos. Ah, mas a energia que a alimentara quando ajudara a organizar tais viagens para os outros e a ideia de marchar na capital da nação! Isso a preencheu de uma ânsia que Olivia não podia expressar. E fazer isso com Washington DeWight ao seu lado.

Ela podia fazer aquilo.

Vou dar um jeito. Olivia poderia conhecer outras mulheres ativistas.

O sorrisinho convencido do sr. DeWight aumentou. Ele a leu tão facilmente quanto ela lera a cartilha dada por seus primeiros tutores.

— Preciso pensar — disse ela, com o máximo de indiferença que conseguiu. — E você devia mesmo ter me contado antes.

— Eu sei que sim, mas estava preocupado que você dissesse não.

— Eu não disse sim.

Mas o calor se espalhou por ela então. Sua mente disparou com todas as tarefas que precisaria completar. Planos giravam em seus pensamentos. Olivia apoiou a cabeça no peito dele e pensou como lidaria com a hospedagem, entre outras coisas.

— Olivia — disse ele com a boca bem junto ao cabelo dela.

— Hmm.

— Olhe para mim.

Ela inclinou a cabeça para trás, a lista de afazeres em sua mente multiplicando.

— Tente não pensar demais nisso — disse Washington.

E então a beijou.

Olivia voltou à Mansão Freeport sem incidentes, além do cavalo emprestado. Ela ainda conseguia sentir os braços do sr. DeWight ao seu redor enquanto se sentava à amazona no colo dele. Ela prendeu a respiração até que a porta de seu quarto fechou, ouvindo a casa.

— Onde você esteve?

Olivia quase gritou na noite. Ou era manhã agora? Ela se virou e viu Helen. Sentada em sua penteadeira.

— O que você está fazendo aqui? — sussurrou Olivia.

A atenção constante de Helen a estava deixando à flor da pele, mas era melhor sua irmã do que seus pais. Os olhos dela ardiam e seu quadril e pescoço doíam por conta da estranha forma em que adormecera contra o corpo de sr. DeWight. *Valeu a pena*, ela pensou, se lembrando da sensação do corpo dele contra o seu. Tocou os lábios, inchados e sensíveis. Ela não sabia que as pessoas podiam beijar por tanto tempo sem se cansar. Depois que eles descobriram que o calço havia saído do lugar, não tiveram escolha a não ser voltar para o sofá e esperar o resgate do turno da manhã. Olivia corou pensando em como passaram o tempo antes de adormecerem nos braços um do outro.

Helen semicerrou os olhos.

— Levantei para pegar um copo de leite e vi sua cama vazia *depois* que você alegou estar se sentindo mal. Está tentando me evitar, por acaso?

— Não! — Olivia continuou sussurrando . Ela agarrou a mão da irmã e a arrastou para a sala de estar que compartilhavam. Helen se livrou do toque e se sentou na cadeira, bufando. O livro dela estava aberto e velas estavam acesas. Ela devia estar esperando Olivia voltar. Helen mantinha aquela feição teimosa na mandíbula que avisava que não iria embora até que Olivia lhe contasse. — Fui ao South Side. Para ver uma pessoa — disse Olivia, observando Helen de testa franzida. — Por que você estava no meu quarto?

— Eu conto quando você me contar quem foi encontrar. E não diga que era Ruby. Ela esteve aqui procurando por você também.

Droga! Não haveria uma maneira fácil de escapar da conversa. Olivia suspirou e se sentou. Começou do início: o primeiro encontro, os esforços da comunidade para marchar, mobilizar e educar. Ela falou de Washington DeWight, o advogado fervoroso que a desafiara e esperar mais dela do que ela fora ensinada. Olivia sentiu sua pulsação acelerar quando amenizou os detalhes da noite. As sobrancelhas de Helen ainda estavam arqueadas quase até a linha do cabelo.

— Eu nunca teria adivinhado que você é uma agitadora romântica. — Helen deu uma risadinha.

— Somos ativistas, Helen.

A irmã dela ficou séria. O olhar dela estava firme enquanto ela erguia o queixo.

— Eu não imaginava.

Olivia olhou para a porta fechada atrás de si. Ela não havia começado a pensar nos detalhes de sua partida. A última coisa de que precisava era ser descoberta antes de sequer ter tido a chance de decidir se ia mesmo ir.

— Você o ama? — questionou Helen.

A pergunta fez Olivia parar. Ela gostava de estar com o sr. DeWight. Queria desesperadamente viajar com o grupo dele para a capital para protestar, para marchar, qualquer coisa exceto falar de ponto-cruz ou festas. Mas o futuro dela estava predestinado a tal ponto que Olivia sequer se permitira pensar de que maneiras poderia ser diferente. Antes de Washington, não havia sentido em se perguntar quais eram as possibilidades.

Ele também se sente assim? Washington certamente aproveitou toda oportunidade de desafiá-la, de obrigá-la a avaliar seu privilégio, ver suas responsabilidades. Mas ele também apreciava a força e a determinação que Olivia valorizava em si. E ele definitivamente a beijara de forma tão passional.

— Você o ama! — Helen agarrou o pulso dela com ambas as mãos. — Você devia ter visto seu rosto agora. — A irmã ficou pensativa. — Você se parece com a mamãe pensando no papai quando ele não está. Triste e feliz ao mesmo tempo. — A expressão de Helen ficou séria. — Olivia... o que você vai fazer?

— Não sei — disse Olivia. Uma súbita onda de náusea a atingiu. — Todos esperam que eu me case com Jacob Lawrence. Ou com alguém como ele.

Helen virou Olivia na direção dela, as pernas delas cruzadas e os joelhos tocando como costumavam fazer quando mais jovens, exceto pelo fato de que ela se lembrava de haver bem mais espaço no sofá.

— Eu vou te ajudar — disse Helen. Ela apertou as mãos da irmã. — Você sempre fez a coisa certa, Olivia. Se tem que se comprometer a se casar antes do final do verão, você merece ver o que há lá fora enquanto isso. E se divertir um pouco também.

Olivia arfou.

— Helen! — De novo, o olhar dela disparou para a porta. Helen deu de ombros.

— Pense nisso como meu jeito de pedir desculpas por fazer você suportar sozinha o peso da pressão de arranjar um noivo.

— Você está aqui agora, e dificilmente é sua culpa.

— Ora, por favor, Olivia, só me deixe fazer isso — disse Helen, batendo no braço de Olivia com um travesseiro.

— Você não tem que me compensar. Eu aproveitei. — Então Olivia pensou em todas as tarefas e saídas que tivera que fazer quando Helen falhou em comparecer. — Em grande parte — adicionou.

Mais que qualquer outra coisa, Olivia sentia falta da irmã. Era apenas questão de tempo antes que ela se casasse e tivesse que deixar a casa e a irmã para trás. O futuro dela era tão incerto quanto o de Helen. Não havia como saber quando a mais jovem dos Davenport encontraria o amor e aonde ele a levaria. *Quantos momentos assim nos restam?* Ela puxou Helen para um abraço poderoso.

Helen tolerou por um momento e então se afastou, desviando o olhar.

— Acho que me apaixonei por alguém também.

Olivia escondeu o choque, sorrindo em vez disso. O dia sobre o qual avisara Helen, o dia que Helen tanto temera, havia enfim chegado e pegado Olivia de guarda baixa. Ela espantou a surpresa por um momento para se vangloriar. Mas a irmã rebelde e sincera parecia de repente tímida. Olivia olhou de verdade para Helen e o *eu avisei* morreu em seus lábios.

— Ah, não, Helen. Não é recíproco?

— Acho que é, sim. Mas ele está comprometido com outra pessoa. Ou talvez não esteja mais?

— Bem, quem é? Talvez não seja tão sério quanto você pensa.

Helen ergueu o olhar, os olhos brilhando com lágrimas não derramadas.

Olivia apertou os dedos de Helen e pressionou a testa na dela.

— Ah. Helen! Você pode me contar. Quem é?

Helen inspirou, trêmula.

— É Jacob Lawrence.

A mão de Olivia ficou frouxa ao redor da de Helen. Ela se sentou pesadamente no sofá. Tinha tantas perguntas e nenhuma capacidade de pronunciá-las.

Helen a olhou com cautela.

— Nos conhecemos na festa dos Tremaine... porque perdi aquele almoço.

— Você sempre perde o almoço — disse Olivia, sem conseguir evitar.

— Ei! Se estou me lembrando bem, você também perdeu. — As duas olharam para a porta. Então Helen prosseguiu: — Ele me deu um cigarro. Eu ofereci fogo e conversamos sobre fiação elétrica defeituosa e... — Helen deixou as palavras morrerem. — Ele me admira por seguir meus interesses. Nós rimos quando estamos juntos. — Ela soltou o ar, alto. — Nunca me senti assim, Livy. E ele... eu sei que ele sente o mesmo. — Olivia ouviu em silêncio atordoado enquanto a irmã a atualizava dos breves mas íntimos encontros que compartilhara com o homem que os pais escolheram para *ela*. Helen soluçava quando terminou. Ela cobriu o rosto com as mãos. — Você está brava comigo?

O comportamento distante do sr. Lawrence começou a fazer sentido. Nunca fora algo que Olivia fizera. Não era quem ela era — era quem ela *não* era. Por mais que ela e o inglês fizessem um bom casal em teoria, a chama que Olivia desejava não estava lá. Nesse momento, sentiu um peso saindo dos ombros. Então segurou o rosto molhado de lágrimas de Helen e o ergueu para que a irmã a olhasse.

— Helen, eu jamais ficaria brava com você. — Olivia abraçou a irmã de novo e a segurou com força, a pressão em seu peito se dissolvendo enquanto Helen relaxava contra ela. — Pelo menos, não por muito tempo. Enfim, o sr. Lawrence e eu não estamos comprometidos.

Helen se recostou.

— Não?

— Entrei em pânico quando nossos pais fizeram parecer que o casamento era um acordo fechado, então eu e ele decidimos deixá-los pensar que uma proposta estava a caminho. Eu precisava de mais tempo, e Jacob não foi nada além de um cavalheiro. Juro, se eu soubesse como você se sentia, jamais teria pedido a ele para fazer isso. Por que ele não me disse nada? Ele deve ter se sentido tão encurralado.

— Olivia franziu a testa, e então riu. — Não acredito que você está apaixonada.

— Nem eu. — Helen parecia atordoada.

Olivia acariciou a bochecha da irmã.

— Diga a ele que quero que você seja feliz. Vocês dois.

Ela observou o rosto da irmã se iluminar, e saboreou sua leveza.

Capítulo 36

HELEN

Não havia tempo para pensar na repercussão escandalosa de suas ações. Helen sabia onde Jacob Lawrence estava hospedado, por conta de suas conversas, de quando ela pensara que não tinha chance.

Ela se vestiu rapidamente naquela manhã, com uma simples blusa branca sob um paletó azul-escuro e saia. Ela retirou os grampos que Olivia colocara em seu cabelo e o prendeu o mais arrumado que conseguiu.

Bem depois que a irmã se recolhera, Helen permanecera acordada, pensando.

Ele a vira em um macacão velho de John e nem pestanejara!

Agora, na luz clara da manhã e com a sra. Milford de folga, Helen usou a distração organizada por Olivia, além do fato de que os pais raramente costumavam conferir como ela estava, para passar pelo portão principal da Freeport e pegar o bonde mais próximo para o centro. Tudo na cidade parecia brilhante e novo para ela. O verão se aproximava rapidamente.

O casal ao lado dela desenrolou um mapa da cidade, o homem passando as páginas do pequeno guia impresso em outro idioma. Pela State Street, a quantidade de carruagens sem cavalo dobrara. A maioria eram o resistente Model T da Ford, mas ela viu alguns de empresas menores de Ohio como Studebaker e Patterson. Mais motivos para pressionar John e o pai deles a modernizar.

Quando o bonde chegou na parada dela, Helen havia se acalmado. Tinha certeza de que o sr. Lawrence correspondia seus sentimentos.

Helen estava no prédio de fachada de pedra no fim do centro comercial. *É isso*, pensou ela, subindo alguns degraus. O saguão do hotel era amplo. Plantas altas na porta eram os únicos pontos de cor no espaço pouco iluminado, pesado por mobília de madeira escura e intensa. Ela se aproximou da recepção. Aquilo não era o que ela imaginara, mas então Helen se lembrou do comentário que o sr. Lawrence fizera a respeito da lâmpada defeituosa em seu quarto.

Na recepção, o homem baixo com rugas profundas lia o jornal. Ela esperou ser notada. Tossiu na mão. Por fim, disse:

— Com licença, eu gostaria de falar com o hóspede do quarto 309.

O recepcionista espiou por sobre o topo da página.

— Irmã?

— Não — disse Helen, corando, todos os seus sentimentos pelo sr. Lawrence nítidos no rosto.

O recepcionista se recusou a deixá-la subir. Era impróprio para uma dama subir ao quarto de um homem que não era seu parente ou desacompanhada.

— Mas é importante — implorou ela.

— Tenho certeza de que sim.

— Bem, você não poderia pelo menos informá-lo de que estou aqui?

— Se é tão *importante*, por que ele já não sabe?

O homem voltou ao jornal, cantarolando uma canção que ela não reconheceu. Helen se resignou a andar de um lado a outro no saguão. Ela torcia os dedos.

— Fique de olho no carteiro — disse o recepcionista, se compadecendo dela e, dando instruções claras para caso o carteiro chegasse, subiu para anunciá-la.

Minutos depois, Jacob desceu a escada, à frente do recepcionista. Estava vestido, mas o cabelo estava amassado, sem a pomada que mantinha seus cachinhos esticados no lugar.

O homem retomou seu lugar atrás da mesa, fingindo ler o jornal enquanto os observava quase se abraçarem.

— Vamos lá fora.

O sr. Lawrence abriu a porta para Helen e eles começaram a caminhar sem destino específico em mente.

— A que devo a essa inesperada visita?

— Eu queria vê-lo.

Era uma sensação totalmente diferente encará-lo sem roubar olhares de cabeça baixa ou quando pensava que ninguém a observava. Ah! Olhar livremente para ele, sabendo que a única pessoa que poderia se ressentir dos sentimentos que ela nutria por Jacob Lawrence já estava apaixonada por outra pessoa. Helen estava ali apenas para dizer a ele como se sentia. Eles caminharam, as mãos apenas roçando, para o jardim comunitário na esquina. As copas das árvores transportaram Helen para uma página em um livro de histórias. Na privacidade do verde exuberante, ela pegou as mãos do sr. Lawrence.

Agora que estava diante dele, Helen viu que sua língua estava enrolada com todas as palavras que queria dizer. O fato de ele ter dado um passo para se aproximar não ajudava — estava perto o suficiente para ela sentir o cheiro indefinido do sabonete que usava. Ela estava hipnotizada pela sensação da pele dele na dela, e era só a mão dele!

— Helen. — O sr. Lawrence diminuiu o tom de voz. — Eu queria ter te encontrado primeiro. Não posso negar o que sinto, mas sei que você... e Olivia...

— Eu te amo — deixou escapar Helen.

O coração dela martelava no peito com tanta força que Helen temeu machucar as costelas. Ela havia preparado um discurso. Tinha um plano e ele não consistia em confessar o que sentia, mas não conseguiu se conter. Olivia havia lhe dado sua bênção, afinal. Ela se sentiu feliz e leve enquanto esperava pela resposta.

O aperto do sr. Lawrence em suas mãos afrouxou, e a tristeza dolorosa que ela sabia que causara apareceu nos olhos dele.

— E eu também te amo, Helen.

As palavras mal haviam deixado os lábios dele quando ela o beijou. Helen inspirou profundamente enquanto o sr. Lawrence devolvia a pressão depois de um momento de surpresa. Ela soltou as mãos dele para agarrar suas lapelas, ficando na ponta dos pés. Os braços dele a envolveram e a pressionaram com força contra seu peito. Os pés de Helen saíram do chão e ela surpreendeu os dois com um "Uhuu!", sorrindo contra a boca dele.

— Helen, não podemos. Você disse... Olivia...

— Minha irmã está apaixonada por outra pessoa — terminou Helen por ele. — Ela me contou tudo. Me deu uma carta liberando você da promessa.

Helen se aproximou novamente e colocou a mão sobre o coração dele, que batia tão rápido quanto o dela. Com a outra, estendeu uma carta. As emoções no rosto dele faziam valer a pena acordar cedo e cruzar a cidade. Helen arfou quando ele a puxou nas pontas dos pés e a beijou. Eles riram e se beijaram.

— Mas precisaremos manter isso em segredo até que Olivia e eu encontremos uma forma de contar aos nossos pais — disse ela.

Jacob Lawrence abaixou os braços, mas não tirou o sorriso juvenil do rosto.

— Que assim seja.

Capítulo 37

RUBY

A sala de estar compartilhada pelas garotas Davenport havia sido transformada na central de planejamento de festas de Olivia. Amostras de toalhas de mesa, vários exemplos de marcação de lugares e amostras de comida de vários restaurantes ocupavam cada superfície disponível. Ruby observou a amiga tomar notas em um livro quando não arrancava os cabelos, que estava preso em duas tranças, uma em cada lado da cabeça.

— Ainda acho que você devia deixar as sobremesas por conta de Jessie — disse Ruby, cuspindo uma tortinha de limão em um guardanapo, sem elegância. — Queremos que as pessoas votem pelo meu pai, não que o acusem de intoxicação alimentar.

Olivia riu.

— Não pelas tortinhas de limão — disse ela, arrastando um lápis pela página. — Tem mais alguma coisa que devo saber?

Ruby sabia que a amiga falava sério em sua opinião de transformar o baile de máscaras anual dos Davenport em uma campanha de arrecadação de fundos. O fato era que a tortinha não estava tão ruim. Era só que nada podia vencer o gosto amargo na boca de Ruby. A confusão que ela criara estragara tudo, incluindo a animação dela pela festa.

— Harrison acha que meus pais sabem sobre nós — disse Ruby, fechando os olhos e tentando pensar no que diria quando o visse.

Ele também acreditara que os pais dela não fizeram objeções. Que a história de conquistar John tinha chegado ao fim, e ela e Harrison Barton estavam livres para seguir a vida. Eles passaram o máximo de tempo juntos que conseguiram. E, enquanto isso, ela evitara conversas a respeito de seus pais.

— E por que ele acha isso? Você contou a eles toda a verdade? — O olhar de Olivia parecia agulhas contra a pele de Ruby. Era terrível. — Ah, Ruby, você não contou. — A decepção na voz de Olivia era ainda pior. — Você precisa contar o quanto antes! E se Harrison Barton encontrar seu pai em um dos clubes de cavalheiros? Como você vai conseguir evitar esse desastre...

— Eu sei! — exclamou Ruby. Ela se abanou diante da janela. O ar estava parado e abafado, o que apenas servia para estragar ainda mais o humor dela. — É só que... odeio decepcioná-los. Não sei como passei de "não posso fazer nada errado" a esse desastre. E parece que essa campanha tem tomado tanto da atenção deles... é tão importante, Olivia, que não consigo competir.

Olivia se levantou e cruzou a sala, puxando Ruby de volta ao sofá.

— Eu entendo o medo de perder a estima dos pais. Pode levar a decisões tolas e extremas. Entendo mesmo — disse ela, sorrindo. — Mas, nessa situação, a decepção será mais dolorosa do que a verdade. Para todos vocês.

Ruby afundou nas almofadas e cobriu o rosto. Olivia estava certa.

— Ruby, você precisa contar.

— Está bem!

Olivia pegou seu livro de romance da mesa.

— Você deve ir agora se quer uma carona para a cidade com Hetty.

Ruby se levantou e juntou suas coisas. Ela parou na porta, se virando para a amiga. Quando Olivia ergueu o olhar, ela disse:

— Obrigada.

Mas, em vez de confrontar os pais, Ruby aceitara um convite para ir ao museu.

Estou atrasada.

Ela correu escadaria acima até as grandes portas do museu. Harrison Barton a esperava lá dentro. Ruby desacelerou o passo para poder observá-lo sem ser percebida. Ele usava um terno novo, imaculadamente ajustado para abraçar cada centímetro do corpo, e balançava um buquê de rosas muito vermelhas enquanto caminhava de um lado a outro, parecendo tão nervoso quanto ela.

Ele se virou ao som dos passos dela, que ecoavam alto na sala cavernosa. A respiração de Ruby saía em pequenas nuvens que dobraram de frequência quando o sr. Barton a olhou. Ele tinha cheiro de loção pós-barba e sálvia, e seus sapatos estavam tão polidos que brilhavam. Ela decidiu focar em se acalmar, cada respiração lenta e deliberada.

— Boa tarde, srta. Tremaine — disse ele formalmente, entregando a ela as flores.

Ruby percebeu o tom dele, a forma como ele mexia nas mangas do paletó e mudava o peso de um pé ao outro.

— Obrigada, senhor. É muita gentileza. Elas são magníficas. — Ruby olhou para a pintura atrás deles, dois amantes se abraçando ao lado de um rio. — Essa pintura...

— Ruby. — Ele disse o nome dela com tanta ternura que a própria voz dela se calou.

O sr. Barton parou, inspirou fundo e venceu o espaço entre eles.

— Quero que saiba, Ruby, que também nunca parei de pensar em você. Você me surpreende todos os dias com seu intelecto, com seu riso. Admiro sua paixão, sua força, principalmente nos momentos tranquilos em que compartilhamos pensamentos tão íntimos. E admiro sua coragem em escolher o que quer. — Ele pigarreou. — Eu te amo.

Harrison Barton se ajoelhou diante dela, segurando uma caixa de veludo. Quaisquer palavras que Ruby pudesse ter sumiram. A pele dela formigava. As mãos estavam dormentes. Foi necessária toda a sua força para segurar o buquê. Além da caixa, ele olhava para ela como se Ruby fosse o próprio sol. O coração dela pareceu enorme, dificultando a respiração.

— Srta. Tremaine — disse ele —, você me faria o mais feliz e mais sortudo dos homens? — Ele abriu a caixa para revelar um enorme rubi, coroado por brilhantes e reluzentes diamantes, em uma aliança de ouro. — Aceita se casar comigo?

— Sim! — A palavra explodiu dos lábios dela. Não havia necessidade de pensar.

O sr. Barton se pôs de pé em um pulo e a abraçou pela cintura. Uma sensação de leveza tomou conta dela, e não tinha nada a ver com ela estar girando no ar nos braços dele. Suas risadas ecoavam pelo salão.

Isto é felicidade genuína.

Era um sentimento ao qual Ruby queria se agarrar pelo máximo de tempo possível.

Capítulo 38

AMY-ROSE

As árvores no pequeno pomar começavam a florir. Amy-Rose sempre amara aquela época do ano. A Mansão Freeport e o grande terreno que a separava da elite branca de Chicago parecia um pedaço do paraíso, um abrigo silencioso do resto da cidade, mesmo se o equilíbrio entre o trabalho e o próprio tempo dela nem sempre estivesse claro. Era difícil pensar no que estaria fazendo se John Davenport, que caminhava ao lado dela agora, não a tivesse pedido para ficar ao entregar o sonho dela em uma bandeja de prata.

Tommy havia partido dias antes com tanta pompa e circunstância. A festa de despedida dele entrou na noite, e Jessie havia preparado comida suficiente para mantê-lo durante a jornada de uma semana.

— Você sabe que tem comida na Califórnia, não é? — disse ele quando a cozinheira da família o apertou contra o peito como se Tommy ainda fosse uma criança.

A própria despedida de Amy-Rose fora peculiar. Muito tempo depois que os outros haviam se recolhido, ela e Tommy permaneceram acordados contando histórias da infância: *Lembra quando* tão essencial quanto *Era uma vez*. Ela acompanhou ele e o pai, Harold, à estação de trem no dia seguinte, e conteve suas objeções quando ele pressionou um cartão de visita com seu contato no Oeste na mão dela. Ela e Harold voltaram para a Mansão Freeport em silêncio. Amy-Rose fingiu não perceber as lágrimas nos olhos dele enquanto se aproximavam dos estábulos, sabendo que Tommy não estaria lá para receber os cavalos cansados ou ajudá-la a descer da carruagem.

— Estou feliz que você está aqui — dizia John.

Ele segurava a mão de Amy-Rose enquanto eles passavam pelas árvores, longe da casa, onde podiam conversar sem ser vistos. O dedão dele traçava círculos na palma da sua mão, que parecia pequena e pálida contra o tom retinto das dele. Seus dedos entrelaçados criavam uma linda tapeçaria, pensava Amy-Rose.

Parecia estranho agora, sabendo que Tommy havia se mudado.

— Partir era parte do plano de Tommy — disse ela. — Não precisa ser parte do meu.

John soltou o ar. A tensão da postura dele relaxou. A perspectiva da mudança dela causara aquilo? Amy-Rose mordiscou o lábio inferior, sem ter certeza de como se sentia a respeito de ter tal poderoso efeito sobre outra pessoa.

— Admiro sua determinação — disse John. Ele a olhou e diminuiu o ritmo. — Não tenho dúvidas de que será bem-sucedida.

— Assim como você — disse Amy-Rose.

— Tenho muitas ideias. E temos que agir em breve. Automóveis são o futuro. Podemos abrir outra fábrica para não impactar as operações para as carruagens.

— Helen me contou. Ela estava muito animada. Acho que é maravilhoso.

O sorriso de John estava melancólico.

— Quero levar a Carruagens Davenport para o futuro. Atualizar todo o nosso modelo de empresa.

Ele soltara a mão dela para caminhar de um lado a outro. Os passos dele eram rápidos, e ele massageou os músculos da nuca. A tensão da possível partida de Amy-Rose fora substituída por outra.

Ela agarrou o braço dele e o virou para que a encarasse. John se acalmou sob o toque dela.

— O que te impede? — perguntou Amy-Rose.

Era a mesma pergunta que Tommy a fizera quando ela deu a notícia de que não se juntaria a ele. Ela não conseguiu exatamente responder, mas suspeitava que era a mesma coisa que impedia John de dar o próximo passo.

Ele inspirou profundamente antes de responder.

— Nada — disse ele. — Estou pronto.

Amy-Rose sorriu.

— Estou feliz por você.

John pressionou um beijo suave nas costas de uma das mãos dela. Ele a segurou sob o queixo enquanto falava.

— Meu pai é cabeça dura. Ele ignora o que eu digo como se eu ainda estivesse na escola brincando de fingir que estou em um de seus salões de exibição. Não importa o que eu faça. Mas a proposta em que Helen e eu estamos trabalhando é sólida. Funcionará... só preciso convencer o meu pai... esse é o real desafio.

Amy-Rose entendia. Os medos dele eram os mesmos dela. O que uma empregada sabia a respeito de abrir um salão, fabricar e vender séruns capilares, administrar as finanças e pagar salários? Pessoas riram dela em mais lugares do que ela admitiria. Mesmo assim, Amy-Rose bateu na porta seguinte, e na seguinte. E faria isso até ter as chaves da própria porta. Ela estava pronta e nada a pararia.

Era por isso que havia ficado. Apesar das circunstâncias diferentes, John a entendia como ninguém mais poderia. Ele era o outro lado da moeda dela — não, um espelho. Alguém que entendia o motivo dela, perdoava o trabalho até altas horas e sabia desde o início que os sonhos dela, a voz dela, não eram negociáveis. *E mais.* Amy-Rose esperava, apesar do peso em seu estômago, que pudesse confiar nele com todo o coração e que ele a protegeria.

— Meu pai...

— Seu pai um dia esteve no mesmo lugar onde você está agora. Na encruzilhada do medo com a esperança. Ele não sabia nada sobre ter uma empresa quando chegou aqui, mas aprendeu. Ele verá valor em seu plano.

Um sorriso hesitante apareceu no rosto de John. Ele a encarou. Em seus olhos castanhos profundos, ela viu o desejo dele de acreditar.

— Helen certamente ficará animada quando você conseguir — prosseguiu Amy-Rose. — Ela terá um papel importante nesse plano?

John esfregou a nuca.

— Isso pode ser mais difícil que vender um automóvel. — Um vinco apareceu entre as sobrancelhas dele. John havia ficado parado. — Eu não teria conseguido sem a ajuda dela. Helen merece uma chance tanto quanto eu.

Amy-Rose apertou a mão dele.

— Mas e se, em vez de continuar tentando mudá-lo, você considerasse seguir sozinho? Você e Helen. Vocês dois podem criar o próprio legado.

John observou o rosto dela por um momento.

— Não, nós podemos fazer isso. — John pressionou os nós dos dedos dela nos lábios. Era um gesto casto, mas mesmo assim disparou uma onda de calor por Amy-Rose. Ele inspirou fundo. — Juntos.

Capítulo 39

OLIVIA

A coleção secreta de panfletos e jornais politizados de Olivia entulhava a cama dela. Com os pés para fora da banheira, Helen lia e, a cada trecho que a surpreendia, perguntava "você sabia disso, Olivia?".

— Como você conseguiu tudo isso?

Olivia tentou reorganizar os jornais em algum tipo de categoria.

— Hetty costuma trazê-los para mim quando termina de ler. — Ela empurrou o quadril de Helen para pegar o jornal abaixo dela. — A propósito, lembre-se de devolver aquele livro a ela quando terminar.

— É óbvio — disse Helen, rolando sobre a barriga e evitando a bandeja de chá entre elas no edredom. Olivia a levou para a penteadeira antes que se derramasse. — E o resto?

Ela olhou para Olivia, o queixo apoiado no punho. Helen havia crescido, se desenvolvido. Não mais escondida no macacão do irmão, seu decote despontava do corpete, acentuando uma cintura afunilada que se alargava até os quadris rebeldes. O nariz marcante do pai combinava com ela. A pele dela era de um tom de marrom intenso e rico. E a risada dela era contagiante, adequada para tirar Jacob Lawrence de sua concha. Eles eram um bom par.

Helen mexia os lábios enquanto lia, e o momento trouxe a Olivia uma súbita onda de nostalgia. Ela sentiria falta daquilo, de passar tempo com a irmã. Tinha inveja do tempo que Helen e John passaram na garagem, mexendo em veículos e conversando. O pensamento lhe deu uma dor no peito. Tanto tempo desperdiçado. Agora, Olivia e Helen tinha alguns segredos entre elas. *E estou partindo*, ela pensou com um suspiro pesado. Helen apaixonada. Ela balançou a cabeça, descrente.

Helen arregalou os olhos e deu a Olivia um olhar questionador.

— Certo, consigo a maioria deles com Washington e com os outros ativistas.

Olivia olhou para a bagunça.

— Mal posso esperar para votar. — Helen colocou o jornal dos sufragistas para o outro lado. A mão dela permaneceu sobre uma foto de mulheres marchando, com placas no alto. Helen ergueu o olhar e pareceu observar o rosto de Olivia. — Ainda não acredito que era isso que você vinha fazendo em vez de compras ou trabalho voluntário.

— Ah, eu ainda faço compras. — Olivia riu. — Só que nem sempre para mim mesma. Algumas das doações de roupas precisavam de reparos, roupas formais para entrevistas de emprego, roupas para crianças. Sapatos bons e resistentes são muito requisitados. As despensas nas cozinhas do sopão ficam vazias alguns dias depois dos cultos de domingo. E tudo ainda é voluntariado. Tecnicamente.

Sempre havia mais a fazer. Um círculo exaustivo que trazia tanta alegria quanto frustração.

— Ei. — Helen a puxou para perto e aninhou a cabeça da irmã no espaço acima de seu ombro. — Não fique assim. Tenho certeza de que eles ficam agradecidos.

— Eu sei. Só queria que as coisas avançassem mais rápido. Estou impaciente pela mudança... em um bom sentido. Acima de tudo, eu gostaria de poder fazer mais.

— Você vai pensar em algo.

— Acho que sim — disse ela, sem saber se era verdade.

Olhando para o teto, Olivia tentou imaginar como seria andar de braços dados com as mulheres na fotografia ou falar nas reuniões da prefeitura enquanto as leis de Jim Crow eram discutidas. Ela sabia que o dinheiro ajudava, mas também sabia que, não importando quantos cheques com o nome Davenport ela entregasse, sempre haveria uma barreira entre ela e a maioria das pessoas que conhecera. Depois que o protesto terminou em violência, o trabalho do sr. DeWight e seu grupo passara a contar com jornais e revistas.

— Olivia, o que vamos dizer aos nossos pais? Sobre você e Jacob?

Olivia se deitou na cama.

— Sobre *você* e Jacob, no caso?

Helen a cutucou.

— Agora não é hora para gracinhas.

Olivia cobriu a cabeça com o travesseiro. A irmã se aproximou quando ela rolou para longe, dando um aperto persistente em seu braço. Ela não sabia se ria ou grunhia.

Helen descobriu o rosto dela.

— Livy.

Olivia suspirou.

— Precisamos contar a verdade ao nossos pais.

— Mas só depois que você partir, certo? Você obviamente está apaixonada pelo sr. DeWight e por nova vida que vocês compartilham. Como você não está planejando sua grande fuga?

Olivia se sentou rápido demais, ficando ao mesmo tempo tonta e aérea. Helen estava certa. Ela estava apaixonada, o tipo de amor com o qual sonhara. O rosto de Washington apareceu em sua mente. O sorriso fácil que acentuava seu maxilar forte, e maçãs do rosto que qualquer garota cobiçaria. Havia a gentileza dele, sua paixão, até mesmo as formas como a provocava. Só de pensar nele, Olivia sentia uma onda de calor. Como ela podia hesitar? Ela olhou para a irmã, que lhe sorria.

— Você está certa — cedeu Olivia, jogando o travesseiro em Helen. — Não acho que eles vão tirar o olho de mim quando souberem de você e do sr. Lawrence. Vai ser um escândalo e sei que estarei tão presa quanto você. Papai quer que fiquemos longe dos protestos, de qualquer coisa que possa nos causar perigo físico. — Olivia fez uma pausa. — Quando descobrirem no que eu me envolvi...

— Sabe... — Helen revirou os olhos. — Talvez a sra. Milford possa nos ajudar. Ela percebeu essa situação bem antes de nós duas...

Helen deu a Olivia um aceno sutil de cabeça, seu sinal de que os pais estavam muito envolvidos em uma conversa com o pastor e sua esposa para notar a fuga dela da igreja. Graças a irmã — e, Olivia suspeitava, sua tutora —, um bilhete de

Olivia foi entregue ao sr. DeWight para que ele se encontrasse com ela após o culto.

Enquanto a família trocava amenidades e notícias com a congregação, Olivia caminhou alguns quarteirões até o prédio onde o sr. DeWight alugava um quarto. Era um prédio simples de tijolos, sem porteiro ou qualquer das comodidades a que estava acostumada. Servia a um propósito, disse Washington, quando passaram por ali algumas semanas antes. Olivia olhou para a lista ao lado da porta e teve sorte que alguém saiu para que ela pudesse passar pelo alto portão de ferro forjado. Subiu os três lances de escada, praguejando baixinho pelos sapatos de igreja que apertavam os pés.

A porta do apartamento dele ficava no topo do terceiro patamar. Olivia olhou para o grande 3A à altura de seus olhos. Parou com o punho a centímetros da superfície. O que ela estava fazendo teria consequências. Não apenas para ela, mas para Helen, para a reputação da família. Uma coisa era sonhar sobre fugir com um belo jovem advogado e outra totalmente diferente era entrar em seus aposentos. *Vai ser muito pior quando você embarcar naquele trem*, ela se repreendeu. Estava decidida.

A batida na porta ficou sem resposta. Olivia deu um passo para trás para verificar o número. Era o endereço correto.

— Washington — chamou ela.

O medo começou a crescer em seu estômago. Olivia olhou por cima do ombro e, com a mão trêmula, girou a maçaneta. A porta cedeu facilmente, embora tenha aberto com um gemido.

Era um quarto simples. Uma cama estreita estava encostada na parede mais longa. Uma cadeira e uma mesa estavam aninhadas em frente a ela, e imediatamente à direita havia uma pequena cozinha, apenas o suficiente para preparar o essencial. Ele disse que vivia de forma simples, mas aquilo estava além do esperado. Olivia ficou no quarto, menor que sua sala de estar, e tentou descobrir o que fazer a seguir. Ela não podia procurá-lo. Não havia *onde* procurar.

Suas palmas formigaram. Ela tirou as luvas antes que suas mãos úmidas pudessem arruinar a seda. O pânico começou a se instalar. Washington DeWight morava ali. Tinha o cheiro dele. Olivia abriu o guarda-roupa. Vazio. Os armários da cozinha estavam vazios. Ele tinha partido sem ela? Manchas começaram a preencher sua visão. Olivia tentou controlar a respiração, mas seu nariz ardia com a ameaça das lágrimas. *Eu perdi minha chance?*

A próxima respiração ficou presa em sua garganta, ela tossiu, e a respiração seguinte foi preenchida com um cheiro de pinho tão forte que a fez olhar para cima.

— Olivia, você está bem? — O sr. DeWight estava na soleira.

Ela o encarou.

— Washington... Eu pensei que você tivesse partido sem mim.

— Eu jamais iria sem me despedir — disse ele, atravessando o quarto até ela.

— Então onde estão as suas coisas?

— O reverendo Andrews me ofereceu um quartinho em seu sótão até que eu parta para a Filadélfia. O ocupante anterior se mudou. Estou apenas devolvendo a chave — disse ele, colocando-a ao lado do fogão.

O alívio a atingiu tão rápida e fortemente quanto o pânico. Washington a puxou para perto. Seus braços a envolveram, e cada músculo de Olivia derreteu nele. Ela sentiu o sorriso dele em sua testa quando ele a beijou, sua pele fresca e macia depois de barbeada.

— Quer dizer que você se decidiu?

Olivia focou na junção do piso de madeira, sabendo bem da inequação de seu lugar de privilégio.

— Na noite em que fui vê-lo na Samson House, perdi seu discurso. — Olivia balançou a cabeça. — Mas ouvi as pessoas. Ouvi elas falarem de suas maiores tragédias sem uma gota de surpresa ou angústia. Foi tudo muito sincero.

Então ela olhou para os olhos cor-de-mel dele e disse:

— Sim, quero ir com você.

O sr. DeWight ergueu a mão para acariciar a sensível cavidade do pescoço dela, onde a pulsação saltou em resposta. Ele pegou as duas mãos dela, e Olivia inalou. Café, pinho e o calor da pele dele. Ela estava inebriada com o cheiro dele, mais poderoso do que qualquer drinque com champanhe.

— É uma vida difícil — disse o sr. DeWight. — O risco de ferimentos ou prisão, ou pior, está sempre presente. As acomodações são imprevisíveis. E há muita mágoa misturada às vitórias. Aquele protesto... não é nada comparado ao que já vi. Quero que você saiba disso.

As palavras dele, embora verdadeiras, tiveram o efeito contrário em Olivia. Ela não buscava pelo perigo, mas a perspectiva de não fazer nada...

— Tenho certeza.

Ele hesitou um momento antes de beijá-la. O beijo começou lento, mas Olivia queria mais. Ela ficou na ponta dos pés e arqueou as costas até que eles se encaixassem como duas peças de um quebra-cabeça. Ela suspirou e a língua dele deslizou em sua boca, roçando a parte inferior do lábio macio. O beijo se intensificou e ela o puxou ainda mais para perto. O gosto dele fez sua cabeça girar. Olivia se separou, recuando e ofegando. A pele dela parecia repuxada e úmida.

— Talvez devêssemos desacelerar — arfou ele.

Olivia colocou a mão em seu peito.

— Talvez fosse bom para o seu coração.

O dele corria sob a palma de sua mão como se desafiasse o dela a manter o ritmo. Washington a observou com os olhos semicerrados enquanto ela absorvia as profundezas liquefeitas deles, a forma de seus lábios e as maçãs do rosto salientes que emolduravam cada sorriso. Ele era lindo. Olivia ansiava por ter os lábios dele. Washington estremeceu quando ela beijou ao longo de sua mandíbula. Ela tirou o paletó dele, que caiu no chão com um baque suave. Quando seus lábios se encontraram outra vez, o corpo de Olivia zumbiu com antecipação. Ela não queria desacelerar. E mesmo que quisesse, não tinha certeza se seria capaz.

Capítulo 40

HELEN

Helen observou floristas e empreiteiros entrarem e saírem da casa pela grade da ampla varanda da Mansão Freeport. Buquês de orquídeas e lírios adornavam os cantos do grande salão de baile, redecorado em tons de dourado e preto para o baile de máscaras. Tentar adivinhar quais convidados se escondiam atrás de cada disfarce elaborado diminuiria o incômodo de ter que comparecer. E, porque ninguém a reconheceria, Helen poderia escapar cedo e facilmente.

Aquele também era o primeiro grande evento social desde que ela e Jacob Lawrence revelaram seus verdadeiros sentimentos um ao outro. De fato, eles ainda tinham que manter suas intenções em segredo, mas pelo menos ela não precisava se esquivar dele por medo de ter o coração partido.

— Mocinha, o que você está fazendo aqui? — perguntou a sra. Davenport. — Você devia estar se arrumando.

Ela cruzou os braços e olhou para Helen com dureza. A banda, um quarteto de cordas da Orquestra Negra. Os instrumentos deles chegaram primeiro em brilhantes e escuras caixas. Eles cumprimentaram Helen e a sra. Davenport com reverências. A chegada deles significava que retoques de última hora estavam a caminho, embora tivessem tempo suficiente. A mãe dela os encaminhou para o salão de baile, onde Amy-Rose lhes mostrou a sala de espera reservada para o entretenimento. Quando a sra. Davenport voltou seu olhar para Helen, havia suspeita.

— Mamãe, temos pelo menos quatro horas antes que os primeiros convidados comecem a chegar. Jessie já me expulsou da cozinha.

— Por que você não vai ver o que sua irmã está fazendo?

Helen se afastou do corredor.

— Ótima ideia.

Ela sorriu para a mãe e seguiu a banda para dentro.

Helen sabia exatamente o que Olivia estava fazendo, trancada no quarto, tentando decidir o que, se é que havia algo, em seu armário era adequado para uma viagem à Filadélfia. Elas juntaram suas mesadas para que Olivia custeasse hospedagem e itens essenciais. Nenhuma das duas sabia no que Olivia estava se metendo, apenas que Washington DeWight estaria ao seu lado. Então, a srta. Davenport mais jovem tomou o caminho mais tortuoso que podia imaginar até o quarto da irmã.

Embora não se atrevesse a entrar na cozinha, Helen ouviu o barulho das panelas enquanto o ar se enchia com o cheiro de um saboroso caldo e do frango assado de Jessie. O estômago dela protestou e Helen fez um pequeno desvio para comer um pão doce antes de continuar seu passeio pelo primeiro andar. Abaixo do relógio de pêndulo no saguão, uma mesa forrada de linho estava organizada com máscaras de vários formatos e tamanhos. Algumas eram cravejadas de joias ou cobertas por uma camada grossa de purpurina e certamente fariam uma grande bagunça brilhante. Outras pareciam animais com chifres e bigodes.

No salão de baile, os candelabros e centros de mesa de prata foram substituídos por luminárias de latão e ferro que davam ao espaço uma sensação de Velho Mundo, suavizada pelas flores que Helen mandara trazer. Todas as portas que davam para o pátio estavam abertas. O jantar seria servido ao ar livre. O clima estava calmo e aconchegante, perfeito para os quase duzentos convidados. Começou a ventar uma leve brisa, misturando o perfume dos buquês de lírio com o cheiro de grama recém-cortada e a fumaça de lenha da lareira externa.

— Helen! — A voz da sra. Davenport assustou a Helen e aos vários funcionários trazidos para a noite. — Por favor, arrume-se.

Ela suprimiu um grunhido.

— Pois não, mamãe.

Helen deu uma última olhada ao redor. *Talvez no ano que vem Jacob esteja aqui como meu convidado.*

Ela estava dividida entre ir até Olivia e se esconder em algum lugar em que a mãe não a encontraria. A garagem estava fora de questão — embora tivesse colocado todas as peças de volta no Model T, ela não teve a chance de dar partida.

Helen escolheu a irmã.

Tinha passado a manhã observando Olivia conduzir a equipe com a mesma eficiência que sua mãe. Olivia estava pronta para liderar a própria casa, e era uma maravilha de se ver. No quarto de Olivia, no entanto, a história era outra.

— O que aconteceu aqui? — perguntou Helen enquanto entrava no caos que se tornara o quarto da irmã.

Olivia havia revirado o guarda-roupa. Havia roupas espalhadas por toda parte. Helen revirou as pilhas e encontrou um tecido brilhante ainda embrulhado. Era bonito. — Posso ficar com esse?

A seda se espalhava na cama como um pôr-do-sol líquido. Olivia olhou na direção dela.

— Com certeza.

Ela se aproximou de Helen e pegou o tecido. Um rápido balançar em seguida e parecia uma capa sobre os ombros de Helen, a seda se acomodando na pele dela com um sussurro quente. Ela se sentiu glamurosa e crescida até ver o olhar de Olivia.

— Cuspa isso, Helen. É um hábito nojento. — As pérolas caíram da boca de Helen. Ela as pegou antes que pudessem tocar o corpete do vestido. — Aqui — disse Olivia, entregando um lenço.

— Será que dá para você relaxar? — disse Helen, observando a irmã cutucar o fio em seu pescoço. Ela segurou o braço de Olivia. — Já repassamos tudo várias vezes. Nossos pais vão entender. Você estará com o homem que ama. — Ela se levantou e abraçou a irmã. — E, para salvar nossas reputações, Jacob não pode trocá-la por um modelo mais novo, pelo menos não imediatamente.

— Helen! Eu sabia que você era atrevida, mas quando se tornou tão sábia? — bufou Olivia.

— A sra. Milford é uma excelente professora.

As irmãs se abraçaram. Helen não conseguia se lembrar de um momento recente em que tivessem feito aquilo com tanta frequência. Seu coração parecia pesado. Ela temia que aquele fosse o último abraço que dariam por um longo tempo e queria aproveitar cada segundo.

Olivia gentilmente se afastou, mantendo os braços nos ombros de Helen. Helen sentiu os olhos da irmã percorrerem seu rosto.

— Minha nossa, você está agindo como se nunca mais fôssemos nos ver — disse ela, como se o sentimento acabasse de aparecer em sua mente. Os olhos de Olivia já estavam vermelhos, a pele ao redor deles brilhante e inchada.

— Se você começar a chorar, vou acabar chorando também, então pare.

— Está bem — disse Olivia. — Vou parar, se você prometer não começar. Tem certeza de que não quer que eu pelo menos conte aos nossos pais que o sr. Lawrence e eu não estamos mais juntos?

— Para que eles tranquem você no quarto até descobrirem por que mudou de ideia?

— Acho que dificilmente eles fariam isso.

Helen ergueu a sobrancelha.

— Você quer mesmo descobrir?

Olivia mordiscou o lábio inferior.

— *Eu* mesma vou contar a eles. Quando for a hora certa — disse Helen.

Olivia pressionou as mãos frias nas bochechas. Depois de algumas respirações profundas, voltou para a tarefa. Helen viu sua irmã puxar uma pequena mala de debaixo da cama. O fecho se abriu e Olivia se virou para as roupas penduradas sobre os móveis.

— Eu te amo — sussurrou Helen enquanto abraçava a irmã por trás. —Agora vamos, termine logo de fazer as malas.

Helen deixou Olivia no quarto, cantando alto e fora de ritmo. A falta de habilidade dela escondia o tremor em sua voz.

***

Helen pensou outra vez em parar na garagem, mas a forma com que passava seu tempo livre ainda era um assunto delicado. Naquele dia, ela ficaria longe. Ela passava pela sala matinal quando um movimento estranho lá fora no pátio chamou sua atenção. Helen entrou no corredor e caminhou rápido até a saída mais próxima. Abriu as portas francesas.

Jacob Lawrence estava ali, semicerrando os olhos para o sol brilhante, pedrinhas tilintando em sua mão. Ele jogou uma. Ela ricocheteou na vidraça com um *ping* alto e claro.

— O que você está fazendo? — questionou Helen, encarando a janela acima.

O sr. Lawrence levou um susto. Ele massageou a nuca e jogou o resto das pedras em um arbusto.

— Estava tentando chamar sua atenção.

— Jogando pedras na janela do armarinho?

Ele riu. O sorriso tímido o fez parecer não tão adulto quanto Helen achara quando ele chegou. O sr. Lawrence ficou mais relaxado nas semanas que passou em Chicago. Helen se perguntou que outros lados dele poderiam se revelar nos próximos meses, até mesmo anos.

— Ela está mesmo indo embora? — Ele olhou pelas portas que Helen deixara abertas.

— Está — confirmou ela, um sentimento peculiar colorindo suas palavras.

Helen fechou as portas e foram para fora de vista. Não podia acreditar que eles tinham uma chance. Ela sempre pensou que o amor era para outras garotas. Sua paixão pelos negócios da família, não importando quantos obstáculos estivessem em seu caminho, era a única coisa que tinha a seu favor. Era a única coisa que queria. Agora, com o sr. Lawrence ao seu lado, ela teria alguém com quem compartilhar tudo isso.

Helen ficou na ponta dos pés e encontrou ar onde esperava que a boca dele estivesse. Quando abriu os olhos, viu a expressão de dor no rosto dele.

— O que foi? — perguntou.

Ela estava gelada por dentro. Assim que a pergunta deixou seus lábios, desejou não tê-la feito. Ela queria ficar naquela bolha feliz de possibilidades.

— Preciso dizer uma coisa.

Helen riu de nervoso.

— Não me diga que há *outra* noiva que preciso ajudar a escapar da cidade.

O sr. Lawrence não pareceu ouvi-la. O olhar dele estava fixado no espaço entre os dois. Quanto mais ele o encarava, mais ela podia senti-lo se expandindo.

Helen o tocou então, pegando o rosto dele entre as mãos e o forçando a olhar para ela.

— Eu te amo, Helen.

— Eu já sei disso.

As palavras dela soaram mais duras que o planejado acima dos sinos de alarme em seus ouvidos. Fosse lá o que o sr. Lawrence estava se preparando para dizer, ela não queria ouvir.

— Mas tenho uma confissão a fazer. — O corpo dele ficou tenso. — Menti para você e para a sua família. Estou falido. O magnata dos transportes da família Lawrence é meu tio-avô. Meu pai abandonou os negócios da família quando tinha a minha idade e não recebeu nada da herança. — Ele suspirou. — Sou o que chamam de pessoa de poucas relações. Eu estava...

Ele se interrompeu. Toda a ginga e bravata dele desapareceram.

— Em busca de se casar com uma moça de posses?

— Não, eu tinha a intenção de me reerguer. Com ajuda ou emprego. Encontrar seu pai na banca de jornal foi apenas uma coincidência. Destino.

Helen soltou o rosto dele. Um frio se espalhava de seu centro, deixando as pontas dos dedos dela formigando.

— Eu te amo de verdade. Todos os meus sentimentos... são sinceros. Mas não tenho muito a oferecer a você agora. Você me aceitaria mesmo assim?

O sr. Lawrence estendeu a mão para ela, mas Helen se sentiu entorpecida. Seu nariz ardeu com a ameaça do choro e seus olhos se encheram de lágrimas. Ele esperou que ela dissesse alguma coisa. Pela primeira vez em sua vida, Helen Marie Davenport ficou sem palavras. Nenhum livro ou manual de etiqueta a preparou para esta revelação. Ela se lembrou das horas que passaram conversando, compartilhando confissões tão íntimas. O sr. Lawrence não confiava nela? Por que não disse antes? Ele ainda teria se casado com Olivia se ela não tivesse se apaixonado pelo advogado?

O sr. Lawrence a tocou então e a reação dela foi reflexiva. Helen deu um passo para trás. Ela encontrou sua voz, mais forte do que teria imaginado.

— Não sei. Você está dizendo que mentiu. Para todos. Você está dizendo que usou minha irmã, meus pais. — Helen se abraçou como se pudesse evitar desabar. — Me importo com *você*, Jacob, não com o que você pode me oferecer. Eu *me apaixonei* por você. Mas confesso que agora não sei. O que devo fazer com isso? — Um choro disfarçado de soluço escapou do peito dela, que tremia sem controle. — Por favor, vá embora.

— Helen, por favor...

— Vá embora, Jacob — disse ela, aliviada por ser a única pessoa a saber o que fizera.

Ela odiava a forma como a voz soava baixa, frágil. Totalmente diferente de seu habitual. Por que ele não confiara a ela a verdade? O sr. Lawrence a olhava, a dor impressa em seu rosto.

Ele se recompôs e, anuindo, deu as costas e se foi.

Helen, magoada demais para sequer limpar as lágrimas, apenas o observou partir.

Capítulo 41

RUBY

— Céus, eles certamente se superaram.

O olhar do sr. Barton viajou pelo salão de baile, onde cada centímetro estava meticulosamente decorado. Ruby o observou absorver a sala. O smoking lhe servia bem, o colete branco e a gravata borboleta contrastando lindamente com a pele dele e o preto e dourado brilhantes de sua máscara. Ruby encaixou o braço no dele e encarou o dedo no qual ele tentara colocar um anel. Era uma linda peça que tivera seu emblemático pingente como modelo, mas que não conseguira passar pelo último nó do dedo. Estava agora sob os cuidados do mesmo joalheiro que polira o rubi, sendo ajustado.

Ela estava radiante. E não ter o anel em seu dedo lhe fizera ganhar tempo, embora bem pouco, para contar aos pais a verdade sobre Harrison. Eles não achavam que a amizade com os Davenport era forte o suficiente para garantir seu apoio? Duzentos convidados chegaram fantasiados à casa da família Davenport para apoiar a campanha do pai dela!

Ruby ficou de olho em seus pais, que optaram por chegar com outro casal. Ela rezou para ser capaz de interceptá-los antes que o medo a fizesse suar através de seu corpete carmesim. Certamente entenderiam que o amor era preferível a qualquer que fosse o relacionamento dela com John agora. Ruby queria acreditar que eles queriam mais para ela do que apenas o sobrenome Davenport.

— Me concederia uma dança?

Ruby sorriu. Uma dança não faria mal. Ela deixou o sr. Barton a conduzir até o centro da sala. A palma da mão dele pousou nas costas dela e eles começaram a se mover. De fato, ele era um dançarino fabuloso. Era uma das razões pelas quais ela gostava de sua companhia. A música os envolveu. Os casais ao redor se transformavam em borrões de cores, de seda ou cetim, girando.

— Você se lembra da primeira vez que dançamos? — perguntou Ruby.

Os lábios dele tremeram enquanto o sr. Barton se inclinava.

— Para ser sincero, acho que me apaixonei por você naquele momento. — Ele a girou gentilmente por sob o braço. Quando a puxou para mais perto, foi para pressionar as costas dela em seu peito. O calor dele devorou as dúvidas dela.

— Eu sabia — sussurrou ele contra a parte mais delicada do pescoço dela — que jamais encontraria alguém como você.

Ele a girou para longe e, quando eles se reencontraram, Ruby pousou a cabeça em seu ombro. Ela imaginou uma vida inteira de danças como aquela. Talvez pudessem passar a noite inteira ali, escondidos na multidão.

Eles passaram mais duas danças fazendo exatamente isso, e então o sr. Barton quis tomar um drinque. Ruby caminhou ao lado dele, seu foco disparando em todas as direções.

Estava sem ar. Tudo o que podia ver eram explosões de cor entre os smokings pretos, rostos protegidos por máscaras. Ela segurou firme no braço do sr. Barton, procurando por seus pais. Um suspiro escapou de seus lábios quando ela viu a mesa de refrescos abençoadamente livre.

— Você está bem? — perguntou ele, passando a mão na testa úmida dela. — Vamos tomar nossos drinques lá fora. O ar fresco vai fazer bem.

Ruby estava prestes a concordar quando uma dor aguda irrompeu em seu cotovelo. A mãe dela apareceu como o espectro que ela temia e puxou a filha para uma alcova isolada, com o sr. Barton junto. Ruby tentou se desvencilhar da mãe, mas era tarde demais. Ela se manteve firme entre eles agora, esperando que acontecesse o que acontecesse, ele ainda estaria segurando sua mão depois.

— Sra. Tremaine, que prazer vê-la — disse o sr. Barton. A voz dele era calorosa, embora um pouco incerta.

Embora a mãe dela sorrisse, não havia nada amigável ali. Os três tiraram as máscaras e Ruby viu que a sobrancelha errante da mãe havia subido até a linha do cabelo.

— Que bobagem é essa sobre vocês estarem noivos? A sra. Davis está contando a todos que você e o sr. Barton estão noivos.

Harrison se virou para Ruby.

— Nós estamos.

A sra. Tremaine semicerrou os olhos para a filha.

O coração de Ruby martelava no peito.

— Harrison e eu estamos apaixonados.

— Apaixonados? — questionou a sra. Tremaine. — Ruby, já falamos sobre amor e casamento, e você vai se casar com John Davenport.

374 KRYSTAL MARQUIS

— Não entendo — disse o sr. Barton. — Ruby, você contou sobre nossos sentimentos antes que eu fizesse o pedido? A sra. Tremaine inalou fundo.

— É impressionante como você sempre tenta nos decepcionar. Você vai consertar esta bagunça — disse a mãe dela.

Ruby e o sr. Barton a observaram recolocar a máscara e voltar para a multidão.

Devagar, Ruby se virou para Harrison.

— Você disse que seus pais aprovavam e que você, sem dúvidas, havia terminado com John Davenport.

— Harrison, sinto muito. Eu estava planejando... eu tentei uma vez...

— Uma vez? — Ele tirou a mão da dela. A sensação era de que havia arrancado o braço dela.

— Tentei, eu juro. Mas é que tudo tem sido tão estressante com a campanha. Meus pais estão sempre tão ocupados, preocupados. Eu não queria dar mais preocupação.

— Ocupados e preocupados demais para você contar a eles... — O sr. Harrison trancou o maxilar antes de falar. — Tem certeza de que não é por que você ainda está apaixonada por John Davenport?

Ruby se encolheu como se tivesse levado um golpe.

— Como você pode pensar uma coisa dessas? É óbvio que não estou.

— Nunca sei em que pé estou com você, Ruby. Uma hora eu acho que sim, e então... — Ele jogou as mãos para cima. — Por que você não consegue simplesmente ser sincera comigo? Esses esquemas... — O sr. Barton se voltou para a pista de dança, as costas rígidas, o rosto frio. — Eu acho que você não sabe o que quer.

— Eu sei, sim.

OS DAVENPORT 375

— Sabe mesmo? Pelo que vejo, a única coisa que você quer ou se importa é com a aprovação deles. Nos termos deles. Não há espaço para mais ninguém. Sua bravata, toda essa sua conversa de não se importar com a opinião dos outros, é mentira. — A voz dele abaixou para que apenas Ruby pudesse ouvir como tremia. — E agora essa mentira é a única coisa em que você acredita. Você é uma covarde, Ruby Tremaine.

O sr. Barton deu um passo para trás, o maxilar tão rígido quanto sua coluna.

Ruby sentiu lágrimas quentes no rosto.

— Harrison, espere.

Os dedos dela roçaram na manga dele. A música abafou seu chamado. Sua visão ficou borrada. E, simples assim, ele havia partido.

Capítulo 42

AMY-ROSE

Amy-Rose colocou sua tigela na pia com os pratos que Hetty colocara de molho. *Pra onde aquela garota foi?*

— Jessie, você sabe aonde Hetty foi?

O estômago dela estava cheio e seu corpo doía. Foram necessários dias de preparação para garantir que tudo para a arrecadação de fundos estivesse perfeito. Era o evento social mais importante do verão e crucial para a campanha de Tremaine. Amy-Rose se manteve ocupada a noite toda nos bastidores. Ela não queria arriscar dar outro espetáculo. Ah, era uma agonia ficar isolada na cozinha. Ela ansiava por ver toda aquela elegância, os penteados elaborados das mulheres. As máscaras. Era melhor do que folhear um catálogo.

— A garota saiu correndo assim que a sobremesa foi servida. — Jessie balançou a cabeça. — Conheço essa cara. — Ela deu a Amy-Rose um olhar revelador. — Tenho certeza de que você pode se comportar o suficiente para dar uma espiada.

— Uma espiadinha não faz mal à ninguém.

Amy-Rose tirou o avental e passou a mão no cabelo. O vapor da cozinha deixou seus cachos mais armados que o normal. Ela abriu a porta da cozinha ao som de centenas de vozes misturadas com os acordes da banda. Isso a atraiu para mais perto, invocando-a com a promessa de excelência e opulência negra.

Ela não se decepcionou. A cena parecia saída de uma pintura. A beleza reluzente dela evocou um suspiro. Os cabelos estavam cuidadosamente penteados, com pedras preciosas ou flores frescas. As fotos nos jornais de domingo não fariam justiça a nenhum deles. Amy-Rose estava orgulhosa de seu trabalho nas irmãs Davenport. Elas brilhavam como sóis gêmeos. Helen estava linda em uma capa verde-clara que deslizava de seus ombros, prendia-se ao redor de seu busto e apertava sua cintura, antes de cair a seus pés. Era um estilo mais moderno do que o que Olivia usava. A Davenport mais velha usava um vestido marfim de gola alta. O cristal em volta de seu pescoço e mangas esvoaçantes a faziam parecer angelical. O cabelo fora estilizado de maneira simples. Um coque baixo para Helen e uma trança francesa para Olivia. As duas pareciam muito envolvidas na conversa para perceber a maneira como atraíam a atenção dos convidados.

Amy-Rose viu de relance a sra. Davis e foi até ela.

— Boa noite, sra. Davis.

— Srta. Shepherd. — A mulher mais velha abaixou sua máscara coberta de cristais. — Fiquei triste em saber sobre a barbearia do sr. Spencer.

Amy-Rose lembrou da dor daquela notícia. Seu sonho não estava se desenrolando como o planejado, mas ainda estava no caminho certo.

— Foi uma decepção tremenda, sim, mas encontrei outro lugar que servirá bem. — O peito dela se estufava de orgulho. Ela observou a multidão em busca dos ombros largos e sorriso com covinha de John, a revoada de garotas que costumavam seguir seu rastro. Surpreendentemente, ele não estava perto da pista de dança nem da comida. Os pais dele também não estavam por perto.

— Ora, mas que notícia fantástica! — disse a sra. Davis. — Mas não posso dizer que não estou um pouco decepcionada, também.

Amy-Rose voltou a olhar para a viúva.

A sra. Davis sorriu.

— Minha querida, como você bem sabe, sou uma mulher rica, sem filhos e com um olho para os negócios. Pensei em atraí-la para uma parceria de negócios com uma viagem para Nova York. Agora que estou pensando no assunto, me faz soar como uma vilã e tanto.

Nova York? Amy-Rose se virou para a mulher três vezes viúva ao seu lado.

A sra. Davis tornou a rir.

— Estou realmente feliz que a sorte virou ao seu favor. Me mantenha informada sobre o seu progresso, sim?

— Sim — sussurrou Amy-Rose.

— Ótimo. — A sra. Davis tornou a colocar a máscara e desapareceu na pista de dança.

Cansada de todo aquele luxo, Amy-Rose foi até o banco no jardim. O lugar onde John revelou pela primeira vez seus sentimentos por ela. Onde deram o primeiro beijo deles. Ela não se sentia tão próxima de outra pessoa desde que sua mãe falecera. Ali ela sentira esperança, e pensou que aquela noite naquele local poderia renovar sua determinação. Ela pensou em ir até ali para roubar mais alguns momentos românticos com John no futuro, revisitar as lembranças que o lugar guardava. Com os olhos fechados, imaginou que quase podia ouvi-lo.

— Eu tentei fazer as coisas do seu jeito.

Mas não estava imaginando: *era* mesmo ele. Amy-Rose abriu os olhos e olhou para a escuridão além do pátio bem iluminado. De trás das cercas vivas, John e o sr. Davenport apareceram. O sr. Davenport apoiava-se pesadamente em sua bengala enquanto o filho andava em círculos ao seu redor. A agitação de John inquietou Amy-Rose. Seu comportamento tranquilo e distraído desaparecera. A dupla parou na beira do pátio, de costas para Amy-Rose. Ela pensou em se anunciar, saindo de trás das árvores para não ser acusada de bisbilhotar. Hetty era quem gostava de fofocas. Mas algo na forma como os ombros de John estavam tensos, quase tocando as orelhas, a fez parar.

— Ruby e eu nos conhecemos desde crianças. Não existe nada assim entre nós — disse John, em um tom que sugeria não ser a primeira vez que dizia aquilo. Amy-Rose sentiu o peito se agitar. — Ela não me ama. Ela tem sentimentos por Barton.

— Sua mãe e a sra. Tremaine tinham muita certeza de ser uma paixão passageira. — Ele deu um tapinha no rosto de John e sorriu.

Ao toque, John parou de se mexer, como se o movimento da mão do pai parasse a agitação interna. Amy-Rose não conseguia ver o rosto dele de onde estava, mas os ombros dele caíram e a cabeça abaixou.

— O que você disse? — perguntou o sr. Davenport.

Amy-Rose saiu da proteção das árvores e caminhou ao longo da cerca-viva. Ela manteve os passos vagarosos, cuidadosa com cada um, e usou as sombras para se esconder.

— Eu não amo Ruby. — As palavras de John eram claras. Ele se endireitou e olhou nos olhos do pai. — Minha escolha é Amy-Rose, papai. Sei que ela não é o que você e minha mãe tinham em mente para mim, mas não me importo. Ruby e eu não seremos felizes.

— E você acha que essa garota te fará feliz? — O sr. Davenport balançou a cabeça. — Você acha que as esposas dos seus amigos darão as boas-vindas a ela? Vão querer socializar e jantar com uma mulher que costumava servi-los? E quanto aos seus filhos? Amy-Rose é filha de um *senhor de escravizados*. Basta uma olhada nela para as pessoas se perguntarem. Já é difícil conseguir aquela mesa nos fundos do restaurante ou no final da bancada em locais públicos sem reduzir os espaços entre os nossos. Alguns até podem aceitá-la, mas muitos vão bajulá-la enquanto falam mal pelas costas. Só trará a vocês dois mágoa e ressentimento.

John balançou a cabeça.

— Ainda assim eu escolho Amy-Rose. Que se dane o que as pessoas pensam.

— E sua mãe e eu? Devemos nos danar também?

Amy-Rose ainda não conseguia ver o rosto de John, mas ele enrijeceu com a pergunta do pai. O estômago dela embrulhou enquanto ele permanecia em silêncio. Ela se sentiu um nó no fundo da garganta. Por mais que não quisesse admitir, o sr. Davenport estava certo. As coisas nunca seriam fáceis para eles. O patrão sempre foi gentil com ela. Agora, Amy-Rose se perguntava se ela era um lembrete ambulante da vida da qual ele fugiu. *Eu moro na casa dele.* Seus joelhos dobraram quando ela se abaixou no chão úmido. Ela sabia que deveria ir embora, mas se viu incapaz de ficar de pé.

— Pessoas como o homem que colocou sua mãe em dificuldades, elas pegam e fazem o que querem. — A voz do sr. Davenport tremeu. — Amy-Rose é uma boa garota. Ninguém diria o contrário. Se você quer se casar com a filha de um senhor de escravizados, sua mãe e eu não vamos impedi-lo.

— Ele colocou as mãos no topo da bengala. Endireitou os ombros. De onde Amy-Rose estava, ele parecia tremer de raiva.

— Mas também não vamos facilitar nada. Você terá que sustentar a si mesmo e a ela sozinho. Sem qualquer ajuda nossa.

John se encolheu como se tivesse levado um tapa.

— Tem certeza de que quer desistir de tudo por uma garota? — perguntou o sr. Davenport, os olhos passando pela mansão e o terreno.

Amy-Rose prendeu a respiração, esperando a resposta de John, que ele dissesse que ela era sua escolha mais uma vez. O suor começou a se acumular acima de seu lábio. Ela semicerrou os olhos. *Talvez se eu pudesse chegar mais perto?* Ela se forçou a seguir de joelhos vacilantes até a beira da escuridão que a escondia. Amy-Rose olhou para o chão, evitando as folhas e galhos secos. Quando ergueu o olhar, o sr. Davenport estava voltando para a casa.

— John — chamou ele. — Pensei que você estava falando sério sobre os estudos. Os negócios. Eu ainda tenho a palavra final quanto a isso, saiba você.

John permaneceu parado e em silêncio. A percepção a deteve. O sr. Davenport atacou a única coisa que seu filho queria mais do que tudo. *Ainda mais do que eu?* Os pés de Amy-Rose se recusavam a chegar mais perto. A respiração de repente ficou difícil. Ela não se importava mais se fosse descoberta. Seus olhos ardiam com nova rejeição e desgosto. O sr. Davenport havia oferecido a John a alternativa perfeita. Se ele queria começar por conta própria, entrar no ramo automobilístico do zero, criar um novo futuro com ela... era isso. Mas o silêncio dele foi a resposta dela. John Davenport não estava pronto. Talvez nunca estivesse.

Antes que Amy-Rose se desse conta, estava andando pelo jardim até onde ele estava.

— Nunca serei o suficiente, não é?

John se assustou. Ele olhou por sobre o ombro.

— Amy-Rose, eu...

— Você não sabia que eu estava aqui?

— Você ouviu? — John massageou a nuca.

Ela sentiu o fogo subir dentro dela, tão quente quanto as lágrimas.

— Seu pai está certo. Um futuro comigo seria difícil, assim como a minha vida inteira foi. Você acha que não sei do que as pessoas me chamam? Do que chamaram minha mãe por dormir com um homem branco e ter a filha dele?

Amy-Rose não esperou que John respondesse. Ela não podia. Embora o sr. Davenport a tratasse com gentileza e não quisesse que ela ouvisse, suas palavras foram tão profundas quanto a reação de John. Era outro lembrete de que pessoas como ela nunca sabiam em que pé estavam. A incerteza que a acompanhava em lugares desconhecidos ainda a atormentava, embora ela dominasse a habilidade de sua mãe de agir como se pertencesse a todos os lugares.

No fundo, Amy-Rose temia não pertencer a lugar algum.

Ela olhou para John, furiosa por ele ter abalado sua decisão de partir com uma promessa e um presente. Como pôde se deixar apaixonar tão completamente? Sua raiva se tornou fria e amarga quando a dor que sentia se voltou para dentro. *Você permitiu*, ela disse a si mesma. Havia pensado ter uma chance. Que, enquanto tivesse John ao seu lado, eles resistiriam a qualquer obstáculo lançado contra eles.

— Toda vez que passo por aqueles portões — disse ela, apontando para a entrada da propriedade e lutando para manter a voz firme. — Eu me preparo para os olhares tortos, para os comentários, para o desprezo. Na maioria das vezes, não é necessário, mas aprendi da pior forma que é melhor me armar do que ser pega desprevenida. Sou negra e branca, e às vezes, em *alguns espaços*, não sou nem um nem outro. Mas pensei que aqui, com você, eu poderia remover essa armadura. Eu não teria que arrancar as sardas do meu rosto, me diminuir nem me desculpar pela minha aparência ou pelo trabalho que faço aqui. Me desculpar por quem meu pai foi. Eu poderia simplesmente ser quem sou.

Amy-Rose se endireitou.

— Você não me defendeu; pior ainda, você não *se* defendeu.

Ela já se afastava, longe do alcance dele, enquanto os amigos o chamavam na distância. John parecia dividido.

Não, ele não está pronto.

— Tenho pena de você — arfou Amy-Rose entre as palavras. — Você pode ficar com o seu prédio e transformá-lo em uma loja, um salão ou um espaço de exibição para os seus automóveis. Eu não o quero — disse ela, e foi embora antes que John pudesse vê-la desmoronar.

Capítulo 43

OLIVIA

Olivia circulou a otomana e se sentou na mala. Limitar o "essencial" a uma única bagagem foi uma tarefa difícil — *ela estava saindo de casa* —, tão difícil, na verdade, que, contra seu melhor julgamento, ela vestiu o vestido marfim liso e fez uma aparição no baile. Sua presença faria falta, disse a si mesma.

Ela vira Helen brevemente, com os olhos inchados, mas muito composta. Algo tinha acontecido, mas Helen se recusou a falar a respeito. As mãos da irmã tremiam enquanto ela recusava categoricamente a oferta de Olivia de ficar. Na verdade, ela quase a expulsou do salão de baile.

— O que está acontecendo?

A sra. Davenport entrou no quarto de Olivia, a máscara pendurada na mão ao lado de seu corpo. O intrincado padrão dourado combinava com a coroa tecida em seu cabelo, destacando-se ousadamente contra o vinho profundo de seu vestido. Ela parecia uma rainha. Uma monarca cansada.

O olhar dela disparou pelo quarto e pousou na mala debaixo de sua filha. Ela entrou mais no quarto.

Apesar de Olivia ter guardado outra vez os itens que tirou ao fazer as malas, ela mal conseguia esconder a volumosa mala de viagem. Enquanto a mãe se dirigia para a penteadeira, Olivia respirou fundo algumas vezes. Seu corpo zumbia com ansiedade, retorcendo seu estômago. Ela já devia ter partido, mas talvez isso fosse melhor. Helen não teria que juntar os cacos enquanto lidava com o que quer que estivesse acontecendo agora.

— Isto é uma passagem de trem para a Filadélfia. Pode explicar, Olivia?

— Decidi viajar para o Sul com alguns ativistas que conheci. — Ela observou o choque mudar para determinação no semblante régio de sua mãe. — Sei que não é o que você e papai queriam para mim, mas essa é a vida que quero seguir.

— Você quer dizer o jovem que escolhe. — A sra. Davenport suspirou e colocou a passagem na penteadeira. — Eu também já tive a sua idade. — Ela deu um sorriso triste.

— Não vou mentir que acabei me apaixonando. — Olivia se aproximou da mãe. — Por Washington DeWight e pelo trabalho que ele faz. Mamãe, a filantropia da nossa família tem limites.

— É perigoso, Olivia.

— Eu sei.

— Não, você *acha* que sabe. Você pode pensar que o pior que pode acontecer é um espancamento, prisão. — A sra. Davenport balançou a cabeça. — Você era jovem demais para se lembrar das ameaças enroladas em tijolos que eram lançadas em nossos vidros quando a empresa de carruagens começou a ter sucesso. Depois dos massacres em Springfield, empresas de proprietários negros foram atacadas. Nós não reformamos o salão de exibição pela estética. Alguém jogou uma garrafa de bebida em chamas pela janela. — A sra. Davenport suspirou. — Talvez eu devesse ter ouvido a sra. Tremaine e não ter protegido vocês tanto.

O coração de Olivia disparou. Ela observou a dor das lembranças passar pelo rosto da mãe. Ela se sentia gelada, apesar do ar ameno da noite passando pela janela. A comoção do andar inferior ficou em segundo plano.

— Quando John nasceu, seu pai e eu tentamos fazer o que você e o sr. DeWight estão fazendo. Marchamos. — A sra. Davenport agarrou a mão da filha. — Mas há outras maneiras de trazer mudanças sem arriscar nossas vidas. E com resultados melhores.

— Por que você nunca me contou isso? Você e papai escondem tanta coisa. — Olivia tentou se livrar da raiva borbulhante. — A senhora optou por nos fechar aqui. Na cidade, praticamente ostentamos nossa riqueza em círculos onde às vezes somos as únicas pessoas negras, onde o nosso melhor é melhor do que todos ao redor, e alguns ainda nos olham com desprezo. Depois, passamos para o South Side. Onde somos tão propensos a ser elogiados quanto xingados. Uma cesta de doces ou um cheque na mão quando tudo que nosso povo quer é uma chance.

A sra. Davenport suspirou.

— Ao ajudar um, podemos ajudar muitos. — Ela colocou um cacho solto atrás da orelha de Olivia. — Sinto muito. Nossa única intenção era proteger você, seu irmão e sua irmã do pior. Da forma como pudemos. Você sabe mesmo no que está se metendo?

A dúvida encontrou uma fenda na resolução de Olivia, aumentando-a e tornando difícil se concentrar. A mãe dela ainda lhe segurava a mão, a pressão cálida e reconfortante.

As mesmas mãos que a confortaram quando ela estava doente, que enxugara suas lágrimas. Que arrumaram o cabelo dela um segundo antes.

Olivia olhou para baixo. A mala dela estava pronta.

— Eu quero que você pense com cuidado sobre essa decisão — disse Emmeline Davenport.

— Eu pensei. Pensar é só o que faço. Agora é a hora de agir. Talvez o sr. Tremaine ganhe essa eleição e assim quem sabe poderei fazer a diferença, mas não é garantido.

— Espere ao menos até o final do verão.

— Mamãe, não preciso esperar.

Os olhos da sra. Davenport brilharam e a máscara dela se amassou nas mãos.

— E se não der certo com esse homem? Você voltaria para casa de sabe-se lá onde, com sua reputação arruinada e incapaz de encontrar um marido adequado. O sr. Lawrence está na festa. Ele é um bom homem e será um marido maravilhoso.

O rosto de Olivia se aqueceu.

— Marido? Mamãe, sei que isto não é o que você queria...

— Não é!

— Mas é o que *eu* quero. Sei o que estou fazendo.

— Espero que saiba. — A sra. Davenport pressionou os lábios na testa da filha. — Seu pai e eu podemos não conseguir desfazer o dano quando você voltar.

— Quem disse que haverá dano a ser desfeito?

— Ter esperanças é maravilhoso, Olivia — disse a sra. Davenport, antes que a voz dela implorasse. — Pelo menos espere até de manhã. Se ainda quiser ir, seu pai e eu arranjaremos alguém para acompanhá-la.

Olivia mordiscou o lábio. O plano que considerara era similar, embora ela preferisse encontrar alguém entre o grupo de advogados e ativistas. Ela suspeitava que os pais tentariam atrasá-la também. *Não seria melhor ir embora com o grupo esta noite?* Ela olhou para a bagunça ao redor.

— Está bem. Até o dia amanhecer.

A sra. Davenport suspirou.

— Ótimo. Te vejo lá embaixo.

— Sim, mamãe.

Olivia a observou partir e então olhou para o quarto, catalogando o que deixaria para trás. Seu coração doeu enquanto pegava cada uma das fotos emolduradas na cornija da lareira.

— Droga!

O pequeno relógio ao lado da foto do pai dela dizia que Olivia estava atrasada. Não havia tempo para se trocar. Ela pegou o longo casaco de viagem e o jogou sobre os ombros. Colou o ouvido à porta para tentar escutar passos. Quando só ouviu silêncio, ela pegou a mala e saiu em silêncio da casa.

Olivia chegou à estação de trem com tempo de sobra. Ela se despediu do condutor e carruagem emprestados enquanto ele voltava para a Mansão Freeport para esperar seu empregador — um dos convidados da festa — e ela correu escada acima. Ao entrar, parou, esticando o pescoço para examinar o arco de vinte e cinco metros acima da entrada da Van Buren Street. A extensão enorme do saguão a fez se sentir pequena. As pessoas correndo a faziam se sentir invisível. *Eu poderia facilmente desaparecer, me tornar uma nova versão de mim aqui.*

O peso das expectativas da sociedade já começara a diminuir. Olivia ficou maravilhada com o grupo de trabalhadores carregando grandes sacolas de lona, seus cintos de ferramentas retinindo nos quadris. Homens de negócios liam seus jornais em bancos e senhoras balançavam sacolas de compras atrás de crianças travessas. Olivia sentiu como se estivesse andando por um globo de neve antes de ser chacoalhado. Seus saltos bateram contra o mármore polido e através das colunas rebocadas até que ela emergiu na plataforma da estação La Salle e na multidão. Ela buscou o rosto familiar de Washington DeWight.

O ar vibrava com a intensidade do trem parado na beira da plataforma. Estava vivo, tanto quanto Olivia. As palmas das mãos estavam pegajosas de suor. Ela reajustou o aperto em sua mala, desejando ter permitido que o carregador a tivesse levado, mas estava perto demais da hora da partida. Ela olhou ao redor, o pânico se aproximando.

Por fim, avistou Washington parado no degrau de acesso ao trem, com o braço estendido enquanto se agarrava ao corrimão. A agitação em seu estômago só aumentou a mistura de emoções que Olivia sentia. Ela nunca estivera na Filadélfia ou Washington, D.C. Nunca tinha saído do condado sem a família. Agora, estava viajando para o outro lado do país.

— Srta. Davenport? — Um jovem se aproximou, pressionando um lenço ensanguentado na testa. — Você é a srta. Davenport?

— Sim — respondeu ela, incerta. O rosto dele era familiar. Olivia havia encontrado tantas pessoas nas últimas semanas que não soube de onde o conhecia. Havia algo nos movimentos de sua boca. *Hetty.* O homem diante de Olivia era o primo de Hetty. — Você está bem?

Ele piscou com um olho, pois o outro estava inchado e fechado.

— Parece pior do que é. Estou aqui por Hetty. Ela precisa da sua ajuda.

— Ela está ferida? — Olivia olhou ao redor. — Onde ela está?

— Na cadeia, senhorita. Paguei pela fiança dela, mas eles não a liberam para mim.

— Todos a bordo! — o condutor gritou a dois vagões de distância.

— Por quê? Não acreditam no parentesco?

O rapaz dobrou o lenço e o colocou de volta no rosto.

— Eles pegaram meu dinheiro, *e depois* disseram que a liberariam apenas para parentes próximos. Por causa da idade dela. — A expressão dele dizia como ele se sentia com a desculpa deles.

Quanto mais Olivia ficava na plataforma, mais difícil era para ela se convencer a seguir em frente. Quando olhou para trás, viu que Washington enfim a encontrara na multidão. O rosto dele se iluminou. Ele ergueu os braços, incitando-a a se aproximar. Animação e alívio estavam nítidos no rosto dele.

Olivia se sentiu presa em uma tempestade. As palavras dele voltaram para ela. Washington viajava de cidade em cidade, palestrando para transmitir às massas ferramentas com as quais pudessem seguir. O restante do trabalho, do tipo que provoca mudanças duradouras e significativas, era feito pela comunidade.

Por aqueles que permanecem.

Ela viu a decepção mudar as feições dele.

O sorriso foi o primeiro, levando consigo os ângulos agudos de suas maçãs do rosto. Washington parou de acenar e suas sobrancelhas escuras se uniram. Ela estava muito longe para ver o vinco que se formou entre elas. Olivia usou a imaginação. Com um aceno final, o sr. DeWight entrou no carro.

"Adeus", foi o que Olivia disse, sentindo o gosto das lágrimas que queimavam em suas bochechas.

O baile estava no auge quando Olivia e Hetty voltaram. Por sorte, os únicos ferimentos de Hetty tinham sido decorrentes da resistência para evitar a prisão. Jessie e Ethel abraçaram as duas. Nenhuma delas comentou sobre a mala que Olivia carregava. Ou como ela sabia que Hetty precisava de ajuda.

— Obrigada, Olivia — disse Hetty. — Harold a levará de volta à estação?

Olivia sorriu, embora tenha parecido vazio.

— Acho que é tarde demais.

Hetty abriu a boca, e então a fechou. Ela pressionou a mão no rosto de Olivia.

— Obrigada — sussurrou.

Elas se abraçaram.

Muito depois de Hetty ter desaparecido, de braço dado com uma das outras mulheres, Olivia decidiu voltar para a festa. Convidados perambulavam pela varanda. A fumaça dos cigarros arranhava a garganta sensível dela. Olivia tinha tomado a decisão certa, tinha certeza. Estava tão cansada. Sua mala e casaco caíram no chão. Com a ajuda do espelho do saguão e um guardanapo, Olivia removeu o rímel borrado sob os olhos. Então pegou uma taça de champanhe de uma bandeja que passava e se juntou às damas nos divãs.

— Outro evento de sucesso, mamãe — disse ela, a postura perfeita, os ombros para trás.

A sra. Davenport puxou a filha para mais perto.

— Sim, você deveria se orgulhar.

Capítulo 44

HELEN

Helen aguentou o abraço de Josiah Andrews, esperando que Olivia tivesse se despedido e estivesse a caminho da Filadélfia. Ela só tinha que ocupar os pais dela até que fosse tarde demais para tentarem detê-la. *O que fazemos por nossas irmãs.* Por cima do ombro do sr. Andrews mais jovem, Helen observou Jacob Lawrence. Ele estava perto de um grupo de cavalheiros. Toda vez que ela se permitia olhar naquela direção, os olhos dele encontravam os dela. Eles pareciam estar tentando dizer algo. Tudo o que ela sentia era calor e raiva. O que não combinaria para ir para a garagem agora.

— Você fica adorável de verde — disse o sr. Andrews.

— Que gentil da sua parte — respondeu entredentes enquanto erguia a mão dele um pouco mais alto. Ele a estivera deslizando para cima e para baixo desde que a música começara.

O sr. Andrews ficou vermelho e pisou no pé dela.

— Desculpe — grunhiu ele.

Quando a música enfim parou, Helen se livrou do toque dele.

— Foi um prazer dançar com você — disse ela, deixando-o no meio da pista de dança. Estava cansada.

— Srta. Davenport? — chamou Jacob. Helen aumentou a velocidade, mas não era páreo para o passo longo dele. — Por favor, Helen. Sinto muito, por tudo.

— Você mentiu para mim e para os meus pais. Por Olivia, e então *para* ela. Não sei mais o que pensar.

— Eu tenho muitos planos de vida, Helen. Só preciso de tempo. Por favor — disse ele outra vez.

A dor na voz dele fez Helen se sentir vazia e exausta. Ela nunca quis desaparecer tanto quanto naquele momento. Mas Olivia precisava dela para garantir que seus pais ficassem no salão de baile, aproveitassem a festa e não notassem sua partida. Helen engoliu as lágrimas.

— Eu gostaria que você fosse embora — disse ela. E lembrando-se de todas as instruções que a Sra. Milford lhe ensinara, disse com um sorriso: — Obrigada por ter vindo.

Ela desviou o olhar para não ver o rosto dele. Por fim, o sr. Lawrence recuou e desapareceu na multidão.

Quando pensou que aquela era justamente a hora de ir à biblioteca, precisou parar de repente. Seu pai estava no meio do caminho.

— Helen, já está dando um jeito de escapar?

O olhar dela disparou além dele.

— Óbvio que não, papai — respondeu ela, em busca das palavras. — Eu estava me perguntando se você gostaria de dançar.

O sorriso surpreso dele surtiu uma pontada de culpa nela. Helen não se lembrava da última vez que seu pai parecia tão emocionado e sem palavras.

O sr. Davenport estendeu a mão para a filha e a conduziu de volta à multidão. Em seus braços ela se sentiu como uma garotinha novamente. Ela sentiu os olhos dele em si, brilhando. Ele estava firme, apesar de mancar.

— Você se lembra de quando era pequena o bastante para ficar de pé em cima dos meus pés?

— Eu ainda consigo ficar.

O sr. Davenport riu. Helen não conseguiu evitar de se juntar a ele. O nó em seu estômago afrouxou o suficiente para dar espaço para a felicidade entre a culpa. Era disso que ela sentia falta, trancada em seu quarto, na biblioteca ou na garagem? De dançar com o pai? Era por isso que ele tinha tão pouca paciência com ela? Era por isso que cada ideia que tinha era descartada tão facilmente?

— O que foi, querida? — perguntou ele.

Inclinou a cabeça dela para olhá-la nos olhos. Helen olhou para o pai, as novas rugas aparecendo na testa e no nariz orgulhoso que compartilhavam.

— Nada. Isso é bom.

— Também acho. Deveríamos fazer com mais frequência.

A canção terminou e Helen o levou de volta onde ele deixara a bengala.

— Quando vir sua irmã, diga que quero falar com ela, sim? Eu gostaria de dançar com todas as minhas garotas esta noite.

Ele a beijou gentilmente na bochecha. Quando se afastou, a boca de Helen ainda estava aberta com o álibi de Olivia.

— Helen — chamou o sr. Davenport, sério.

— Sim, papai — respondeu Helen rapidamente. Ela olhou para a entrada do salão.

— O que está acontecendo?

— Nada! Acho que Livy foi se deitar, ela não estava se sentindo muito bem.

Helen colocou as mãos atrás das costas para que ele não a visse cutucar as unhas.

— Ela tem estado bastante indisposta recentemente. Talvez eu deva ir vê-la.

— Não! — Helen entrou na frente dele. *Pelo menos você está mais próxima da porta.* — Eu vou até lá e volto com notícias.

Ela se atrapalhou com o que dizer a seguir. Geralmente, não era desajeitada assim em usar sua lábia. As aulas de etiqueta bagunçaram sua mente! Tinha certeza, naquele momento, que elas aprimoraram todas as habilidades erradas. A sra. Milford estaria orgulhosa, mas agora Helen estava prestes a decepcionar a irmã. Olivia ficaria devastada.

— Olivia está ali — disse ele. A declaração foi uma surpresa tanto para ela quanto para o deleite de seu pai. Ao longo da parede oposta onde a mãe dela e outras matronas relaxavam em sofás, a irmã dela flutuava como uma visão em branco.

— Ah, sim, vou dizer que o senhor está procurando por ela.

Helen não esperou pela resposta do pai. Ela atravessou a multidão e evitou Greenfield, que estava louco para convidá-la para um piquenique ou algo igualmente chato.

— Livy.

A irmã se virou.

— Helen, você e papai fazem um par e tanto. — Embora o tom dela fosse alegre, Helen ouviu o tremor em sua voz.

A sra. Davenport olhava para as filhas de onde estava no sofá.

— Pensei que você estivesse se sentindo mal — disse Helen.

— Me sinto bem melhor agora. Eu só precisava descansar um pouco. — Olivia deu um sorriso curto. Algo estava errado, muito errado.

— Que bom! Posso falar com você? — disse Helen, passando o braço pelo da irmã e a arrastando consigo.

Na privacidade da biblioteca, ela exigiu uma resposta.

— O que você está fazendo aqui?

— Não sei — respondeu Olivia. — Eu estava na plataforma quando o primo de Hetty me abordou e disse que ela havia sido presa...

— Hetty foi presa?

— Fui à delegacia ajudá-la. Ela está com Jessie e Ethel agora.

— Você foi assim? — perguntou Helen, olhando para o vestido da irmã.

A risada de Olivia era vazia.

— Você devia ter visto a cara do policial.

O queixo dela tremeu e ela afundou na cadeira mais próxima, cobrindo o rosto com as mãos.

Helen suspirou.

— O que você vai fazer agora, Livy?

Olivia deu de ombros. Helen nunca vira a irmã tão incerta de si.

— Mamãe me encontrou antes que eu pudesse ir. Ela me contou como ela e papai tentaram viver a vida de ativistas e o pouco impacto que fizeram. Você sabia disso? — Quando Helen balançou a cabeça, Olivia disse: — Eu quase não cheguei à estação a tempo e só conseguia pensar nisso. — Mais baixo, ela acrescentou: — E então percebi o quanto há para ser feito aqui na cidade, incluindo cuidar da campanha, como posso pensar em partir agora? — Ela parou de repente.

— Eu o vi me procurando, e, quando ele me encontrou, não consegui me mexer. Foi nessa hora que o primo de Hetty foi até mim. — Olivia pigarreou. — Continuarei a trabalhar aqui. Só porque ele se mudou não significa que eu também tenha que ir. — Olivia se abraçou. — O que aconteceu com o sr. Lawrence?

O som do nome dele foi como reabrir uma ferida que mal se fechara. Lágrimas começaram a cair.

— Helen.

Olivia correu para o lado da irmã e tirou o cabelo do rosto dela, fazendo-a se sentir imatura e pequena outra vez. Helen se apoiou no ombro de Olivia e lhe contou tudo. Quando terminou, seu rosto estava tenso e inchado. Ela deveria ter ido para a garagem, ficado lá. Mas, enquanto sua irmã a embalava e sussurrava palavras suaves que ela estava chateada demais para entender, Helen sabia que este momento não tinha preço.

Capítulo 45

AMY-ROSE

As primeiras lágrimas começaram a cair quando Amy-Rose passou pela porta de vaivém da cozinha. Bastou um olhar para o rosto dela para Jessie deixar o rolo de massa de lado. Amy-Rose contornou a mesa e abraçou a cozinheira. Jessie a abraçou sem palavras enquanto ela soluçava.

— Sou só uma empregada — disse Amy-Rose no ombro de Jessie. — É o que sempre serei.

Jessie pegou o rosto de Amy-Rose nas mãos e deu um passo para trás. O pequeno gesto silenciou Amy-Rose, que não conseguia acreditar que tinha mais lágrimas para derramar.

— Ninguém é uma coisa *só*. Principalmente você. E você, Amy-Rose, não precisa de homem nenhum para realizar seu sonho. Espero que você saiba disso.

Amy-Rose respirou fundo, embora doesse. Ela se lembrou de sua mãe e como ela encontrou um caminho. Amy-Rose também encontraria. O peso do caderno em seu avental a aterrava. Jessie estava certa; ela ia conseguir. Mas não podia fazer aquilo ali na Mansão Freeport...

Ainda bem que sua mala ainda estava feita. Desta vez, ela iria para o Leste.

Capítulo 46

RUBY

Felizmente, o salão de chá estava vazio, exceto por algumas mulheres mais velhas, Ruby e a mãe dela. As paredes eram pintadas de azul-claro e emolduradas por grandes janelas salientes que se estendiam do chão ao teto. As toalhas de mesa brancas eram muito brilhantes. A angariação de fundos tinha cansado a todos, mas a sra. Tremaine insistiu que eles ainda participassem do brunch de domingo.

Depois que o sr. Barton deixou baile, tudo que Ruby queria era voltar para casa e ficar amuada. Os eventos da campanha foram suportáveis, às vezes divertidos. Agora ela só via o que esse último compromisso havia lhe custado: Harrison Barton, uma chance de amar, sua liberdade. Meses antes, Ruby estaria exultante por ter garantido a primeira proposta da temporada. Em vez disso, ela sentiu uma espécie de tristeza, uma desesperança.

A ideia de Harrison Barton se apaixonando por outra garota era muito pior. E, no entanto, era uma dor que ela sabia que merecia. Ruby o tinha magoado. Havia desperdiçado sua chance de felicidade juntos e possivelmente sua chance de amor verdadeiro. Um casamento com John seria por conveniência e necessidade de validação de seu pai. Ela e a família já estavam se beneficiando do poder e influência dos Davenport depois que seus pais deixaram explícito que a união das duas famílias ainda estava nos planos.

— Tome seu chá, querida. Não queremos que pensem que não gostamos da comida. Eles são fortes apoiadores do seu pai — disse a sra. Tremaine entredentes.

Ruby obedeceu e brincou com o colar em seu pescoço.

— Depois, iremos ao chapeleiro. Acho que precisamos de chapéus novos. Ah, e o que você acha da Marshall Field's?

— Quando as duas estavam sozinhas, a sra. Tremaine sussurrou: — Seu plano funcionou em mais de uma forma. Além do seu colar, o sr. Barton fez uma doação considerável à campanha do seu pai.

— Ele fez? — disse Ruby. Ofegou com a menção do nome dele. — Quando?

— Faz várias semanas. O sr. Barton não queria que você soubesse, e é lógico, como você já estava confusa o suficiente...

Dada a criação dele, o interesse de Barton na campanha do pai de Ruby fazia sentido, mas ela não esperava que ele ajudasse sua família. Ele acreditava que o pai dela poderia fazer a diferença. Ser o primeiro prefeito negro significava algo.

Pela primeira vez, Ruby não tinha interesse em moda ou compras, mas a mãe estava decidida. Ela encomendou um chapéu novo para cada uma delas, então as duas foram para a grande loja de departamentos. A sra. Tremaine parou para conversar com cada lojista, dono de banca de jornal e conhecido no caminho. Era como se estivesse praticando para sua turnê da vitória. A jornada foi temperada com encorajamento focado em Ruby. Ruby precisava sorrir mais, Ruby precisava se envolver mais na conversa.

Na Marshall Field's, Ruby sentia um aperto no peito. E não era só porque o corpete do vestido que a mãe sugeriu que ela experimentasse. Ruby estava muito chateada pela insensibilidade com que a mãe vinha gastando dinheiro, como se os últimos dois meses de mesquinharia não tivessem acontecido. Ou não poderiam acontecer novamente.

A atendente da loja estendeu a saia e ajustou os babados em volta do ombro. Ruby ficou maravilhada com o tecido fino que cobria sua pele. O decote acentuado era modesto pela renda que ia de um ombro ao outro, suas bordas recortadas apenas roçando sua clavícula.

— Srta. Tremaine, gostaria de flores pela cintura? — perguntou a costureira, segurando um arranjo de seda do tamanho da palma dela na cintura império do vestido.

Não me importo, pensou Ruby, se perguntando quantas provas de vestido haveria no futuro. Ela disse que sim, apenas para ganhar algum tempo para se recompor. Um calor subiu sob sua pele e seu batimento cardíaco disparou a cada momento que passava.

Ruby olhou mais uma vez para seu reflexo, respirou fundo e escondeu seus verdadeiros sentimentos por trás de seu melhor sorriso. O vestido de amostra era muito largo e longo. Clipes e alfinetes, apertados demais, reuniam o excesso de tecido em seus ombros e cintura, revelando suas curvas. Ruby lutou contra a vontade de torcer o nariz para o modelo. Estava desatualizado e a fazia parecer baixinha. Mas o material era bom. Anuindo, a vendedora abriu a cortina.

— Ah, Ruby — disse a mãe dela. — A renda é magnífica.

A costureira pendurou uma fita métrica nos ombros de Ruby, seus cachos louros se enrolando em volta da moça. O rosto dela estava brilhante e rosado. Ela olhou de Ruby para a mãe com expectativa.

A sra. Tremaine ajustou as flores na cintura de Ruby, que fechou os olhos com força e resistiu à vontade de tirar o vestido. Mas, quando tornou a abri-los, notou o olhar suavizado no rosto de sua mãe.

— Minha linda menina — disse a sra. Tremaine, dando batidinhas na bochecha dela.

Rubi segurou sua mão. Então ela se deu conta, por completo, do verdadeiro peso disso, de que teria que partir o coração de sua mãe se ela mesma quisesse ser feliz.

— Poderia me conseguir um copo de água com gás? — perguntou ela.

— Com certeza. Um segundo, senhorita. — A atendente saiu da sala.

— Mãe, você pode pegar um broche para comparação? Acho que seria mais adequado para este vestido.

— Já sei qual!

— Na verdade, mudei de ideia.

Já havia alfinetes demais saindo do vestido.

A sra. Tremaine pressionou as mãos nas pérolas ao redor de seu pescoço.

— Está bem, mas, devo dizer, não gosto desse tom. Duvido que John aceitará tal comportamento, e crianças precisam de um bom exemplo.

— Não me importo com os seus planos, mãe — disse Ruby, firme. — Não vou me casar com John. Amo Harrison Barton e não me importo se isso arruína seus planos. Quero ser feliz. É a minha vida *e* a minha decisão. Não deixarei que você e papai me pressionem mais.

Quando Ruby terminou de falar, seu coração disparado era o único som que conseguia ouvir. Ela enfiou os pés de volta nos sapatos. Ar. Ela precisava de ar fresco. Ruby caminhou na direção oposta dos broches, ignorando os olhares de compradores e atendentes.

Não tem janelas aqui?

— Aquela é Ruby Tremaine? Acho que sim.

Ruby se encolheu.

Agatha Leary estava a alguns metros de distância, de braços cruzados enquanto analisava Ruby.

— Ora, mas que vestido interessante — disse ela.

— Agatha, é um prazer revê-la, embora eu ache que você poderia ter dormido mais algumas horas.

Agatha riu. Era um sonzinho emoldurado por um olhar feio.

— Eu estava esperando que você pudesse me confirmar algo. Ouvi dizer que você e o sr. Barton terminaram. Significa que ele está disponível?

Por um momento, a visão de Ruby ficou tão vermelha quanto a pedra pendurada em seu pescoço. Teve vontade de estrangular Agatha Leary bem na frente do balcão de maquiagem. Se não fosse pela gloriosa rajada de ar frio da entrada, talvez tivesse feito exatamente isso.

— Na verdade, ouvi dizer que ele está comprometido.

Ruby se endireitou e seguiu a brisa até a saída. Deixou que seus pés a guiassem para onde seu coração queria que estivesse. Ignorou os olhares estranhos que recebeu. Os grampos e alfinetes que seguravam o vestido no lugar começaram a falhar. Ruby não se importou. Uma curta viagem de bonde depois, ela subiu as escadas do prédio aninhado atrás de uma grande árvore florida. Ela bateu na porta com o punho até que uma mulher curvada a abriu. Atrás dela, na escada para o segundo andar, Harrison Barton estava boquiaberto.

Ruby hesitou.

— Com licença — disse ela, entre arquejos e sorrisos. Ela se contorceu para passar o corpo entre a governanta e a porta. Os passos dela combinaram com os do sr. Barton até que eles se encontraram aos pés da escada. — Sei o que quero. Quero uma vida com você. Não quero ficar nessa corda bamba. Contei para a minha mãe. Você pode publicar em uma página do jornal que não me importo! Eu te amo, caramba!

Harrison estava tão parado que Ruby temeu tê-lo assustado além do ponto do aceitável. Então ele colocou a mão na nuca dela e trouxe seus lábios aos dele. Os dedos dos pés de Ruby se curvaram em suas botas. Ela separou os lábios enquanto o beijo se intensificava. Aquela era sua única escolha.

Um barulho os separou. A mulher mais velha tinha batido a porta. Ruby e Harrison Barton se entreolharam, olhos brilhantes e sorrindo de orelha a orelha.

— Tem mais alguma coisa que você gostaria de me dizer? — perguntou ele.

Ruby olhou para si mesma.

— Acho que roubei este vestido.

Capítulo 47

OLIVIA

O sol da manhã pintou o horizonte em azul e dourado, afugentando as estrelas em seu manto roxo. O que Olivia dissera à irmã na noite anterior era verdade: tudo ficaria diferente pela manhã. De sua janela com vista para o pátio, ela viu que as lajes haviam sido limpas dos resquícios da festa. As mesas onde o jantar foi servido já haviam sido levadas, junto com as toalhas, os centros de mesa e os outros enfeites da refeição. As taças e as garrafas de champanhe descartadas que se amontoavam nos cantos dos móveis da sala haviam sido jogados fora. Os resultados de seu trabalho duro haviam sido limpos.

Olivia exalou profundamente e viu sua respiração embaçar o vidro da janela agora fechada. Quando fechou os olhos, ela foi transportada para a plataforma do trem. Escondida na multidão, viu Washington procurá-la. Seu coração doeu quando seus pés permaneceram onde estavam. A decepção no rosto dele a deixou nauseada. Foi a coisa mais difícil que ela já fez.

Voltar para casa para ver a festa ainda acontecendo como se ela sequer tivesse saído só piorou as coisas.

Mamãe e Helen sabem, ela pensou consigo.

Helen parecia aflita, enquanto sua mãe estava aliviada e triunfante. Olivia se sentia esgotada.

Ficou surpresa ao ouvir a batida em sua porta muito tempo depois que ela havia se arrastado sob o edredom e se acomodado para olhar para o dossel da cama. O sono também fugiu de Helen, que, ainda enrolada em seu cobertor, se enterrou ao lado dela. Elas ficaram acordadas até tarde da noite, conversando sobre tudo e nada — todas as coisas que deveriam ter compartilhado nos últimos anos.

Conversaram até suas vozes ficarem roucas e as velas se apagassem. Helen queria fazer planos. Um plano para levar Olivia de volta ao sr. DeWight e outro para dar a notícia da mentira do sr. Lawrence a seus pais. Olivia queria que sua irmã esperasse. Se elas arruinassem a boa reputação do sr. Lawrence aos olhos dos pais, não haveria como ele ganhar a confiança deles outra vez, se fosse esse o desejo de Helen no fim das contas. Além disso, o decoro também tinha que ser considerado, já que ele estava tão recentemente ligado a Olivia. Helen alegou não se importar. Olivia sabia que era a dor falando.

— Você já está acordada. — A cabeça de Helen apareceu em um espaço entre os lençóis delas.

— Bem, alguém roncou descontroladamente a noite toda.

— Eu não ronquei — disse Helen.

— E também roubou todos os cobertores.

— Eu não teria feito isso se você dormisse com a janela fechada como uma pessoa normal. — Helen jogou os cobertores no chão e se espreguiçou como um gato. — Decidiu o que quer fazer?

Olivia queria voltar ao trabalho. Encontrar Hetty e retornar aos grupos. Ela queria fazer os próprios planos. Seus sentimentos por Washington DeWight a ajudaram a ver isso.

— Podemos fazer planos de barriga cheia, que tal? — disse ela, puxando a irmã para que se levantasse.

— Ótimo. Acho que sinto o cheiro de ovos.

Quando entraram na sala de café da manhã, John já estava lá. O prato dele estava cheio de comida e um pouco, sujo, como se estivesse na segunda rodada. O vapor do bule de café fresco que ele servia tornou sua expressão difícil de ler. Ele estava vestido como se fosse sair.

— Onde estão mamãe e papai? — perguntou Helen, se sentando ao lado de John.

Ele deu de ombros. Seus olhos pareciam vermelhos, como se tivesse passado a noite acordado. O aperto nos cantos de sua boca fez Olivia saber que sua noite tinha sido tão desagradável quanto a delas. Ele entregou a cada uma um prato enquanto Olivia se sentava. A refeição na frente deles deixou Olivia com água na boca. Ovos, bacon e grandes quantidades de torradas com manteiga, que os irmãos Davenport comeram em silêncio.

— O que foi, Helen? — perguntou John, irritado.

Ela estivera chutando a perna da mesa pelos últimos minutos.

— Não fale com ela desse jeito, John — disse Olivia.

— De que jeito, ora essa?. — O rosto dele suavizou e John se desculpou, dando a Olivia um olhar para lembrá-la de que ele era o mais velho. Ela revirou os olhos.

Helen pegou uma torrada do prato dele. Antes que John pudesse dizer algo, ela perguntou:

— Como foi com Amy-Rose?

Olivia ergueu a cabeça.

John se encolheu.

— Papai não encarou bem. Ela ouviu nossa conversa...

— A voz dele morreu. Ele balançou a cabeça. Os olhos pareciam sem foco enquanto encarava o prato diante de si.

— Hã, o que perdi? — perguntou Olivia. — O que papai não encarou bem e o que tem a ver com Amy-Rose?

— John está apaixonado por Amy-Rose — disse Helen.

Olivia estivera mesmo por fora. Ela sentiu uma estranha sensação ao ver que seu relacionamento com Helen não fora o único negligenciado.

— Eu a decepcionei, de novo. — John coçou a barba por fazer. — Não acho que consigo consertar isso.

Helen agarrou o braço dele.

— O que você fez?

— Não a defendi rápido o bastante quando Greenie a envergonhou, e de novo quando papai usou minha herança como argumento contra um relacionamento entre nós. — As irmãs arfaram. — Pensei que comprar um salão para ela a faria ficar... e então ela ouviu papai ontem à noite...

Helen chutou a canela dele.

— Você comprou um *salão* para ela? Ah, John. Você achou que podia usar seu charme e Amy-Rose esqueceria tudo pelo que esteve trabalhando? Que ela deixaria outra pessoa controlar o que ela tem todo o direito de conseguir? Você esperaria isso de mim? — Helen balançou a cabeça. — Vocês, homens...

— Ela ficou tão decepcionada por perder a barbearia do sr. Spencer.

— E aí você achou que comprar um espaço para ela resolveria tudo — disse Helen.

Olivia ainda estava confusa.

— Então você, John, está apaixonado por Amy-Rose, e você, Helen, está apaixonada pelo sr. Lawrence...

— Você contou a ela? — Os olhos de John voltaram aos de Helen.

— Você sabia? — A mente de Olivia estava girando. Havia tanto que ela não vira. O olhar dela recaiu sobre a pilha de cartas que levara até a mesa, tirada da cesta na entrada.

— São para Amy-Rose. Vindas da Geórgia. Talvez você deva levá-las para ela. Pedir desculpas. De novo.

John pegou a carta.

— Reconheço o selo. Estava rompido em todos os envelopes das cartas que o pai dela enviou para sua mãe. Acho que é o brasão da família dele. Elas não sabiam na época, mas pararam de vir quando ele morreu.

O corpo inteiro dele se pôs de pé de uma vez, toda a tensão de uma mola recolhida.

— Não estão abertas. — Olivia tentou pegar a carta de volta, mas John a puxou para mais perto, como se segurá-la fosse fazer Amy-Rose aparecer. — E parece a caligrafia de uma mulher.

Ele se levantou e saiu da sala. Elas ouviram seus passos apressados ecoando pela casa. Então silêncio.

O café era forte e amargo; Helen bebeu sem hesitar. Olivia colocou açúcar e creme até que o líquido em sua xícara ficou pálido como carvalho sem verniz. Ela estava prestes a pegar o bacon no prato de John quando a irmã bateu em seu braço e apontou por cima do ombro.

John entrou novamente na sala. Uma folha de papel rasgada balançava em sua mão trêmula como uma folha ao vento. Olivia e Helen se entreolharam enquanto ele amas-

OS DAVENPORT **411**

sava a página e a jogava sobre a mesa. Olivia assistiu impotente quando John caiu na cadeira. Seus olhos se encheram de lágrimas. Helen alisou o papel, seus olhos marejando enquanto lia.

— Ela partiu? — arfou Olivia.

Ainda segurando a carta endereçada a Amy-Rose, John anuiu.

— Terei que encontrar um jeito de entregar para ela.

— Ela disse para onde ia?

— Não.

— John...

Ele dispensou as palavras dela.

— Eu vou dar um jeito de entregar isso a ela — repetiu ele, segurando a carta da Geórgia, a determinação esculpida em seu rosto. — Qual é o próximo problema a resolver?

Helen enxugou os olhos e falou de boca cheia.

— Precisamos de um plano para fazer Olivia ir para a Filadélfia.

— Helen, eu não vou. Agora já é tarde demais e eu sei que não devo estar lá. Temos muito trabalho por aqui. Eu disse que não há necessidade de artimanhas nem de algum plano elaborado. Escolho ficar. Você não vai se livrar de mim fácil assim. — Olivia sabia que dissera a coisa errada assim que as palavras deixaram sua boca. "Não" soava como um desafio. E não havia nada que seus irmãos amassem mais do que um desafio.

Helen sorriu apesar dos olhos úmidos, e John perguntou:

— O que há na Filadélfia?

Antes que Olivia pudesse responder, Helen pulou, olhos brilhantes e um pouco sem fôlego enquanto contava outra vez o que tinha feito nos últimos dois meses. A irmã a pintou como uma ativista inspiradora, pronta para enfrentar qualquer desafio. Isso a fez lembrar de Washington DeWight e do modo como outras pessoas, inclusive ela, falavam dele. Lágrimas ardiam em seus olhos e a voz de repente sumiu.

— Você não vê que ela o ama, John? Precisamos ajudá-la. Ele franziu a testa.

— Mas e você e o sr. Lawrence?

O olhar de Olivia disparou para Helen, cujo rosto ficou sem expressão com a menção ao pretendente inglês.

Helen apoiou a cabeça na mesa. John olhou para Olivia, confuso.

— Nosso caso é um pouco mais complicado — disse ela.

— Nossos pais acham que ele está prestes a me pedir em casamento. — Olivia se virou para a irmã. — Ele só estava tentando ajudar, para que eu ganhasse tempo. Agora, tememos que eles o vejam como oportunista.

— Ele mentiu — disse Helen.

— Eu também menti. — Olivia apertou o braço dela, esperando que oferecesse algum conforto.

John se recostou na cadeira com os dedos entrelaçados atrás de sua cabeça trêmula.

— Bem, não estamos todos cheios de problemas?

Eles eram bastante azarados no amor, pensou Olivia. E, por algum motivo estranho, começou a rir. O som começou fundo em sua barriga e cresceu até que os ombros dela começaram a chacoalhar com uma gargalhada.

— Ih, pelo visto ficou louca de vez — disse John, sua risada profunda se juntando a dela.

Logo, Helen levantou a cabeça. Embora houvesse um brilho aquoso em seus olhos, ela sorriu. Então riu. Em seguida, gargalhou.

Olivia enxugou os olhos. Seus sentimentos por Washington DeWight não haviam mudado, mas a súbita onda de alegria afugentou parte da tristeza.

— O que vamos fazer agora? — perguntou ela.

John deu de ombros.

— Vamos dar uma volta. Tem um Ford recém-consertado na garagem graças a alguém que conheço.

Helen sorriu.

— Posso dirigir?

NOTA DA AUTORA

Os Davenport é inspirado em uma história esquecida — pelos casos de sucesso de pessoas negras em cidades do Meio-Oeste dos Estados Unidos, como Chicago, durante o início de 1900, lugares tão cheios de progresso e possibilidades para pessoas negras quanto eram de desigualdade e segregação. É inspirado na história da empresa de carruagens C.R. Patterson & Sons, fundada por um orgulhoso patriarca que escapou da escravidão para se tornar um empresário rico e respeitado.

Charles Richard Patterson nasceu escravizado na Virgínia em 1833. Não se sabe como ou quando ele conseguiu se mudar para Greenfield, Ohio, mas sabemos que ele teve sucesso precoce como ferreiro em uma empresa de carruagens. Em 1873, ele se associou a J. P. Loew para abrir um negócio de fabricação de carruagens, construindo e vendendo nada menos que vinte e oito modelos de carruagens e charretes, alguns tão luxuosos quanto os descritos em *Os Davenport*.

Vinte anos depois, ele era rico o suficiente para comprar a parte de seu sócio e renomear a empresa para C. R. Patterson

& Sons. Quando seu filho Frederick Patterson assumiu, os carros estavam em ascensão e o negócio foi convertido em uma fábrica de automóveis. Infelizmente, após três gerações de riqueza e sucesso, a C. R. Patterson & Sons fechou sob as pressões da industrialização.

Eu tinha curiosidade a respeito da família de C. R. Patterson — especialmente a respeito de suas filhas. Poucos artigos faziam menção a elas, e menos ainda compartilhavam seus nomes: Dorothea (Dollie), Mary e Kate. Eu me perguntava: como era a vida para as mulheres na posição delas? Eu queria que *Os Davenport* apresentasse exemplos de representatividade que eu gostaria de ter tido quando adolescente, focando em jovens mulheres negras descobrindo a coragem de ir atrás de seus sonhos — e amores — em um momento em que as leis de Jim Crow, o medo e a desconfiança ameaçavam ambos.

As quatro jovens em *Os Davenport* são ficcionais, mas seus sonhos, medos e ambições, não. Elas são determinadas e apaixonadas enquanto tentam equilibrar as expectativas de suas circunstâncias com amor e felicidade encontrados em lugares surpreendentes e nem sempre aprovados pela sociedade. (E, de fato, quem não adora uma propriedade grandiosa, um baile glamoroso e um romance de tirar o fôlego — ou quatro?)

Na minha pesquisa para este romance, descobri que o sucesso da família Patterson é um entre muitos. Após a Reconstrução dos Estados Unidos no Sul, os estadunidenses negros, nascidos livres e anteriormente escravizados, desbravaram seus caminhos em uma sociedade que antes estava fora de seu alcance. Tornaram-se advogados, médicos e políticos. Alguns, como Madame C. J. Walker, construíram impérios grandes o suficiente para se tornarem nomes conhecidos em seu tempo. Sua tenacidade e desenvoltura forneceram a base para o caráter de Amy-Rose e suas aspirações empreendedoras.

Após a Guerra Civil, Chicago, em particular, se tornou um centro de cultura e negócios afro-americanos, razão pela qual a escolhi para ambientar a história. Na virada do século XX, a cidade crescia e sua demografia estava mudando. Em 1910, vários jornais de Chicago afirmaram que a esquina das ruas State e Madison, conhecida como o "Grande Mercado Central", era a mais movimentada do mundo. A cidade se tornou um popular destino turístico, já que americanos e europeus se reuniam lá por conta da animada vida noturna, praias e belo lago.

O que mais tarde seria chamado de A Grande Migração — o influxo de pessoas recém-libertadas para cidades como Chicago, Nova York, Boston, Los Angeles, Detroit e Filadélfia — resultou em bairros predominantemente afro-americanos, onde negócios e arte de propriedade de pessoas negras tinham a chance de florescer. Para os propósitos desta história, os efeitos desse êxodo em massa foram adiantados uma década para ajudar Olivia a perceber seu próprio privilégio e prenunciar a opressão que desencadearia o Movimento dos Direitos Civis.

Por mais inspirador que tenha sido ler a respeito das contribuições de pessoas negras ao longo da história e neste momento em particular, fiquei triste por tão pouco ter chegado às páginas dos livros escolares. Em vez disso, fui guiada pelas mesmas poucas biografias e alguns destaques a cada ano: *Brown v. Board of Education*, os discursos do Dr. Martin Luther King Jr. e a famosa viagem de ônibus de Rosa Parks. Hoje, existem livros didáticos que renomearam os escravizados como "trabalhadores" que "imigraram" para preencher empregos agrícolas. Os verdadeiros horrores da escravidão e o impulso inicial em direção à equidade são uma nota de rodapé na história dos Estados Unidos, e histórias de sucesso de pessoas negras, como a dos Patterson, foram quase apagadas. Acredito que esse apagamento é o motivo pelo qual as pessoas negras e seus aliados ainda marcham.

E, embora fosse fácil me desanimar com a violência praticada contra pessoas negras neste país ao longo da história, em minha pesquisa também me lembrei da resiliência negra. Para cada Massacre de Tulsa Race ou a destruição de Seneca Village, há um Renascimento do Harlem. O Springfield Race Riot em 1908 levou ao estabelecimento da Associação Nacional para o Progresso de Pessoas Não Brancas (NAACP, na sigla em inglês). As barreiras à educação resultaram na criação de Faculdades e Universidades Historicamente Negras (HBCUs, na sigla em inglês). No rastro da tecnologia moderna, afro-americanos e outras minorias estão documentando sua verdadeira trajetória, compartilhando sua arte e amplificando suas vozes. Há um impulso para ser visto e redescobrir partes da história da América que foram amplamente ignoradas. Livros como *The Warmth of Other Suns: The Epic Story of America's Great Migration and Unspeakable*, de Isabel Wilkerson, e *Unspeakable* de Carole Boston Weatherford, destacam o triunfo e a tragédia que os negros estadunidenses experimentaram durante um período crítico da história, cheio de esperança, sacrifício e perda. O Juneteenth, comemorado de maneiras tão variadas quanto as pessoas que honravam suas tradições, agora é feriado nacional. E estadunidenses de todas as ascendências se reúnem nas ruas da cidade, pedindo mudança e igualdade.

O dr. LaGarrett King, da Universidade de Missouri-Columbia, disse: "De muitas maneiras, não teríamos um movimento Vidas Negras Importam se vidas negras importassem na sala de aula". Podemos especular como os Estados Unidos seria diferente se os currículos escolares iluminassem melhor os altos e baixos do nosso passado, bem como a diversidade de nossa sociedade. Mas acredito, caro leitor, que assim como eu, você está otimista de que o foco sobre a representação de pessoas diversas e livros como este são apenas o começo.

Espero que você tenha se divertido tanto lendo as histórias dessas mulheres jovens e determinadas — Olivia, Helen, Amy-Rose e Ruby — quanto eu me diverti escrevendo.

Obrigada por nos acompanhar. Até a próxima vez na Mansão Freeport.

Krystal Marquis

AGRADECIMENTOS

Obrigada, leitor, por ficar comigo até aqui. Este livro é o meu mais louco sonho e estou muito feliz por compartilhá--lo com você. Sou incrivelmente grata pelo amor e apoio de todos que tornaram *Os Davenport* possível.

Aos meus pais: amo vocês. Obrigada por acreditarem em mim e fornecer um espaço seguro para acreditar em mim mesma. Pai, obrigada por me deixar espiar por cima do seu ombro toda vez em que trabalhou em um carro e por seu orgulho silencioso, que me ajudou a seguir em frente. Mãe, obrigada por ler para mim até que eu pudesse ler sozinha. E por ler cada versão deste romance até que estivesse pronto para ser compartilhado com o mundo. Você é minha leitora beta ideal e sua percepção é inestimável. Aprendi com você o meu amor por histórias.

Aos melhores irmãos que eu poderia pedir: obrigada, Anthony e Hillary (e Miles) por sua alegria e confiança. Sempre vamos apreciar bolo. Kimberly, obrigada (e me desculpe) por sua paciência enquanto eu falava *com* você sobre todas as coisas que passavam pela minha mente, me mantendo humilde, e pela minha linda foto de autora. Brandon, obrigada por me desafiar a tentar, me desafiar e me levar em sua jornada do NaNoWrimo. Esta foi mesmo a maior aventura até agora. Amo vocês, gremlins.

Tamar Rydzinski, obrigada por me dar uma chance. Sua sabedoria e orientação encontraram em *Os Davenport* o lar perfeito. Obrigada por ser a campeã do meu trabalho. Você era a minha agente dos sonhos.

À minha editora, Jessica Dandino Garrison: obrigada por sua brilhante visão. E por acompanhar as mudanças drásticas no último terço deste romance entre os rascunhos. Seu cuidado e paixão por essas quatro jovens e Chicago ajudaram a dar vida a esta história. Mal posso esperar para falar de história e romance na vida real. Você é incrível!

Muito obrigada à equipe editorial estelar da Dial Books. Regina Castillo, também conhecida como "Senhora da Lógica e Continuidade", sua atenção aos detalhes permitiu que este romance brilhasse de verdade. Obrigada, Deanna Halsall pela capa impressionante, Theresa Evangelista pelo belo design da capa e Jenny Kelly pela diagramação — seus designs foram além da minha imaginação. Para Lauri Hornik e Jen Klonsky e todos os outros da Dial and Penguin Random House, agradeço o tempo e a paixão investidos em mim e neste romance.

Viana Siniscalchi, seu entusiasmo foi tudo! Obrigada por estar sempre disponível para analisar qualquer bloco. Você organizou meus pensamentos e eu sou muito grata. Para Sara Shandler, você foi a voz da razão que me manteve firme. O resto da equipe da Alloy Entertainment: Les Morgenstein, Joelle Hobeika, Romy Golan, Josh Bank, Matthew Bloomgarden, Laura Barbiea e qualquer outra pessoa trabalhando nos bastidores, obrigada.

Às pessoas incríveis por trás do NaNoWrimo e Pitch Wars: vocês abriram uma porta para um mundo que me acolheu e me apresentaram a algumas das pessoas mais maravilhosamente solidárias que já conheci.

A Paulicia Jean Baptiste, minha família de Santa Lúcia e a todos que enviaram votos de melhoras e compartilharam este livro, que me disseram para continuar e torceram por mim: obrigada! Ale Barzola, Kendriana Gonzalez, Fiza Awan, Candice Dodd, Jessica Santiago e Nkechi Wamou. Obrigada por suas palavras de incentivo, pelos memes e por trabalhar com base na minha agenda. Vocês são meus diamantes.

Obrigada a BDL-quem? A comunidade BDL2 pelo seu apoio (#safetyfirst), principalmente Meghan Flynn, que nunca deixou um prazo cumprido passar sem uma celebração, e Chris Eaton pelas conversas estimulantes da meia-noite e meia e presentes com junk food. Eu adoro você.

Obrigada aos muitos professores que fomentaram meu amor pela leitura, principalmente a sra. DiMassa, a sra. Gallagher e a sra. Gibson em Lauralton Hall. Sra. Gibson, você leu uma redação sobre um vestido de crisma (e mais tarde uma fita de líder de torcida) e me disse que eu tinha verdadeiro talento. (Ainda tenho aquele fichário azul.) Aos professores, bibliotecários, blogueiros de livros e livreiros: obrigada. Espero que vocês saibam como são especiais.

Leitor, se você ainda está aqui, não desista. Continue sonhando.

CONFIRA NOSSOS LANÇAMENTOS, DICAS DE LEITURAS E NOVIDADES NAS NOSSAS REDES:

editoraAlt

editoraalt

editoraalt

editoraalt

Este livro, composto na fonte Fairfield,
Foi impresso em papel Pólen natural 70 g/m2 na gráfica BMF.
São Paulo, maior de 2023.